LA LÉGENDE DE LARRY HOOVER

ISBN : 9798663679794

Alan Alfredo GEDAY

LA LÉGENDE DE LARRY HOOVER

roman

À mon père Andréa

À ma mère Viviane

À ma sœur Anna Karina

Remerciements à Coralie Rolin

Pendant deux ans, nous avons construit ce personnage devenu ami, devenu réel : Larry Hoover. Je tiens à remercier Coralie pour son soutien et sa persévérance. Grâce à elle, je n'ai pas connu la solitude de l'écriture, mais seulement le plaisir de la création, la joie et l'enthousiasme. Grâce à elle, j'ai pu avancer au fil de l'eau sans inquiétude. Grâce à elle, *La Légende de Larry Hoover* est née !

Partie I

Les justiciers

1.

New York, 1958. La mégalopole ne dort jamais. Les habitants de Manhattan se réveillent au son des klaxons des taxis jaunes et des sirènes. Au Sud de l'île arrivent les premiers vendeurs de journaux. « Achetez le *New York Times,* achetez The *Manhattan Post,* sit-in d'étudiants noirs à Greensboro, Caroline du Nord, nos officiers américains conduisent les troupes de Diem pour les opérations de ratissage », clament-ils sur les docks où accostent les ferries. Les New-Yorkais viennent sur l'île pour passer du bon temps. Ils sont *in the city* comme on dit. À l'écart de la verticalité étourdissante de New York, Harlem est désert. Comment croire que la veille le quartier était en ébullition ? Et pourtant, on allait danser au *Savoy Ball Room,* se distraire au théâtre Apollo, écouter du jazz au *Cotton Club* ou au *Minton's Playhouse*, on se perdait dans l'alcool et la vibration d'un saxophone, on oubliait le temps dans la lumière tamisée des salles de concert ou sous la lumière crue des néons des rues. Le vertige de Harlem a laissé place au calme du dimanche matin. Les Afro-Américains sont à la messe. On chante à l'*Abyssinian Church.* L'Église baptiste est réputée pour son gospel. Les fidèles sont endimanchés et les chapeaux à rubans s'agitent comme des papillons multicolores au rythme des claquements de mains. Les chanteurs en toge pourpre se balancent au balcon, le pianiste est enfiévré. Gladys Hoover encourage ses trois enfants à chanter avec ferveur, on ne loue pas le Seigneur avec timidité. Elle-même prend toujours plaisir à chanter dès qu'elle en a l'occasion. Son aîné Mike est fier de révéler sa voix virile. Il est beau dans son costume gris, si grand, si fort. C'est un homme, son fils. Le cadet, Larry, plus téméraire, s'agite comme un lion. Il va lui donner du fil à retordre celui-là ! La petite Anita est si mignonne dans sa robe rose. Quand on pense qu'elle va bientôt se faire baptiser…

Cet appartement, Gladys l'a toujours connu. Elle est née là, sur cette table sur laquelle elle prépare le pain de viande. Et elle n'était pas plus grosse qu'un pain de viande qu'elle aimait déjà le blues, le jazz et le gospel. Son père sifflotait des airs au-dessus de son berceau. Parfois même, sa voix de ténor s'élevait dans la chambre. C'était un vrai mélomane. Très vite, il l'avait emmenée écouter les plus grands artistes dans des clubs de Harlem. Il voulait faire son éducation et la sensibiliser à la culture noire. Il voulait qu'elle soit fière d'être noire, qu'elle trouve un soulagement au racisme, à l'histoire de ses ancêtres et à la pauvreté de Harlem. Qu'importe si elle était fille, elle était la prunelle de ses yeux, son unique enfant, et son bonheur passait avant tout. Les amis de son père s'étonnaient de la voir dans les clubs, et toujours si bien habillée pour sa condition. Elle avait appris à se tenir comme une dame, et surtout à ignorer les machistes. Elle avait du caractère, et son père en approuvait tous les travers. Aujourd'hui, que reste-t-il de cette époque ? Une chanson... Quand elle chante *Summertime* à ses enfants, c'est son père qui semble l'écouter, de quelque part entre le ciel et les buildings de New York. Elle sent son âme planer au-dessus de la famille. Une âme chaude et remplie de soleil, comme un solo de saxophone. Quelques croquis de sa main sont accrochés au salon. Ce sont des croquis d'esclaves et de musiciens noirs. Il puisait son inspiration dans les vieilles photos de famille et les nombreux spectacles qu'il avait vus pour dresser des portraits semi-imaginaires, comme un album figeant une mémoire presque vraie. C'était un artiste, son père. Sa mère, c'était tout autre chose. Elle était meurtrie par le temps de l'esclavage, ses parents avaient souffert en Louisiane avant de migrer vers le Nord, et ils haïssaient l'Amérique. La mère de Gladys répétait, comme un principe fondamental, cette leçon de ses parents : « Les Blancs ne respecteront jamais les Noirs parce qu'ils ont pris le pouvoir, et que le pouvoir, les gens sont prêts à tout pour le garder, même si ça signifie perdre toute humanité. Ils préfèrent rester des monstres que de reconnaître leurs torts et perdre leurs privilèges ». Elle détestait Harlem presqu'autant que la Louisiane. Et pourtant, c'était un vrai luxe de pouvoir s'offrir une maison à quelques rues de Manhattan. Elle disait qu'ils étaient parqués comme du bétail, encore esclaves des Blancs, seulement libres d'êtres pauvres et abandonnés. Gladys a vu Harlem traverser le temps. Au temps de ses parents, Harlem était un ghetto plus sale et plus délabré encore qu'aujourd'hui. Un quartier qui rassemblait les rebuts de la société, les affamés et les malades, mais surtout la population noire rejetée de la grande métropole. On n'avait même pas accès à l'électricité et à l'eau potable. Les buildings, les ponts, toute la ville s'élevaient vers le ciel, mais eux, ils étaient couchés dans la boue et la crasse. Harlem a bien changé depuis, les mœurs aussi. Aujourd'hui, les jeunes sortent en discothèque et les petites filles en entendent plus qu'il n'en faut à l'école. Quand la mère de Gladys a rendu le souffle, Gladys a compris qu'elle allait construire sa vie ici avec celui qui devait être son mari. Ainsi le temps passe et les murs de son appartement sont restés immuables.

— *Honey*, sais-tu que tes grands-parents ont passé toute leur vie ici ? Et moi je vais faire comme eux, dit-elle fièrement à sa fille.

— *Mum*, je sais. Moi je veux partir de Harlem. Je vais me marier à un homme blanc et riche.

— Comment vas-tu faire petite maligne ? Il n'y a que des Noirs ici, que des Noirs à l'école, que des Noirs à l'église… Qu'est-ce que c'est que ces bêtises que tu as dans la tête ?

— Larry a dit qu'on n'irait jamais loin dans ce pays parce qu'on est noirs. On n'a même pas le droit de choisir notre président. Et moi je ne veux pas être pauvre et rester ici.

— Tu écoutes trop ton frère. Fais attention à ta robe ! L'argent ne tombe pas des arbres !

— Oui *mum*.

— Anita, *honey*, on est heureux à Harlem, on est protégés, tu comprends ? Si tu sors d'ici, on te regardera comme une moins que rien. Sors les assiettes pour le maïs.

Anita épie sa mère. Qu'elle est belle, bien plus belle que les autres mamans ! À l'église, c'est la plus élégante ! Son visage est fier et elle se tient comme une grande dame, toujours droite, avec un chignon bien serré. Mais elle a ses idées. Mais souvent, elle a quand même raison, elle a la tête sur les épaules, elle sait bien plus de choses que la plupart des gens, parfois même plus que dans le journal, et plus que la maîtresse Douglass qui pourtant sait beaucoup de choses.

— *Mum*, Madame Douglass est contente de mon travail à l'école. Tu crois que je vais être aussi intelligente que la petite copine de Mike ? Nataly dit qu'elle veut aller à l'université des Blancs et qu'elle deviendra avocate ! Moi aussi je veux aller à l'université.

— Nataly rêve beaucoup parce qu'elle vient d'un autre milieu. Mais il y a peu de chances qu'un Noir, et encore pire, une femme noire, entre à l'université… Tu n'as pas besoin d'aller à l'université pour trouver du travail et avoir une vie décente. Il faut l'accepter, chacun sa vie, chacun son destin.

— C'est quoi un milieu ?

— C'est de l'argent. Elles sont où ces assiettes ?

Dans leur chambre, Mike et Larry sont étendus sur le lit superposé. Mike rêve de son prochain match de boxe. Il se prépare mentalement. Rester lourd, marcher, ne pas baisser les yeux, ne pas baisser sa garde. C'est son premier match dans la catégorie poids mi-lourds. À l'étage supérieur, Larry lit, comme tous les dimanches, le *New York Times,* le journal des gens importants. Il commente la première page d'un ton solennel :

— Eisenhower envoie de plus en plus de troupes au Sud du Vietnam.

— Ces sales communistes vont en prendre plein la gueule. Ils font pas le poids face à nous. Si j'étais envoyé là-bas…

— Tu parles, si t'étais là-bas, tu serais traité comme de la chair à canon, en première ligne pour te faire abattre comme un lapin au bout de deux jours.

— J'aurais une belle arme américaine, une mitraillette M60, je serais dans une troupe entraînée. Les sales Viets se feraient dégommer ! s'enflamme Mike.

— Les sales négros aussi…

— Tu nous tapes sur le système avec tes revendications. T'es pire que Nataly avec ça… Les Blancs, on les garde à distance et voilà tout !

— C'est eux qui nous gardent à distance, idiot ! On boit pas la même eau, on n'a pas les mêmes écoles, on n'a pas les mêmes bus. On est indignes de toute liberté… Les bergers allemands des *pigs* sont mieux traités que nous !

— Tu dis ça, mais tu fais rien. Tu devrais rejoindre la troupe du pasteur.

— Martin Luther King n'a jamais rien fait de concret. Il fait que parler, il agit pas, il rassemble les foules. Et c'est tout ! On peut toujours pas voter et on fait des boulots de nègres avec des salaires de nègres !

— Et toi, qu'est-ce que tu fais à part râler dans ton coin ? Au moins, Martin Luther King sait parler et on l'écoute. C'est un grand homme, je suis étonné que tu n'aies pas plus d'admiration pour lui. C'est un exemple pour nous tous. C'est un homme, pas un adolescent comme toi.

Gladys interrompt la conversation des deux fils, le repas est prêt. La table est dressée. Gladys a sorti la vaisselle du dimanche et deux bouteilles de soda. Son fameux pain de viande trône au milieu d'un grand plat. C'est Mike qui a l'honneur de se servir en premier, c'est l'homme de la famille, l'aîné, et le plus fort. Ensuite Larry, puis Anita et enfin Gladys, c'est la tradition.

— Je vous ai entendu parler du Vietnam, les garçons. Que raconte le journal, Larry ? demande Gladys.

— Eisenhower envoie des troupes en renforts pour abattre les Vietcongs du Sud. Le 32e régiment sud-vietnamien a été vaincu dans une attaque de guérilla.

— L'Amérique est en guerre ? demande Anita craintivement.

— Non pas vraiment, répond Larry en lui esquissant un sourire.

— On combat les communistes *honey*, ce sont des gens qui n'aiment pas la liberté, la rassure sa mère.

— Ah ! Moi, j'aime la liberté ! s'exclame-t-elle en mordant son maïs.

— Mike, tu es prêt pour ton match de mercredi ? demande Gladys.

— Je suis toujours prêt ! Mais le coach m'oblige à m'entraîner tous les soirs au *punching-ball*, après le boulot. À la blanchisserie, je vais être mort...

— Est-ce que Nataly t'encourage ? Elle va venir au match ? l'interroge Anita.

— Bien sûr ! Larry et son copain Jimmy aussi. Ils vont me voir le mettre K.O.

— Et moi ? Je veux venir aussi !

— Je t'emmènerai, lui promet Larry.

Larry allume la télévision. C'est le Ed Sullivan show du dimanche. C'est la tradition des Hoover, on regarde le show en picorant des chips et on y va de commentaires en tout genre. C'est Mike le plus drôle en ce domaine. Gladys rit aux blagues de son fils sans retenue. Larry est plus cinglant et démonte un à un les invités. Anita reste câline et parle peu, dans les bras de sa mère, elle s'endort souvent au milieu du show.

— Rowan et Martin me font pas rire, soupire Larry.

— T'es trop sérieux, on va te faire participer au Ed Sullivan Show comme artiste de la déprime, tu vas impressionner toute l'Amérique, se moque Mike.

— Il va devenir célèbre, c'est certain ! renchérit Gladys.

— Pourquoi Larry dit ça ? demande Anita. *Mum*, moi j'adore le Ed Sullivan show.

— Tu sais te divertir et tu as bien raison *honey*.

— *Rowan et Martin me feront toujours rire, s'amuse Ed Sullivan. On espère vous revoir vite pour le Ed Sullivan show. Avant de clore cet épisode, mesdames et messieurs, je souhaite vous demander quelque chose. Avez-vous entendu parler d'un groupe de quatre adolescents talentueux venant du Royaume-Uni ? Malgré leur jeune âge, ils sont déjà très populaires en Europe. Ils jouent de la musique rock. Je suis sûr que si l'une de vous les rencontrait, elle en tomberait follement amoureuse. Les Allemands ont déjà été conquis par John, Paul, George et Ringo qui sont en ce moment en tournée en Allemagne. Nous espérons accueillir bientôt les Beatles sur le Ed Sullivan show. À la semaine prochaine mes chers téléspectateurs.*

— Les Beatles ? Ce nom-là me paraît familier, j'ai dû les entendre quelque part, commente Gladys.

— Familier ? Franchement, *mum*, tu connais que les chansons de *Porgy and Bess*, se moque Larry.

— Plains-toi ! Tu souriais aux anges quand tu étais bébé et que je te chantais *Summertime* pour t'endormir. Il n'y avait que ça pour que tu ne me donnes pas du fil à retordre toute la nuit. Tu t'en souviens Mike ?

— Pas vraiment, mais j'aime beaucoup la nouvelle interprétation de Nina Simone.

— *Porgy and Bess* ! Tu parles d'un chef-d'œuvre, encore un Blanc qui croit défendre la cause des Noirs ! Il nous montre des pauvres drogués et misérables, s'agace Larry.

— Larry, s'il te plaît ! s'offense Gladys.

— Tu connais rien à la musique et tu critiques tout, le reprend Mike.

— Mum, tu peux me chanter *Summertime* ? demande timidement Anita qui s'est réveillée.

Gladys se lève et demande le silence à ses trois enfants. Elle place son poing devant sa bouche pour simuler un microphone. Elle fait son show, se balance langoureusement comme une chanteuse de jazz, au rythme d'un piano imaginaire. Ses enfants la regardent avec amusement, cela faisait longtemps ! Sa belle voix grave entonne enfin le début de *Summertime :*

Summertime, and the livin' is easy
Fish are jumpin' and the cotton is high
Oh, your daddy's rich and your ma is good-lookin'
So hush, little baby, don't you cry…

Larry s'étend sur son lit et continue la lecture du *New York Times*. Il a laissé la fenêtre ouverte, il aime entendre les bruits du quartier et sentir l'odeur du poulet frit du coin de la rue. Il regarde la page des sports, rien pour Mike qui collectionne les photos de Cassius Clay, le boxeur noir américain. Il feuillette, rien ne l'intéresse, rien de nouveau sous le soleil aujourd'hui. Un article attire enfin son attention : *« Richard More fait appel. Condamné à la peine de mort pour le meurtre de Claire Ashley dans sa résidence de Manhattan, le criminel noir américain, qui a défrayé la chronique depuis son arrestation le 13 mai 1955, revient sur ses aveux. Il dit avoir été torturé par les policiers et forcé à signer des aveux de culpabilité. Son avocat, le célèbre maître Climberry, veut par ce procès, qui s'avérera tumultueux, démontrer la ségrégation qui sévit au sein du système exécutif et judiciaire américain. Rappelons l'histoire qui fit la une des journaux pendant des mois : Claire Ashley, épouse du riche industriel Paul E. Ashley, fut sauvagement assassinée en pleine journée dans sa belle résidence de Tribeca. Deux témoins ont vu Richard More errer dans le quartier sans aucune raison valable. Richard More avait quitté son poste de groom au Grand Hôtel de Soho pour se rendre à Tribeca. Il n'a pas su donner de raison à ce départ inopiné. Lors de son arrestation, le jeune noir ne s'est pas défendu. Il a fini par avouer son crime pendant la nuit qui a suivi sans évoquer de mobile. C'est d'ailleurs cette absence de mobile qui va sans doute alimenter la défense de maître Climberry. Depuis trois ans, Richard More attend dans le couloir de la mort dans la prison de Rikers Island et les manifestations contre la ségrégation et la peine de mort se multiplient. L'affaire est devenue politique, les élections présidentielles approchent et les démocrates s'emparent du cas Richard More pour défendre leur programme. Le procureur Robert T. Cunningham, en charge de représenter l'état de New York et ouvertement démocrate, n'a cependant pas voulu donner son opinion quant au procès de Richard More… »* Quelqu'un frappe à la porte. Ce doit être Nataly. Larry reste étendu sur son lit, il n'a pas envie de se lever pour lui dire bonjour. À quoi bon ? Il n'est à ses yeux que le petit frère de Mike. Elle trouve ses idées infantiles, elle ne l'écoute pas, elle ne le regarde pas. Il la regarde souvent à son insu, Nataly est belle. Son frère Mike a toujours eu les meilleures. Chaque fois que Nataly vient à la maison, Larry se retranche dans sa chambre. De toute façon, il n'est pas là pour leur tenir la chandelle. Nataly regarde Mike avec admiration, c'est insupportable. Qu'a-t-il donc de plus que lui ? Il le sait bien, son frère est grand, beau, viril et fort. Il est souriant, il a toujours un mot gentil pour elle, il est attentionné. Larry est un sauvage, il n'a pas envie de jouer à ça. Après tout, il est sans doute mieux seul. Larry écoute la conversation.

— L'université de Columbia ! Bravo ! s'enthousiasme Gladys.

— Je n'ai pas encore été acceptée. C'est vrai qu'ils ont un quota de noirs, mais je suis une femme et ça ne joue pas en ma faveur..., explique Nataly.

— Je suis sûr qu'ils vont t'accepter, tu es brillante et ta lettre de motivation est parfaite, l'encourage Mike.

— Nous verrons bien, j'ai plusieurs entretiens qui commencent la semaine prochaine. Mais parlons d'autre chose. Où est Larry ? Il va bien ?

— Tu le connais, il est plongé dans son journal, lui répond Gladys.

— Il a trouvé du travail ?

— Non, il ne cherche pas vraiment. C'est pas un mauvais garçon, mais il manque de maturité.

— Je lui ai bien proposé de venir travailler avec moi à la blanchisserie, mais il m'a envoyé balader alors je n'insiste pas, ajoute Mike.

— C'est quoi la maturité ? demande Anita accrochée à la jupe de Nataly.

— C'est déjà venir dire bonjour aux invités ! plaisante Nataly qui sait que Larry les écoute.

Gladys a les paupières lourdes. Anita est couchée depuis un moment, les garçons discutent dans leur chambre. Elle ne regarde pas vraiment la télévision, elle zappe et réfléchit. Demain sera une journée longue et fatigante, mais elle aime travailler pour Madame Walker, elle aime arranger la vitrine de la boutique de cosmétique, faire l'inventaire et la caisse. Elle aime aussi les discussions avec les clientes, avoir des nouvelles de la vie du quartier et rire de temps en temps de leurs commérages. Elle s'inquiète pour Larry, il a quitté l'école depuis deux ans et ne fait rien de ses journées. Elle ne sait pas comment l'inciter à trouver du travail. Il a toujours une réponse, un argument. Il s'échappe dans sa chambre ou avec son ami Jimmy. Il a une tête bien faite, il est malin, mais ce n'est pas un débrouillard. Il est doué pour parler, pour avoir des opinions sur tout, mais quand il faut agir... Elle ne lui demande pas d'avoir de l'ambition, mais tout de même, il pourrait ramener un peu d'argent à la maison. Et Anita qui l'adule, quel modèle lui donne-t-il ? Heureusement que Mike est un garçon sérieux. Mais s'il épouse Nataly, elle devra nourrir Larry et Anita toute seule.

2.

L'église de Mike, c'est l'entrepôt. C'est là qu'il prie furieusement parmi les autres boxeurs. Mike pousse la lourde porte métallique. Depuis une semaine, une affiche annonce son premier combat dans la catégorie poids mi-lourds. Il est largement en avance pour l'échauffement. Les quatre rings sont déjà occupés. On entend le bruit sourd des gants contre les plastrons et les sacs de terre, les râles virils, les chaussures qui crissent. Ici, on existe. Mike aime ce lieu. Il s'y oublie. Son entraîneur peine à le retenir quand il s'emporte. « Doucement, ménage tes forces », lui répète-t-il. Mike traverse la salle. Il ne l'aperçoit pas. Il vient chercher ses gants, ce sont les rouges pendus en haut du mur. Tous ces gants, ce sont les anciens, ceux du quartier qui ont réussi, qui les ont donnés. Ils assistent parfois aux matchs amateurs. Ce sont des stars à Harlem. Les adolescents de l'entrepôt rêvent de traverser le plafond de verre eux aussi, de devenir des héros. Mike admire la technique de Cassius Clay qui vient de gagner la médaille d'or aux Jeux olympiques de Rome. Il faut esquinter son adversaire. Non pas frapper plus, mais frapper bien, et là où il faut. Les peaux brillent sous la lumière blanche de la verrière. Les muscles sont tendus, les visages crispés, les yeux fixes comme des billes de porcelaine, sans émotion. Il se souvient, il avait quoi, dix ans peut-être ? Anita n'était pas née, qu'il s'échappait de l'école pour venir admirer les hommes qui boxaient à l'entrepôt. Assez vite, il avait compris qu'il serait l'un d'eux. À l'école ou dans la rue, on n'apprend pas à vivre et à s'en sortir. Ici, il a appris la rigueur et la détermination, Mike avait besoin de règles et d'encouragements. Un soir, alors que les boxeurs avaient quitté l'entrepôt, il était sorti de sa cachette et avait glissé sa main dans un gant encore humide et chaud. Il avait frappé, sans relâche, pendant des heures. Le *punching-ball* se balançait à peine sur sa chaîne. Il résistait, il semblait se moquer de lui.

Et lui insistait, il fallait l'abattre. « Mais où étais-tu ? » lui avait demandé sa mère. Il avait souri comme quelqu'un qui venait de découvrir un coin de paradis. « Je vois ! Je vois ! » lui avait-elle dit avec complicité. Elle pensait que c'était une histoire de fille et Mike ne l'avait pas contredite. C'était longtemps resté son petit secret. Mike sort de ses souvenirs et revêt son maillot pour commencer l'échauffement. « Sonny Banks et Sugar Ray sont passés par là », pense-t-il en frappant dans le sac. Leur visage se superpose au sien, leur rage l'envahit. Sa vue se trouble et ses tempes grésillent. « Frappe sans la douleur ! » l'encourage son entraîneur. Il redouble d'efforts et son cœur trouve son rythme. Une musique de jazz s'improvise dans sa tête et il avance dans un tunnel, il imagine toujours un tunnel dans lequel il court, et à la fin c'est le soleil incendiaire de la victoire. Le tunnel devient de plus en plus long, il sent ses mains brûlantes. Les volutes d'un saxophone engourdissent ses pensées. L'entraîneur se racle la gorge. Mike comprend que Nataly est là. Il ne se retourne pas, il doit finir. Il sent son parfum derrière lui, il sent son regard aussi. Il serre la mâchoire et frappe comme une brute. Son crochet du gauche est imparable. Il défonce ce maudit sac. La présence de Nataly est lointaine, mais rassurante. Il a envie de l'embrasser, mais il revient au sac de frappe.

— C'est bon Mike, t'es prêt ! conclut l'entraîneur.

— En voilà un Hoover qui ne manque jamais à son entraînement ! lui dit Nataly en lui tendant un baiser.

— C'est mon jour ! Ils disent que j'ai aucune chance, mais je vais le démonter, affirme Mike.

— J'en suis certaine.

— Ce soir, ça va être un grand combat.

— Doucement *love* ! lui susurre Nataly gênée par les regards curieux qui se posent sur elle.

Elle est jolie la copine de Mike, elle est élégante. D'où vient-elle ? « Bonne pioche, mon gars ! » le taquine un boxeur en lui donnant une tape dans le dos. Mike l'envoie balader d'un regard agressif. Il vide une grande bouteille d'eau et enfile son peignoir rouge. Rouge, c'est sa couleur, la couleur du fonceur. Son adversaire s'étire à côté de lui. C'est le « cogneur » comme on l'appelle, un grand mec sec comme une branche qui a les poings qui rebondissent sur des ressorts. Son peignoir blanc laisse apparaître ses longues jambes souples. Mike est un chêne, bien campé sur ses grosses chevilles. Il a l'air d'un chien de garde à côté du cogneur. Il monte le premier sur le ring. Les spectateurs ne sont pas très nombreux. Ce sont des gars du quartier qui ne connaissent parfois rien à la boxe, mais qui aiment se retrouver et lancer des paris de quelques dollars. Ce sont aussi des familiers. Mike cherche les têtes connues. Il y a déjà Nataly. Elle dénote avec sa robe d'étudiante sage, ses jambes croisées et ses boucles parfaites. On dirait une fleur des champs dans une rame de métro. Anita se tient fièrement à côté d'elle. Elle semble l'abrutir de ses histoires d'école. Ses petites mains s'agitent comme des papillons. Larry est sérieux, il discute avec son ami Jimmy de cette voix basse et solennelle que lui connaît Mike quand il parle politique. Jimmy joue le beau garçon avec sa casquette et sa cigarette derrière l'oreille, mais il est aussi timide que Larry avec les filles. Son frère ne lui ressemble en rien, qu'il a l'air benêt dans sa veste à carreaux trop grande ! Le cogneur monte à son tour sur le ring. Mike le défie du regard. Il veut l'intimider. Mais le cogneur sautille sans lui prêter attention. Il a la grâce d'un danseur. L'arbitre annonce le début du combat d'un tintement de cloche.

— Je comprends pas pourquoi tu veux me présenter ce Cunningham, s'étonne Larry.

— C'est un homme puissant et cultivé. Et il a une bibliothèque... Tu devrais voir ça..., lui répond Jimmy.

— Comment tu le connais ?

— Oh, c'est à cause de cette affaire dans laquelle j'ai trempé. Je m'en suis sorti de justesse, d'ailleurs. Il est venu vers moi, il avait besoin d'un œil dans Harlem.

— Mike est mal barré, le cogneur est bien plus agile que lui ! s'inquiète Larry.

— C'est vrai que Mike a l'air lourd, il arrive même pas à l'atteindre.

— Réveille-toi, Mike ! crie Larry.

Nataly lui adresse un sourire tendre. Larry rougit. Elle n'ose pas se faire remarquer, mais elle souffre de son impuissance. Anita se cache les yeux. Son frère prend coup sur coup. Projeté contre les cordes, il tient à peine sur ses jambes. Le cogneur frappe et frappe encore. Mike monte sa garde en fermant les yeux. Il ne pense plus à rien, le tunnel est interminable.

— J'ai peur, Nataly, gémit Anita.

— Ne t'inquiète pas, c'est un jeu. Ton frère est un dur, il va s'en sortir, la réconforte Nataly.

— C'est pas un jeu, c'est trop horrible...

La cloche résonne. Le cogneur refuse de s'arrêter, et continue à rouer Mike de coups. Il reste sourd aux interpellations du public, trop absorbé par son rythme cadencé. C'est un obsessionnel, il répète à la folie les mêmes mouvements sans penser à rien. Mais Mike s'est laissé chavirer dans son tourbillon. L'arbitre s'impose et les sépare finalement. Mike est livide. Nataly voit ses lèvres éclatées. Elle a envie de les embrasser, de les réparer du bout des doigts. Son beau Mike, il a l'air d'un enfant perdu. Leur regard se croise. Mike est piteux, plus embarrassé que jamais. Que va-t-elle penser ? C'est la première fois qu'elle le voit combattre. Elle lui répond des yeux qu'elle est là, que ce n'est pas grave, que ce n'est pas pour cela qu'elle l'aime.

— Cunningham prend notre défense, c'est un démocrate qui se bat contre le racisme. En plus, il veut que les Noirs puissent voter et aller à l'université, se justifie Jimmy.

— C'est de la politique, moi la politique des Blancs me rend méfiant. Pourquoi tu l'aides ?

— Il me paye bien, déjà. Ensuite, c'est un grand homme. J'ai confiance en lui.

— Je comprends pas... il te paye pour quoi exactement ?

— T'as entendu parler de l'affaire Richard More ?

— Comme tout le monde. Jimmy, regarde !

— On dirait que ton frère retrouve son énergie pour ce *round*.

— Il a réussi à enrayer le disque dès le début du *round*. Le cogneur ne sait pas changer de tactique.

— Et ce crochet du gauche, il l'avait pas vu venir.

Anita encourage son frère, debout sur le banc. Mike est en train de prendre le dessus. Nataly se lève, son visage s'illumine. Elle hurle le nom de Mike. Larry se tourne vers elle. « Nataly a perdu ses bonnes manières, on dirait », plaisante-t-il. Jimmy décèle une pointe de jalousie chez son ami. Il n'a jamais rien avoué, mais Larry est un gars transparent, il ne peut rien dissimuler. Mike doit connaître ses sentiments, c'est certain.

— Alors, tu es convaincu pour Robert T. Cunningham ? Tu vas nous faire l'honneur de ta présence ? demande-t-il à Larry.

— On verra...

Larry regarde son frère avec des yeux froids. Il a parfois ce regard reptilien qui n'appartient qu'à lui, un regard qui semble interroger le monde à des années-lumière du moment présent. Immobiles, seules ses mains se crispent sur ses genoux. Mike n'échoue jamais, ou du moins il se relève si vite... Lui n'est pas de cette trempe. Il réfléchit trop, il devrait être vif et spontané comme son frère. Il a peur de son ombre en réalité, tellement peur de ne pas y arriver. Il voudrait faire taire cette voix qui le retient d'agir et de prendre des initiatives. Il a la critique facile, mais il n'est jamais aussi exigeant qu'envers lui-même. Mike est grandiose.

— Ça y est Larry ! Ton frère est à quelques minutes d'entrer dans la catégorie poids mi-lourds ! s'enthousiasme Jimmy.

— C'est pas encore fini.

Mike a la grâce. Il sourit derrière son serre-dents, ses yeux sont rieurs, il est déjà ivre de victoire. Il a la certitude de gagner. Le cogneur s'énerve de son attitude, et en devient maladroit. Il se débat comme une guêpe prisonnière d'une cloche de verre. Larry le regarde brasser de l'air, comme lui, et se sentir impuissant. Quel sport stupide en réalité ! Il a envie de s'échapper de ce spectacle. Il commence à se sentir mal. Hostile, la vie est hostile. Pour ceux qui ne savent pas se battre, pour ceux qui ne sont pas des brutes infatigables comme Mike, alors la vie est cruelle. Il n'a pas souvent des idées noires, mais quelquefois, il a envie de gueuler que ça n'a pas de sens. « Tu n'es qu'un enfant », lui répète sa mère. Peut-être. Peut-être aussi qu'il ne supporte pas l'injustice. Il ne peut s'empêcher de lire le journal chaque jour pour y déceler toutes les injustices. Alors, il se conforte dans ses certitudes. Hostile, la vie est hostile, et pour un Noir qui réfléchit trop, comme lui, elle est sadique. Une beauté qui traverse son chemin, et elle reste inaccessible, intouchable. La beauté ne lui sera jamais réservée. Nataly semble prier pour Mike, debout les mains jointes. Elle bondit, Mike vient de terrasser le cogneur. Le public s'exclame en chœur. Larry reste muet.

— Cunningham est contre la peine de mort, pour l'intégration des Noirs dans les institutions publiques, insiste Jimmy.

— Mon Dieu, tais-toi, s'agace Larry.

Le décompte commence. « Dix, neuf, huit... », crie Anita, euphorique. Il l'a fait. Son frère est un héros. Le cogneur tente de se relever, des spasmes contractent son corps. « Six, cinq, quatre... », hurle Larry. Un sourire béat traverse le visage de Nataly. Elle est soulagée. Le calvaire se termine. « Trois, deux, un... », chuchote-t-elle. L'arbitre signale la fin du match. Il lève le bras du vainqueur sous les applaudissements du public. Mike crache son serre-dents. Son visage tuméfié est plus fier que jamais. Il lance un regard orgueilleux à Nataly. Elle se met à rire.

Il est deux heures du matin. Mike n'est toujours pas rentré. Larry se retourne sur son matelas. L'anxiété l'empêche de s'endormir. Son frère a réussi. Plus rien ne peut l'arrêter. Le rouge, sa couleur. La couleur qui excite les taureaux. Mike est un animal, il a cette chance d'être un animal. Quand il est en colère, il cogne. Quand il est triste, il cogne. Quand il désespère, quand il doute, quand il a peur, quand il s'ennuie, il cogne. Larry mord son oreiller. Lui ne sait rien faire de ses émotions. Il n'a pas de muscles pour cogner. Il aurait parfois envie de se cogner la tête contre les murs. Ou de courir comme un dératé dans les rues de Harlem. Il est ce garçon désœuvré sans boulot, sans idées, sans amour. Il garde cette image de Nataly qui serre Mike fort dans ses bras après le combat. Larry adore Mike. Ce n'est pas de la jalousie, ce n'est pas de l'envie. C'est juste qu'il a beaucoup d'admiration pour son frère.

3.

Richard More attend dans le couloir de la mort, cette image l'obsède. Il a le bras long, mais il doit rester discret. A-t-il vraiment le bras si long ? Il est contraint par la stratégie de sa campagne. Ses idéaux lui coûteront cher. Sa sensiblerie. On le voit comme un homme rationnel et lucide, comme un homme impénétrable. Et pourtant, il se rend malade, il se rend fou. Les pensées roulent dans sa tête avec la minutie des machines. Peut-on réellement défendre de grandes causes ? Il a rêvé d'être puissant, pour qu'on l'écoute, pour qu'on lui obéisse, à lui qui a toujours su ce qui est juste, et maintenant le voilà prisonnier du pouvoir. Ou tout du moins prisonnier du désir d'en avoir davantage. Le pouvoir, tu parles, le prestige ! Le statut, la déférence des autres. Quand est-il devenu vaniteux ? Peut-on aimer son prochain à ce point et vouloir tenir les gens à distance, tellement loin pour que personne ne puisse l'atteindre, que personne ne puisse le troubler, l'aimer... être aimé de lui ? Cette solitude est nécessaire pour le travail. Nécessaire pour entreprendre selon son destin. Il est convaincu d'avoir une tâche à accomplir, il se rassure, il ne croit pas à ces foutaises religieuses, mais quand même, il a toujours senti la nécessité de suivre un chemin bien tracé. Sinon, à quoi bon ? Il veut cesser de se tourmenter et regarde autour de lui. Ce matin, la rosée a envahi *Central Park*. Un chien court sur la pelouse, il fait fuir un écureuil qui grimpe en haut d'un arbre. Son ondulation brune est celle d'un athlète, précise et gracieuse. Le soleil frappe fort. Sous son chapeau, Robert T. Cunningham sent ses rayons brûlants. Il accélère le pas sur l'allée principale. Robert T. Cunningham refuse d'emprunter les allées secondaires ou les raccourcis. Il déteste la promiscuité. Il aime la nature, à petite dose cependant. Elle lui procure un repos bien mérité. Il a travaillé sans relâche ces dernières semaines, ça n'en finissait plus. « Excusez-moi Monsieur », lui dit un garçon qui le bouscule avant de filer sur son *skateboard*. Robert T. Cunningham grimace. Il sort son mouchoir de flanelle et frotte sa veste. Il faudra demander à la domestique de l'envoyer au pressing sur le champ. Et pas le pressing de la dernière fois, il avait laissé une trace noire sur le rebord de la manche. Le procureur avait hurlé. Il avait fait un scandale. Il a mal à l'estomac, il n'aurait pas dû reprendre du café. Il en boit par litres, et il a fumé trop de cigares. Il repense à son déjeuner avec son vieil ami, maître Climberry. Ils étaient à l'université ensemble, dans la même congrégation. Ils en ont des souvenirs. Climberry était déjà brillant en ce temps-là. Leur amitié a toujours été teintée d'admiration, des deux côtés, une estime réciproque, sans façon et sans sentiments déplacés. Ils ont parlé du procès Richard More. Il avait besoin de l'avis de son ami. Il a des relations aussi, il sait ce qui se dit en hauts lieux, du côté adverse. Climberry est républicain. Ça ne l'empêche pas d'être un homme respectable. C'est étonnant. Lors de leur discussion, Robert T. Cunningham s'est agacé contre Eisenhower. Mais surtout contre le gouverneur de l'Alabama qui a dit : « La ségrégation pour toujours ! » au Capitole de Montgomery. Comment peut-on dire une chose pareille dans un bâtiment gouvernemental, dans un si haut lieu de pouvoir ? Quel arriéré ! Les suprématistes blancs qui le soutiennent sont nombreux et actifs. Le Ku Klux Klan est largement toléré en Alabama, voire même encouragé dans toutes ses dérives. Le Sud sera toujours le Sud... Robert T. Cunningham arrive au pied de son immeuble de l'*Upper West Side*.

— Bonjour Monsieur Cunningham, quelle belle journée ! lui dit le portier.

— Deux jeunes garçons me rendent visite ce matin. Vous les laisserez entrer, je vous prie. Ils sont noirs.

— Excusez-moi, Monsieur Cunningham ?

— Je dis que deux garçons noirs viennent me voir aujourd'hui.

— Bien Monsieur, le message sera transmis.

Robert T. Cunningham entre dans son prestigieux appartement. La domestique l'accueille, lui ôte son manteau et le glisse dans sa housse. « Emmenez-le au pressing, je vous prie, et celui de la 5e avenue cette fois-ci. » Elle acquiesce en se retenant de rire. C'est la troisième fois cette semaine. Il dépose ses gants d'extérieur dans le tiroir de la console et enfile des gants de soie. Ceux-ci sont parfaits pour tourner les pages sans s'écorcher le bout des doigts. Robert T. Cunningham s'inspecte dans le grand miroir à dorures. Il n'a rien sur le visage. La domestique revient : « Monsieur Cunningham, vous avez du courrier, je l'ai déposé sur votre bureau ». Elle lui apporte un verre d'eau glacé qu'il boit d'une traite. Il traverse le premier salon, puis le deuxième, pour arriver à son bureau. Les voilages sont tirés, il aime travailler dans l'obscurité. Il s'empare du courrier et s'assied dans son fauteuil de cuir, face à la large bibliothèque. Il découpe la première enveloppe, il reconnaît le papier ivoire, il n'y a que le gouverneur qui l'utilise, et sort la missive dactylographiée.

« À l'attention de Robert T. Cunningham,

Monsieur le procureur,

Comme vous ne l'ignorez pas, des activistes ont défilé devant la Maison Blanche ces trois derniers jours. Ils ternissent l'image du président Eisenhower qu'ils qualifient de criminel, de suprématiste et de raciste. Je vous écris cette lettre pour vous demander d'accélérer le procès Richard More.

Mes sincères salutations,
Le gouverneur de New York
Nelson A. Rockefeller ».

Robert T. Cunningham déchire la lettre du gouverneur et la jette d'un geste leste dans la poubelle. Accélérer le procès, c'est exactement ce qu'il est en train de faire ! Mais bien sûr, il s'agit de lui signifier son désir de condamner un innocent au plus vite. Le gouverneur ne comprend même pas les enjeux du cas Richard More, et c'est ce qui le perdra. Un jour, les Noirs pourront voter, et ils se souviendront de ceux qui ont condamné à mort des innocents. Robert T. Cunningham imagine déjà les représailles, toutes ces têtes qui tomberont... Peut-être est-il trop révolutionnaire, trop romantique ? Peut-être prend-il ses désirs pour la réalité ? Mais tout de même, il faut accompagner le changement, surtout à New York. Le procureur a besoin de se détendre. Il regarde les livres de sa bibliothèque. Elle n'est pas très cohérente cette bibliothèque, elle s'est construite au fil des années, au fil de ses goûts et de ses inspirations. Il a toujours été un grand lecteur. Mais il n'est pas de ces lecteurs du dimanche qui ne pensent qu'à se divertir. Non, ce qu'il aime, c'est analyser. Analyser les vies, les points de vue, les idéologies. Ce n'est pas un sentimental, ce qu'il lit doit lui être utile. Gertrude Stein, comme lui, est une analyste. Elle a su voir de loin le fonctionnement de la société américaine. Elle avait un œil, cette dame, pour l'art comme pour la politique. Et Francis Scott Fitzgerald, il est peut-être plus émotionnel, mais on comprend avec lui l'âme du New York des années vingt, sa vanité et son matérialisme. Frederick Douglass était aussi bon orateur qu'écrivain, il venait du Sud et il a raconté comment il est devenu libre, lui l'ancien esclave, le nègre, il a conquis les cœurs par son intelligence. Richard Wright a relaté comme personne la misère des Noirs américains, le racisme, les foyers instables à l'image d'un père alcoolique ou d'une mère malade.

— C'est encore loin ? demande Larry qui en a assez de marcher.

— C'est à l'autre bout de l'île, répond Jimmy qui ne voit pas d'autres solutions.

— On n'a qu'à prendre le bus, propose Larry.

— Le bus ! s'étonne Jimmy. On est dans l'un des plus beaux quartiers de Manhattan.

— Le voilà qui approche. Allez ! On le prend...

Larry et Jimmy entrent par l'arrière du bus, comme il se doit. Ils remontent vers l'avant. Le bus ne démarre pas. Larry sort quelques pièces qu'il tend au chauffeur qui les dévisage. Le chauffeur reste un instant à les regarder de haut en bas. Ils ont l'air propre. Larry ne baisse pas les yeux, contrairement à Jimmy qui s'embarrasse. « Au fond les nègres ! » réclame le chauffeur avant de soupirer. Il les laisse entrer, mais ça va encore lui causer de fichus problèmes. Mais il est comme ça, il n'a pas envie de refouler ces gamins. Ils n'ont pas l'air trop sales ou quoi ! Qu'est-ce qu'ils foutent ici d'ailleurs ? Peuvent rester dans des coins où on les embêtera pas ! Faut pas chercher les problèmes, faut pas trop pousser ! Jimmy et Larry s'installent sous le regard écœuré de deux écolières. Des Noirs dans *l'Upper West Side*, à cette heure-là, dans l'autobus... Larry les voit se tourner vers eux, faire des messes basses et s'exclamer ostensiblement. Il voudrait leur flanquer une sacrée raclée. Il leur apprendrait les bonnes manières. Il déteste ce genre de mômes, ça se croit tout permis parce que ça porte des chaussures neuves, un uniforme d'une école réputée, et que ça habite une grande maison. À tous les coups, elles rentrent pour le déjeuner préparé par une domestique noire. À tous les coups, cette bonne femme les a vues grandir, les a gardées, cajolées, nourries et tout le tintouin et elles, ces deux mômes, elles ne la regardent plus dans les yeux et font comme si elle n'existait pas lorsqu'elles croisent son chemin dans un couloir interminable de la maison. À tous les coups, c'est ce genre de gamines, alors Larry se met à rire méchamment. Les deux fillettes prennent peur et se retournent. Elles ne sont pas bien courageuses pour des pimbêches. Jimmy ne dit rien, il n'a même pas remarqué le manège de son ami. Le bus s'arrête sur la cinquième avenue. Une vieille femme monte à bord. Elle aperçoit les deux jeunes hommes. Elle fait cette tête-là, cette tête de sale raciste, de sale sudiste, elle esquisse un sourire frustré, tout de rage contenue, un sourire abominable, pense Larry, un sourire de vieille chienne sadique. Il voudrait l'étrangler avec sa longue natte blanche de réac qui fume clope sur clope et insulte les gens en aboyant des trucs que même lui n'oserait pas dire. Elle va s'asseoir à l'autre bout du bus en grommelant. Elle pue l'alcool pas cher. C'est lui qui devrait être dégoûté tiens ! Elle regarde nerveusement par la fenêtre, elle guette toutes les montées à bord, elle aimerait bien qu'il y ait du grabuge, avoir quelques alliés pour dégager les négros du bus. Larry lui lance des regards provocateurs. Qu'elle vienne se battre si elle ose ! Jimmy ne sait plus où se mettre. Il n'oserait jamais demander à Larry de descendre du bus, mais quand même, c'était culotté de monter dans cet autobus.

— C'est encore loin ton Cunningham ? lui demande Larry.

— On y est presque...

— Regarde ce qui est écrit sur ce siège : « Putain de négro ».

— Je préfère ça : « Interdit aux chiens et aux nègres ! »

— C'est même pas original !

La domestique ouvre la porte aux deux jeunes hommes : « Entrez, je vous prie, le procureur ne va pas tarder ! » Larry et Jimmy la suivent et prennent place dans le bureau. Larry observe la pièce dans tous ses détails et recoins. Il est surtout fasciné par la bibliothèque. Une vraie architecture ! Elle s'étend sur deux murs entiers du sol au plafond. Une échelle mobile permet d'accéder aux étagères du haut. Le plafond est bien à trois mètres cinquante. Ça jette une ambiance particulière, une solennité. Il n'y a que de belles éditions, de beaux ouvrages en cuir roux et luisant. Rien de très moderne, il doit être *old school* le Robert T. Cunningham. Un aigle en bronze trône sur le bar vitré rempli de bouteilles de cognac et de whisky. Larry se lève et s'approche pour lire l'inscription du socle : « *De plusieurs races et nationalités ont émergé un seul peuple et une seule nation : les États-Unis d'Amérique* ». Le procureur fait son entrée par une porte cachée de la bibliothèque. Il aime créer l'effet de surprise. Larry sursaute. Il se tourne vers ce quarantenaire élégant qui lui tend une main gantée. C'est un original on dirait. Cunningham salue Jimmy d'un sourire et sort la clochette accrochée à la chaînette de sa ceinture pour la faire tinter. La domestique arrive aussitôt. Elle sort du bar une bouteille de *Glenfiddich*. Elle verse le whisky sur les glaçons des trois verres en cristal. Le procureur la remercie d'un geste discret. Elle se retire. Jimmy entame la conversation avec Cunningham et Larry les observe timidement. Il remue son verre, la glace craque. Il boit une gorgée de whisky. Il déteste ça.

— Oui, je me souviens, dit Jimmy. Vous avez besoin d'informations pour le dernier procès.

— C'est fou comme le temps passe vite, c'était il y a deux ans déjà, et pourquoi votre ami ?

— J'en avais parlé à Larry, mais il voulait pas se mêler d'affaires criminelles, se justifie Jimmy.

— Cette fois-ci, le cas Richard More est plus compliqué ! insiste le procureur. La presse ne parle que de lui, le gouverneur est sous pression, les élections présidentielles approchent… Les Kennedy veulent prendre le pouvoir ! Toutes ces circonstances bloquent mes recherches sur ce qui s'est réellement passé ce jour-là…, soupire le procureur.

— Coupable ou innocent selon vous ? demande Larry.

— On ne peut pas juger si vite, répond sèchement le procureur. Mais innocent, j'en ai bien peur. Les policiers lui ont extirpé des aveux avec des moyens plus que douteux. Ça ne va pas plaire au gouverneur… J'ai besoin d'un œil à Harlem et au Grand Hôtel de Soho.

— Tout est possible à Harlem. C'est une famille, c'est un ghetto…, le rassure Jimmy.

— Et au Grand Hôtel de Soho, il y a des possibilités ? demande le procureur.

— On peut se faire embaucher, propose Jimmy. Y a toujours des boulots de nègres dans les hôtels, laver le sol, porter les valises, faire les lits, on trouvera bien !

— Coupons court ! Combien ? demande le procureur.

— Cinq billets de cent dollars à nous deux, dit Jimmy. T'en penses quoi, Larry ?

— Je vais réfléchir…

— L'aigle a l'air de vous fasciner, dit le procureur à Larry qui ne s'en est pas éloigné.

— Je vous demande pardon ?

— Je dis que l'aigle, ça vous fait jubiler plus que l'affaire Richard More. Et vous aimez la lecture ? demande le procureur.

— Larry lit le *New York Times*, dit Jimmy. Quand il a le temps...

Robert T. Cunningham reste pensif. Pauvre garçon ! Que peut-il lire d'intéressant dans le *New York Times* ? À part quelques événements politiques, des faits divers et des comptes-rendus hostiles des manifestations des Afro-Américains, on n'y trouve pas grand-chose. S'il lui prêtait un livre, ça lui ferait peut-être plaisir. Ce serait un moyen de garantir sa fidélité et sa loyauté. Le jeune homme n'a pas l'air enthousiasmé par l'affaire Richard More.

— Larry ! Vous aimez lire ? lance Cunningham.

— Je lis *Les enfants de l'oncle Tom* en ce moment.

— Richard Wright est un auteur de notre temps, assez moderne et lucide. Celui-là je ne l'ai pas lu. Est-il intéressant ?

Larry ne répond pas. À quoi bon répondre quand on voit la bibliothèque du procureur ? Robert T. Cunningham caresse les livres en lisant les titres. Il retire *Black Boy* de sa bibliothèque et le tend à Larry. Larry lui esquisse un sourire. « Si vous aimez, n'hésitez pas à revenir vers moi... » conclut le procureur en se frottant les mains. Il se retire discrètement et laisse les deux garçons terminer leur verre de *Glenfiddich* tranquillement. La domestique passe devant eux d'un air méfiant. Tout de même ! Et s'ils volaient quelque chose ? Décidément, ce procureur est bien trop libéral, elle n'a jamais vu ça ! Les vouvoyer, c'était déjà lui en demander beaucoup, mais les laisser sans surveillance au salon... Marie mère de Dieu, le monde marche sur la tête !

Le bus dépose Larry et Jimmy au marché public de la huitième avenue. Ils sont heureux de retrouver Harlem. Ici, on les connaît, on les salue, on les considère. On demande à Larry comment va Mike, on s'enquiert de ses matchs de boxe, et on embrasse la petite Anita. Larry et Jimmy se mêlent à l'effervescence du marché. Jimmy pointe du doigt la vendeuse de Bergdorf Goodman que l'on reconnaît de loin, toujours tirée à quatre épingles et à la dernière mode. « Elle fait des manières, mais elle mange les mêmes patates que nous ! » plaisante-t-il, avec une pointe de jalousie. Larry sourit, il sait que Jimmy aimerait voir sa mère dans ce genre de robe, une robe soyeuse rose poudré qui donnerait des allures de grande dame à n'importe qui. La mère de Jimmy est toujours accoutrée comme une femme de ménage, son fichu sur les cheveux et sa balayette à la ceinture. Plus loin, un conducteur de train en uniforme gris attend pour acheter sa portion de gombos. Les petits légumes partent rapidement. « Deux cents grammes d'okra s'il vous plaît », demande-t-il. « Il faut les laisser cuire dans la sauce tomate une vingtaine de minutes pour avoir un goût relevé ! » Larry hésite à en ramener à Anita, elle en raffole, mais en beignets seulement. Anita n'avale les légumes que frits et croustillants. « On va plutôt prendre des *hushpuppies* pour la petite ! Les beignets de maïs c'est un peu mieux que tes gombos ! » le persuade Jimmy. Dans leur enfance, Larry et Mike avaient l'habitude d'en acheter une douzaine qu'ils se partageaient. Leur bonheur ne coûtait qu'un dollar. Larry se sent grand prince en achetant deux douzaines de *hushpuppies* pour sa petite sœur et en souvenir du bon temps. Jimmy l'invite à s'asseoir sur un banc avant de rentrer chez eux, dans l'espoir de picorer quelques boules de maïs en faisant le point sur leur conversation avec Robert T. Cunningham.

— T'en penses quoi alors ? demande Jimmy.

— Qu'est-ce que ça peut me faire le cas Richard More ? Qu'est-ce que ça m'apporte ? dit Larry.

— Des dollars premièrement ! Puis ça fait de toi un homme qui lutte pour la cause des Noirs dans ce pays... Richard More travaillait au Grand Hôtel de Soho avant son arrestation. On doit se faire embaucher pour résoudre cette affaire.

— Le Grand Hôtel de Soho ! Te faire embaucher ! s'amuse Larry. Tu seras payé une misère. T'es qu'un Noir. Tu vas faire quoi ? Ouvrir les portes des ascenseurs, apporter des plateaux, porter les bagages des visiteurs, faire la plonge, être traité comme un esclave ?

— Allez, je te demande juste cette faveur ! On va se marrer !

— Je vais réfléchir, conclut Larry pensivement.

4.

Quelques semaines se sont écoulées. Tôt ce matin, le grand hall d'entrée du Grand Hôtel de Soho s'agite. Tout le petit personnel de l'établissement est aux aguets. Les bagagistes aident les clients à porter leurs valises jusqu'à l'entrée. « Prenez cinq dollars ! C'est New York ici ! » dit gentiment un client au porteur. L'un des portiers arrête un taxi jaune en un sifflement pour l'aéroport John Fitzgerald Kennedy. La semaine touche à sa fin et de nouveaux touristes débarquent au Grand Hôtel de Soho. Une famille d'Égyptiens franchit la porte vitrée qui leur est ouverte par le portier fringuant dans son uniforme rouge à boutons dorés. Ils sont fatigués, le voyage fut long. Ils confient leurs valises au bagagiste qui empile le tout sur son chariot et découvrent le hall majestueux. Ils restent en admiration devant le luxe de la décoration, la précision et le détail de l'architecture. Au centre du hall, une statue gréco-romaine en marbre de Carrare lève son glaive vers la coupole de verre. La lumière blanche du matin éclaire toute la réception. Le comptoir de cuivre étincelle. Une dizaine de téléphones bourdonnent sans arrêt et les réceptionnistes s'organisent sans perdre leur sang-froid. Ils distribuent les clés savamment classées selon la taille des chambres, le standing et l'étage. Dans le petit salon, un enfant joue sur le tapis persan qui trône au milieu des fauteuils où l'on se donne rendez-vous en sirotant un cocktail. Il est heureux. Il est joyeux. Il a tout l'espace pour s'amuser en attendant que ses parents, de riches touristes californiens, récupèrent les clés de la chambre. « Allez mon amour, allez mon chéri, partons ! Papa a tout réglé », lui dit sa mère qui le récupère. Les Égyptiens viennent de conclure également leur entrée au Grand Hôtel de Soho. « Je vous souhaite un excellent séjour et n'hésitez pas à me contacter pour toute information complémentaire. Nous apportons vos bagages dans vos chambres. Et ce sera le deuxième ascenseur ! » Le liftier ouvre la grille de l'ascenseur : « Ils sont à toi Jimmy, c'est la chambre 54 ! »

Jimmy accueille les Égyptiens et les accompagne jusqu'aux vingt-cinquièmes étages. « J'espère que vous passerez un excellent séjour ici à New York ! » leur dit Jimmy. À l'étage, il les guide jusqu'à leur chambre. La mère de famille remarque une photo au mur. Une très belle femme blonde et pulpeuse lance un baiser au photographe. « C'est Marilyn Monroe, elle a séjourné ici quelque temps ! » explique fièrement Jimmy.

Sur le toit du Grand Hôtel de Soho, Jimmy prend sa pause en admirant les gratte-ciels de Manhattan. Il allume une cigarette en attendant que Bryan le rejoigne. Il a réussi à sympathiser avec le liftier, ce grand gaillard qui aime se vanter devant les collègues et qui a la langue bien pendue. Jimmy pense pouvoir lui soutirer des informations sur l'affaire Richard More. Les rumeurs vont bon train dans l'hôtel, mais il est difficile de démêler le vrai du faux. Bryan est un petit voyou qui a l'air de tremper dans toutes les affaires louches du Grand Hôtel de Soho. Rien qu'à sa dégaine, on devine qu'on peut lui demander n'importe quoi en échange d'un billet. Le voilà :

— Comment que t'es arrivé ici ? Ils t'ont racolé ?

— Non, j'avais pas de boulot et j'ai cherché ! Ça fait dix jours que je travaille ici, répond Jimmy. Et toi ? Ça fait longtemps ?

— D'jà cinq ans, répond Bryan. J'fais ça à longueur d'journée, mon poulet ! J'monte les bourges dans leur chambre ! J'les descends à la réception. Bam ! Bam ! Et que j'monte, et que j'descends. Ça s'arrête jamais ! Bah, j'me plains pas, j'arrive à m'faire du flouze avec les richards, j'sais cirer les pompes, ils aiment ça les richous, qu'on leur lèche les bottes. Ils ont l'impression d'être les rois du monde. Si tu veux t'faire du fric, y faut foutre ton orgueil dans ton froc. Et pis ben mon poulet faut pas lésiner sur l'réseau. L'réseau, ça fait tout dans ce boulot.

— Le réseau ? Quel genre de réseau ?

— Les richous y font des orgies ici. Y a la vue, la grande chambre, bobonne à l'autr' bout du pays. Les gars dans les affaires, c'est pas des saints, ah ça non, mon poulet ! Des putains d'pervers qu'y sont ! Moi j'les repère vite et j'leur propose mes services. J'connais toutes les putes les plus classes de Manhattan. Des filles jolies comme tu croirais pas qu'elles font l' tapin. On dirait des dames, j'te jure. Des bourgeoises ! Mais alors c'est pas des filles sages. Le lendemain, la chambre, c'est un beau bordel, tu l'croirais pas. Et pis ça boit du champagne et ça te dégueule tout sur les tapis après. Et ils veulent de la poudre pour accompagner tout ça. C'est qu'ça s'foure le pif ces gars-là ! Moi j'connais des gens qu'ont de la cocaïne d'enfer. Pas ce genre de merde qui te décalque la cervelle, non, une poudre qui t'emmène au paradis avec la gaule d'un cheval de course. Ils peuvent bander toute la nuit avec ça, même bourrés comme des coings.

— Tu n'as pas peur de te faire pincer ? Après l'histoire de Richard More...

— Richard ? Le mec est en taule pour avoir buté une nana d'la haute ! J't'avoue qu' j'y crois pas une minute, c'était un bon gars, il aurait pas buté un cafard... Mais quand même, moi j' suis un curé à côté ! Que j'peux t' faire la messe et tout à côté !

— Tu le connaissais... je veux dire, tétais son pote ?

— J'connais tout le monde dans c' bordel, j'te l'ai dit mon poulet. C'était un chic type, y a pas à dire.

— Tu travaillais avec lui ?

— Tu m'en poses des questions, et ta mère son cul c'est du poulet ? s'agace soudainement Bryan.

— Oh, c'est parce que tout le monde parle de lui ici, se reprend Jimmy.

— Les connards ont qu'à fermer leur clapet, y savent pas d'quoi y causent.

Larry fait le service au restaurant du Grand Hôtel. Il est chic dans son costume blanc. Les clients sont imbuvables pour la plupart. Ils sont une dizaine de serveurs pour quarante tables, il n'a jamais à se presser, mais il doit être attentif aux moindres doléances des clients. Tout doit être impeccable, parfait. Il se tient droit et sérieux, debout dans un coin, à côté des grands lys blancs. Il doit être discret et omniprésent, c'est tout un art. « Châteauneuf-Du-Pape grand cru, cuvée de 1955 », annonce le sommelier qui débouchonne la bouteille devant son client. Le serveur retire la cloche de l'assiette pour découvrir le *sirloin* steak et sa purée sauce pistou. Le client regarde son plat d'un air circonspect. On lui sert le vin qu'il fait tourner dans son verre avant de le goûter. Larry sourit, il sait reconnaître les amateurs qui se prennent pour des grands connaisseurs. Il est appelé en cuisine par le maître d'hôtel qui lui fait un discret signe de la main. « Larry, la feignasse ! Dépêche-toi, tu dois laver toutes ces assiettes ! » gronde le chef de cuisine dès son entrée. Les cuisiniers dressent les assiettes à toute berzingue. Larry aime cette effervescence de la cuisine. Il laisse couler l'eau brûlante sur ses mains. Ça le réveille. Lui qui n'a jamais travaillé dans la restauration, il a vite pris ses marques finalement. Il faut bien avouer que ça lui plaît. Il n'a pas tellement d'informations sur Richard More mais il aime l'idée d'être un infiltré malgré tout. Il se fait son cinéma, c'est un rêveur. Il s'imagine en espion sauvant les intérêts de sa patrie. Pour avoir du nouveau, il faudrait qu'il arrive à discuter avec ses collègues. Mais le rythme effréné du restaurant rend sa tâche compliquée. Le petit personnel ne souhaite pas en parler. Il mentionne le cas More une fois de temps à autre, mais personne ne mord à l'hameçon.

Jimmy et Larry rentrent à Harlem. Ils décident de faire quelques pas dans Manhattan avant de monter dans un bus. Le quartier est en ébullition en cette fin de journée. Les gens se dépêchent, ils entrent et sortent des embouchures de métro. Larry se demande ce qu'il verrait, s'il pouvait admirer le spectacle du haut d'un building, sans doute des fourmis qui se dispersent, se croisent et ne s'arrêtent jamais. Il essaye d'imaginer ce que ressentent ceux qui travaillent dans les bureaux du *Metropolitan Life Insurance Tower*, cette tour de plus de deux cents mètres de haut qui ressemble au clocher d'une église. Ils doivent oublier la vie réelle, se sentir infiniment petits et insignifiants, ou peut-être infiniment supérieurs. Peut-on prendre de bonnes décisions si loin du sol ? Dieu, comme ces bureaucrates, doit se demander ce que c'est que ce bazar, à quoi ça rime et à quoi ça mènera, tous ces gens sans repos, préoccupés par l'argent, le temps et leur survie ici-bas, et qui ne se regardent pas, qui oublient qu'ils sont semblables, dans le même bateau, qui pensent tous à peu près à la même chose, mais qui ne s'arrêtent pas une seconde pour se dire : « Eh les gars, si on allait tous faire une sieste, faire l'amour, et puis une grosse bouffe, si on profitait d'être en vie ? Si on arrêtait de se battre les uns contre les autres ? Si on arrêtait de se mépriser, de se détester et de se juger ? Si on faisait la paix pour mourir heureux ? » Jimmy ne rêve pas, il s'interroge sur le cas Richard More et ce qui se trame au Grand Hôtel. Comment peuvent-ils être sûrs que l'équipe du soir n'est pas impliquée ? Il a des soupçons. « Richard More travaillait de jour, je n'en doute pas », lui a confirmé Larry à plusieurs reprises. Mais Jimmy ne supporte pas l'idée de laisser l'hôtel sans espion. Une brise légère se lève entre les gratte-ciels de Manhattan. Ça sent les beaux jours et le bourgeonnement des fleurs. C'est une tout autre affaire quand on attend la chaise électrique, ce pauvre Richard More doit regretter le printemps à Manhattan. La huitième avenue s'agite et les klaxons étourdissent Larry. La ville de New York est un volcan en éruption à cette heure de la journée. Jimmy s'adresse à Larry, mais ce dernier peine à l'entendre.

— Alors, comment ça se passe pour toi ? demande Jimmy.

— Si c'était pas pour toi et ton affaire de Richard More, je crois pas que j'aurais tenu le coup à servir les clients, à faire la plonge et à porter ces foutues valises toute la journée.

— T'exagères, tu t'es fait embaucher au Grand Hôtel de Soho, le Grand Hôtel de Soho ! répète Jimmy fièrement.

— Oui, oui... au moins je ramène un peu d'argent à la maison. C'est Mike qui en tire une tronche que je bosse là-bas. Il peut plus la ramener devant *mum*. Le fils prodigue, il en a pris un coup dans le moral ! Enfin pour l'instant j'ai dix dollars de pourboire, c'est pas non plus l'opulence...

— Tu viens de commencer ! T'as même pas d'ancienneté et souviens- toi : on est là pour en savoir plus sur le cas Richard More.

— Et finalement ? demande Larry.

— Je crois que j'ai du nouveau. Bryan a l'air au courant de quelque chose.

— T'as réussi à lui tirer les vers du nez ?

— Plus ou moins, il parle trop ce gars, il sait pas tenir sa langue. Je sais qu'il trempe dans des histoires de putes et de drogue.

— Il a parlé de Richard ?

— Pas spécialement, mais ça m'étonnerait pas qu'ils aient eu des combines ensemble.

— Tu crois que Bryan a un lien avec le meurtre ?

— Je n'irais pas jusque-là pour l'instant... Mais tout est lié dans ce genre d'affaires. C'est pour ça qu'on est au Grand Hôtel !

— Moi j'ai rien appris... Les collègues me regardent comme le négro quoi... je me demande comment j'ai pu avoir cette place. Quand je fais le service, les clients me regardent comme un chien galeux. Je sers pas tout le monde. Une fois des clients ont fait renvoyer l'assiette...

— T'as sympathisé avec les réceptionnistes ? C'est des gens importants, les yeux de l'Hôtel !

— Ils communiquent entre eux de façon bizarre. Ils ouvrent les tiroirs, décrochent les postes téléphoniques toute la journée.

— Y a absolument rien d'anormal, c'est leur boulot ! s'étonne Jimmy.

— Quelque chose cloche à la réception du Grand Hôtel, c'est sûr, conclut Larry.

— Si tu le dis... Va falloir des arguments plus solides pour Cunningham.

— On le voit quand ? demande Larry.

— Demain soir pour le premier rapport. Faut te bouger les fesses.

Larry est étendu sur son lit. Il se fait tard et le reste de la famille discute devant la télévision. Cela fait plus de trois heures qu'il dévore *Black Boy* de Richard Wright. Le procureur Robert T. Cunningham avait insisté pour que Larry l'emporte. Il lui avait dit : « Il faut le lire, vous verrez, vous pouvez aisément vous en inspirer pour comprendre l'Amérique d'aujourd'hui ». Larry est plongé dans le récit. Il absorbe chaque mot, car chaque mot est juste, tranchant. C'est la misère, la pauvreté, la violence. Une vie d'outrage, une vie d'indignation et de colère. Il aime la force qui s'en dégage. C'est un jugement, et le juge suprême est noir, un jugement de cette pourriture de société raciste. Il se demande comment Cunningham a lu ce livre, ce qu'il a pu ressentir. Ressent-il vraiment quelque chose, cet homme ? C'est un bloc de marbre. Mais après tout, il a l'air de s'intéresser aux autres, aux invisibles. Il est épris de justice. Larry lit ce passage en souriant : « *je m'accoutumais à voir les prostituées blanches couchées toutes nues sur leur lit, ou se promenant nues dans leurs chambres ; j'appris de nouvelles règles de conduite, de nouvelles manières de vivre cette vie de ségrégation qui nous était imposée. Nous autres, jeunes Nègres, étions sensés considérer leur nudité comme une chose naturelle, pas plus susceptible de nous troubler qu'un vase bleu ou un tapis rouge. Notre présence n'éveillait pas le moindre sentiment de honte chez elles, car nous autres Noirs n'étions pas considérés comme des êtres humains.* » Larry aime son nouveau bijou, ce livre que Cunningham lui a prêté. Il a l'impression de partager un secret avec cet homme si respectable et érudit.

— C'est quoi ce beau livre ? Tu lis la Bible ? demande Mike.

— Mieux que ça !

— Je me disais bien aussi... De quoi ça parle ton pavé ?

— C'est Cunningham qui me l'a prêté. C'est drôle qu'il m'ait filé ce livre. Je me demande pourquoi, ça n'a rien à voir avec sa vie à lui. C'est un privilégié, Cunningham, le mec qui a été élevé dans une belle maison avec des domestiques, qui a dû aller à Harvard, qu'a jamais manqué de rien. Le mec qui décide qui doit vivre ou mourir, parce que son avis compte, parce qu'on l'écoute plus que n'importe qui... Et il me prête ça. Un livre qui parle de l'injustice et de la haine. Un livre sur le racisme des années quarante. Je sais pas ce qu'il y trouve...

— Il s'est dit que tous les Noirs pensaient la même chose, qu'ils sont tous pareils.

— Non, je crois pas. Je crois qu'il lit beaucoup, qu'il s'intéresse vraiment aux gens, à ceux qu'ont pas eu sa chance...

— Oui, c'est plus facile de l'extérieur. Ton Cunningham, c'est un hypocrite. Ces intellectuels, moi je m'en méfie. Ils plaident la bonne cause pour s'assurer une place au paradis, et puis seulement quand ça les arrange.

— Qui sait ? En tout cas ce livre m'a changé..., répond pensivement Larry.

— Je vois... et sinon, comment ça se passe au Grand Hôtel ?

— J'ai passé ma journée à laver des assiettes, à regarder le beau monde tiré à quatre épingles déguster des dos de cabillaud ! J'ai même mangé les reste d'un filet mignon qui partait à la poubelle.

— Alors, vous avez des nouvelles du cas More ?

— Il y a quelque chose qui se profile... on n'est pas trop sûrs pour le moment. Une affaire de drogue...

— Comme dans tous les hôtels de l'île ! reprend Mike. À la blanchisserie, des fois je retrouve de la drogue dans les pantalons ou les chemises.

— Pense même pas à la tirer ! Nataly serait furieuse...

— Elle le sait que je trouve de la came dans les vêtements de la blanchisserie, mais je lui ai promis de jamais la toucher. Elle est heureuse en ce moment...

— Columbia ? demande Larry.

— Ouais, elle a décroché un entretien ! T'imagines ? Une Noire qui passe un entretien à Columbia ? C'est pas gagné, mais c'est déjà énorme ! Il paraît qu'ils vont faire rentrer quelques Noirs pour voir comment ça se passe. Je suis très fier d'elle et on va marquer le coup...

— Au *Cotton Club* ?

— Je suis pas sûr encore. Je vais lui laisser choisir l'endroit. Tu connais Nataly, elle veut « immortaliser cet instant » avec moi comme elle dit, dans un endroit parfait. Tu veux venir ?

— Moi aussi je veux sortir avec Nataly ! s'exclame Anita qui est entrée en trombe dans la chambre.

La voilà qui se met à sauter sur le matelas de Mike, comme à son habitude. Mike la saisit comme un jambon et la fait tourner dans la chambre, provocant des protestations mêlées aux éclats de rire. « Moi qui voulais lire tranquille... » soupire Larry. Gladys entre à son tour dans la chambre, attirée par l'animation.

— Qu'est-ce qui se passe ici ? Il est minuit et vous faites encore un chahut du diable ! Et la petite qui va à l'école demain !

— Cette petite dinde, elle va à l'école ? s'amuse Mike qui dépose sa sœur.

— Anita, va te coucher immédiatement, Mike et Larry je ne veux plus vous entendre, vous vous croyez où ? Dans un jazz club ? Vous êtes pas ici à l'hôtel ! Même pas au Grand Hôtel de Soho, ajoute-elle avec un clin d'œil pour Larry.

5.

Un mois s'est écoulé depuis son dernier entretien avec Cunningham. Larry est impatient, il a hâte de retrouver l'ambiance feutrée du salon du procureur, la grande bibliothèque, les conversations érudites, et le whisky ambré. Il a hâte de franchir la porte de cet espace hors du monde, de faire une douce parenthèse. Il est fatigué de ses journées au Grand Hôtel de Soho, des rues agitées de Harlem, de la musique, des matchs de boxe, des remontrances de sa mère, des supplications d'Anita... Il a envie de s'étendre dans un fauteuil en cuir et de parler de *Black Boy*. Cunningham l'accueille avec sa déférence habituelle et le fait asseoir. La lumière est tamisée, les rideaux tirés. La domestique a pris son congé.

— Qu'avez-vous pensé du livre que je vous ai confié ? demande le procureur.

— Je l'ai terminé. Je l'ai lu d'une traite. Mais je me suis demandé... Comment dire ? Pourquoi vous lisez ce genre de livre ?

— Et pourquoi pas ! s'amuse Cunningham. Vous vous demandez pourquoi un WASP comme moi s'inquiète des minorités de ce pays ? Pourquoi je ne me sens pas menacé par cette haine légitime des Afro-Américains ? Eh bien, je vais vous le dire... Voulez-vous un whisky, Larry ?

— Oui, juste un fond alors...

— Ne faites pas l'enfant, buvez, ça vous éclaircira les idées, dit-il en remplissant un grand verre.

— Merci. Vous disiez que vous ne vous sentez pas menacé...

— Oui. Écoutez, je ne suis pas procureur par simple désir de pouvoir, quoi que, ne soyons pas hypocrite, c'est toujours plaisant, et c'est l'une des raisons, mais... Quand j'avais votre âge, je rêvais de justice sociale, je rêvais... d'être un héros en quelque sorte. Mon père était un avocat très respecté. Il ne perdait quasiment jamais un procès. J'avais une admiration sans borne pour lui. Jusqu'au jour où j'ai compris. Il aurait défendu n'importe quelle cause, même la plus abominable. Pour lui, ce n'était qu'un jeu, il jouait aux échecs avec la vie des gens, avec la morale, avec l'équité. Et je me suis mis à le mépriser. J'ai ressenti une colère folle, une colère que je n'exprimais pas, bien sûr, mais qui me remuait totalement. Vous savez, ce n'est pas facile de voir son père tomber de son piédestal...

— Le mien nous a abandonnés, ma mère et nous... J'ai été très en colère contre lui. Et puis je me suis dit qu'il avait sans doute raison d'être parti. Cette vie, c'est pas une vie. Lui, c'était un aventurier, il avait envie de conquérir le monde, pas de rester dans la misère de Harlem.

— Vous lui avez pardonné ?

— Oui, j'ai pas eu le choix, je devais tourner la page. Mon frère Mike est devenu boxeur, ça lui permet de se défouler... Moi je lis, quand je suis hors de moi, ça me calme.

— *Black Boy* a dû vous calmer alors..., sourit Cunningham. C'est un bon livre pour décharger son indignation et son amertume.

— Vous lui en voulez toujours à votre père ? ose timidement Larry.

— Oui, toujours. Vous voyez, malgré mon âge, je suis moins sage que vous ! J'entretiens mon mépris pour trouver du courage. J'ai une vie de moine, je travaille plus qu'il n'est humain de le faire...

Larry observe mieux le procureur. Ce grand échalas porte un costume gris trois-pièces et des mocassins parfaitement cirés. Élégant et de belle prestance, Robert T. Cunningham est vif et agile, comme toujours aux aguets, prêt à rebondir sur une idée. Le procureur dépose son verre sur la table et s'assoit enfin. Son nez busqué et ses yeux pétillants le rendent intéressant, curieux, suspicieux. Larry ose :

— Vous avez jamais voulu avoir une famille ?

— Tout le monde veut une famille. Vous savez, une épouse qui vous attend, des enfants qui vous admirent, se sentir aimé... Mais je ne peux pas me plaindre. C'est vrai que je ne supporte pas d'être dérangé dans mon travail, et la solitude me ressource, elle est essentielle à la réflexion. Les gens m'ennuient vite, ils me lassent dès qu'ils ne m'apportent plus rien, je veux dire intellectuellement parlant. Je me suffis en quelque sorte, vous comprenez ?

— Oui. Je suis assez solitaire, moi aussi.

— Je vous trouve assez mûr pour votre âge. Vous n'êtes pas un adolescent comme les autres. Dans un autre contexte, vous seriez sans doute arrivé loin. C'est ça l'inégalité des chances dans ce pays, on prône la liberté d'agir, d'entreprendre, de réussir, mais en réalité, ce sont les élites qui prennent le pouvoir. Et cela n'est pas très intéressant, rien ne peut changer. Même s'il faut un minimum d'éducation pour prendre des décisions, pour devenir un homme bien. Vous devez vous battre pour ça, insiste le procureur Robert T. Cunningham.

— J'essaye de me battre. Et vous, vous vous battez ?

— Oui je me bats, et contre des gens importants.

— Pour le cas More, ça changera quoi ?

— Les procès ont une valeur exemplaire. La justice n'est pas anecdotique, elle est symbolique, vous comprenez ? Tout est politique dans ce pays. Vous connaissez bien sûr la loi « Séparés, mais égaux » ?

— Séparés, mais égaux ! Comment on peut être séparés et égaux ? Si les Noirs n'ont pas accès aux mêmes écoles, aux mêmes toilettes, aux mêmes logements... enfin on n'est pas des pestiférés ! « Pas de chiens et pas de Noirs », ça montre bien ce qu'on pense de nous ! Si on est traités comme des animaux, elle est où l'égalité ? On peut même pas voter pour exprimer nos ambitions ! s'énerve Larry.

— Heureusement, John Kennedy pense que cette loi de Louisiane viole le quatorzième amendement de la Constitution américaine garantissant à tous les citoyens une protection égale. C'est un bon président, il ose affronter les sudistes comme personne ne l'a osé avant lui. Sa campagne est très médiatisée, mais il ne risque pas de s'attacher la sympathie de l'Alabama et de la Caroline du Sud où les conservateurs rêvent d'une Amérique pure. Le gouverneur de l'Alabama a récemment exprimé son opinion sur les Noirs au Capitole de Montgomery... John Kennedy fait violence à beaucoup. On ne change pas les mentalités en un jour, il faut pénétrer les esprits par symboles successifs. C'est pour ça que l'affaire Richard More est importante. Avez-vous réussi à avoir plus d'informations au Grand Hôtel de Soho ?

— Il se passe des choses louches dans tout l'hôtel, je pense qu'il y a tout un réseau... Reste à savoir quel était le rôle de Richard More.

— Hum, ce n'est pas bon. S'il a trempé dans des histoires de drogues, ça peut l'incriminer davantage... Un alibi ne sera sans doute pas suffisant, il faut qu'il soit totalement innocent, et irréprochable...

Les premières lueurs du jour font leur apparition. Sur le pont, Larry observe la rivière de Harlem. La veille, les enfants nageaient et plongeaient parmi les déchets. La fumée noirâtre d'un feu de bois se dissipe dans le ciel. Des corbeaux s'agitent au milieu des cendres. Le métro passe dans un vrombissement sourd. La nuit est vite passée.

Robert T. Cunningham est un homme passionnant. Il lui a raconté l'histoire des lois américaines, avec tous les détails, tous les tenants et les aboutissants. Il lui a raconté des romans, des vies d'hommes célèbres, des faits divers, des anecdotes que personne ne connaît, tout du moins à Harlem. Il ne s'arrêtait pas, comme s'il avait décidé de l'instruire, de partager tout ce qu'il sait. Larry ignore la raison d'un tel engouement. Que voit-il en lui ?

6.

En cette fin de matinée, la réception du Grand Hôtel de Soho est tranquille. Le petit personnel de l'établissement est affairé à préparer la grande fête qui débutera en fin d'après-midi. Seuls Bryan le liftier et un réceptionniste sont de garde. Larry a été assigné bagagiste. « Bonjour, bienvenue au Grand Hôtel de Soho », dit-il en baissant les yeux à une femme qui lui remet sa valise avec une pointe de dégoût. Elle se dirige vers la réception en traînant son caniche blanc derrière elle. Quelques instants s'écoulent avant que Larry remette à Bryan la grosse valise. « Bon séjour Madame ! » lui souhaite Larry en refermant la porte de l'ascenseur. « Merci, Tom », lui répond-elle avec un sourire hautain. Larry enrage, « Tom », c'est le nom qu'on donne aux négros, parce que « Monsieur », ce serait trop humanisant, trop noble pour un Noir. Ce matin, les entrées et les sorties ont cessé, les va-et-vient sont moins fréquents, l'hôtel paraît paisible.

— Cette matinée est assez inhabituelle, dit Larry au réceptionniste qui bâille.

— Par contre, prépare-toi pour les festivités de ce soir. Tous les ans, les chefs d'entreprises viennent célébrer et raconter leur succès au Grand Hôtel de Soho. L'année dernière, j'étais assigné au restaurant et on s'est tous partagé un pourboire astronomique...

— Une centaine de dollars ? demande curieusement Larry.

— Bien plus, beaucoup plus ! C'est des compagnies qui montent et descendent sur la Bourse !

À l'entrée, un homme habillé d'un uniforme marron et d'une casquette rouge discute avec le portier. C'est un coursier qui vient régulièrement déposer des colis à la réception. Larry a pris l'habitude de le voir. C'est un petit homme pressé qui parcourt la ville à vélo. Il prend tout de même le temps de saluer le portier quand il vient. Il se dirige vers la réception. Il semble embarrassé de ne pas retrouver son interlocuteur habituel. Il hésite puis dépose finalement son colis sur le comptoir. « Bonjour, un colis pour la chambre 314 », et il repart. Le réceptionniste range le colis dans un casier derrière lui. Il se retourne vers Larry :

— Je me demande bien qui est ce client qui se fait livrer des colis si souvent.

— Un habitué, un homme d'affaires... Pourquoi ça te surprend ?

— Disons que je mets aucun visage sur la chambre 314.

— Tu connais tous les habitués ?

— Tu sais, à force... les habitués ont leur chambre. Par exemple la 217, c'est un grand moustachu, un roi du pétrole, qui vient toujours le mardi à 14 heures jusqu'au vendredi 18 heures, il habite à Washington. Et la 406, un gros chauve qui vient le week-end pour se reposer. La 118, toujours un rouquin d'une trentaine d'années...

— Je vois, je vois, l'interrompt Larry.

— Mais la 314, non, rien, je vois pas.

Larry a pu retrouver Jimmy sur le toit de l'hôtel. Ils ont quelques minutes pour se transmettre les objectifs de la soirée. Ce genre d'événement peut révéler ce qui se trame ici. Hors du contexte habituel, les employés se trahiront plus facilement. En tout cas, c'est ce dont Jimmy est certain, et Larry lui fait confiance en matière d'espionnage.

— C'est quoi cette histoire de colis ? Tu es sûr que c'est important ? insiste Jimmy. Tu nous ramènes des trucs suspects tous les quatre matins... Quand c'est pas un client qui boite, c'est un serveur qui sert pas à l'anglaise...

— On doit servir à l'anglaise ! Et il travaille ici depuis un an !

— Il est incompétent, c'est noté.

— Bon, laisse tomber. Mais le colis pour la chambre 314, là, je te jure qu'on tient quelque chose. Même le réceptionniste trouve ça louche, se justifie Larry.

— Si tu le dis... C'est qui ce client de la chambre 314 ?

— Justement ! On sait pas ! Un habitué invisible... Nul ne connaît sa véritable identité...

— Tu me fais le coup du grand mystère à chaque fois... On n'est pas au cinéma bon Dieu Larry, sois sérieux ! Il y a un mec qui va crever sur une putain de chaise électrique !

— Fais-moi confiance sur ce coup-là. Vérifions qui crèche à la 314.

— Je pense pas qu'on puisse enquêter là-dessus ce soir. On sera bien trop occupés, mais on garde un œil sur Bryan.

— Oui mon général ! se moque Larry en éteignant sa cigarette.
— Balance ta clope, regarde elle disparaît, on la voit même pas descendre jusqu'en bas. Je trouve ça dingue à chaque fois.

Vêtus d'un pourpoint à boutons rouges, les serveurs du restaurant du Grand Hôtel de Soho se préparent à une fête majestueuse. Aujourd'hui, des hommes puissants et influents, les rois de la Bourse de Wall Street, viennent célébrer dans l'établissement le succès et la bonne performance des compagnies américaines cotées sur la Bourse de New York. La plupart sont actionnaires. Des boursiers, des financiers, des magnats de l'industrie de l'acier, des dirigeants de l'industrie automobile seront présents dans la grande salle du restaurant de l'hôtel de Soho. New York n'est pas seulement une ville en éruption, elle est aussi le foyer de la bourse américaine. Elle se réveille tous les jours au son des cloches de Wall Street. Dans la salle, les serveurs préparent les flûtes de champagne et ajustent les nappes blanches. Un électricien opère les derniers réglages pour le microphone. C'est Charles T. Beaird, un vétéran de la Deuxième Guerre, un philanthrope industriel, qui fera un discours pour tous les convives.

Il est cinq heures. Larry est posté à l'entrée. Il observe le défilé des voitures devant le Grand Hôtel de Soho. Il est comme un enfant. Ce sont des Jaguars flambant neuves, des Corvettes élancées et des Aston Martin à six cylindres et deux cent quarante chevaux ! Larry n'en croit pas ses yeux. Deux cent quarante chevaux ! Un moteur parfait... et cette carrosserie... Mais que ne voit-il pas arriver ? Une Ferrari 410 Superamerica ! Un bijou, une rareté, une magnificence. Seuls quelques riches américains, une poignée, la possèdent. Quelques hommes dans le monde entier. Elle est si élégante, blanche comme un ange. « Larry, va arranger les fleurs sur les tables ! » l'interrompt le maître d'hôtel, « secoue-toi ! ils arrivent ! » Tout doit être parfait. Il ne faut pas décevoir ces gens-là ! Les premiers convives font leur entrée. Voilà le directeur de la Wells Fargo. Son épouse en robe vichy rose est à la mode Brigitte Bardot. Elle adore Paris, elle adore la France, elle adore Godard et les Champs-Élysées. Lui n'adore que les affaires, les cigares et les femmes qui l'accompagnent parfois quand il descend à l'hôtel de Soho, jeunes et belles comme des soleils. Le président de Ford fume un Havane. Il demande un martini avec une olive. Il se donne un style européen. Son chapeau est londonien, ses chaussures, par contre, sont italiennes. La robe de sa femme, façon *Dolce vita*, est italienne également. Les magnats et leurs épouses parlent voyages, *jetlag*, grands hôtels, défilés de mode, Cannes, Paris, Londres, Monte-Carlo, Rome, Florence, et les canaux de Venise, et Londres si romantique, et la Riviera, et le ski à Courchevel... À croire qu'ils vivent à peine dans leur pays ! Larry écoute ces mondanités d'une oreille attentive. Il a l'impression d'être au cinéma. Les conversations tournent maintenant autour des charités. Les épouses organisent des ventes aux enchères. Les voilà qui parlent beaux-arts. New York, ville de l'art moderne. Le pop art est immonde. Non Roy Lichtenstein, vous ne connaissez pas ? Jasper Johns fait polémique. Larry ne comprend pas grand-chose. Il aimerait pouvoir parler de tout et de rien comme ça, de manière intelligente. Jimmy lui fait signe de l'autre bout de la salle. Il a l'air agacé. Il articule : « Regarde Bryan ». Larry avait presque oublié sa mission. Bryan fait des messes basses avec Martin, le chargé du vestiaire, celui qui ôte les vestes et chapeaux des nouveaux arrivants. Le patron de la compagnie *Johnson and Johnson* s'approche de Martin et lui serre la main sous les yeux étonnés de Larry :

— N'oublie pas, je veux profiter de cette soirée !

— Ne vous en faites pas Monsieur, s'incline respectueusement Martin.

Martin range une liasse de billets dans sa poche. C'est un pourboire conséquent. Ce n'est pas le premier pourboire exubérant qu'il ramasse ce soir, songe Larry. Il est fort, il est vraiment fort. Il faut dire qu'il est obséquieux à souhait. Les invités s'installent à leur table. Larry et Jimmy versent du champagne à chaque fois qu'un invité vide sa flûte. Charles T. Beaird monte sur l'estrade. On se lève et on l'applaudit. « *Je vois aujourd'hui dans cette salle des dirigeants, des présidents, des ingénieurs et des philanthropes. Comme tous les ans, nous sommes venus enthousiastes, discuter des bonnes performances de cette dernière année. Et encore une fois ! Quel autre cadre que le Grand Hôtel de Soho aurait pu nous accueillir ? Nos entreprises sont prospères, nos usines tournent à plein régime. L'Amérique peut se montrer fière et grandiose et prendre sa place de plus grande puissance mondiale...* » Jimmy envoie le signal à Larry. C'est maintenant. C'est le moment. Le discours va durer une bonne dizaine de minutes. Personne ne lui prête attention, les serveurs sont respectueusement rangés dans le fond de la salle. Larry, qui s'était posté près de l'entrée du restaurant, tourne les talons et s'éclipse. Il se dirige vers les escaliers de service. Une main se pose sur son épaule alors qu'il pousse la porte. C'est le maître d'hôtel. Il est pris comme un lapin. Le maître d'hôtel le regarde bredouiller quelques excuses incompréhensibles, il le laisse s'embourber, c'est insupportable.

— Où vas-tu ? finit-il par demander sèchement.

— Je monte...

—Tu crois que c'est le moment d'aller fumer une cigarette ?

— Non, Monsieur. Ce n'était pas mon intention...

— Si tu ne me donnes pas une raison valable, je te licencie sur le champ.

Larry hésite un instant. Il va tenter le tout pour le tout, il n'a plus rien à perdre. S'il est congédié maintenant, finie l'affaire Richard More, finies les soirées avec Robert T. Cunningham, et il n'ose imaginer son désappointement, finies la fierté de *mum* et la jalousie de Mike, fini le beau costume, finis la joyeuse mascarade et l'espionnage avec Jimmy...

— Alors ? J'attends garçon, insiste le maître d'hôtel.

— C'est Martin et Bryan... ils m'ont demandé d'aller à la chambre 314.

Le maître d'hôtel paraît interloqué. Il le regarde de haut en bas et finit par lui donner une tape dans le dos suivi d'un « Dépêche-toi » avant de revenir au restaurant. Larry n'en croit pas ses yeux. Il a réussi. Cela prouve qu'il y a bien une histoire avec cette fichue chambre et les deux gaillards. Il faut absolument raconter ça à Jimmy. Bon, pas le temps de réfléchir ni de tergiverser, il monte les marches quatre à quatre jusqu'au troisième étage. « *Ford restera le fleuron de l'industrie américaine. C'est notre fierté. Il ne faut pas manquer de diversifier notre capacité à produire dans les différents secteurs de l'économie. Coca-Cola, pure invention américaine, est exporté à l'étranger. Nous en sommes orgueilleux. Les actions des dix premières compagnies n'ont cessé de monter après la Deuxième Guerre. Notre économie est radieuse et elle s'impose comme un modèle de la démocratie. N'oublions pas cette guerre qui fait rage au Vietnam...* » Jimmy s'inquiète, le discours va s'achever et Larry n'est toujours pas revenu. Il a vu le maître d'hôtel le talonner quand il s'est échappé. Qu'a-t-il pu lui raconter ? Il espère qu'il a pu se défendre. Les mensonges, ce n'est pas son fort. Larry est intelligent, et il l'admire pour ça, mais quand il s'agit de raconter des histoires... Larry est beaucoup trop honnête. Le cas Richard More lui aura au moins permis de s'exercer à la manigance. Il en faut pour survivre. Jimmy en est convaincu, sans mensonge, on se fait manipuler, c'est la loi du plus fort, mais surtout du plus malin. Larry est un mauvais espion, il se croit à Hollywood, mais il a pris confiance en lui ces derniers temps. Ça le change de sa chambre et de son journal. Qu'a-t-il pu inventer ? Si ça se trouve, le maître d'hôtel lui a demandé de rassembler ses affaires et de disparaître immédiatement. À côté de lui, Martin et Bryan s'échangent des billets. Ils font pourboire commun apparemment. Les autres font comme si de rien n'était, ils ne sont pourtant pas discrets. Le maître d'hôtel part en cuisine. Le discours se termine.

7.

— *Mum,* pour mon baptême, je voudrais du chocolat *Reese's* et *Hershey's* ! Beaucoup de chocolat, rien que ça ! supplie Anita pendant que sa mère retire les muffins du four.

— *Honey,* tu n'es pas raisonnable ! Regarde-moi ces muffins aux pépites de chocolat ! Ils sont un peu trop cuits, mais l'intérieur est tendre, bon et onctueux comme l'amour que Jésus va te donner...

— Est-ce que je peux inviter ma maîtresse pour venir célébrer mon baptême ? s'inquiète Anita.

— Non petite maligne ! On va célébrer ton baptême en famille avec tes deux frères. D'ailleurs Larry est censé m'acheter des dragées pour le grand jour.

— C'est quoi les dragées *mum* ?

— Des bonbons... c'est encore meilleur que *Reese's et Hershey's* ! Est-ce que tu connais l'histoire de Saint Jean le Baptiste ?

— Non *mum,* c'est l'ami de Jésus ? demande Anita avec enthousiasme.

— En quelque sorte, c'est celui qui a baptisé Jésus dans le fleuve, le Jourdain. On l'appelle le précurseur. Il était toujours vêtu d'une peau de bête, une peau de brebis ou d'antilope. Il errait dans le désert à la recherche du Dieu vivant. Il ne mangeait que des insectes... des sauterelles, des mouches, des criquets... Il savait que Jésus allait venir vers lui. Il annonçait à tous ses disciples la venue prochaine du fils unique de Dieu, la venue d'un messie qu'il baptiserait.

— Il mangeait des insectes ! Mais c'est dégoûtant ! Les dragées, ce sont des insectes avec un goût de bonbon ?

— Non, seulement des amandes avec du sucre. Tu sais, dans le désert on ne trouvait pas grand-chose à manger...

— Tout de même, *mum,* c'est dégoûtant ! Et c'est quoi « les d*issippes* » ? Tu dis tout le temps les « *dissippes* » ?

— Les disciples, *honey*. Ce sont comme des élèves.

— Jean Baptiste, c'était une maîtresse ?

— En quelque sorte... Bon, ça suffit pour aujourd'hui les questions.

— Alors on danse ? J'ai envie de danser ! s'exclame Anita.

Gladys sort un vinyle de Ray Charles du placard et le dépose sur le tourne-disque. Un fond de jazz envahit le petit appartement de Gladys Hoover. Elle prend les mains d'Anita et la fait tourner lentement. Anita adore la musique, comme tous les Hoover. Elle veut danser comme son frère Larry, c'est le meilleur danseur qu'elle connaît. À l'école, la maîtresse dit que seule la danse classique est un art, mais parfois la maîtresse ne sait pas tout. Quand Larry danse, c'est de l'art, à coup sûr ! Mais Larry ne danse plus souvent au salon, il préfère aller dans les clubs. C'est dommage, elle aimait bien quand il lui apprenait des pas, et même parfois des chorégraphies entières ! Il disait : « Anita, tu seras une vraie reine sur la piste de danse, quand tu auras l'âge ». Larry, c'est un grand frère attentionné. Mais depuis qu'il travaille, il se prend un peu trop pour un grand.

— Pourquoi Larry se prend pour un grand ? demande-t-elle finalement à sa mère.

— C'est un grand, *honey*. C'est la vie...

— Non, c'est pas vrai, c'est même faux ! Larry c'est mon grand frère, mais c'est pas un grand ! Il fait même pas la moitié de Mike, ça peut pas être un grand !

Larry serre le nœud de sa cravate dans le miroir brisé de sa mère. Il est stylé dans son jean patte d'éléphant et sa veste turquoise. Sa coiffure afro lui manque. Le voilà rasé comme un mouton triste. Ses cheveux faisaient sa fierté. Il se déhanche devant le miroir, il a de l'allure tout de même. Depuis qu'il travaille au Grand hôtel de Soho, il sait se tenir droit, se donner l'air mâle. Il va plaire ce soir, il va faire chavirer les cœurs en dansant toute la nuit, souple comme une panthère. Il fait un pas de côté et un tour sur lui-même. Mike le regarde d'un air amusé. Mike est beau comme un Dieu, mais il ne sait pas danser. Il est trop baraqué pour être gracieux. Larry se voit déjà virevolter autour de Nataly, se tendre et se détendre comme un élastique, il a des ressorts sous les pieds, il est fluide, liquide, il se fond dans la musique... Il plonge ses yeux dans ceux de Nataly. Il s'approche, et Mike l'interrompt dans ses rêveries :

— C'est combien l'entrée du *Savoy Ball Room* ce soir ?

— Quatre-vingts cents, répond Larry.

— J'invite Nataly ce soir, annonce fièrement Mike.

— À danser ?

— Oui, elle aime danser. Mais tu sais, c'est pas mon fort. Mais pour toi, c'est l'occasion de faire danser les plus belles femmes de Harlem. Elles seront là, au *Savoy Ball Room*. Toutes fraîches et pimpantes ! Rien que pour toi !

— Une suffit !

— Ça serait déjà un exploit, le taquine Mike en caressant ses pectoraux sous sa chemise.

— J'ai changé, dit Larry.

— J'attends de voir... Du moment que tu me voles pas Nataly. Elle te plaît, hein salaud ? Me mens pas, je te connais petit frère. Mais Nataly c'est la grande classe, c'est une fille unique, intelligente et belle...

— Nataly ? Je peux trouver mieux. Elle se donne des airs, elle est maniérée ta Nataly. Et beaucoup trop intello pour moi.

— Ouais, si tu le dis... Je te rappelle que tu lis comme un fou furieux ces derniers temps...

— T'es jaloux ou je rêve ? Tu crois vraiment que Nataly et moi...

— N'importe quoi, regarde ta dégaine ! T'es maigre comme une allumette ! Tu fais pas le poids mon gars, sans vouloir te vexer... Et ton Jimmy, il vient ce soir ? demande Mike en serrant son nœud papillon.

— Ouais, il manquerait pas une occasion de danser. Le *rhythm and blues,* c'est sa vie...

— Je croyais que c'était de lécher les bottes des procureurs blancs.

— Le jour, il lèche les bottes, la nuit il glisse comme un lézard sur le *dance floor.*

Situé entre la 140e et la 141e rue du quartier de Harlem, sur Lenox avenue, le *Savoy Ball Room* s'apprête à accueillir plus de quatre mille personnes. Les néons lumineux papillotent : ce soir c'est le grand soir, c'est samedi soir. C'est la plus grande salle du monde, c'est l'âme de tout un quartier, et pas n'importe quel quartier, le plus dansant et le plus cool, le plus chaud, le plus créatif sur un *dance floor*. Le *Savoy Ball Room*, c'est le battement de cœur de Harlem d'après le poète Langston Hughes. Un cœur puissant en pulsation permanente. Un battement noir, un battement soûl, un battement *rhythm and blues*. Et on y entre pour moins d'un dollar. Mais attention, il faut avoir du style pour entrer. L'impératif est de porter une veste et une cravate ou un nœud papillon. Larry et Mike rejoignent la queue. Ils en ont pour un bon moment. Mais dehors l'ambiance est presque aussi fiévreuse qu'à l'intérieur. On s'échange des bouteilles de whisky, des joints, parfois même des traces de cocaïne qu'on se fait discrètement sur le rebord de la main en tournant la tête. Larry regarde avec dégoût le mec à côté de lui qui s'étale de la poudre sur les gencives. Ses grosses bagues dorées raclent ses lèvres. Sa montre n'est pas mal, un peu clinquante, mais elle a de l'allure. Deux filles en robe à froufrous s'agitent autour de lui, elles ont l'air droguées à souhait, elles aussi. Derrière eux, un groupe d'adolescents s'enthousiasme, c'est la première fois qu'ils vont au *Savoy Ball Room*. Il paraît que c'est incroyable. L'un d'eux se vante de savoir danser comme un Dieu. Il s'est entraîné toute la semaine. Ses amis se moquent gentiment de lui. « C'est ta mère qui dit que tu danses comme un Dieu, on verra ce qu'en pensent les gens d'ici », le taquine sa copine qui le dépasse d'au moins une tête. Ce couple amuse Larry, il s'imagine lui aussi avec une grande fille bien roulée avec un jean patte d'éléphant et un foulard sur la tête qui saurait l'envoyer balader de temps à autre. Ils approchent des videurs. Larry leur tend un billet d'un dollar. Les portes du *Savoy Ball Room* s'ouvrent grandes et laissent découvrir la foule qui s'agite devant les musiciens. Ce sont des jazzmen fringués à la mode, parés de couleurs très vives, de pantalons en cloche et coiffés d'une coupe afro impeccable. Leurs nœuds papillon à paillette scintillent sous les *spots* mobiles qui tournoient au-dessus de la scène. Ils se déhanchent et se balancent fiévreusement. Ils font l'ouverture, alors ils ont intérêt à faire monter l'ambiance. Le saxophoniste vient faire son solo sur le devant de la scène. Il fait une *jam-session*. La foule se déchaîne. Ce petit homme maigre a un souffle impossible. Ses poumons ne semblent jamais se désemplir, il tient les notes jusqu'à leur paroxysme. Le pianiste le rejoint, puis le trompettiste, et le contrebassiste. Les trois choristes reprennent le thème derrière la soliste belle à en crever qui part dans une improvisation énergique et syncopée, galvanisée par son public. Mike et Larry se mêlent à la foule de la piste de danse. Larry se laisse emporter par le rythme de la musique. Il danse comme un homme libre. Il incarne le *groove*, il est le *groove*. Mike tente une acrobatie, mais il est rigide comme un arbre. Larry admire un mec aux jambes élastiques qui swingue à côté de lui, il a un style un peu dépassé, mais il a de la technique, de la précision, c'est un gars de la vieille école. Il a bien soixante ans, son chapeau baissé et sa clope à la bouche. Il est d'ailleurs, d'un autre temps, au temps de sa jeunesse sans doute. Une giclée de champagne le sort de sa rêverie. Un gros gaillard habillé de vert de la tête au pied. On dirait une grenouille géante qui arrive vers eux en débouchant une bouteille de champagne. « J'ai soif », crie Mike à son frère qui ne l'entend pas. Il est temps de commander un verre, tant pis pour les retardataires, Nataly et Jimmy iront au bar quand ils arriveront.

Nataly est ivre, elle danse, elle est belle et libre. Larry ne peut s'empêcher de la regarder. Il a peur qu'elle s'en aperçoive, qu'elle découvre son secret. Lui, le frère indigne qui ose aimer la fiancée de son frère... Il se sent coupable, au fond. Peut-être connaît-elle ses sentiments ? Elle est trop délicate pour le montrer en tout cas, et il est bien certain qu'elle n'en parlera jamais. Dommage, il faudrait crever l'abcès. Une bonne fois pour toutes, en parler simplement. Avoir honte une bonne fois, avoir envie de se jeter par la fenêtre une bonne fois, et puis oublier, laisser cela derrière lui, devenir quelqu'un d'autre, quelqu'un d'autre que ce petit frère oublié. Il a droit à sa place, il a droit au chapitre. Pourquoi n'arrive-t-il pas à tomber amoureux d'une autre femme ? Pourquoi elle ? Jimmy dit qu'il n'est pas prêt à vivre quelque chose de réel. Il a sans doute raison. Il préfère rêver... Mike fait tourner Nataly. Elle est radieuse. Larry boit à en être malade. La musique le possède et les gens tournent, sans visage, en une infinité de couleurs. Il se fait bousculer sans réagir. Il se noie dans le rythme sirupeux de la musique. Une main se pose sur son épaule :

— T'es déjà saoul, lui dit Jimmy avec amusement. La soirée ne fait que commencer.

— Pas vraiment, je tiens la chandelle à Mike et sa gonzesse.

— Oublie-les ! Regarde toutes ces jolies femmes autour de toi !

— Je peux pas...

— Viens, on va ailleurs, ça va te changer les idées.

Ils montent au premier étage. C'est une ambiance plus décontractée, plus *lounge*. On fume le cigare sur des canapés en cuir style *Manchester* en écoutant du jazz. Le bar cuivré est tenu par deux barmans qui maîtrisent l'art du cocktail et du service précis. Ils prennent leur temps et se coordonnent sans inquiétude. Derrière eux, les bouteilles s'alignent jusqu'au plafond. Larry regarde les whiskies vieillis, parfois plus vieux que lui. Leur couleur ambrée s'illumine dans la lumière jaune tamisée du bar. Cunningham sait satisfaire ses papilles quand il lui rend visite, il sait maintenant ce que c'est qu'un bon whisky. Jimmy lui fait signe, il a repéré un endroit tranquille pour s'asseoir et observer la piste de danse. Ils s'étendent sur le cuir brun et allument une cigarette.

— J'aurais jamais pensé que le maître d'hôtel était dans le coup ! relance Jimmy.

— On sait pas ce qu'il sait. On le paye peut-être pour son silence...

— Mais quand même, il a l'air honnête.

— Il est plus subtil que Bryan, c'est sûr..., sourit Larry fier de sa découverte.

— Et tu jures d'avoir bien cherché cette chambre ?

— Si je te le dis ! Pas de 314 ! La 313 est au bout du couloir, c'est la dernière chambre, après c'est le mur.

— Alors c'est un nom de code.

— Sans blague !

— Je veux dire, il va falloir comprendre. Qu'est-ce qu'on va raconter à Cunningham ? Qu'on a découvert une chambre qui n'existe pas ?

— C'est un début..., soupire Larry.

— Ça me fait mal au crâne cette histoire... Regarde ces filles qui dansent.

— Lesquelles ?

— Les plus belles bien sûr. Là, celle en rouge et celle en blanc avec des chaussures dorées.

— Pas mal...

— Fais pas l'idiot, viens !

Jimmy lance un clin d'œil à la jeune femme en robe rouge qui danse nonchalamment, un verre de whisky à la main, comme si le monde était à ses pieds. Elle lui répond d'un petit sourire embarrassé. C'est gagné, Jimmy se lève aussitôt, suivi de Larry trop ivre pour refuser. Jimmy le pousse vers la fille en combinaison blanche et l'introduit.

— Je te présente Larry. Il danse comme un pro et il a la tête solide, pleine de livres et de journaux. Un mec au top quoi ! Et toi, t'es qui ?

— Moi c'est Emma. Il est danseur ton copain ? demande-t-elle curieusement.

— Non, ça c'est pour le fun. Il est coach, et c'est le meilleur.

— Coach ?

— Oui, de grands boxeurs comme Cassius Clay. Si Cassisus gagne un match, c'est Larry qui est responsable. S'il perd, c'est Larry aussi, parce qu'il faut savoir perdre parfois pour rester célèbre. Mais ça, il y a que Larry qui peut le prévoir. Larry connaît toutes les ficelles du métier.

C'est une star, mais une star dans l'ombre, il y a que les initiés qui peuvent le connaître...

— Ça a l'air passionnant..., répond-elle avec un sourire amusé.
Elle n'a pas l'air de croire un traître mot de ce que raconte Jimmy. Larry rougit de ce mensonge dont il ne sait plus que faire lorsqu'elle l'interroge. Puis finalement, encouragé par l'alcool, il prend de l'audace et se met à raconter des histoires, lui aussi. On ne l'arrête plus. Il est inspiré.

Larry et Emma sont assis sur un toit de Harlem. C'est un endroit que Larry connaît depuis longtemps, il vient souvent s'y réfugier pour réfléchir. Emma est fatiguée d'avoir monté les dix étages de l'échelle. Elle pose sa tête sur l'épaule de Larry qui regarde le quartier désert. Larry lui caresse le visage, il laisse sa main glisser sur son cou. Elle lui esquisse de tendres sourires. Larry sent sa respiration. Qu'elle est belle ! Qu'elle est sensuelle ! Il laisse les mains de la jeune femme glisser sur son torse. Larry transpire, il est ivre, mais reste lucide. Il déboutonne son corsage et les deux s'embrassent tendrement.

— Raconte-moi un match de Cassius Clay, lui chuchote-t-elle.

— Avant tout, il faut se préparer, l'état d'esprit est essentiel. Il faut se savoir gagnant pour gagner. Il faut se voir gagner... Comme si c'était le destin, comme si c'était écrit, gagner n'est plus une possibilité, c'est le dénouement obligé du match. Imagine Cassius qui frappe dans un *punching-ball* pendant des heures, qui rêve de son match la nuit, qui ne respire plus que pour gagner. Il n'a que ça en tête depuis des semaines, des mois, et quand le match commence, il l'a déjà vécu cent fois. L'adversaire n'existe plus vraiment, il n'est plus que la réplique de ce qu'il a déjà vécu. L'adversaire est devenu un rêve, et ce rêve, Cassius en connaît la fin...

— C'est beau ce que tu racontes, sourit-elle. Continue...
Larry plonge sa tête dans son cou. Son odeur est sucrée, sa peau douce. Il sent son désir monter et sa respiration qui s'accélère. Il glisse sa main entre ses cuisses. Elle continue de le regarder intensément.

— La cloche retentit dans la grande salle. Les projecteurs éclairent Cassius Clay. Le public scande son nom, mais il n'entend rien. Il ne voit plus rien. Il est dans un monde qui n'appartient qu'à lui. Seuls son corps, ses muscles, ses gants, son adversaire à abattre. Il est en transe. Quand il esquive les coups, c'est comme un courant d'air qui passe, il est en osmose, comme un animal, toujours en alerte, mais une alerte dansante et fluide, une alerte vive, inimaginable... Quand son poing percute la mâchoire de l'ennemi, il sent la vibration, la force, le coup dans toute sa puissance. C'est de l'intensité pure qui remonte dans tout son bras... Emma dénoue ses cheveux. Il passe ses mains dans sa longue chevelure. Il lui défait son soutien-gorge avec délicatesse. Elle saisit sa main et la pose sur ses seins.

— Continue ... s'excite-t-elle. Est-ce que Cassius a gagné ?

— Le colosse, que rien ne peut arrêter, lâche un revers du droit. L'autre est bien abîmé, il est furieux. Il est comme un taureau devant Cassius qui s'agite. Rouge est sa couleur. Le rouge est la couleur de la victoire. Cassius est un toréador, il reste toujours impassible et concentré devant la bête. Le rouge ! La couleur qui excite ! Le rouge ! Celle de mon frère Mike ! Celle des gants de Cassius Clay ! Il est toujours en alerte. Son adversaire baisse la garde et tout à coup une force de frappe s'étend sur le ring et atteint la cible. Le public est en transe, le monde est injustement fait. Cassius est trop fort, trop puissant !

Emma se rhabille. Larry laisse ses pensées divaguer. Il imagine son frère Mike faire l'amour avec Nataly. Ils sont du même sang, du même père. Les mains de Nataly effleurent le torse en sueur de son frère. Elle touche du muscle, elle touche de la virilité, de la force. Et lui, chétif, un enfant ! Il ressent de l'amertume. Il n'a jamais eu de relation et cette aventure est un avant-goût de la femme, de la chair, de l'homme qu'il deviendra. Il devait franchir cette étape, ce pas. Celui d'oser aborder une fille et de discuter naturellement. Il est heureux et un sentiment de satiété l'envahit. Il en aura des choses à raconter à Mike. Pour une fois, c'est lui qui sera la vedette. Il ne va pas en revenir. D'ailleurs, Emma était vraiment belle, une vraie perle, la première et non pas la dernière. Il a confiance, s'il a pu une fois... Larry sent que plus rien ne peut l'arrêter ou le contraindre. La confiance l'envahit. C'est un homme maintenant.

8.

Gladys se souvient de son baptême. Elle était bien plus âgée que sa fille, elle n'était pas encore majeure, mais elle avait dix-neuf ans, et elle était fiancée à ce vendeur de chaussures qui lui donna trois enfants. Tout se déroula très vite, sans qu'elle ait le temps d'y songer. Ils étaient jeunes, heureux et enthousiastes. Leur avenir se présentait sous les meilleurs auspices. Quand elle fut immergée dans l'eau, ce fut Dieu qui lui promit le meilleur, ce fut le début de son alliance indestructible avec lui. Elle chantait depuis sa tendre enfance dans le chœur de l'église, sa voix était exceptionnelle, c'est ce qui séduisit son époux d'ailleurs. Elle n'était pas très belle, mais elle avait de la prestance. Ses parents étaient fiers. Ils ne le montraient pas, c'étaient des gens pudiques, mais elle le savait. Elle regrette que ses enfants ne les aient pas connus. C'étaient des gens admirables, jamais soumis, dignes malgré la pauvreté, orgueilleux de leurs racines africaines et de leur culture. Ils parlaient créole quelquefois. Gladys aurait aimé le parler avec ses enfants, mais ils se considèrent Américains et ne reconnaissent pas la beauté de la langue de leurs ancêtres. Seule la musique, si chère à son père, est restée dans le cœur des Hoover. « Quand maite chanté, nègue dansé ; quand 'eonome sifflé, nègue sauté », disait le dicton à La Nouvelle-Orléans. Bien sûr, ça n'a plus tellement de sens aujourd'hui, et heureusement. Sa mère lui rappelait souvent l'histoire de l'esclavage en Louisiane. Elle lui racontait comment les nègres étaient vendus à Congo Square, triés comme du bétail. Elle lui racontait le fouet dans les champs de tabac. Elle lui racontait aussi ce qu'elle n'avait pas connu, mais qui s'était transmis, comme une blessure généalogique, comme un souvenir impérissable, et qui devait survivre, quoi qu'il advienne après. Il fallait se rappeler l'injustice et la violence. « Pardonner n'est pas oublier », disait-elle. Mais avait-elle pu un jour pardonner ? Elle lui racontait par exemple l'histoire de cet aïeul qui avait perdu un œil pour avoir volé quelques feuilles de tabac. Elle expliquait à sa fille que la violence des policiers venait de la violence des maîtres des plantations, que la violence ne disparaît pas avec quelques lois, qu'elle arrive à se faufiler autre part, qu'elle se déplace. Un Noir qui veut accéder aux privilèges des Blancs sera toujours arrêté, un Noir qui tente de survivre sera toujours incompris. Le pays veut des Noirs résignés et soumis. Et tous ces Noirs dans les prisons, que les États-Unis assignent au travail forcé, sur des chantiers si dangereux et épuisants que personne n'accepterait d'y mettre les pieds, c'était bien de l'esclavage maquillé. La mère de Gladys savait réfléchir, elle était moins rêveuse que le père. C'était elle qui tenait la maison et le porte-monnaie. C'était elle la plus pieuse aussi, malgré ce qu'on aurait pu croire. Elle avait encouragé Gladys à prier plusieurs fois par jour, à intégrer le chœur de l'église et à soigner ses relations avec les membres de la paroisse. Gladys sourit, c'est fou ce qu'elle lui ressemble aujourd'hui. Elle aurait rêvé de ressembler à son père, et elle est le portrait craché de sa mère. Anita, ce n'est pas la même histoire, elle a un tempérament plus doux et des désirs plus matériels. Elle est intelligente et vive d'esprit, mais elle n'a pas cette colère et cette dignité que Larry porte en lui comme un fardeau encore, mais qui fait la force des Hoover.

Aujourd'hui, Anita est baptisée. Aujourd'hui, dans une église de Manhattan, son unique fille est baptisée, et Gladys est émue. Elle aimerait que son époux puisse voir ça. Il était croyant, avant de s'enfuir. Il n'est pas mort, mais il est mort pour elle. Après la naissance d'Anita, Gladys se leva, un beau matin, elle chercha son mari, elle ne le trouva pas. Elle l'attendit une semaine, un mois, des années, il ne revint jamais, jamais elle ne reçut aucune nouvelle. Comment peut-on laisser une famille, ses propres enfants ? Où était-il parti ? Elle l'ignore, mais sans doute dans le Nord, dans une grande ville comme Chicago ou Pittsburgh. Il rêvait d'y aller, il ne supportait plus New York et le ghetto de Harlem. Avait-il honte du métier qu'il exercait ? Rêvait-il de refaire sa vie avec une autre femme ? Peut-être était-il parti avec une autre femme, c'était un sacré coureur de jupons. Larry adorait son père, il ne jurait que par lui, c'était son idole. Il faut dire qu'il était beau, qu'il était courageux et qu'il refusait de travailler pour les Blancs. Anita presse la main de son frère Larry. Elle a peur. Le pasteur s'approche du bassin où il va la plonger dans quelques instants. Elle va être immergée dans une nouvelle vie avec Dieu. Le pasteur lève la paume de ses mains vers le ciel et prononce la bénédiction de l'eau baptismale : « *Dieu dont la puissance invisible accomplit des merveilles dans les sacrements, tu as voulu au cours des temps, que l'eau, ta créature, révèle ce que serait la grâce du baptême. Par la grâce de ton Fils, que vienne sur cette eau la puissance de l'Esprit saint, afin que tout homme qui sera baptisé, enseveli dans la mort avec le Christ, ressuscite avec lui pour la vie, car il est vivant pour des siècles et des siècles. Amen.* » Les voix du chœur s'élèvent. Les six baptisés sont appelés chacun leur tour par le pasteur. Un à un, ils plongent dans l'eau bénite du bassin. Ils sont immergés sous le regard attentif du diacre. C'est au tour d'Anita. Son cœur bat la chamade, elle sent que c'est un moment solennel. Et si elle trébuchait ? Et si elle buvait la tasse ? Elle ne sait pas nager. Sa mère la regarde avec bienveillance. Anita prend son courage à deux mains, se lève et marche le long de l'allée de l'église sous le regard de sa communauté. Le pasteur la conduit au bassin. Elle entre un pied, puis un deuxième puis s'immerge entièrement. Sa robe blanche flotte autour d'elle comme un nuage. Elle ouvre les yeux dans l'eau, elle ne voit rien qu'un bleu confus traversé de lumière. Elle entend le chœur au loin, son chant se transforme en murmure grave. Elle sort la tête de l'eau. Une pluie de lumière et de voix l'accueille dans sa nouvelle vie. « *Anita Hoover, te voilà baptisée au nom du Père, du Fils et du Saint-Esprit.* »

9.

À sa pause, Jimmy se fraye un chemin dans les couloirs tapissés de rouge de l'hôtel. Il a vingt minutes pour comprendre le mystère qui se cache derrière la chambre 314. Elle n'existe pas, c'est une chose, le colis, c'est autre chose ! Ce qu'il y a dedans, personne ne le sait. Où est-ce que Martin et Bryan ont bien pu camoufler les colis pour la chambre 314 ? Jimmy décide de fouiller le troisième étage de fond en comble. Il commence par le plus évident : les photos des célébrités. Voilà une immense photo de James Dean : son fameux jean, sa ceinture et sa veste. Quelle allure ce James, un vrai mec ! Jimmy regarde derrière le cadre. Rien qu'un clou pour la suspension du cadre, aucune trappe, aucune étrangeté. Il ouvre le cadre, décolle la photo, toujours rien. Il opère de même pour les photographies de Cary Grant et Ava Gardner. Puis il décide de tâter les plinthes, il a vu dans un film une histoire de ce genre. Alors qu'il remonte tout le couloir à genoux, à donner des coups réguliers le long des plinthes, un couple sort de l'ascenseur. Mince ! Il croise le regard du liftier Bryan. Il a l'air suspicieux. Jimmy fait semblant de refaire ses lacets et se dirige vers l'escalier de service. « Salut l'ami ! » lance-t-il à Bryan quand le couple entre dans la chambre. Bryan répond par un froncement de sourcils. Jimmy ouvre la porte de secours et reste assis quelques minutes dans l'escalier. S'est-il grillé auprès de Bryan ? C'est dommage, il l'avait dans la poche ces jours-ci. Cet imbécile aime qu'on l'écoute se vanter. Ses histoires de filles et de pourboires, ça lui sort par les oreilles, il a hâte d'éclaircir cette histoire et de quitter ce fichu hôtel. Jimmy revient dans le couloir. Que lui reste-t-il à fouiller ? Les luminaires ? C'est impossible, il lui faudrait un escabeau, et ce ne serait pas pratique pour Bryan d'y planquer quelque chose. Il arpente le couloir de long en large à la recherche d'une idée. Tout à coup, il pense à la moquette, cette saleté se décolle peut-être. Il sort un canif de sa poche et tente de décoller la moquette le long des murs. Bon dieu, elle est bien fixée au sol ! Et il s'est entaillé le doigt. Il sort un mouchoir de sa poche pour faire un petit garrot. Il a l'air malin maintenant. Il se rapproche de la chambre 313. En toute logique, la planque ne doit pas être loin. Enfin, il trouve un endroit où la moquette est légèrement décollée et un peu plus sale. Il regarde en direction de l'ascenseur et s'assure que personne ne le surveille. Il détache la moquette un peu plus. Le sol bétonné est homogène. Ses yeux se dessillent et tout à coup le sol change de couleur. Une petite planche de bois est incrustée dans le béton. Fantastique ! Incroyable ! Il donne un coup de canif et fait basculer la planche. La voilà, la planque ! Bande de salauds ! La chambre 314 est une planque aussi petite qu'un trou de souris ! Il plonge sa main dans la cavité et attrape un paquet du bout du doigt. Il le fait remonter délicatement. Alors qu'il s'apprête à l'ouvrir, il entend le grincement de l'ascenseur qui monte. Décidément ! On ne peut pas être tranquille deux minutes... Il se dépêche de le dissimuler au creux de sa veste et de refermer la planque. La grille de l'ascenseur s'ouvre. Bryan le dévisage. Il accompagne une jeune femme à sa chambre avec beaucoup de déférence. Elle lui remet quelques billets qu'il s'empresse d'empocher. Il se retourne enfin vers Jimmy :

— Qu'est-ce tu fous encore ici ?

— J'ai apporté le petit déjeuner à la chambre 313 ! Un steak haché et deux œufs au plat, se justifie Jimmy.

— J' pige pas, tu prends pas ta pause ? s'étonne Bryan.

— C'était une urgence...

— La chambre 313 ! La chambre 313 ! La chambre 313 ! répète Bryan à voix basse. J'pige pas, y a pas un blaireau dans la 313 cette semaine, s'énerve Bryan. Tu m' prends pour un con ?

Il sort aussitôt un couteau de sa ceinture et s'approche de Jimmy d'un air menaçant. Jimmy ne se laisse pas démonter, il a l'habitude des bastons de rue. Il donne un coup sec sur le bras de Bryan qui lâche le couteau. Jimmy le fait glisser au sol d'un revers du pied et se baisse pour le ramasser quand Bryan fond sur lui. Jimmy bascule sous son poids. Les deux hommes se roulent par terre en se rouant de coups. Jimmy arrive finalement à immobiliser Bryan.

— Pas de ça avec moi ! Tu m'as pris pour un couillon ? C'est quoi ces colis ?

— Quels colis ? répond Bryan d'une voix étranglée.

— Me prends pas pour un imbécile ou je te refais la tronche au canif !

À la réception du Grand Hôtel de Soho, Larry garde un œil sur l'entrée. C'est le jour où le coursier dépose son fameux colis pour la chambre 314. Il l'attend tout en prenant soin de s'occuper des clients qui arrivent à l'hôtel. Le coursier est en retard. C'est la dernière semaine de travail pour Larry, il a intérêt à éclaircir tous les mystères de l'hôtel avant son dernier compte-rendu à Cunningham. Il s'agit de ne pas le décevoir. Si le coursier arrive, Larry doit trouver une excuse pour le suivre. Que va-t-il bien pouvoir dire au maître d'hôtel ? L'inspiration lui viendra sur le moment. Il aime bien travailler à la réception, c'est moins fatigant qu'au restaurant. Larry range les carnets de réservations dans le tiroir du comptoir. Alors qu'il se baisse, il entend une voix au-dessus de lui.

— Un colis pour la chambre 314 !

— Oui bien sûr, répond le réceptionniste. Veuillez signer ici.

Larry se faufile hors de la réception. Il n'a pas d'excuse plausible à donner au maître d'hôtel pour s'absenter. Tant pis, il retire sa veste rouge et sort de l'hôtel. Il le fait à ses risques et périls. Le voilà sur les traces du coursier qui ne semble pas s'être aperçu de son manège. Larry allume une cigarette pour se donner une contenance et fait mine de flâner. Le coursier marche lentement, sans doute pour ne pas éveiller les soupçons. Larry reste prudent, le destin de Richard More est entre ses mains. Il s'imagine la chaise électrique griller les veines du condamné à mort. Il marche au rythme du coursier à la casquette rouge tout en gardant ses distances. Il ne doit pas le perdre de vue, il perdrait tout le bénéfice de son travail au Grand Hôtel de Soho. Et que dirait Jimmy ? Les voilà sur *Canal Street*. La rue est bruyante et agitée. C'est un foisonnement de vendeurs en tout genre. Des Chinois vendent des piles et des ampoules à la sauvette sur le trottoir. Un *fast - food* italien propose ses fameuses parts de pizza à emporter pour cinq centimes. Les étalages des épiceries débordent sur les trottoirs. Les disquaires ont sorti leurs cartons. Les voix sont couvertes par les klaxons nerveux des chauffeurs de taxis jaunes. Larry garde un œil attentif sur le coursier qui se perd dans la foule. Beaucoup de portes cachées et d'escaliers sur *Canal Street* ! Qui sait où le coursier peut disparaître ? Mince ! Pas de chance ! Larry l'a déjà perdu de vue. Il ne voit plus sa satanée casquette rouge. Il ne comprend pas. Le coursier était là, devant ses yeux, il y a quelques secondes à peine. Il est peut-être entré quelque part. Larry continue de se frayer un chemin dans la foule. Il dévisage tout le monde. Rien, il a réellement disparu. Bon Dieu ! Il était si près du but ! Larry est prêt à rebrousser chemin quand il aperçoit une casquette rouge devant lui. Le coursier mange son sandwich tranquillement et continue sa marche. Tout ça pour un sandwich, Larry a envie d'éclater de rire. Ils arrivent à Tribeca. Ça devient intéressant, c'est à Tribeca que Richard More s'est fait pincer…

— J'suis au courant d'que dalle, moi ! T'sais, j'suis un petit poisson dans tout ce merdier…, se défend Bryan.

— T'es au moins au courant de ce qu'il y a là-dedans, s'agace Jimmy. Jimmy sort le paquet du revers de sa veste. Il le perce d'un coup de canif et de la poudre blanche s'échappe. De la cocaïne, au moins trois cents grammes de cocaïne. Une fortune dans un petit paquet de papier enroulé de scotch.

— Tu te fous de ma gueule ? Tu transportes des milliers de dollars de drogue et tu sais rien ? s'énerve Jimmy.

— Tu t'imagines que j' suis solo dans la combine ? J'gagne cent dollars par semaine, j'suis pas un mafieux, juste un mec qui veut faire vivre sa famille… ma sœur est malade.

— Prends-moi pour un imbécile ! Et ta mère, elle a la varicelle ? Qui est dans le coup ?

— Le mec du restaurant, Martin… Un gars de la réception, Joe… Le maître d'hôtel… Et puis y avait Richard, l'pauvre vieux, c'était juste un pion, comme moi.

— Il l'a butée cette femme ? Pourquoi il était à Tribeca ce jour-là ?

— Pourquoi il aurait buté une bourgeoise qu'il connaissait même pas ? Ils sont débiles ces flics… et racistes…

— Alors, pourquoi il était à Tribeca ? s'impatiente Jimmy.

— Y a un coursier qui rapporte la cocaïne à l'hôtel. On avait une grosse demande pour le soir, une grosse fête de mecs de la finance, des mecs pleins aux as. Et le coursier, il s'est pas pointé. On l'a attendu toute l'après-midi. On était mal barrés, s'il s'ramenait pas avec la came. Du coup, le maître d'hôtel, il a demandé à Richard d'aller voir le fournisseur à Tribeca.

— C'est qui ce fournisseur ?

— Sans doute un mafieux qui alimente tous les grands hôtels de la ville. Un Italien, j'en sais rien, j' connais pas son blaze. T'imagines bien qu'il s' fait discret. Un mec influent qui a dû racheter la police.

— Quel rapport avec le crime ?

— J'en sais rien… Peut-être que Richard a pas eu de bol… Le lendemain on avait les flics à l'hôtel. On en menait pas large, j'te raconte pas... On pensait qu'ils allaient tout fouiller, qu'on serait embarqués illico. Mais non, ils ont juste chopé Richard, avec les menottes et tout le bazar... Ils étaient pas tendres. Ils l'ont plaqué par terre et *bam* qu'ils lui ont foutu les bracelets et qu'ils lui ont balancé des coups de pied dans la gueule. Le gars, il pissait le sang, il était déjà bien amoché avant l'interrogatoire. Il a dû prendre vraiment cher pour avouer un crime...

Larry surveille de loin le coursier qui entre dans un grand bâtiment du quartier de Tribeca. Deux policiers sont postés devant le portail extérieur. Ici, à New York, la pègre peut tout acheter. Les policiers discutent innocemment sans lui prêter attention quand il se rapproche. Ils ne doivent pas savoir dans quoi ils sont impliqués. Deux coursiers à casquette rouge sortent du bâtiment, une pile de journaux dans les bras. C'est peut-être le siège d'un quotidien new-yorkais. Quelques instants s'écoulent et le coursier du Grand Hôtel de Soho ne sort toujours pas. Serait-il en train de préparer la livraison d'un autre colis ? Le procureur Robert T. Cunningham va devoir creuser cette piste.

—Tu cherches quoi ? lui demande enfin l'un des policiers.

— Je veux... je cherche, le bureau du directeur du quotidien, répond Larry.

— Y a pas de quotidien. C'est un bâtiment gouvernemental. Personne n'est autorisé à entrer, et la zone est très surveillée.

10.

Larry sort de l'immeuble de Robert T. Cunningham. Il a apporté les informations nécessaires à l'affaire Richard More. Leur collaboration s'achève ici. Cette aventure n'est pas anodine, elle l'a rendu fier, et riche, il a empoché cinq cent dollars ! Il n'ose y croire : il a contribué à un procès d'une importance nationale, il a contribué à la justice pour les Noirs américains, il a contribué à sauver de la chaise électrique un pauvre gars du ghetto comme lui. Il est presque un héros, en tout cas il pourra se vanter d'avoir joué un rôle majeur dans cette affaire. Et qui sait ce que lui réserve l'avenir ? Cunningham fera peut-être appel à lui pour d'autres grands procès. Il a su gagner sa confiance et son estime. L'estime du procureur. Il n'est peut-être pas si bon à rien, songe-t-il. Il n'a que dix-sept ans et déjà l'avenir se présente grandiose. Il ne s'ennuiera pas, il ne subira pas, il agira, il sera de ceux qui marquent l'Histoire, il en a la conviction profonde. Il arrive chez lui. Alors qu'il dépose sa veste dans le salon, il aperçoit sa mère assise dans le canapé, seule dans l'obscurité. Ce n'est pas dans ses habitudes de rester inactive. Elle a l'air absente. Larry s'approche et elle ne réagit pas. Elle est complètement sonnée. Il imagine le pire. « *Mum*, qu'est-ce qu'il y a ? » demande-t-il. Elle ne répond pas, elle lève seulement la tête vers lui. Il aperçoit des larmes dans ses yeux. Il n'a jamais vu sa mère pleurer, même quand le père est parti. La seule chose qui pourrait l'attrister à ce point, c'est la vie de ses enfants. Est-il arrivé quelque chose à Anita ? Elle est si fragile et si naïve. Elle est si jeune. « C'est Anita ? » demande Larry. Gladys fait un geste négatif de la tête. « C'est Mike ? » Gladys saisit un mouchoir et essuie une larme. « Dis-moi ce qui se passe ! » s'emporte Larry. Gladys bégaye quelques mots, elle peine à parler : « Mike... Larry... Toi et ton frère ! Quelqu'un m'a forcé de signer pour toi ». Larry est soulagé, Anita va bien. Personne n'est mort ou blessé.

— Le gouvernement vous a appelés..., ajoute Gladys.

— Tous les deux ? Mike et moi ?

— Oui.

— Mais je suis mineur ! Ils peuvent pas faire ça ! Tu es sûre ?

— Ils me forcent à signer une autorisation…

— De quoi tu parles ? Je suis mineur bon Dieu ! s'emporte Larry.

Larry a compris, mais il ne veut pas l'entendre. Il ne veut rien savoir. Il refuse qu'elle le dise, qu'elle lui explique. Il se sent trahi. Il le sait, sa mère l'a trahi. Elle a toujours eu une préférence pour Mike. Et elle a signé pour que Larry fasse la guerre aussi. Le Vietnam ! Cette foutue guerre contre le communisme et les Vietcongs. Pourquoi a-t-elle fait ça ? Elle se lève pour le serrer dans ses bras. Elle lui dit qu'elle n'a pas le choix. Elle lui demande de veiller sur son frère, elle lui dit qu'à deux ils seront plus forts et plus courageux. Larry la rejette violemment. Il saisit la lettre du gouvernement posée sur la table et s'enfuit de l'appartement. Il faut aller parler à Mike. Larry attrape le bus en direction de la blanchisserie. Les femmes à l'avant du bus le regardent. Il a l'air affolé ! Quelque chose ne tourne pas rond. Chercherait-il la bagarre ou des sudistes extrémistes ? Car dans ce bus, il y en a beaucoup. Larry s'assoit à l'arrière et lit la lettre :

« À l'attention de Larry Hoover,

Lettre d'enrôlement forcé dans le corps des marines de la US ARMY

Le communisme est une menace pour les États-Unis d'Amérique. Le communisme risque de se répandre à travers l'Asie du Sud-Est si nous, Américains, n'agissons pas au nom de la démocratie. Tous les ans, plus de deux cents millions de dollars sont reversés à Saigon, au Sud Vietnam, pour soutenir le régime mis en place par Ngo Dinh Diem. Le Nord Vietnam et les guérillas Vietcongs peuvent devenir une menace sérieuse au régime de Saigon. Nos troupes se battent sans répit au Sud Vietnam contre la guérilla Vietcong. Les rebelles communistes empêchent l'avancée de nos forces. Le président Eisenhower a décidé avec l'approbation du Congrès d'envoyer des troupes en renfort dans les zones les plus touchées.

Larry Hoover, l'Amérique a besoin de vous. Ce pays démocratique vous appelle à servir les rangs de la prestigieuse US ARMY. Vous êtes dans l'obligation de servir l'honneur de notre pays. Votre absence sera interprétée comme un refus à servir la nation et les étoiles de notre bannière. Vous êtes astreint à vous préparer pour votre départ très prochainement vers Saigon. Toutes les directives vous seront données et il est dans votre devoir d'écouter les ordres de votre commandant en chef. Si vous désertez, vous serez interné dans l'un des camps de notre nation. Cela sera interprété comme un acte de trahison.

Larry Hoover, faites la fierté de notre nation.
Le gouverneur de New York,
Nelson A. Rockefeller ».

Larry arrive à la blanchisserie où travaille son frère. C'est une vieille boutique où les clients se font rares. Mike passe en général le plus clair de son temps à rêvasser, accoudé au comptoir, et à se préparer mentalement pour ses matchs de boxe. Larry pousse la porte et aperçoit son frère qui range des manteaux dans l'arrière-salle. Il l'attend. Comment va-t-il lui annoncer cette horrible nouvelle ? Il ne s'est même pas préparé, il était tellement chamboulé. Le patron de la blanchisserie l'accueille au comptoir :

— Comment tu vas Larry ? Ça fait longtemps qu'on t'a pas vu ici ! Quel bon vent t'amène ?

— Il faut que je parle à Mike. C'est important.

— Tu en tires une tronche mon gars ! Tu as vu la dame blanche ? La dame blanche à la blanchisserie, tu as compris la blague ? continue le patron avant d'éclater de rire.

— Oui, oui. Il faut que je parle à Mike.

— Tu n'es pas d'humeur à rire, aujourd'hui ! Bon, je vais le chercher !
Le patron s'éclipse dans l'arrière-salle et fait signe à Mike de rejoindre son frère. Larry l'observe, il sait que pour l'instant il est insouciant, et que sa vie va brutalement changer du tout au tout, et qu'il verra son visage se décomposer.

La rivière de Harlem coule paisiblement sous le *Third Avenue Bridge*. Les jeunes Afro-Américains enrôlés pour le Vietnam ont décidé de se réunir sous le pont. Ils sont venus par centaines pour partager leur désarroi et leur angoisse. Très bientôt, ils vont quitter le foyer familial, leur travail et leur routine pour la guerre. Les jeunes Afro-Américains brûlent des ordures dans deux grands barils. La fumée noire s'échappe au-dessus de la rivière. C'est leur cri de révolte. Larry et Jimmy ont rejoint leurs copains, leurs voisins, ces gars qu'ils croisent tous les jours dans les rues du quartier et qui vont désormais partager leur expérience, une expérience qui transformera leur vie à jamais. La guerre, à quoi cela peut-il ressembler ? Le Vietnam, ils en ont tous entendu parler, dans les journaux, à la radio, à la télé, dans les bars et les repas de famille, mais ce pays lointain leur paraît presque irréel. C'était comme un mythe, et maintenant c'est leur réalité.

— Larry t'as que dix-sept ans ! s'étonne Jimmy.

— Ma mère a signé l'accord. J'ai reçu la même lettre que toi, mais il y avait aussi un courrier pour *mum.*

— Elle l'a signé ? Mais pourquoi ?

— Elle a pas eu le choix, c'est comme la mienne. Elle a eu la trouille que je finisse dans un camp ! s'exclame un jeune d'une quinzaine d'années.

— Shawn, t'es un gamin. Tu vas te faire buter au bout d'une semaine. Tu ferais mieux d'aller dans un camp ! intervient son frère.

— Je suis un dur, je vais tous les buter ces sales Vietcongs ! répond Shawn en allumant une cigarette pour se donner de la contenance.

— Moi, je sais tirer, je m'entraîne sur des boîtes de conserve, je loupe jamais mon coup, se vante Jimmy.

— T'es impatient de tirer sur des mecs ? s'étonne Larry. Tu comprends pas qu'on est de la chair à canon, qu'on va pas être des héros ?

Shawn ouvre une bouteille d'alcool qu'il fait circuler. Certains se réjouissent, ils sont joyeux. Ils ont hâte de montrer leur virilité et de tuer l'ennemi. Les autres sont sous le choc, ils n'osent pas confier leur détresse, ils n'ont pas envie de mourir, même pour l'honneur, et de laisser leur famille et leur pays. Ils s'enivrent dans cette atmosphère étrange et partagée. Ils sont rejoints par des patriotes qui brandissent fièrement un drapeau américain et se mettent à chanter l'hymne national. Alors tous se mettent à chanter, se sentant obligés de participer. Larry reste silencieux. Finalement, il sort la lettre d'enrôlement de sa poche et la jette dans les flammes. On le regarde avec dégoût ou admiration. Quelques-uns l'applaudissent même et font comme lui. Larry prend la parole :

— On va pas se laisser traiter encore une fois comme des sous-hommes, on va pas se laisser, encore une fois, dicter notre conduite et nos valeurs. Cette guerre, c'est pas notre guerre, cette guerre ne nous concerne pas ! Notre guerre c'est l'égalité et le respect. Ah, on nous refuse tous les droits, même celui de voter ou de faire de vraies études, mais on est bien utiles quand il y a des Vietcongs à tuer ! Alors là, « l'Amérique a besoin de nous ! » Besoin, besoin ! Et nos besoins, ils sont où ? Les nègres, on a toujours eu besoin d'eux, dans les champs de coton, de canne à sucre, on avait besoin d'eux ! On les a lynchés comme des animaux et aujourd'hui on leur demande de servir l'Amérique pour se faire buter à l'autre bout du monde par des communistes !

— On doit organiser une manifestation à Harlem ! Une grande manifestation ! Les policiers feront pas le poids face à nous ! s'emporte Jimmy en jetant une branche dans le brasier.

— Il faut boycotter la guerre du Vietnam, lance un autre jeune homme.

— Tu risques d'être envoyé dans un camp d'internement pour haute trahison à la nation, dit Jimmy avec inquiétude.

— On n'a pas le choix, explique calmement Larry. On doit partir en guerre. Mais avant ça, on va leur montrer à qui ils ont affaire.

Rien ne peut arrêter les habitants de Harlem de faire la fête et de se défouler. L'entrée du *Cotton Club* s'agite. Le groupe de jazz a déjà fait son entrée sous les acclamations. La soirée est bien partie, car apparemment ce soir, des danseuses de cancan afro-américaines vont faire un show devant des centaines de spectateurs. Nataly est en retard. Mike l'attend avec impatience. Et en même temps, il sait que ça ne va pas être facile. A-t-il bien choisi son moment et son endroit pour annoncer son départ pour le Vietnam ? De toute façon, ils avaient rendez-vous ici. Il n'est pas très doué pour trouver les bons mots, il ne veut pas l'effrayer. Comment va-t-elle réagir ? Il la sait raisonnable et calme, mais il craint d'entendre ses inquiétudes et ses conseils, il a envie d'agir sans réfléchir dans cette histoire, de ne pas trop se torturer. Il n'a pas le choix, alors à quoi bon se casser la tête ? À quoi bon se lamenter ? Il a juste envie qu'elle le réconforte, qu'elle lui promette de lui envoyer du courrier et de l'attendre. Mike l'aperçoit de loin. Nataly s'est apprêtée pour la soirée. Elle porte des talons aiguilles, un chignon bouclé et une robe blanche fendue jusqu'en haut des cuisses. Il devrait avoir envie d'elle, il devrait la trouver irrésistible, mais il est trop préoccupé pour la voir de cette manière. Mike accourt vers Nataly et la prend dans ses bras. Il blottit son visage dans sa nuque pour dissimuler ses larmes. Nataly ne comprend pas, c'est un jour de fête, ils célèbrent ensemble son prochain entretien pour Columbia. A-t-il peur de la perdre si elle entre à l'université ? Est-il triste qu'elle loge dans un internat et qu'elle ne puisse plus sortir autant qu'avant ? Ce serait un comportement infantile et exagéré. Elle l'interroge avec douceur et le couvre de baisers. Il a l'air bouleversé. Mike ne donne aucune explication, ce n'est pas le moment, ils vont rater le spectacle. Les deux entrent enfin au *Cotton Club*. Les quatre danseuses afro-américaines se déhanchent sur la scène. Elles lancent leur pied dans un va-et-vient redondant qui amuse les habitants de Harlem. Le quartet de jazz est passionné et quelque peu ironique. Le groupe est sapé à la perfection, rendant hommage aux couleurs africaines dans un style Moulin Rouge. Nataly caresse la main de son amoureux. Mike est là. Il a toujours été là. Nataly a besoin de beaucoup de courage et de soutien pour suivre ses études universitaires. Va-t-il la laisser tomber au moment où elle a le plus besoin de lui ?

— Qu'est ce qui se passe Mike ? ose-t-elle.

— Je m'amuse, j'aime danser avec toi ! répond-il nonchalamment.

— Quelque chose ne tourne pas rond et tu ne veux pas parler... je te connais, s'agace-t-elle.

— Absolument rien.

— Ça suffit comme ça, Mike, parle enfin !

— J'ai reçu une lettre, je pars au Vietnam, répond-il fièrement. Il n'y a pas de quoi en faire un plat. C'est la vie !

— Tu te moques de moi ? s'exclame Nataly terrifiée.

— Non... Tu m'attendras ? s'adoucit Mike.

— Bien sûr... Toujours, je t'attendrai toujours...

11.

— Les négros arrivent sur la troisième avenue, indique un policier à son acolyte par talkie-walkie.

— On est bien barricadés ici ! On les attend et on a même une petite surprise pour eux...

— Dieu non, me dis pas que le chef de la police a donné les mêmes consignes que la dernière fois.

— Si, bien évidemment. Y a que ça qui effraie, les négros, les bergers allemands.

— Ils sont prêts ?

— Oui, on les a nourris avec de la viande bien saignante ! Et là je peux te dire qu'ils sont enragés. Je sens qu'on va bien s'amuser.

— Petit salaud !

Mike n'est pas allé travailler aujourd'hui. À quoi bon ? Il part pour le Vietnam dans à peine une semaine. C'est un jour comme les autres pour tous ces gens qui vont continuer leur vie sans se préoccuper de la guerre. Tant qu'il n'était appelé, Mike était de ceux-là, cette fichue guerre du Vietnam, il s'en balançait, c'était loin de lui, ça ne l'atteignait pas... Dans sa chambre, Mike observe le poster de Cassius Clay. Il se demande comment il aurait réagi à sa place. Il ne se serait pas dégonflé, c'est certain. Cassius se bat sans jamais avoir peur. Mike est terrifié. Il a beau jouer au dur, surtout devant Larry, il n'en mène pas large. Il voudrait être sur le ring. Il voudrait pouvoir se défouler. Il se voit déjà mettre son ennemi à terre et poser son pied sur son corps, comme un chasseur qui vient d'abattre un rhinocéros. Il est vainqueur de toutes ses peurs, il est le roi, il a gagné. Mais les mots de la lettre résonnent dans sa tête, « L'Amérique a besoin de vous », et tous ses rêves de grandeur se dissipent. C'est maintenant le moment de prouver qu'il est un homme, qu'il peut affronter le pire sans se plaindre. Et Nataly sera fière de lui.

Quand il reviendra, ils se marieront, et la vie sera encore plus belle qu'avant. Larry n'a pas dormi de la nuit. Il rodait dans la chambre en marmonnant on ne sait quoi. Comme s'il préparait un discours. Larry doit avoir une idée derrière la tête, avec lui, il faut s'attendre à tout. Il est parti ce matin manifester contre la guerre. Les jeunes noirs de Harlem se sont donné rendez-vous sur la troisième avenue. Larry est cinglé. Il croit vraiment qu'il va pouvoir se battre contre les policiers blancs ? Il va se faire démonter… Mike veut passer ses derniers moments de liberté avec sa mère et sa petite sœur.

Au salon, Gladys reste pensive sur son canapé. Anita allume et éteint la télévision alternativement. Sa mère l'a autorisée à faire l'école buissonnière. Elle est ravie, mais elle s'ennuie. Elle trouve l'atmosphère pesante, elle ne comprend pas ce qui se passe, elle comprend seulement que ses deux frères vont partir de la maison très bientôt. Mike sort de sa chambre. Un silence s'installe et les trois se regardent. Mike brise le silence :

— Anita ! Tu peux arrêter d'allumer la télévision ? Ça me donne mal au crâne…

— Mike, réchauffe l'eau, je vais faire du thé, demande Gladys.

— Pourquoi est-ce que vous devez partir au Vietnam, Larry et toi ? Est-ce que vous allez tuer des communistes ? La maîtresse dit que les communistes sont des ennemis de la démocratie et que la démocratie c'est que les gens sont libres, comme chez nous aux États-Unis, qui est le plus grand pays du monde et le plus civilisé. Elle dit que les Américains savent mieux que tout le monde ce que c'est que la liberté parce qu'ils ont construit leur pays tout seul, sans l'aide de personne, et qu'ils ont dit aux Anglais de retourner chez eux. Elle dit que le Vietnam c'est un pays très chaud avec des forêts et des champs de riz partout, que les gens ont des chapeaux pointus pour s'abriter du soleil, et que les Américains vont libérer le pays des communistes pour sauver les gentils avec des chapeaux pointus qui travaillent dans les champs de riz.

— Elle en dit des choses ta maîtresse…, soupire Mike.

— J'ai tout retenu parce que je suis au premier rang. Et parce que j'adore les histoires de la maîtresse. La maîtresse dit que les Américains vont gagner la guerre, parce que notre président est le meilleur président des États-Unis.

— Qu'est-ce qu'elle vous raconte, cette folle ! s'emporte Mike. Tu vas arrêter de croire tout ce qu'elle te dit ! Tu veux devenir stupide, ou quoi ?

— Mais... mais..., bégaye Anita qui se met à pleurer.

— Tu fais peur à ta sœur ! la défend Gladys.

— Comment on peut leur raconter des bêtises pareilles à l'école ! Tu veux savoir ce que c'est le Vietnam, Anita ? Je vais te dire, le Vietnam c'est une guerre, une guerre atroce avec des armes, des mines, des morts, des villages brûlés. C'est des gars qui détestent les Américains et qui font tout pour les éliminer ! Pour eux, les Américains sont des envahisseurs, des parasites qu'il faut éradiquer. On va gagner la guerre ? Qu'est-ce qu'il en sait, qu'est-ce qu'il y peut Eisenhower ? C'est pas lui qui est sur le terrain ! Lui, il est tranquille dans son bureau avec ses conseillers et ses ministres. Lui, il joue aux échecs, et c'est nous les pions bon Dieu !

— Tu vas te faire tuer par un méchant ? s'inquiète Anita.

— Mais non, *honey*, ton frère exagère. Il exagère toujours, tu sais comment il est... La maîtresse a raison, les Américains vont gagner la guerre. Ils ont des armes imbattables, ils sont organisés et intelligents. Ton frère ne craint rien, la rassure Gladys en la prenant dans ses bras.

— Et... et Larry ? Larry, il sait pas se battre...

Gladys lance un regard noir à son fils. Elle n'aime pas inquiéter la petite, à quoi ça sert ? Mike a toujours été le plus émotif. Elle le voit aujourd'hui hors de lui, prêt à frapper dans n'importe quoi comme une bête sauvage. Elle n'est pas déçue, mais elle craint le pire pour son fils. S'il perd ses moyens, il ne survivra pas. Mike ne doit pas se laisser envahir par son impulsivité, il prendrait des risques inutiles. Si Larry ne connaît pas la subordination, il est plus réfléchi que son frère. Mike a besoin de cadres et de directives pour savoir se comporter comme il faut, pour ne pas foncer dans le tas comme un taureau. Larry a une tête dure, mais une tête bien faite. Elle sait qu'il agira comme un stratège plus que comme un soldat, elle sait qu'il s'en sortira mieux, malgré son jeune âge. Elle se souvient quand un après-midi, le père avait décidé d'emmener les deux garçons à Long Island. C'était une surprise, mais Gladys était au courant. « Moi je veux voir la surprise ! » avait dit Mike. Mike voulait recevoir les plus gros cadeaux et être le premier servi. Il était jaloux de son petit frère et adorait les cadeaux. Pas le genre de Larry ! Il n'attachait pas beaucoup d'importance aux gants de baseball que son père lui avait offerts. Il faut dire qu'il n'était pas sportif, et qu'il n'avait pas de copains pour jouer avec lui. Mike avait à l'inverse toute une tripotée de copains qui l'attendaient devant la maison le dimanche pour faire un tour de vélo. Larry était plus sensible et solitaire. Il appréciait les sorties avec son père, il le regardait avec de grands yeux pleins d'admiration et buvait ses paroles. Il n'aimait que son père à cette époque-là, personne d'autre ne comptait à ses yeux. Arrivé au terrain boueux de Long Island, le père s'arrêta sur le bas-côté et fit descendre ses deux fils de la voiture. Il n'y avait rien, rien qui ne ressemblât à une surprise tout du moins. Mike s'énerva, il était hors de lui. Il est vrai que son père avait la fâcheuse habitude d'être décevant. Mais Larry attendit tranquillement. Le père lança une grande gifle à Mike pour le calmer. Il se dirigea ensuite vers une grosse masse camouflée par une housse au fond du terrain vague. Il retira la housse sous les yeux émerveillés de Larry. Mike boudait dans un coin en donnant des coups de pied partout, comme il le faisait souvent. Le père les appela pour leur montrer, il était très fier de sa surprise. C'était une jeep Willys MB de la Deuxième Guerre. Le père s'était débrouillé avec un copain garagiste pour se procurer les clés de la jeep et offrir cette belle journée à ses fils. « Je peux la démarrer ? » demanda Mike. C'était l'aîné, c'était lui le premier. Assis sur les genoux de son père, Mike démarra le véhicule. Son père lui demanda d'enclencher la deuxième vitesse. Il n'y arrivait pas. Le véhicule calait vite. Il essaya encore une fois. « Papa, laisse-moi faire ! », disait Larry. C'était l'amour propre de Mike qui était touché. Larry était le débrouillard, le bon à tout faire, à démarrer, à enclencher. Mike voulait tenter sa chance une dernière fois. Il n'y arriva pas. Ce fut une journée terrible pour lui. Gladys se lève et allume la télévision : « *Le maire de New York a déployé plus de trois mille policiers, dont deux cents qui ont été rappelés en renforts pour éviter des émeutes à New York. Il semble que les habitants de Harlem se dirigent vers la troisième avenue. Comme vous pouvez le voir ici, une barricade de policiers va faire obstruction à leur avancée. Pour l'instant, les autorités ne connaissent pas le plan de ces habitants du ghetto de Harlem...* » Elle éteint la télévision. Ce n'est pas la première et la dernière manifestation. Elle s'inquiète pour Larry, elle sait qu'il était déterminé à exprimer sa colère. Qu'il ne se fasse pas arrêter, qu'il ne se fasse pas mal voir avant même d'être parti... Dans quel état va-t-il rentrer ? Après tout, il vaut peut-être mieux ça que de tourner en rond entre quatre murs.

Larry et Jimmy défilent sur la troisième avenue parmi les manifestants. Les Afro-Américains sont venus nombreux manifester contre la guerre du Vietnam et pour les droits civiques. Ils avancent solennellement comme un cortège funèbre. Leurs enfants sont absents. Hommes et femmes brandissent des banderoles pour clamer l'égalité des Noirs aux États-Unis. Les Noirs américains marchent dans la tristesse et le désarroi. Leurs fils sont appelés pour la guerre, pour servir les couleurs de la nation. « Non à la guerre ! » hurle-t-on en chœur en pesant les mots. Des drapeaux américains flottent, les bannières fasèyent. Parmi les manifestants, certains ont pris un ton ironique et sont venus déguisés en esclave. Un drap blanc noué à la taille, une corde au cou, les cheveux ébouriffés. On les regarde avec stupéfaction, mais respectueusement. Larry demande à Jimmy de le porter sur ses épaules pour observer la barricade de policiers au bout de l'avenue.

— Ils sont des centaines, Jimmy ! s'étonne Larry. Ils chargent leur arme ces putains de *pigs*. Regarde-moi ça, Jimmy ! C'est une armée ! Ils ont des bombes lacrymogènes autour de leur taille... Des *guns* et des chiens !

— Calme-toi, dit Jimmy en reposant Larry au sol.

Les habitants de Harlem défilent et clament en chœur : « Non à l'enrôlement ! Des droits pour les Noirs et pas que pour les Blancs ! » Pas de heurts, pas de violence. Les policiers se tiennent immobiles, prêts à réagir. Larry prie pour que toute cette marche tourne au cauchemar, pour que ça éclate, pour que ça ait un impact. Il repère Shawn un peu plus loin et se précipite vers lui :

— Shawn ! Shawn ! l'interpelle Larry. C'est moi, Larry !

— Mec, les *pigs* ont barricadé toute l'avenue, ils sont avec leurs bergers allemands, et personne peut s'enfuir par les rues adjacentes. Ils sont partout !

— On va leur montrer... T'as ramené tes amis avec toi ? demande Larry.

— Oui, on est une dizaine du ghetto. On a ramené des battes de baseball, des barres de fer, des cocktails Molotov... Et je pense qu'on n'est pas les seuls.

— Moi et Jimmy, on n'a rien. Que deux couteaux !

À côté d'eux, une bande de jeunes enflamment un drapeau américain qu'ils brandissent fièrement. Les cinquante étoiles de la nation s'embrasent dans le ciel. La foule se met à hurler, c'est le signal de départ. La masse se galvanise et se décompose. Des hommes se mettent à courir en tous sens, et à donner des coups sur les vitrines qui se brisent et les poubelles qui se déversent. Ils montent sur les toits des voitures et les alarmes se déclenchent, stridentes et lancinantes. On ne s'entend plus. Larry fait signe à Jimmy. Il a aperçu une femme courir vers les policiers, une bouteille à la main. Elle n'a pas le temps de les rejoindre qu'elle reçoit une fumée de bombe lacrymogène dans la figure. Elle tombe à terre en hurlant. Un policier fond sur elle pour lui asséner des coups de baïonnette. Larry se précipite vers elle. « Assez ! Assez ! » crie-t-il. Il arrache la femme du sol et la relève tant bien que mal. Le policier se retire en la laissant inconsciente dans les bras de Larry. « Aide-moi, Jimmy ! » implore Larry qui se sent crouler sous le poids de la femme évanouie et ensanglantée. Jimmy se fraye un chemin dans l'avenue devenue chaotique, au milieu des explosions de voitures, des fumées et des bagarres. Il perd Larry des yeux. Il se met à courir droit devant lui en essayant d'échapper aux coups de baïonnettes des policiers qui ont envahi l'avenue. Il ne voit plus rien, il n'entend plus rien. Jimmy a reçu un coup sur la tête. Il reprend enfin connaissance. Qu'est-ce que c'est que ces bruits ? Des aboiements. Des dizaines de bergers allemands ont été lâchés dans la foule. Où est Larry ? Il rampe entre les jambes des manifestants et des policiers pour aller se mettre à l'abri, mais un chien vient lui attraper la jambe. « Dégage, sale bête ! » hurle-t-il. Un policier rappelle enfin son molosse, il y a du grabuge dans le restaurant d'en face. Les policiers barricadent le restaurant. Jimmy aperçoit Shawn et ses copains qui sortent de l'établissement pour lancer les cocktails Molotov sur les policiers et les barder de coups de barres de fer. Des tirs retentissent. Shawn s'étend mort sur la troisième avenue.

La manifestation est terminée. Quelques policiers sont sur place pour constater les dégâts. Grièvement blessés, les hommes à terre, policiers et manifestants confondus, se tournent et se retournent en gémissant. Des habitants solidaires sont venus les aider. Un homme blanc réprimande un jeune Afro-Américain : « Rentrez chez vous ! ça suffit comme ça ! » « Mais j'ai perdu mon frère ! » pleure-t-il. À côté d'eux, Larry est à terre. Il a été mordu à la jambe. Il n'arrive pas à se relever. Sa tête tourne. « Jimmy ! Jimmy ! Où es-tu ? » hurle-t-il en espérant que son ami n'ait pas pris une balle dans le crâne. Il ne le voit pas. Les fumées noires qui s'échappent des voitures camouflent une partie de l'avenue. Il n'en peut plus, mais il est vivant. Il ferme les yeux quand les premières sirènes des ambulances retentissent.

Gladys gifle son fils : « Tu ne vas pas bien dans ta tête ? Qu'es-tu allé manifester quelques jours avant ton départ ? » Gladys est furieuse, et elle ne manque pas de hausser le ton. « Tant que tu vis sous mon toit, tu te comportes correctement ! » hurle-t-elle. Gladys ouvre nerveusement le cabinet de toilette pour sortir une bouteille d'alcool. Elle imprègne un morceau de tissu. « Que veux-tu que je te dise ? T'as vu l'état dans lequel tu t'es mis ! » continue-t-elle. Elle nettoie les blessures de Larry en rouspétant. Elle ne va quand même pas le laisser comme ça, bien qu'il le mériterait. Si c'est un homme capable de se battre, il peut aisément se soigner tout seul. Elle est bien faible, elle est bien mère, ça lui brise le cœur de voir son fils ensanglanté. Il ne répond pas, il sait qu'elle s'inquiète. Ne pouvait-elle pas s'inquiéter avant de signer cette fichue permission de l'envoyer au Vietnam ? Il grogne de douleur, l'alcool lui brûle les chairs. « Reste tranquille », se radoucit Gladys. « Heureusement que tu as ta mère pour prendre soin de toi. Les gens s'en foutent si tu saignes ! L'hôpital de Bellevue est plein à craquer ! Tu veux te retrouver avec des fous dans les soins publics ? » Larry ne répond pas et observe sa sœur Anita qui change constamment les chaînes de la télévision.

— *Mum*, je m'excuse ! dit Larry.

— Je ne vais pas te donner mon approbation. Il en est hors de questions. Tu commets le mal et tu cherches la bénédiction ici du côté de ta *mum*. Anita, rentre dormir immédiatement, demain tu reprends l'école, ordonne Gladys. Tu as tenté le diable ! Tu as vraiment tenté le diable et tu as voulu n'en faire qu'à ta tête. Tu as voulu prendre cette jeep Willys et la démarrer tout seul...

— Mais *mum*, dit Larry en esquissant un sourire.

— Rentre dormir immédiatement ! Assez parlé comme ça !

Quelques heures s'écoulent et Anita peine à s'endormir. Elle se retourne sur son matelas inlassablement. Elle se lève, et au moment de sortir de la chambre, Larry l'attrape par sa chemise de nuit : « Anita ! Où vas-tu ? Dis à maman que je m'excuse ! » Anita hoche la tête pour le rassurer. Ce genre de mission est sa spécialité. Elle n'a pas son pareil pour amadouer la mère. Anita entre dans la chambre de sa mère. Gladys semble déjà endormie. Sans un mot, Anita se faufile sous les draps et se pelotonne contre sa mère qui ouvre les yeux :

— Qu'est-ce qui se passe, *honey* ?

— J'arrive pas à dormir ! Je sais pas pourquoi..., explique Anita avec tristesse.

— Demain matin, la maîtresse ne sera pas contente si tu t'endors en classe.

— *Mum*, tu peux me chanter *Summertime* ?

— Non *honey*, ce n'est pas le moment de chanter. Je vais te raconter une belle histoire. Tu vois le croquis de grand-père accroché au-dessus du canapé ?

— Celui du cow-boy noir avec un lasso et un grand chapeau ?

— Oui, celui-là. Il s'est inspiré d'une histoire que racontait ta grand-mère. Parce que ta grand-mère connaissait bien les histoires de l'ancien temps. Des histoires que peu de gens connaissent, mais qui sont importantes quand on est noir. Ce cow-boy, il s'appelait John Ware, et il a vraiment existé. Tout le monde l'appelait « Nigger John », parce qu'il était noir et fils d'esclaves. Il n'a pas eu une vie facile et il n'est pas devenu un héros avant d'avoir beaucoup souffert. Comme tous les héros d'ailleurs. Est-ce que Cassius Clay, que Mike aime tant, a raté des combats avant de devenir célèbre ? Est-ce qu'il a dû s'entraîner comme un forcené ? Est-ce qu'il s'est souvent découragé ? Je suis certaine que oui. Bref, imagine que toute son enfance, Nigger John était fils d'esclave et qu'il voyait sa mère trimer dans les champs de coton. Il avait de la peine pour sa pauvre maman. Est-ce que tu imagines, Anita, ce que c'est que de voir sa mère travailler d'arrache-pied toute la journée pour recevoir des coups de fouet et de bâton comme tout salaire ? Et surtout, de ne rien pouvoir faire pour elle que de pleurer à ses côtés ? Mais la mère de John ne voulait pas qu'il pleure, elle ne voulait pas qu'il s'apitoie sur leur sort. Elle lui disait qu'il deviendrait une légende, et c'est ce qu'il devint après la mort de la pauvresse qui ne put jamais être fière de son succès. Pour ne pas décevoir sa maman, Nigger John chercha un moyen de se démarquer des autres esclaves, et il commença à monter des bêtes. Ce n'était pas toujours des chevaux, mais parfois des bœufs ou des gros chiens. Il fallait bien s'entraîner. Très vite, il est devenu très habile et aucun animal ne lui résistait. Il n'avait peur d'aucune bête, et je pense que c'étaient les animaux qui avaient peur de lui. Puis il devint grand, et même très grand et très fort. Tout le monde était impressionné par sa carrure d'athlète. Mais surtout, ils étaient impressionnés par son adresse et son équilibre. On dit même que c'est lui qui inventa le rodéo. Mais ce qui changea la vie de Nigger John, ce fut sa rencontre avec un riche Canadien blanc. Le Canadien s'appelait Lynch, et Lynch était venu aux États-Unis pour acheter un énorme troupeau de bêtes : des chevaux, des vaches, plus de trois mille bêtes à sabots qui remuaient le sable des plaines. Mais Lynch n'avait pas les bons hommes pour mener son troupeau jusqu'au Canada. Il était bien embêté. Il ne connaissait personne pour l'aider. Qui arriverait à mener les trois mille bêtes sur des kilomètres et des kilomètres sans faillir et sans échouer ? Alors qu'il demandait à qui voulait bien l'écouter s'il y avait dans ce pays un seul homme pour l'aider, on lui parla de Nigger John. Nigger John en était capable, lui disait-on, c'était l'homme qu'il lui fallait. On disait que c'était le plus solide, le plus brave et le plus adroit de tous les cow-boys. Alors Lynch vint à sa rencontre chez sa mère qui était bien vieille et qui attendait la mort. Il lui dit : « C'est toi John Ware ? » Et Nigger John répondit : « Oui, c'est moi », et Lynch lui serra la main, et l'accord fut conclu, comme ça, sans plus de discours. Et c'est ainsi que Nigger John devint le bras droit de Lynch et qu'ils purent emmener les trois mille bêtes jusqu'au Canada sans en perdre une seule. Nigger John est devenu très célèbre pour cet exploit, et il était tellement courageux que même les Blancs l'admiraient.

— Est-ce que tu es sûre que c'est une histoire vraie ? demande Anita.

— Je ne raconte jamais de mensonges. Mais c'est une légende… et les légendes sont parfois exagérées…

— Pourquoi elles sont exagérées les légendes ?

— Parce que les vrais hommes, avec leurs défauts et leurs faiblesses, ne font pas de belles histoires.

— Comme Larry qui a ses faiblesses ? Il m'a dit de te dire qu'il est désolé…

Partie II

La plaine d'Ap Bac

1.

C'est la saison des pluies. L'air est lourd comme une chape de plomb. Les hélicoptères américains survolent la forêt tropicale. Larry est assis à côté de Jimmy. En face d'eux, un grand gaillard roux avec une mitraillette. Ils ne parlent pas, ils sont sous le choc, ils n'arrivent pas à y croire. Larry regarde par la porte ouverte. La forêt est grandiose. Elle est si dense. Des palmiers, des bambous, des rivières brunes. Il imagine les marines qui sillonnent la forêt, les Vietcongs camouflés dans les buissons, les tirs qui se perdent entre les arbres. Où peut bien être leur campement ? Au loin, les nuages se rapprochent. Des oies cendrées prennent leur envol. Soudain, le tonnerre éclate comme une bombe. La pluie tombe. L'hélicoptère sursaute. Une rafale de pluie chaude s'introduit par la porte et les éclabousse. Le rouquin essuie son pantalon et s'endort. Larry regarde sa mitraillette, c'est un M60. Eux, les négros, ils n'ont pas la chance d'avoir un tel bijou. De toute façon, Larry ne s'est jamais servi d'une arme. Il a peur de se faire dézinguer la première semaine, avec son fichu M16 et ses deux mains gauches. Jimmy lui a promis de le protéger et de lui apprendre à tirer une fois au camp. Jimmy avait un flingue à Harlem, c'était celui de son père. Il n'a jamais buté personne, mais il tirait sur des bouteilles de Coca-Cola au bord de la rivière. Larry le regardait exploser les bouteilles. Il n'a jamais voulu essayer. Une odeur de kérosène lui pique le nez. L'hélicoptère descend. Le campement ne doit pas être loin. Le rouquin se réveille et lance un sourire à Larry et Jimmy. Après tout, on est dans le même merdier.

— Je m'appelle Ethan, hurle le marine. Je suis de la Nouvelle-Zélande. C'est une belle merde que tu as ! dit-il à Larry en pointant le M16 du doigt.

— Moi c'est Larry, hurle-t-il en retour.

— Tu vois ce que j'ai ! répond Ethan en leur montrant son M60. C'est une mitraillette *made in USA*, une vraie machine de guerre. Et pour abattre ces putains de Vietcongs, c'est ce qu'il y a de mieux !

— T'inquiète pas Ethan, hurle Jimmy. On s'y fera !

— Vous êtes les nouvelles recrues ?

— Oui, on vient d'arriver. Moi, c'est Jimmy. Notre frère Mike est dans un autre hélicoptère.

— Votre frère ? demande Ethan avec étonnement. Avant de devenir un frère, il faut être un *Fucking New Guy* !

— Qu'est-ce que tu dis ? demande Larry en haussant la voix.

— Vous êtes des *Fucking New Guys*. Des bleus qui savent rien faire que laver les chiottes. Vous aurez des frères quand vous saurez vous battre et buter des Vietcongs, quand vous serez des hommes utiles.

— T'es qu'un putain de raciste, lance Larry.

— Le respect ça se mérite au Vietnam. On n'en a rien à branler de là d'où tu viens, de ton fric, que tu aies étranglé ta mère ou que tu sois une star de cinéma. Ici t'es juste un mec avec des couilles ou tu crèves. Tu as des couilles, le négro ?

— J'ai plus de couilles que ton père et toi réunis.

— On verra ça ! dit Ethan avant d'éclater de rire.

L'hélicoptère atterrit dans le camp de la compagnie Bravo. Le camp est dissimulé dans la brousse. Au milieu de nulle part. « Bienvenue dans le trou du cul du monde », lance Ethan avant de se lever fièrement. Jimmy et Larry ne se démontent pas. Ils ne vont pas montrer leur peur à ce vantard de rouquin. Ils descendent de l'hélicoptère et découvrent l'endroit. Rien que de la terre rouge et boueuse sur laquelle s'élèvent de grandes tentes dont les toiles virevoltent au vent. Une vague de poussière aveugle Larry. « Protège toujours ton visage avec ton coude, crétin, quand un engin atterrit ! » lui lance un marine. Larry entre dans le camp, encore à moitié abruti par le voyage en hélicoptère. Le soleil est dur, la terre est moite, il a la nausée. Il aperçoit des cabines de bois au milieu du camp, à côté d'un grand brasier. Ce doit être les toilettes. Des nuages de mouches s'en échappent. Il va plutôt se soulager dans la brousse pour l'instant, ça lui paraît moins immonde. Le camp a l'air vide à part trois ou quatre soldats qui font la ronde. L'un d'eux s'approche de Larry et Jimmy pendant que deux autres déchargent les hélicoptères de leurs provisions :

— Vous êtes arrivés ! Déposez vos sacs sous la tente principale ! Les hommes sont en mission. Le commandant Cliff vous verra demain matin.

— Qu'est-ce qu'on fait jusqu'à demain ? demande Jimmy.

— Tu ranges tes affaires et tu la boucles *Fucking New G*uy ! gueule-t-il. Pose pas trop de questions ou je te fais récurer les chiottes. Profite bien de ta soirée...

Larry sort de son sac tout ce qu'on remet aux marines de l'armée américaine : deux boîtes d'allumettes, un paquet de cigarettes, du produit antimoustique, des gélules pour la diarrhée, une petite gourde, deux paires de chaussettes, son uniforme de marine, des crayons de papier, quelques feuilles et quelques enveloppes. Il range ses bottes. Elles lui seront utiles pour marcher dans la forêt tropicale. Jimmy nettoie son M16 avec précaution. Mike est déjà en train d'écrire à Nataly. Il n'est pas bavard avec eux, mais il trouve le temps d'écrire à sa fiancée. « Tu lui décris les chiottes ou quoi ? » lui lance Larry. Mike ne répond pas, il n'est pas d'humeur. Jimmy rit nerveusement. Un homme entre sous la tente, il porte un réflex autour du cou et un grand chapeau :

— Je m'appelle John Wise, reporter de guerre ici au Vietnam. Je loge dans le camp de la compagnie Bravo. Vous devez être les nouvelles recrues ?

— C'est bien ça, répond Jimmy.

— Vous pouvez m'appeler John. Des gélules vous ont été remises. Vous devez les prendre au plus vite.

— Ça va vous déchirer l'anus une bonne semaine, s'amuse Ethan qui vient d'entrer sous la tente.

— Ethan, s'il te plaît, un peu de décence, s'agace le reporter. Il ne faut pas s'affoler, mais il vous faudra quelques jours pour vous habituer à cet environnement.

— Vous travaillez pour quel journal ? demande Larry.

— Je travaille pour le *Times Union*. Je me suis porté volontaire pour informer les États-Unis sur la guerre.

— Le *Times Union* ! s'exclame Jimmy. Mon ami Larry et moi, on a travaillé pour Robert Cunningham, le procureur, vous le connaissez ?

— Non, enfin seulement de nom.

— Comment ça se passe ici ? s'inquiète Mike.

— Aujourd'hui est une journée de repos, car vous venez d'arriver. Il s'agit pour vous de prendre vos repères dans le camp, nettoyer vos fusils, graver vos balles, et surtout évacuer tout ce que vous pouvez grâce aux gélules qui vous ont été remises. Vous ferez vite connaissance avec les soldats du camp. On aime jouer aux cartes et aux fléchettes ici, vous viendrez jouer avec nous ce soir. Vous avez de quoi miser ?

— On n'a que dalle..., se plaint Jimmy.

— Tu miseras tes cigarettes alors.

— J'ai que ça à faire de fumer des clopes... Je vais faire quoi après ?

— Ne t'en fais pas, tu n'auras pas le temps de t'ennuyer. On ne dort pas ici. Demain matin, lever à quatre heures pour tout le monde... Vous rencontrerez le commandant Cliff. C'est un bon commandant. Il vous expliquera les missions, l'organisation du camp. Vous avez été dans un camp d'entraînement avant de venir ici ?

— Non, c'est grave ? demande Mike. Moi je sais me battre, j'étais boxeur à Harlem. Je suis un dur, j'étais respecté au quartier. Je suis pas un *Fucking New Guy* comme les autres.

— Tu sais ce que c'est qu'un Vietcong ? Qui dit Vietcong, dit Charlie ! C'est l'ennemi. C'est lui qu'il faut abattre à tout prix, quitte à tuer des civils innocents. Mieux vaut massacrer des innocents que de laisser un ennemi s'enfuir. Les Vietcongs, c'est des sales paysans qui grouillent partout. On les reconnaît à leur chemise noire. Ils sont coriaces et vicieux. Ils se camouflent dans des trous comme des rats, sous des branches de palmiers. Ils plantent des pointes de bambou sur les chemins et ça traverse la semelle des bottes, ça peut vite s'infecter et après on doit amputer, donc quand vous marchez dessus, il faut tout de suite s'en occuper. Vous êtes responsables de vous-mêmes avant tout, et surtout de vos pieds, compris ? Les pieds c'est le plus important. Pour les mines, c'est une question de chance. Mais le commandant Cliff sait sentir les mines, il a un bon nez pour ça. On n'a perdu que dix gars à cause des mines.

— C'est... c'est peu ? s'inquiète Mike.

— Tu verras, le boxeur. Ici on n'est pas sur un ring, pas de gagnant, pas de gloire, il faut survivre. Et si tu perds, c'est que tu es mort, et pas dignement. Ici, il y a la dengue, la malaria, la fièvre jaune, en plus des Vietcongs. Tu peux crever sur les toilettes en te vidant les tripes. Si tu exploses sur une mine, au moins tu n'as pas le temps de te voir mourir, c'est encore une belle mort.

La compagnie Bravo est au complet. Les cinquante marines sont rentrés de leur mission. Le commandant Cliff est dans sa tente, il a traversé le camp sans un mot pour les nouvelles recrues. Dans un coin du campement, les hommes se lavent. C'est Huon, un Sud-Vietnamien et garde du camp, qui s'occupe de sortir l'eau du puit. Les soldats se moquent de lui, de ses lézards accrochés autour du cou et de son anglais incompréhensible. « Apporte de l'alcool de riz, le niakoué ! » hurle un grand blond. C'est Fergus, un fermier du Mississippi à la carrure imposante, mais au visage poupon et imberbe, ce qui lui vaut d'être taxé de « pédé », « tarlouze » et autres gentillesses de la part de ses camarades. Il boit beaucoup et parle autant, il joue aux cartes tous les soirs en racontant sa vie dans la ferme. Sur le terrain, il n'est pas inutile, il sait lire une carte et se repérer dans la brousse comme personne. Rien qu'en regardant le soleil, il peut trouver le Nord. Huon ne répond rien à Fergus et se dépêche d'apporter les seaux d'eau. « Digiacomo ! Tu as le cul sale comme une pizza ! » plaisante Fergus. « Fergus, va lécher le cul de Cliff au lieu de mater le mien, sale pédé ! » lui répond l'Italien. Digiacomo est un petit brun aux yeux malicieux. Même dans les pires situations, il trouve une plaisanterie à sortir. Cet ancien comptable s'est porté volontaire pour le Vietnam. Les payes entrent entièrement dans les poches, il est nourri et logé. Et on ne fait pas plus patriote que Digiacomo. Son père faisait partie de la *Resistenza* en Italie avant de devoir fuir la péninsule avec sa femme et ses cinq enfants. Digiacomo a grandi à *Little Italy* et ne connaît que New York. Il est fier d'être américain, et il est fiancé avec une Américaine pure souche, une blonde qui sert des burgers et qui répond au nom de Chelsea. Fergus et Digiacomo sont inséparables. Surtout depuis que Fergus a sauvé la vie de l'Italien dans un guet-apens des Vietcongs. « J'ai baisé ta sœur et elle crie encore mon nom la nuit ! Et ta mère aussi ! Et ta grand-mère quand j'étais bourré ! Les Italiennes elles aiment ça ! J'ai pas une bite de rital, moi ! » Les soldats finissent de se laver et viennent s'asseoir autour du feu que Huon prépare. On sort des cartes et des dominos. On s'enivre à l'alcool de riz.

— Ils sont où les *Fucking New Guys* ? demande Fergus. J'ai envie d'un massage, j'ai mal au dos.

— *Cazzo* ! La tarlouze, arrête de te plaindre et joue, lui répond Digiacomo.

— Ta gueule le rital, je vais te fumer. Huon ! Va chercher les *Fucking New Guys* ! hurle-t-il.

— C'est des négros de New York, ils se prennent pour des malins, raconte Ethan. Il y en avait deux dans l'hélico avec moi. Ils chiaient dans leur froc.

— T'as vu des putes à Hong Kong ? demande Fergus.

— J'ai fait que ça, je me suis vidé les couilles toute la journée. Et j'ai bu mon salaud, à en crever que j'ai bu.

— C'est comment Hong Kong ? l'interroge Digiacomo.

— Aucune idée, mais putain qu'est-ce que ça fait du bien de sortir de cette fichue brousse !

Ethan déteste le Vietnam, il a hâte de retrouver ses terres en Nouvelle-Zélande. Il dit qu'il étouffe, qu'il a besoin d'air et de filles. Les marines ont un nombre limité de jours de congé pour aller à Hong Kong, Tokyo ou Singapour. Ethan en profite dès qu'il le peut. Alors il faut faire bonne impression devant le commandant Cliff pour ne pas qu'il lui sucre ses jours. Il a de la chance, il s'y connaît en mitraillettes, ce qui lui vaut d'avoir un M60, et il rate rarement sa cible.

— C'est moi qui devrais devenir caporal, pas ce lèche-bottes de Walter, soupire Ethan.

— Il est plus malin que toi, *figlio di puttana*, et il va pas voir les putes de Hong Kong ! lui répond l'Italien.

— Oui, mais moi je sais tirer ! C'est plus glorieux que de se foutre à plat ventre ! Il loupe pas une occasion d'aller voir devant s'il y a un Vietcong, comme s'il était un putain de furet qui cherchait du lapin.

— J'ai envie de lui éclater la gueule, intervient Fergus. Je vais pas attendre longtemps, moi faut pas me chercher. Walter, je vais le prendre entre quatre yeux et lui montrer…

— *Cazzo* ! Arrête tes trucs de pédales ! le taquine Digiacomo. T'en fais pas, je vais t'aider à le piéger.

Fergus déteste Walter pour de multiples raisons. La première c'est qu'il bizute les nouveaux venus à coup de matelas retourné dans la nuit et de chiottes à nettoyer derrière lui. Et puis il soutient Cliff dans toutes ses dérives. Il l'encourage pour attirer sa sympathie. Et Fergus est le bouc émissaire du commandant depuis le premier jour. « Ta gueule ne me revient pas », avait-il conclu après l'avoir regardé de haut en bas lors de la première revue des soldats. Ce jugement arbitraire signait le début du harcèlement. Larry, Jimmy et Mike sortent de la tente en compagnie du reporter. Larry a longuement discuté avec lui, il voulait tout savoir sur la guerre du Vietnam. John est un homme instruit et intelligent. Larry avait peur de s'ennuyer dans ce camp, sans journal, sans livre, sans rien pour se remplir le crâne et oublier la journée. John lui a promis de lui fournir quelques journaux quand il le pourrait. « Rester coupé du monde et vivre comme un sauvage dans la brousse, c'est pire que d'avoir la malaria », avait dit Larry au reporter. Jimmy a hâte de commencer, il a toujours hâte de passer à l'action, il ne tient pas en place. Il leur a rabâché les oreilles avec les grandes phrases héroïques des films de guerre, il s'y croyait déjà. Mike était silencieux toute l'après-midi, il avait l'air songeur. Il n'a même pas cogné comme il le fait tout le temps. Il n'est plus un boxeur au Vietnam, il ne doit plus savoir qui il est, pense Larry.

— Ce sont les nouvelles recrues de la compagnie Bravo, explique John Wise aux soldats qui continuent de jouer aux cartes. Ils ne sont pas allés au camp d'entraînement, ils ne savent rien faire.

— Ça t'a pas assoiffé de rien foutre pendant qu'on était dans la brousse ? Moi j'ai encore soif ! lance Fergus.

— T'es un beau planqué le journaleux ! T'as sucé qui pour arriver là ? En Nouvelle-Zélande, tu ferais pas long feu ! plaisante Ethan.

— Ils sont stupides, mais pas méchants, explique John Wise aux trois recrues.

— Ouais on n'est pas méchants, mais on se fait chier ici, alors on fait les imbéciles, ça occupe. On est moins demeurés qu'on le paraît. Et puis le soleil, l'alcool de riz, vous verrez, ça finit par vous démonter la tête, s'excuse Fergus. J'ai besoin d'un massage moi ! Toi, viens me masser ! dit-il en se tournant vers Jimmy.

— N'obéis pas à cette pédale ! *Cazzo* ! Il a juste envie qu'on le tripote ! Moi c'est Antoni Digiacomo, mais on m'appelle simplement Digiacomo. Je viens de *Little Italy* à New York, j'étais comptable, mais tout le monde croit que j'étais pizzaiolo parce que j'ai un nom italien.

— Les ritals, ça sait pas compter ! plaisante Fergus.

— Fergus était fermier au Mississippi...

— Ouais moi j'étais un cow-boy les gars ! Un putain de John Wayne, je vous jure ! J'avais un troupeau de cent bêtes que je baladais sur les plaines. Quand le soleil se couchait, c'était un putain de beau paysage, pas comme cette sale forêt pleine de moustiques. Je vivais avec mes frères dans une ferme plus grande que le camp de la compagnie, une ferme blanche avec une putain de terrasse avec des rocking-chairs et du whisky. Et puis il y avait ma petite nièce, un ange cette gamine, elle était belle comme pas possible...

— C'est un sensible le Fergus, mais il joue comme un pied ! l'interrompt Ethan.

— Moi, je suis un sensible, mais vous allez bientôt rencontrer Walter. Lui, il est pire que la dengue et les Vietcongs ! Pour l'instant, il pionce, faut en profiter..., les prévient Fergus.

Larry, Jimmy et Mike se joignent aux parties de cartes. On joue une bonne partie de la nuit. Larry perd assez vite son paquet de cigarettes. Mike boit pour oublier. Il parle à peine aux soldats. Jimmy sympathise avec Fergus qui lui raconte sa vie au Mississippi. Jimmy a toujours rêvé de travailler dans une ferme. « Harlem, c'est une prison grise », disait-il souvent à Larry. « On est dans un grand pays, et on ne connaît que le ghetto », ajoutait-il. Fergus aime parler de sa ferme, de ses bêtes, et il ne s'arrête plus. Digiacomo le taquine, l'appelle le « bouseux » ou le « paysan », mais Fergus continue, heureux de trouver en Jimmy une oreille attentive.

Larry écoute les bruits de la forêt tropicale. Des cris d'oiseaux et de singes, le bruissement des arbres. Le tonnerre éclate. La pluie résonne sur la tente. Il ne trouve pas le sommeil, étendu sur son lit au-dessus de Digiacomo qui ronfle comme un bienheureux. Il est à l'autre bout du monde, et là-bas, dans son pays, les gens continuent à vivre comme avant. Comme avant, Gladys a préparé du maïs, comme avant, Anita veut le manger devant la télévision, comme avant, *Summertime* vient la bercer et elle s'endort. On danse au *Savoy Ball Room*. On écoute du jazz. Il a envie de musique. Il a envie d'évasion. Ici il n'y a que de la terre, des arbres et de la pluie. Et demain il devra peut-être tuer. Tuer les ennemis des États-Unis comme de vulgaires bêtes. Il se demande ce que ça peut faire de tuer. Lui qui allait à l'église tous les dimanches, lui qui aimait danser et chanter, il va devenir un meurtrier. Arrivera-t-il à ne pas réfléchir, à faire ce qu'on lui demande, à appuyer sur la gâchette ? Il a peur. Pas seulement de mourir, mais aussi de ne pas être à la hauteur, d'avoir trop de scrupules. On ne lui a pas appris. Il aurait seulement voulu continuer à lire son journal. Il aurait pensé à la guerre de loin, sans trop s'en préoccuper. Comment peut-il participer à cette guerre qu'il ne comprend pas ? La pluie cesse et il se décide à sortir de la tente. Il fait noir, on ne voit pas à un mètre devant soi. Mais il distingue un homme penché au-dessus d'un feu. Il s'approche. C'est Huon qui fait griller un lézard. Larry s'assoit à côté de lui. Le Vietnamien lui tend une bouteille d'alcool de riz. Larry en descend la moitié d'une traite. Sa tête tourne. Le feu se décompose en lueurs rouges et bleues. Le sol danse devant ses yeux. Il reste pensif à côté de Huon qui mange son lézard. Il n'est pas seul, il a Jimmy et Mike. Mais il a un mauvais pressentiment. Comme si la guerre les séparait tout à coup. Jimmy insouciant et Mike silencieux. Impossible de parler vraiment. Il repense à Cunningham qui lui disait « Vous avez la curiosité qui est essentielle au savoir. Et le savoir, c'est le pouvoir. Vous avez toutes les cartes en main. Si vous échouez, ce sera par manque de courage ». Le courage… Le courage ici c'est de mitrailler, incendier, marcher, se planquer, c'est d'être un idiot infatigable. C'est survivre. C'est le courage instinctif. Il doit revenir vivant, il doit revenir à New York. Il ne peut pas mourir à l'autre bout du monde sans avoir accompli son destin. Si Dieu existe, ce n'est pas possible. Larry ferme les yeux et se met à chanter. Il imagine Gladys à côté de lui dans l'église de Harlem. Il chante pour ce Dieu qui lui a donné les cartes pour réussir. Il chante pour ce Dieu qui l'a envoyé au Vietnam pour d'obscures raisons. Il chante et il s'endort en chantant.

2.

« Réveillez-vous ! Laissez tomber vos bites et attrapez vos chaussettes ! Immédiatement ! Quartier général, vous avez dix minutes ! » hurle le commandant Cliff. Larry sursaute. Autour de lui, les hommes se lèvent précipitamment. « Bouge ton cul, Larry ! » l'interpelle Digiacomo. Larry saute du lit et enfile son uniforme. Toute la compagnie Bravo est au garde-à-vous sous la tente. Le commandant Cliff revient avec le reporter John Wise. « Fermez-la ! » gueule-t-il dans le silence général. Larry le regarde s'avancer vers eux. Il a une carrure de taureau et des poils qui débordent de son marcel. Il est tellement velu que sa montre se perd dans la masse.

— Alors comme ça, tu es un marine, le rital ? demande-t-il à Digiacomo.

— Oui sergent-chef ! Un marine dans l'armée américaine, sergent-chef ! hurle Digiacomo.

— C'est toi qui t'occupes du négro.

Le commandant Cliff lui donne une grosse tape sur l'épaule et se tourne vers Larry.

— Alors t'es qui le négro ? Tu viens d'où ?

— Larry Hoover, de New York Monsieur ! crie Larry à son tour.

— M'appelle jamais Monsieur ! On n'est pas à Manhattan ici !

— Oui sergent-chef !

— On n'aime pas les négros dans la compagnie Bravo. Et encore moins les pédés de New York.

— Oui sergent-chef !

— Tu te fous de ma gueule ?

— Oui sergent-chef ! Euh, non-sergent-chef !

Le commandant s'approche de Fergus avec un sourire en coin. Il le regarde de haut en bas. « Alors la tarlouze... » rit-il en lui caressant la joue. Fergus ne répond rien et se tient droit comme un i. Tout à coup, le commandant lui flanque coup de poing dans le ventre et Fergus s'effondre. Le reporter l'aide à se relever. Le commandant le regarde avec dédain. Il sort un cigare et l'allume le temps que Fergus se remette.

— C'est quoi ton surnom ? demande le commandant.

— Trou du cul, sergent-chef ! crie Fergus.

— T'aimes ton surnom ? demande le commandant Cliff.

— Oui sergent-chef, positif sergent-chef, hurle Fergus.

Le commandant continue sa révision de la troupe. Le reporter a l'air embarrassé, Larry sent qu'il ne cautionne pas ses agissements. Il lance des sourires gênés et n'ose croiser le regard des marines. John Wise est un homme instruit et il est à la botte de Cliff, cette vulgaire raclure. La guerre profite à ce genre de brutes. Cliff est un enfoiré, comme il en a peu rencontré. Le commandant écrase son cigare sur l'épaule de Jimmy. « Tu crois mériter ton uniforme négro ? » gueule-t-il. Jimmy ne montre pas sa douleur, mais il a les larmes aux yeux. Il réalise le pétrin dans lequel il est. Lui qui n'obéit jamais à personne, le voilà devenu docile :

— Je vais tout faire pour le mériter, sergent-chef ! hurle-t-il.

— Tu sais ce que j'ai fait, moi, pour mériter d'être là ?

— Non, sergent-chef !

— J'ai fait l'armée, moi, je suis pas une petite fiotte de civil comme toi. J'étais le meilleur, tu entends ? Le meilleur. Je sais manier toutes les putains d'armes américaines. Je sais mettre les hommes à genoux, même les petites racailles comme toi, pour qu'ils me lèchent les pieds. Et j'ai tué plus de Vietcongs que ce que tu vas voir dans ta misérable vie.

— Oui, sergent-chef !

— Tu t'appelles comment ?

— Jimmy, sergent-chef.

— C'est ta mère qu'a eu une bonne idée de te donner un nom de négro ?

Un grand boutonneux se met à rire. Jimmy le foudroie du regard.

— Ça te fait rire Walter ? demande le commandant.

— Oui, sergent-chef !

— T'apprécies mon humour, c'est bien. Tu sais ce qui va être drôle aussi ?

— Non, sergent-chef ?

— T'es responsable de lui à partir de maintenant. Et t'as pas intérêt à me décevoir.

Walter grimace, il va devoir surveiller un *Fucking New Guy*. Lui qui avait réussi à se faire bien voir du commandant jusque-là, il va prendre le risque de le décevoir, et tout ça à cause d'un sale négro. Lui qui allait devenir caporal. Lui qui allait rentrer du Vietnam en héros. Jimmy n'a pas baissé les yeux et il arbore un sourire provocateur. Ça va être drôle de lui rendre la vie impossible à cette balance. S'il n'a pas le pouvoir de résister à Cliff, il va se défouler sur Walter. Et il ne va pas y aller de main morte. Fergus, le fermier du Mississippi, lui lance un clin d'œil amical. Jimmy sait se faire des amis aussi vite que des ennemis. Larry connaît son Jimmy et il se réjouit déjà de sa vengeance.

— Et toi, t'es qui, tu viens d'où ? demande le commandant à la dernière nouvelle recrue.

— Je m'appelle Mike Hoover et je viens de Harlem, sergent-chef !

— T'as l'air costaud. Tu faisais quoi à New York ?

— J'étais boxeur, sergent-chef !

— Boxeur ? C'est un métier ça ? Montre moi ce que tu sais faire !

— Oui sergent-chef ! Comment sergent-chef ?

— Mets une droite à cette pédale de Fergus, ça fera l'affaire.

Mike hésite. Il s'approche finalement de Fergus. Il est encore tout rouge du coup qu'il a reçu. Ce pauvre gars n'a rien fait pour mériter d'être frappé. Doit-il vraiment obéir ? Pour qui va-t-il passer auprès des autres ? « Alors, tu te démontes ? » ricane le commandant. Mike lève le bras. Il serre le poing. Fergus ferme les yeux. Il ne se défendra pas. « C'est bon, ne le frappe pas. C'est même pas drôle », conclut le commandant Cliff.

La compagnie Bravo attend les instructions du commandant. On s'impatiente dans le campement. C'est encore pire de ne rien faire, même si on a mal aux pieds, même si on crève de chaud. On commence à s'enivrer à l'alcool de riz, il est toujours l'heure pour boire. Larry grave les initiales du Vietcong sur ses cartouches qu'il nettoie. Mike dépoussière le canon de son M16. Pendant ce temps-là, Huon aide Ethan à placer des cannettes de Coca-Cola sur un tronc d'arbre. « Venez les gars ! » hurle Ethan. Il est temps d'apprendre à viser. Ethan leur explique comment fonctionne leur M16. Les trois nouvelles recrues l'observent avec attention.

— Passons à la pratique, suggère Ethan. Qui veut commencer ?

— Moi, insiste Jimmy.

Jimmy saisit son M16 et se met à genou. Il place son œil dans le viseur et tire une fois, puis une deuxième fois et enfin la dernière cannette de Coca-Cola éclate de la même façon.

— C'est à ton tour Larry, attends une minute !

Fergus s'approche des marines qui jouent aux cartes et s'empare discrètement d'une botte. Il la dépose sur le tronc d'arbre et fait signe à Larry de tirer.

— C'est à qui ? demande-t-il.

— T'en fais pas ! Balance la sauce !

— Je peux essayer le M60 ? demande Larry. Je veux être sûr de pas rater mon tir.

Larry appuie sur la gâchette de la mitraillette. Une série de quinze tirs s'échappe du canon. La botte vole en éclats. Toute la compagnie Bravo éclate de rire. Ils rigolent comme des gamins. « Walter, *che cavolo* ! Tu vas marcher dans la boue aujourd'hui ! » lance Digiacomo qui a compris la farce. Le grand boutonneux se décompose. Ces enfants de salaud ont tiré sur sa botte !

Sous la tente du reporter John Wise, le commandant Cliff ouvre une carte de la région. Les villages des Vietcongs sont entourés en rouge. Les chemins minés sont entourés en vert. Les zones suspectes sont marquées de points d'interrogation. Cliff aime jouer au général, au stratège accompli. Mais il ne sait pas prévoir, c'est un impulsif et un borné. John Wise essaye de le raisonner. « Il faut s'aligner avec les autres », lui répète-t-il. John Wise se tient informé grâce au poste de radio, il n'aime pas agir à l'aveugle. Mais il faut bien l'avouer, Cliff a une chance de cocu, c'est à se demander comment il est encore vivant. « Il faut avoir des couilles, la parlotte pour les femmes », c'est la devise du commandant. Et en effet, il réfléchit peu, ne concerte personne et n'hésite jamais avant d'agir. Ce comportement, que John Wise pourrait qualifier de bêtise et d'inconscience, est considéré par certains comme de l'héroïsme. Les marines admirent autant qu'ils craignent le commandant. C'est un tyran, mais un tyran courageux, pensent-ils. Et John Wise fait semblant d'en penser tout autant, mais il tempère aussi le commandant quand il le peut :

— Je pense que l'on peut passer au-delà de la rivière dans les jours qui viennent. Mais pas aujourd'hui, nous ne savons pas encore ce que les Vietcongs préparent et nous avons de nouvelles recrues.

— On n'a pas de temps à perdre, on traversera la rivière aujourd'hui, coûte que coûte.

— Mais commandant…

— On traversera aujourd'hui. Le poste de communication est prêt ?

Le commandant Cliff plie la carte et la range dans son sac. Tant pis pour les nouvelles recrues, la compagnie Bravo traversera la rivière, il l'a décidé et il prend toujours les bonnes décisions. John Wise les accompagnera aujourd'hui, cela fait longtemps qu'il n'est pas sorti du camp.

La compagnie Bravo s'enfonce dans la brousse. Ils avancent de chaque côté du chemin, leur mitraillette à la main et leur sac sur le dos. Sur leur casque, ils ont pris soin d'accrocher une carte à jouer : l'as de pique. « Ça flanque la frousse aux Vietcongs, ils sont superstitieux, l'as de pique c'est la mort pour eux ! » avait expliqué Digiacomo à Larry. Le commandant Cliff leur fait soudain signe de s'arrêter. « Fermez-la ! » hurle-t-il. On s'agenouille sur le bas-côté. On attend. Walter part devant en rampant. S'il veut devenir caporal, il doit prouver sa valeur. Quitte à sauter sur une mine ou à se faire canarder. « C'est OK ! » finit-il par conclure. On se relève et on continue de marcher. La pluie se met à tomber. Elle détrempe leur uniforme, mais ça fait du bien, la chaleur est insoutenable. Larry observe les marines devant lui. Cinquante gaillards entre dix-sept et trente-cinq ans. Ils parlent peu, ils doivent penser au pays, comme lui. Les regards se perdent dans les rizières infinies. On pense aux femmes aussi, on pense tout le temps aux femmes.

— Fergus, *figlio di puttana*, il a plein de photos de pin-up cachées sous son matelas. Il a une photo Playboy de Marilyn Monroe toute nue jambes écartées. Mais même celle-là, on ne l'a pas vue ! *Cazzo* ! Il aime bien se vanter de sa collection, mais c'est pas un partageur ! Il ne prête aucune photo, même pour vingt minutes et même pas pour des cigarettes, continue l'Italien. Il préfère faire sa petite affaire derrière la tente en solo.

— Ah l'enfoiré ! Mais il n'y a pas des prostituées dans le coin ?

— En général, c'est Cliff qui se les tape. Mais Huon nous en ramène parfois. La dernière était chaude comme la braise. *Madonna Santa* ! Une Vietnamienne avec une petite chatte étroite, mais elle n'avait pas de seins. Ma femme, elle a des seins qui sentent les donuts, chauds et doux... si tu savais..., raconte Digiacomo.

Le commandant Cliff se retourne et ordonne : « Jimmy, prends de l'avance, je te couvre ! Assure-toi qu'il n'y a pas de Viets planqués ! » Jimmy tremble de peur quand le commandant hurle : « Dépêche-toi l'abruti ! » Il semble s'acharner sur lui, à coup d'insultes et de gestes brutaux. Larry est écœuré. Il reconnaît en lui ce sentiment d'injustice qui l'envahissait à New York quand il ne pouvait pas entrer dans un bus ou qu'on le bousculait volontairement. Il avait envie de frapper, de hurler, mais il ne faisait rien. Il se réfugiait dans sa chambre jusqu'à ce que la colère retombe. De même, il ne fait rien ici. Même pour son meilleur ami. Digiacomo le voit ronger son frein et le prend en pitié.

— Walter ! *Cazzo* ! Protège ton protégé ! lance-t-il au grand boutonneux.

— Ils ont explosé ma botte ces *Fucking New Guys* ! Qu'est-ce que j'en ai à foutre ? ronchonne-t-il.

— Tu te serais marré si c'était pas ta botte !

— Ouais, peut-être... Mais tu connais Cliff, dit-il plus bas, il est raciste... et il écoute personne.

— Espèce de bouffeur de polenta fasciste..., grommelle Digiacomo.

— Attends Jimmy ! Je vais te montrer comment faire ! se décide enfin Walter.

Walter rejoint Jimmy et lui fait signe de se mettre à plat ventre. « On va se camoufler dans les herbes hautes, il faut devenir invisible et guetter ». Walter est fier de donner des conseils. Après tout, s'il devient caporal, il devra prendre soin de ses hommes. Les Vietcongs sont malins et cruels. On n'est jamais à l'abri d'une embuscade. Il a des yeux d'aigle, il observe autour de lui, il écoute aussi. « Le moindre frémissement d'herbe et on tire », chuchote-t-il à Jimmy à côté de lui. Ils attendent, enfoncés dans l'herbe. Jimmy tient sa mitraillette devant lui, prêt à buter tout ce qui bouge. Il n'a pas peur de tuer. C'est eux ou lui. « C'est bon, on se replie », le rassure Walter. Larry les voit revenir, il est soulagé.

— Alors comme ça, tu descends trois cannettes de Coca-Cola en trois tirs ? demande Walter à Jimmy.

— J'ai appris à tirer avec mon vieux, dit fièrement Jimmy. Et toi, les bottes, ça va ?

— J'ai pris la dernière paire qui restait au camp. Je peux te dire que ce soir, je me laverai les pieds, mes bottes puent le fauve. Je sais pas qui les a portées dans les missions précédentes... Un mec qui s'est fait buter, je pense, je l'ai pas bien connu, mais ça fait toujours bizarre de perdre un copain de la compagnie.

— Vous avez récupéré ses bottes ?

— On l'a ramené pour le mettre à l'abri et il a crevé dans le campement avant que l'hélico le récupère. Il avait les jambes explosées, du coup on lui avait enlevé ses godasses. Bref, le malheur des uns...

Les membres de la compagnie Bravo arrivent devant une rivière. Pas de pont, pas de barque. Les marines la traversent sans se poser de questions, l'eau brune leur arrive à la taille. On ne sait pas quelles bestioles peuvent s'y cacher, peut-être des serpents ou des crocodiles. Larry entre dans l'eau. Le sol est visqueux et il manque de tomber.

— Fais gaffe ! lui dit Mike en le retenant par le bras.

— Ah ! Tu parles encore ! plaisante Larry.

— Seulement quand c'est utile. Les gars sont des connards. C'est pas la peine.

— Si tu veux qu'on te sauve la peau, il vaut mieux être sympa.

— Qui voudra me sauver ? Je suis noir, je suis personne. On n'est personne ici, tu vois pas ?

— Pense à Nataly. Elle t'attend.

— Si tu le dis…

Le commandant Cliff ordonne à la compagnie Bravo de s'asseoir. Quelques minutes de repos avant la mission *zippo*. Le village est à trois kilomètres seulement. On sort les flasques d'alcool et on allume des cigarettes. Les mitraillettes restent à portée de main. Walter est aux aguets. C'est lui qui porte la boussole, il a le rôle d'éclaireur en plus d'être sentinelle. John Wise en profite pour photographier les soldats.

— J'ai hâte de brûler ce village et de rentrer au camp, soupire Fergus.

— Il paraît que tu as des pin-up à rejoindre, le taquine Larry. Tu avais une femme dans le Mississippi ?

— Non, pas vraiment. Mais j'en ai envie, me marier avec une fille gentille, avoir des enfants à qui j'apprendrai le métier…

— Moi j'avais une fiancée…, l'interrompt Mike. Mais elle m'attendra pas.

— Qu'est-ce que tu racontes ? s'étonne Larry.

— Je la connais, c'est une fille indépendante et brillante. À l'université, elle rencontrera des gens intelligents. Et moi, elle m'oubliera… Qui a envie d'attendre un mec qui fait la guerre ? Si encore elle était enceinte…

— Tu nous fous le cafard. *Cazzo* ! Quand t'ouvres ton clapet c'est pour dire des saloperies ! s'agace Digiacomo. *Madonna Santa* ! Sois un homme et arrête de pleurer !

— Je pleure pas. Je suis lucide. Vous faites comme si la vie allait être pareille à votre retour. Et encore, si vous rentrez. On va sans doute tous mourir ici. Mais là-bas, les gens continuent à vivre et ils ont pas que ça à faire de penser à vous.

— *Figlio di puttana* ! s'énerve Digiacomo. Bois un coup et fous-nous la paix.

3.

— Tenez-vous prêts ! hurle le commandant Cliff. On arrive au village. Il est truffé de Vietcongs. Vous en voyez un, vous tirez. Pas d'hésitation, c'est votre vie ou la leur. Compris ? On réfléchit pas, on abat. Et on joue pas les héros, on sécurise la zone avant tout. On cherche, on détruit. Et on agit vite. Un Vietcong qui s'enfuit, ça veut dire qu'on est repérés, ça veut dire qu'on prend des risques inutiles.

— Est-ce qu'on fait des prisonniers, sergent-chef ? demande Walter.

— Pas de risques inutiles ! Tu m'écoutes quand je parle ou tu te torches le cul avec tes oreilles ?

— Et les familles ? Comment on protège les enfants ? reprend Fergus.

— Vous fouillez les huttes et vous les faites sortir dehors. Après on brûle. On cherche, on brûle. C'est pas compliqué, bon sang !

Les marines de la compagnie Bravo sortent de la jungle. Ils aperçoivent le village qui borde les rizières. On distingue les paysans qui travaillent encore, leur chapeau pointu dépasse des étendues vertes, parmi les bœufs et les charrues. Walter ouvre la marche, suivi du commandant Cliff. Le chef du village vient à leur rencontre et les salue en joignant ses mains. Derrière lui, un garçon à moitié nu fait rouler un pneu. Une femme court après un poulet pour l'attraper. Larry se demande ce qui peut se tramer dans un village si paisible. Cliff s'adresse au chef du village :

— Tu caches des Vietcongs ?

— Non non. Rien, rien, répond le chef avec de grands signes.

— Sinon on brûle tout. Tu comprends, enfoiré de bouffeur de riz ?

— Rien, rien, répète le vieillard.

— Tu vois ça ? insiste le commandant en sortant son *zippo*. Si tu mens, je brûle tout, ta femme et tes bâtards, tu comprends ?

— Pas Vietcongs ! s'agace le chef.

— C'est ce qu'on va voir. Les gars, on y va ! hurle Cliff. On cherche, on détruit !

Digiacomo enfonce l'entrée d'une hutte à coups de pied, sa mitraillette pointée devant lui. Larry fait le guet comme il lui a demandé. Les villageois lui lancent des regards désapprobateurs. Il baisse la tête, il a honte. Des cris de nourrisson s'échappent de la hutte. « Ramène-toi ! » lui hurle Digiacomo. Larry découvre une femme assise à son métier à tisser, son bébé dans les bras. L'Italien braque son arme sur elle.

— Larry, fouille tout, je la garde en joug.

— Mais c'est une mère...

— On s'en fout. *Madone* ! Perce le matelas et les sacs de riz pour commencer.

Larry s'exécute. Il tire le matelas du lit et plante son couteau. Des plumes volent autour de lui. Le nourrisson hurle de plus belle. « Fais lui fermer sa gueule ! » s'impatiente Larry. Il a les nerfs à vif. Digiacomo éclate de rire. « Le riz maintenant, petit. » Larry renverse les sacs de jute un à un. Plusieurs semaines de travail dans la poussière. Puis il donne des coups de couteau dans les murs et dans le toit à la recherche d'une planque. Plus rien à détruire que cet autel fleuri où se consument quelques bâtonnets d'encens. Larry hésite. « Vas-y ! *Madone* ! Qu'on en finisse ! » l'encourage Digiacomo. L'Italien déteste saccager les autels. Il est superstitieux. Mais en temps de guerre, plus de pitié et plus de Dieu. Digiacomo bredouille une prière pour se protéger du mauvais œil. Larry décroche la photo d'un vieil homme à la barbe blanche et l'apporte à Digiacomo. « Dégage ça ! *Cazzo* ! On ne sait pas ce que c'est ! Peut-être un sorcier ! » Larry sort son *zippo* pour enflammer la photo. La femme se met à hurler.

— Vietcong ? demande Digiacomo.

— Pas Vietcong ! Pas Vietcong ! supplie la femme.

— OK, laisse tomber Larry. Rends-lui sa fichue photo. Jette un coup d'œil dans les offrandes et on se casse.

Larry tend la photo à la femme qui s'empresse de la cacher dans son giron. Puis Digiacomo la tire par le bras vers le centre du village. Les villageois sont alignés, debout, mains levées, surveillés par Ethan qui fait jouer sa mitraillette autour d'eux. John Wise en profite pour le photographier. Ethan ne lui prête pas attention, John veut des instants volés, des photos spontanées et intenses. « Si tu poses, tu auras l'air d'un hacheur de pacotille, sois naturel nom de Dieu ! » s'énerve-t-il souvent quand les marines essayent d'apparaître sous leur plus beau jour. Ses photos seront un témoignage précieux. Un jour, elles vaudront une petite fortune. Robert Capa, le fameux photographe de la Deuxième Guerre mondiale, n'a-t-il pas réussi à immortaliser le débarquement en Normandie ? John Wise veut être du même calibre. Il veut faire la fierté du *Times Union*. Le reporter entre maintenant dans la hutte fouillée par Fergus et Mike. Fergus est photogénique, son visage enfantin attire la sympathie. John Wise aime ce contraste de cet ange armé jusqu'aux dents qui affronte le danger. Mike ne veut pas être pris en photo en train de planter son couteau dans les sacs de provisions. Il se tient fièrement devant John Wise, son M16 dans les bras, une cigarette aux lèvres. Il voudrait que Nataly le voie dans le *Times Union*. John le rabroue : « Tu seras beau quand tu auras l'air moins stupide ! Va fouiller les paysans ». Mike s'approche des deux adolescents qui trient des céréales par terre. Il les relève brutalement, les plaque contre le mur et déchire leurs vêtements. « Où est Charlie ? » demande Fergus. Les réponses sont toujours les mêmes. Dans un anglais incompréhensible, les deux jeunes hommes répondent qu'il n'y a pas de Vietcongs. Fergus fait signe aux deux hommes de sortir de la hutte et de rejoindre les autres villageois à l'extérieur.

Le commandant Cliff gifle et secoue le chef du village dans sa hutte sous les yeux de Walter et Jimmy. Walter rit comme une hyène, c'est son habitude. On ne saurait dire si c'est un rire gêné ou simplement imbécile. Jimmy se prend de pitié pour le vieillard qui reste digne malgré la violence du commandant. Il se demande qui est le barbare. Comment peut-on être américain et frapper un vieil homme sans scrupule ? Jimmy regarde ses bottes, le spectacle le dégoûte. La femme du chef appelle au calme. Mais le commandant veut abattre du Vietcong à tout prix. Il sait qu'il y a des Vietcongs, il a le nez pour la vermine. « Tu vas parler ! » insiste-t-il. Le chef reste muet. Cliff donne l'ordre à Walter de le fusiller sur la place centrale. « Ça va délier les langues des autres », explique-t-il. Puis il se tourne vers sa femme, et comme s'il découvrait soudainement les charmes de celle-ci :

— Alors vieux dégueulasse, t'as réussi à avoir une épouse bien roulée ! T'arrives encore à la satisfaire ? Walter, on change le plan.

— Oui sergent Cliff. Qu'est-ce qu'on fait ?

— Couvre-moi ! ordonne-t-il.

— Oui, sergent-chef. Jimmy, t'as entendu ? Barre-toi.

Le sergent Cliff saisit la femme par le bras et ouvre sa braguette. Il la retourne violemment en la traitant de pute. Il relève sa robe. La femme du village commence à hurler. Le chef du village regarde la scène qui se déroule sous ses yeux. Il serre les poings. « Bouge pas sale Viet ! Regarde ce que je fais aux femmes des Vietcongs », le nargue Cliff en tripotant les seins de sa femme. Mais tout à coup, des tirs retentissent dans le village. Cliff remonte son pantalon en un éclair et met la femme à terre. « Tue-le ! » ordonne-t-il à Walter avant de foncer hors de la hutte.

C'est un carnage. Trois hommes blessés qui crient comme des damnés, le reste de la troupe à découvert. « À terre ! Ou dans les huttes ! » hurle Cliff. Larry s'engouffre dans une hutte, ne laissant dépasser que le canon de son M16 dans l'embrasure de la porte. Il garde un œil sur l'extérieur. « D'où viennent ces putains de tirs ? » s'énerve Cliff. Ethan, protégé des villageois qui l'entourent, inspecte les lieux. « J'en sais rien, il faut se replier ! » Cliff ne l'écoute pas. Pas question de rater sa mission. S'il y a un Vietcong, il faut l'abattre immédiatement. Il se met à courir en mitraillant autour de lui. Les rafales criblent les murs, les toits volent en éclats, des villageois s'écroulent. Cliff est possédé. Il hurle, il tire, il court en tous sens. Larry comprend qu'il est fou. C'est le moment pour Larry de se faire remarquer. Il ne sait pas tirer, mais il sait réfléchir. Les huttes ont été fouillées. Huit huttes, dont celle du chef. Chaque binôme les a passées au crible. Le village était gardé par dix hommes, personne n'a pu entrer. C'est forcément quelque part dans le village. Les tirs venaient de la droite, vers le poulailler. Mais Fergus l'a brûlé dès le début. Personne ne pourrait survivre dans cette fumée noire. La fumée, c'est la meilleure planque. Mais où ? Il aperçoit une charrette en feu appuyée contre le poulailler. Derrière la charrette. S'il devait se planquer, c'est là qu'il irait. Quitte à mourir immolé. « La charrette ! La charrette ! » se met-il à hurler. On ne l'entend pas. Il n'y a qu'Ethan qui peut les sauver, c'est le meilleur soldat de la troupe. Larry décide de traverser le village pour le prévenir. Les tirs de Cliff sont plus dangereux que ceux du Vietcong. Larry calcule : s'il compte jusqu'à cent en avançant à plat ventre... Il s'exécute sans réfléchir, il va tenter le tout pour le tout. Le voilà qui rampe en dessous des balles qui sifflent et des débris qui tombent. Ethan ne le regarde pas. Il faut attirer son attention. Larry lance une rafale sur le cheval d'un paysan. La grosse bête s'étale de tout son long en hurlant. Ethan cherche des yeux l'origine du tir. Il aperçoit Larry qui avance vers lui. Il lui lance un regard interrogateur. « La charrette ! » crie Larry en lui faisant signe. Ethan n'hésite pas. Il braque son M60 sur le poulailler et crible la zone de balles. Des éclats enflammés sont propulsés, les toits des huttes s'enflamment aussitôt. Un Vietcong sort de sa cachette en lançant un cri de guerre. Il fait quelques pas avant d'être abattu. C'est fini. On a tué Charlie.

La compagnie Bravo prend le chemin du retour. Larry regarde le village qui flambe. Il revoit le visage de cette mère qui hurlait de peur. Il revoit cet enfant qui jouait dans le village avec quelques cailloux qu'il montait en pyramide. Ce vieillard qui soignait son cheval. Ces poules qui courraient entre les pieds des fillettes. Il entend cette chanson bredouillée par une vieille dame qui se balançait sur sa chaise à l'entrée de sa hutte. Tous ces gens dont la vie part en fumée. Il s'imagine Anita courant entre les flammes, Gladys pleurant sous une hutte qui s'écroule. En quoi valent-elles mieux que ces gens laissés dans la misère ? Jimmy pose sa main sur son épaule.

— Tu nous as sauvés mon vieux. Sans toi, on aurait attendu que Cliff nous fasse tous buter.

— Un seul homme contre toute la troupe… il avait pas beaucoup de chance de gagner. Tu te rends compte ? Il s'est sacrifié, il a sacrifié un village entier, juste pour blesser quelques soldats américains. Ces gars-là ont la haine…

— C'est pour ça qu'ils sont dangereux, qu'on peut pas avoir de pitié.

— Pas de pitié ? On est des bêtes ? Tu crois que les enfants y sont pour quelque chose ?

— Les enfants grandissent et deviennent des Vietcongs. Il y a des gamins de douze ans avec des mitraillettes qui tuent des Américains… mais je comprends, Larry, j'ai envie de chialer moi aussi.

Cliff donne l'ordre de s'arrêter. On se met à plat ventre. Walter et Jimmy sont envoyés en repérage. Larry n'en peut plus de ce manège, il a perdu toute confiance en Cliff, et même plus largement en la compagnie Bravo. Walter revient vite. Il a l'air fatigué lui aussi. Les soldats ne pensent plus qu'à une chose : boire à n'en plus pouvoir. « On ne s'habitue pas. On fait avec, c'est tout », avait prévenu Digiacomo. Larry se rapproche de son frère qui est resté à la traîne.

— Mike… ça va mon gars ?

— Cliff est un sale type, tu peux pas imaginer à quel point…

— C'est juste un imbécile…

— Non, c'est pire que ça… la femme du chef du village…

— Ben quoi ? Il l'a butée ? s'inquiète Larry.

— Il l'a violée ! Et Walter matait comme un porc !
« Fermez-la ! » ordonne Cliff. Et la compagnie Bravo s'enfonce dans la brousse dans les derniers rayons de soleil. Les oiseaux crient dans les arbres, Larry les écoute. Il imagine des musiciens qui joueraient pour adoucir ses pensées. Ce n'est que le début des horreurs du Vietnam. Comment ne pas devenir fou ? Mais une idée l'obsède plus particulièrement : l'autorité de Cliff.

4.

Un hélicoptère a atterri un peu plus tôt pour évacuer les blessés de la compagnie Bravo. Larry a serré l'un d'eux fort dans ses bras comme un frère. Un Afro-Américain de seize ans, grièvement blessé. « Je veux rentrer à la maison », lui a-t-il dit dans le bruit des hélices. Larry envie ces hommes qui retournent chez eux. Ils ont de grandes chances de survivre. Il songe à se blesser volontairement alors qu'il nettoie les toilettes au râteau. Il sort les bacs un à un, les asperge d'essence et brûle le tout. Il rejoint les autres marines qui jouent aux cartes. Fergus a lancé le grand pari de révéler aux autres une photo nue de Marilyn Monroe. « Vous allez la voir cette photo de Marilyn Monroe, les jambes bien écartées, et la chatte à l'air au bord d'une piscine ! » avait-il déclaré à tous les marines qui l'avaient hué.

— Tu mises une photo qui t'a déjà fait bander cent fois ! *Figlio di puttana* ! s'amuse Digiacomo. Cette Marilyn Monroe tu l'as souillée toutes les nuits !

— C'est une déesse. Une vraie bombe cette Marilyn… il paraît que Kennedy couche avec elle, répond Fergus.

— Alors, tu me la montres cette photo ? insiste Digiacomo.

— Il en est hors de question. Je la mise ce soir pour tous les membres de la compagnie Bravo. Je vais me remplir les poches de cigarettes. J'ai plus qu'un pauvre paquet.

— Tu penses que Marilyn va rendre visite aux troupes du Vietnam ?

— J'en doute, vu son calibre et sa renommée… elle va pas venir jusqu'ici pour donner du courage à l'armée américaine.

— *Madone* ! On sait jamais ! conclut Digiacomo.

Jimmy mélange les cartes à la façon d'un croupier. « Retire l'as de pique du jeu ! Ces Vietcongs vont tout de même pas venir nous foutre la frousse ! » demande Walter. Jimmy distribue ainsi deux cartes à Ethan,

Digiacomo, Fergus et Larry. Mike s'est retiré dans son coin. Il a pris du temps pour écrire quelques mots à Nataly et aide Huon à monter son feu de camp pour la nuit. Le jeu est distribué. « Malchance de madone ! Toujours les mauvaises cartes ! » soupire Digiacomo en découvrant ses cartes. Le Néo-Zélandais esquisse un sourire et mise une cigarette. Walter se retire du jeu.

— Walter, *cazzo* ! Tu t'aplatis, comme d'habitude ! le cherche Digiacomo.

— Fous-moi la paix le rital. Tu devrais garder l'œil sur ton petit protégé au lieu de jouer au malin.

— Larry ? Sans lui le Vietcong aurait massacré encore plus d'hommes.

— Cliff n'a pas aimé. Mais alors pas du tout !

— Pourquoi ? ose demander Larry.

— Parce que c'est lui qui donne les ordres, imbécile ! Faut pas le doubler, il aime pas ça. Tu l'as fait passer pour un con.

— C'est moi qui ai tiré, j'en prends la responsabilité, intervient Ethan.

— Laisse tomber Ethan, entre violeurs de Viet ils se soutiennent ! attaque Jimmy.

La conversation s'envenime jusqu'à l'arrivée de John Wise. Le reporter a une autorité que chacun respecte. Devant John Wise, on essaye de faire bonne figure. Et après tout, il est le seul à pouvoir entrer sous la tente de Cliff et à le raisonner, dans la mesure du possible.

— Il paraît que Marilyn est en jeu ce soir ! plaisante-t-il.

— Viens tenter ta chance, le journaleux ! l'invite Fergus.

— On a reçu une télévision tout à l'heure par hélicoptère. Je vais regarder ce que ça donne.

— Merde une télé ! On a échangé trois hommes contre une télé ! Ça valait le coup ! rit Fergus.

— Oui, on va avoir des nouvelles du pays, avec un peu de chance. Alors pas de baston ce soir, les gars, je vous fais confiance ! Sinon pas de télé !

— Oui papa ! se moque Digiacomo.

Digiacomo explique brièvement à Larry les enjeux. Les règles sont simples. La mise unitaire est le *chewing-gum*, la mise au-dessus est la cigarette, puis vient le *zippo*. Et enfin Marilyn, contre trois *zippo* et une semaine de nettoyage de chiottes. Ethan récupère sa cigarette en la posant sur ses lèvres. Personne ne souhaite égaliser sa mise.

— Je la veux cette photo de Marilyn Monroe, j'ai les couilles d'un taureau et elles sont pleines ! dit Ethan en allumant sa clope.

— Et Hong Kong ? C'était il y a trois jours ! Moi je pense à ma Chelsea et ça me met dans un état... *Madone* ! soupire Digiacomo.

— Demande-lui de t'envoyer une photo d'elle en lingerie ! propose Fergus.

— C'est une fille bien, elle ferait pas ça. Et puis sa mère la surveille. Je crois même qu'elle va profiter de l'occasion pour lui trouver un Américain... Du genre du chef du fast-food où elle travaille, un grand connard qui conduit une Corvette. *Cazzo* ! Il a toujours son peigne derrière l'oreille gauche et sa clope derrière la droite. Il se prend pour un dur avec sa gomina et sa veste en cuir.

— Ta Chelsea est folle de toi ! Elle t'envoie des lettres de cinq pages ! le rassure Fergus.

— Moi, les lettres... je m'endors dessus. Si elle savait, j''ai pas lu une seule de ses lettres jusqu'au bout !

— Une petite culotte ! Demande-lui d'envoyer une petite culotte ! s'amuse Jimmy.

— Elles sont chaudes les filles de Harlem on dirait ! Jimmy tu nous racontes ? En Nouvelle-Zélande, les filles ont l'air sages, mais alors..., dit Ethan.

— Elles sautent dans ton pieu comme un kangourou ? À Harlem, il faut savoir danser. Les filles te respectent que si tu mets le feu à la piste de danse. Enfin, sauf Larry qui sait danser, mais qui drague comme un pied !

— Allez, on joue les gars ! Le pizzaiolo, tu restes ou tu te retires ? insiste Walter.

Digiacomo ne répond pas et dépose ses cartes. Larry observe ses deux cartes. Il a déjà une paire de six. Il reste pensif. « Deux cigarettes ! Deux cigarettes ! » marmonne-t-il. C'est bien trop pour lui, car ces jours-ci, il fume comme un pompier. Mais le goût du risque l'emporte. Il décide d'entrer dans la partie et mise son *zippo* et deux cigarettes pour égaliser avec Walter. Walter dépose son jeu avec deux paires. Larry lui montre son trio. Les autres membres l'acclament. « Bien joué Larry ! »

— Marilyn vous donne du courage ce soir ! plaisante Fergus.

— Oui, on sait qu'il te reste une dizaine de photos ! Où est-ce que tu les as trouvées, *figlio di puttana* ? demande Digiacomo.

— C'est mon frère qui me les a envoyées. Il s'est abonné à Playboy...

— *Cazzo* ! Ton frère qui est marié ? Il a pas assez à la maison ?

— C'est pour moi, idiot ! On parle pas comme ça de la famille !

— Ces bouseux du Mississippi sont susceptibles ! renchérit Ethan.

— On a des valeurs, pas comme dans ton pays de sauvages ! À la ferme, il faut avoir des valeurs, se soutenir. Le travail est dur. Tous les matins à cinq heures, tu prends ton café dans la cuisine avec la famille et après tu vas t'occuper des bêtes, les nourrir, les brosser, les soigner. Et même accoucher les juments. Il faut avoir des bras costauds pour donner la vie à un poulain. Et puis tu montes les chevaux, tu les emmènes galoper dans les prés. Et tu surveilles le troupeau, cent vaches c'est déjà un sacré cheptel ! Faut les faire brouter pour les engraisser avant l'abattoir... J'avais un chien pour m'aider, Billy qu'il s'appelait. Billy c'était un sacré chien. Il m'obéissait au doigt et à l'œil. Et ça sans compter les enclos à monter, la ferme à réparer...

— Tu nous pompes l'air avec tes histoires Fergus ! On veut voir la chatte de Marilyn, pas celle de tes juments ! l'interrompt Ethan.

Larry a gagné la partie de poker. Fergus s'en réjouit, Walter ne l'a pas emporté. Fergus lui remet la photo solennellement : « Au nom de la constitution américaine, je te remets la photo dénudée de Marilyn Monroe ! » Les marines s'agitent autour de Larry. Ils veulent voir Marilyn. Larry embrasse la photo pour faire rire ses camarades. Puis il monte sur la table en bois. « Vas-y, montre-nous cette sacrée photo ! » hurle Digiacomo. Sur son estrade, Larry fanfaronne : « Chers Messieurs, j'ai l'honneur d'accueillir ce soir la fameuse, la voluptueuse, l'unique... Marilyn Monroe ! » Et enfin, il déplie la photo et la dévoile à tous les soldats. La compagnie Bravo s'esclaffe. On veut voir de plus près, on veut toucher. John Wise intervient dans le brouhaha : « Qu'est-ce qu'il se passe ? Calmez-vous, ça ne va pas plaire à Cliff ! » Il a réussi à trouver une fréquence pour la télévision. Le reporter invite la compagnie Bravo à s'installer devant le poste : « Venez vous asseoir ! » On obéit sagement aux ordres de John Wise. On a envie de se divertir, mais surtout d'avoir des nouvelles du pays. John Wise allume le poste. C'est la fin du match de boxe de Cassius Clay. Le boxeur s'adresse aux journalistes : « *Le Vietnam ! Jamais j'y mettrai les pieds. Jamais j'irai au Vietnam. Je déserte le Vietnam au même titre que mon ami Malcom X. Mon ennemi est le peuple blanc, pas le Vietcong ou le Chinois ou le Japonais. Vous êtes mon opposant quand je veux la liberté. Vous êtes mon opposant quand je veux que justice soit rendue. Vous êtes mon opposant quand je veux l'égalité. John Kennedy, tu es mon opposant. Tu me défendras même pas en Amérique et tu veux que je me batte ? Jamais je mettrai les pieds au Vietnam. J'ai plaidé allégeance à la Nation d'Islam. Je suis musulman. Je suis Ali ! Je suis Muhammad Ali, le grand, le boxeur de notre temps ! »* Les marines se sentent trahis. Ils ne comprennent pas sa position. Cassius Clay les abandonne. Et pourquoi ? À cause de quelques problèmes sans gravité dans le pays alors que les États-Unis livrent une guerre sans merci aux communistes ? Les célébrités doivent incarner l'esprit américain. Et les États-Unis, c'est la force, la fierté, la puissance, mais surtout le patriotisme. On ne peut pas parler comme ça des Américains, et encore moins du plus grand président du monde. Pour qui se prend-il ?

— Moi j'aime pas la boxe, de toute façon, intervient Ethan. En Nouvelle-Zélande, on joue à des sports plus dignes comme le cricket ou le football.

— Tu jouais à des sports dignes, toi, *figlio di buona donna* ? le taquine Digiacomo.

— Oui je jouais au football, j'étais arrière-droit, le poste le plus important. Avec mes deux coéquipiers, on avait la réputation de former un mur infranchissable. Et il fallait le faire passer ce ballon pour qu'il atteigne la cage ! répond fièrement Ethan.

— Votre *soccer*, c'est pas un sport d'hommes ! Notre football, c'est pour les durs. Vous avez même pas de casque, la preuve que vous jouez comme des mauviettes ! s'emballe Digiacomo.

— Tu te crois américain ou quoi ? Les Italiens, vous êtes juste des bouffeurs de pâtes ! Tu connais rien à rien ! C'est un sport technique et stratégique, pas comme fracasser un mec sur un ring. Ça, n'importe qui peut le faire !

— Cassius Clay est un grand, c'est le meilleur boxeur de tous les temps. Tu crois qu'il y a pas de technique et de stratégie pour boxer ? Tu devrais affronter Mike un de ces jours ! Il te mettrait une belle raclée ! s'emporte Larry.

— Tu parles du mec qui grille des lézards avec Huon ? Ton Mike, c'est un légume, c'est un lâche... Je le mets K.O quand tu veux !

— Laisse, Larry ! *Madone* ! Il comprend rien ! intervient Digiacomo quand Larry commence à lever le poing.

— Cassius Clay est un putain de héros ! Et il a raison sur le Vietnam ! Vous comprenez pas ? Et il défend ses frères contre tous ! Contre tous, il garde sa dignité et son honneur ! Il est le porte-parole de millions d'Afro-Américains alors qu'il pourrait se faire corrompre par la gloire et l'argent. Ce mec, il a cent fois plus de courage que vous tous réunis !

— Oui, oui, on a compris, t'emporte pas..., le calme Ethan.

— Cassius Clay, il a pas déserté la guerre pour rien. Pourquoi les Noirs américains iraient se battre contre les communistes alors qu'ils sont même pas reconnus comme citoyens aux États-Unis ? Et puis c'est pas à des milliers de kilomètres qu'ils pourront s'unir pour se faire entendre ! C'est pas au Vietnam qu'on pourra lutter pour nos droits ! Kennedy a peut-être des propos cléments envers la communauté noire, mais c'est toujours la même musique. C'est juste pour nous calmer, il nous prend pour des chiens qu'on peut amadouer avec du sucre. Au fond, il est comme les autres, il préfère s'attirer la sympathie des sudistes. Tous les mêmes, tous à tenir de beaux discours, à caresser les Noirs et les sudistes en même temps. Cassius Clay, rebaptisé Muhammad Ali, a raison et nous n'allons pas nous laisser faire !

Le lit de Digiacomo grince. Larry lui a généreusement prêté la photo de Marilyn Monroe. La compagnie Bravo est endormie. La journée de demain s'annonce longue. Larry n'arrive pas à trouver le sommeil. Il se retourne inlassablement sur son matelas. « Fais moins de bruit !» demande-t-il à l'Italien. Il cherche son frère des yeux. Son lit est vide. Que peut-il faire ? Mike n'est pas dans son assiette ces jours-ci. Larry veut lui parler de Cassius Clay, ça lui remontera le moral. Il sort de la tente. Il aperçoit Huon qui se réchauffe les mains devant le feu et Mike assis à côté de lui :

— Salut Larry. T'arrives pas à dormir, toi non plus ?

— Je te cherchais. C'est difficile de te trouver ces jours-ci...

— J'ai pas envie de faire semblant d'avoir quelque chose à dire à ces idiots...

— Ils sont pas si idiots... Et puis ça fout le bourdon de rester dans son coin, pas étonnant que tu déprimes !

— Je préfère penser à autre chose. Préparer des matchs de boxe imaginaires, écrire à Nataly, à Anita...

— Tu as reçu des nouvelles ?

— Non pas encore...

— On a tué du Vietcong aujourd'hui, ça devrait te réjouir !

— Je sais pas... à quel prix ? Tuer tous ces innocents, je sais plus si cette guerre a du sens...

— Alors, réveille-toi ! Exprime-toi !

— De quoi tu parles ? Tu comprends pas qu'on est obligés d'obéir à un tyran incompétent ? Et les autres qui l'admirent… ils se font buter et ils l'admirent…

— J'ai quand même une grande nouvelle pour toi.

— Quoi ?

— Cassius Clay s'est converti à l'Islam. Cassius Clay est Muhammad Ali !

5.

Quelques mois se sont écoulés. La mousson a été impitoyable. Le mois d'août était le plus humide et le plus pénible pour la compagnie Bravo. Impossible de sécher ses chaussettes au soleil. Impossible de trouver le sommeil dans la foudre de la nuit. Mais Larry avait l'impression de se laver de ses péchés, des villages incendiés, des familles détruites. Il était resté quelquefois dehors la nuit à affronter la pluie pendant que Mike continuait d'écrire inlassablement à Nataly. Les réponses de Nataly étaient de plus en plus brèves. Mike plongeait dans une dépression sans fond. Il ne cessait pas d'accomplir son devoir, bien au contraire, il agissait comme un animal bien dressé, chaque jour plus docile et plus conciliant. C'en était fini des reproches et des insultes envers les marines. Il ne parlait plus, il ne pensait plus. Et Cliff s'en réjouissait. Il trouvait en Mike un homme de main fidèle. Quant à Jimmy, il avait reçu un M60 pour son courage et sa dextérité. Il n'en fallait pas davantage pour le rendre fier comme un paon. Et il avait redoublé d'efforts. Larry gardait son M16. Cliff ne le portait pas dans son cœur, il percevait son mépris et sa supériorité. Malgré les défauts du M16, Larry s'y était habitué et ne s'en plaignait jamais. Il trouva un réconfort auprès de John Wise qui aimait lui raconter les détails de la guerre. C'est un homme cultivé et attaché aux valeurs de son pays. Un homme droit qui exerce son métier avec passion. John Wise respecte l'intimité de chacun dans la compagnie Bravo. Il connaît tous les marines, pressent leur peur, ressent leur solitude. Il n'avait pas hésité à remonter maintes fois le moral de Mike. Quant à Fergus et Digiacomo, ils faisaient toujours la même paire. Les inséparables aimaient se moquer de Walter. Ethan restait toujours aussi fier de son M60, malgré la nouvelle rivalité avec Jimmy. Sa hantise était qu'on le lui retire. Mais il n'y avait pas de raisons. Il abattait toujours aussi bien le Vietcong. Un soir, une dispute avait éclaté entre Walter et Digiacomo. Ce dernier lui avait proposé d'éclater ses boutons un à un pour en retirer le pus. Walter avait très mal réagi et l'avait menacé. Il avait même retourné le lit superposé en pleine nuit. Larry s'était retrouvé à terre et Digiacomo s'était pris des coups de poing. Son nez avait pissé le sang pendant une semaine. Il avait demandé à être évacué, mais le commandant Cliff avait refusé. Il préférait garder Digiacomo dans la compagnie Bravo. Mieux vaut perdre l'obéissance d'un homme sous ses ordres que d'avoir affaire à l'administration pour mauvaise conduite de sa compagnie.

La compagnie Bravo est en mission. Larry est de garde, il s'ennuie au camp. Il feuillette le *Times Union* que lui a prêté John Wise. Il admire le talent du reporter. Parmi les photos, il reconnaît Mike qui avance dans la brousse, Cliff qui pose fièrement devant une hutte, Ethan qui tire sur des bouteilles. Larry parcourt l'article de John Wise :

« Les fantômes du Vietnam

Connaissez-vous les fantômes du Vietnam ? Ce sont des leurres, comme pour la pêche ou la chasse. Les marines enregistrent leur voix, des bruits de gâchettes et de tirs sur des cassettes qu'ils déposent en pleine nature pour tromper l'ennemi. Et Charlie a peur. Mais l'ennemi est rusé et se défend. Le Vietcong est bien plus agile que l'on aurait pu l'imaginer lors du premier débarquement au Sud Vietnam. Les guérillas font rage, les embuscades sont fréquentes et l'armée américaine est désœuvrée. Il ne s'agit pas d'un front défini et délimité comme durant la Seconde Guerre mondiale, mais d'une pieuvre dont il faut couper les tentacules. Le Vietcong est partout, le Vietcong se cache, Charlie guette chacun de nos faits et gestes.

La semaine dernière, la compagnie Bravo était en mission dans le delta du Mékong. Les marines décidèrent de laisser des fantômes parmi les ruines d'un village incendié. Il fallait concevoir un moyen de les protéger et de les camoufler. On fabriqua ainsi à l'orée de la forêt, à côté du chemin qui menait aux huttes, quelques monticules de bois surmontés d'une carte à jouer : le fameux as de pique. Et à l'intérieur, emballés dans quelques feuilles : les précieux lecteurs de cassette. Sur le chemin du retour, on entendit des tirs. Les Vietcongs attaquaient les environs du village, croyant que la compagnie y était demeurée en embuscade. Les fantômes agissaient. La compagnie Bravo pouvait agir stratégiquement. Les marines se séparèrent pour attaquer de tous les côtés. L'étau se resserrait quand un des nôtres envoya un appel d'urgence sur les talkies-walkies : « Terrain miné ! Mines boucing betties ! Bravo en retraite ! » Les marines rebroussèrent chemin aussitôt. On redoute ces mines à trois branches comme le diable en personne. Il s'agit de mines à deux charges. La première explose vers le haut et la seconde au niveau de la taille. C'est un retour garanti aux États-Unis, les pieds devant la plupart du temps. Malheureusement, alors que l'on se croyait hors de danger, à plus de deux kilomètres du village, un marine partit en repérage et posa le pied sur une mine. En entendant le cliquetis de la boucing betty, il se figea immédiatement. Il appela du renfort, mais personne ne voulait risquer sa vie. Je vis son visage se décomposer. Il comprit en un éclair qu'il était seul à pouvoir agir, que la moindre erreur lui serait fatale. À ce moment-là, vous comprenez vraiment ce qu'implique la guerre, vous comprenez que vous serez toujours seul dans les moments les plus critiques. Le commandant Cliff lui cria de lever son pied et de se propulser le plus loin possible, que c'était sa seule chance de survie. Mais il ne bougeait toujours pas, ses yeux se perdaient dans le vague, comme s'il faisait le bilan de sa vie avant d'y renoncer. Quel bilan peut-on faire à vingt ans, en pleine brousse, le pied sur une mine ? Je n'ose l'imaginer, ce sentiment de n'avoir rien construit, rien laissé, et de devoir partir. Finalement, il hurla un nom, celui de sa mère il me semble, avant de prendre son courage à deux mains et de suivre le conseil du commandant. Le temps d'un battement de cil et la mine explosa, dévastant tout autour d'elle, et l'on découvrit notre camarade à demi estropié, mais vivant. Vivant, bon Dieu ! Nous avions du mal à y croire.

À bientôt, chers lecteurs, vous qui soutenez les héros, les patriotes du Vietnam,
Votre reporter de guerre,
John Wise
Le 9 septembre 1959 »

Larry tourne les pages du *Times Union*. Il survole les faits divers. Mais son esprit est ailleurs. Il se souvient de ce moment où il vit un camarade piégé entre la vie et la mort. Ça aurait dû être Jimmy, c'est toujours lui qui part en repérage depuis que Walter l'a formé à l'exercice. Pourquoi, ce jour-là, ce ne fut pas lui ? Il a suffi de rien pour l'épargner, Ethan qui lui demanda de jeter un coup d'œil sur la carte pendant qu'un autre allait devant. Le commandant Cliff voulait prendre un nouveau chemin pour rejoindre le camp afin de brouiller les pistes, de sécuriser une nouvelle zone ou de changer de stratégie, Dieu seul le sait… Une idée de Cliff qui sauva la vie de Jimmy. Larry se demande si la Providence existe. Au Vietnam, des superstitions lui viennent. Il se met à croire au mauvais œil, à la chance, aux signes du destin. La vie est si fragile qu'il faut en prendre soin, et tous les moyens sont bons. S'il sort vivant de cette guerre, il fera en sorte de le mériter. Si Dieu l'épargne, ce sera pour une bonne raison. Et puis il ne pourrait pas gâcher sa vie alors que d'autres seront morts, se seront sacrifiés, il ne pourrait pas leur faire ça, ne pas leur rendre hommage, les oublier, faire comme si ça n'avait pas compté. La page d'actualité politique du *Times Union* attire son attention. Si ça, ce n'est pas un signe ! Un article sur Cunningham !

« Robert T. Cunningham se présente comme gouverneur de New York,

Le procureur Robert T. Cunningham se présente comme gouverneur de l'État de New York. L'homme en charge de trancher sur l'affaire Richard More a annoncé officiellement devant les journalistes son intention de gouverner l'État de New York. Robert T. Cunningham a promis d'apaiser les tensions entre les Blancs et les Noirs, de vaincre la haine et la peur qui sévissent dans la mégalopole. Mais cela suffira-t-il à lui faire remporter les élections face au favori du parti républicain, Franck Freeman ? L'affaire Richard More, qui soulève de nombreuses polémiques au sein des tribunaux et de la population, joue en sa faveur autant qu'en sa défaveur. En effet, le procureur s'est montré intransigeant face à ce qu'il nomme « la peste judiciaire », se mettant à dos une bonne partie de ses confrères. « La ségrégation raciale est le mal qui ravage l'Amérique », a-t-il déclaré lors de sa dernière conférence de presse. Pour rappel, cela fait plus de quatre ans que Richard More attend dans le couloir de la mort et le procureur Robert T. Cunningham aura le dernier mot sur cette affaire qui empeste les tribunaux et sème la zizanie au sein de la communauté de Harlem. La semaine dernière, une centaine d'Afro-Américains ont manifesté sur la septième avenue pour innocenter Richard More. La répression des policiers s'est terminée dans la violence, laissant à la communauté noire une dizaine de blessés et trois morts. Quelles seront les représailles ? Comment empêcher les prochains débordements ? Les New-Yorkais ont peur et l'affaire n'est pas près de se terminer. Robert T. Cunningham est intelligent, il rassemble des partisans et compte bien se faire une place au sein de l'exécutif. En attendant, le président démocrate John F. Kennedy le soutient jusqu'au bout. »

C'est donc ce qu'il avait derrière la tête, utiliser le procès Richard More pour se présenter comme gouverneur ? Utiliser le sentiment d'injustice des Noirs pour se prétendre comme médiateur, sauveur et protecteur de la population blanche ? Larry repense aux conversations avec Cunningham. Il avait l'air sincère. Il pouvait monologuer des heures au sujet des droits civiques. Mais le pouvoir gangrène les plus belles intentions. Combien d'hommes politiques ont prétendu pouvoir changer le monde ? N'y croyaient-ils pas ? N'était-ce qu'une stratégie ? Le contexte y est sans doute pour quelque chose. Un seul homme ne peut pas bouleverser les règles établies. Ou tout du moins, pas en passant par les voies habituelles. Et il se décourage, se laisse corrompre, se laisse aller... La révolution institutionnelle, la révolution douce, rationnelle, logique... Il n'y croit pas. Qui veut changer les esprits doit frapper fort. Et faire mal. Mais si Cunningham remporte les élections, ce sera déjà un pas. Il faut attendre de voir ce qu'il fera. Il n'y a que les décisions qui disent vrai. Larry dépose le journal sur la table, découragé. Il se sent à mille lieues de New York en réalité. Il n'arrive plus à se préoccuper de son pays. Le voilà qui devient, à son tour, l'un de ces marines qui vivent au jour le jour, comme des animaux de la brousse. Tout lui semble si relatif maintenant. À voir tant de violence, on n'a plus envie de se préoccuper de rien. Pourtant, ça le divertit aussi, de penser à autre chose qu'à survivre, qu'à attendre le lendemain. Il ne veut pas devenir comme Mike. John Wise le rejoint et interrompt ses réflexions. Il vient de sélectionner deux négatifs à envoyer au *Times Union.* Comment choisit-il ses photos ? « C'est l'expérience qui permet de reconnaître les plus puissantes », lui répond John Wise. Larry lui pose des questions sur sa carrière, sur sa vie d'avant aux États-Unis. John Wise n'a pas de chez lui, il se sent inutile au pays. Ce qu'il aime, c'est explorer, chercher, montrer... « Découvrir et faire découvrir », conclut-il. Pour John Wise, le monde est un terrain de jeu, malgré les guerres, les injustices et les violences. Il est un puit de savoir, mais ce savoir ne le rend pas amer.

— Qui est vraiment Hô Chi Minh ? demande Larry.

— Hô Chi Minh est le chef des Vietcongs. C'est un nationaliste né dans une famille de lettrés fonctionnaires. À sa naissance, les Français avaient achevé la conquête de l'Indochine devenant ainsi une colonie. Contrairement à ce que peuvent penser beaucoup de dirigeants, Hô Chi Minh est un homme éduqué. Le père d'Hô Chi Minh avait obtenu un doctorat en lettres et avait même refusé un poste dans l'administration impériale. Tu connais la suite, je suppose ? Hô Chi Minh est devenu un ultranationaliste à la tête du Nord du Vietnam et l'ennemi public numéro un de l'*establishment* des États-Unis…

— Comment le Vietnam en est arrivé à se scinder en deux ?

— Hô Chi Minh était le chef du parti communiste du Vietnam et il était soutenu par la Chine et les états soviétiques. Les Français, craignant d'entrer dans une guerre ingagnable contre les communistes, ont eu besoin du soutien des Américains. Aux accords de Genève de 1954, le Nord du Vietnam a été reconnu comme une République communiste et le Sud du Vietnam comme une République en faveur de la démocratie soutenue par les puissances de l'Ouest.

— La guerre a donc éclaté ? demande Larry.

— Oui, des guérillas ont éclaté dans tous les recoins du Sud Vietnam occupé par les Français et les Américains. C'étaient des hommes armés sous le commandement de Hô Chi Minh qui menaient la résistance, les Vietcongs. C'est pour cela que l'on est dans ce merdier aujourd'hui… C'est parce que la France a perdu en Indochine que nous nous retrouvons aujourd'hui dans l'engrenage des guérillas communistes. Il faut dire que les *plantocrates* français ont traumatisé le Vietnam pendant presque cent ans…

— Les *plantocrates* ? Qu'est-ce que c'est ?

— Les *plantocrates* sont les riches magnats français du caoutchouc et des mines de charbon. Ils appliquaient une cruauté institutionnelle vis-à-vis de leurs travailleurs par le biais de l'administration coloniale. Cette dernière imposait un taux d'échange artificiellement élevé en faveur du franc qui enrichissait les ministères des finances français. Les colons français réussissaient à imprégner la culture vietnamienne par la langue, l'éducation et la culture. Les petits Vietnamiens apprenaient même à l'école que leurs ancêtres étaient des Gaulois.

— Ce qui est complètement faux ! C'étaient des esclaves, quoi !

— Tout à fait, très faux ! Les parents à la maison rétablissaient la vérité avec une fierté qu'ils n'avaient cessé de conserver. Le Vietnamien devait jongler entre la culture de l'extérieur et celle de la maison. Il connaissait les codes culturels français, mais il n'avait jamais dîné avec un Français…

— Un peu comme les Noirs américains… On nous bassine avec la grande Amérique et on peut même pas voter…

— Mais pour revenir à ta question, oui, Hô Chi Minh est le leader des Vietcongs. Mais méfie-toi, ce n'est pas un paysan. C'est un homme intelligent, il a de la majesté et de la puissance dans les veines. Des nations comme la Russie ou la Chine le soutiennent. Il parle couramment l'anglais et le français.

— J'en doute pas, dit Larry impatient de connaître la suite.

— Hô Chi Minh était cuisinier sur un cargo français, puis pâtissier au Carlton à Londres. Il a rencontré des nationalistes de par le monde : l'Irlande, la Chine et l'Inde. C'est un homme respecté, mais détesté. Hô Chi Minh se fait appeler « le porteur de lumière ».

La lune est écarlate. La compagnie Bravo dort d'un sommeil profond. Le commandant Cliff fume une cigarette devant sa tente. Il observe le camp. Nulle âme dehors. La compagnie devra peut-être bientôt quitter le camp. Il l'espère, il a besoin d'action et de changement. Un signal radio a été intercepté par les renseignements américains dans la province de Dinh Tuong, dans le hameau d'Ap Tan Thoi. C'est un repère d'au moins une centaine de Vietcongs. Une stratégie d'attaque se prépare. Il n'est pas question de laisser passer une aussi belle occasion. Cliff attend des nouvelles, avec un peu de chance, la compagnie Bravo fera partie des troupes. Il a besoin d'adrénaline, d'hélicos, de chars et d'obus. D'une vraie guerre, pas de ces promenades dans la brousse qui n'en finissent plus. Si la compagnie doit affronter une bataille, il va falloir s'occuper des quelques têtes dures qui la gangrènent. Et en particulier ce Larry. Il est bien capable de monter les bons éléments de la compagnie contre lui. Ethan, Fergus, Jimmy et Digiacomo l'écoutent comme des idiots. Ils le prennent pour un intello parce qu'il se donne des grands airs. Ce Larry joue au plus fin, il se croit plus malin que lui. Mais il va lui montrer. Cliff serre les poings, c'est lui le chef, c'est lui le commandant de la compagnie. Il avale une rasade d'alcool de riz pour se donner du courage. Il ne va pas faire ça ? Après tout, c'est une question de sécurité. Il ne faut qu'un seul chef, qu'un seul homme qu'on écoute. Et cet homme, ce sera lui nom de Dieu ! Il s'approche de la tente de ses hommes. Il a encore trop bu, il manque de se prendre les pieds dans les cordes de la tente et de s'étaler de tout son long. Mince, ce crétin de Huon est sorti griller ses lézards. Tant pis, il ne parle même pas anglais, qu'est-ce qu'il pourrait raconter ? De toute façon, il est trop occupé à griller ses bestioles, il ne l'a même pas remarqué. Cliff entre enfin dans la tente. Les hommes dorment à poings fermés, c'est une veine, il n'a pas envie de s'expliquer. Les explications, ce n'est pas son fort. Il s'approche du lit de Larry. Son M16 est appuyé sur le lit, juste sous le nez de Digiacomo. Cliff l'attire vers lui. Et en un éclair, il décharge la mitraillette, mets les cartouches dans sa poche et enclenche la gâchette de sécurité.

6.

La dernière zone à sécuriser se situe dans la forêt tropicale. Un peu plus tôt dans la matinée, le commandant Cliff et John Wise avaient ouvert les cartes de la zone. « C'est trop dangereux, les Vietcongs peuvent facilement se camoufler entre les arbres, je ne viendrai pas ! » avait jugé le reporter. Les marines pèsent leurs pas, il faut rester discrets. Les avancées se font par étapes prudentes. Walter et Jimmy ouvrent la marche, Fergus la referme en surveillant la boussole. Cliff aime rester parmi ses hommes. « C'est comme ça que je vois le mieux ce qui se passe ! » se justifie-t-il. Mais Larry le suspecte de se protéger de ce bouclier humain. Quoiqu'il n'hésite pas à affronter le danger, la pire crainte de Cliff serait de mourir sans héroïsme. La compagnie Bravo s'enfonce dans un mur de végétation. Le soleil s'infiltre en rayons de plus en plus faibles. Les cris des oiseaux et des singes deviennent assourdissants. Les feuillages frémissent. Les serpents glissent entre les arbres.

— Je déteste les serpents, j'en ai une frousse pas possible, *Madone* ! confie Digiacomo à Larry.

— Moi c'est les rivières, quand on a de la flotte jusqu'aux hanches et qu'on voit pas le fond... Les sangsues, les crocodiles... c'est dans les rivières qu'il y a le plus de merdes...

— Moi c'est les singes, ces animaux-là, ça devrait pas exister ! On dirait des enfants poilus ! intervient Ethan.

— La ferme ! les interrompt Cliff. Vous voulez vous faire buter pour une histoire de singes ? Vous êtes stupides ou quoi ?

La compagnie se rapproche de la zone suspecte. On entend des conversations étouffées. « Ils donnent leurs instructions, on est repérés », chuchote Cliff en faisant signe à ses hommes de se disperser. Chaque binôme se camoufle de son côté. Larry et Digiacomo s'éloignent de quelques centaines de mètres et s'accroupissent derrière un buisson, le canon de leur M16 pointé devant eux.

— Tu vois quelque chose ? demande Larry au bout d'une dizaine de minutes.

— Non. *Madonna Santa* ! Je sais même pas où sont les autres.

— On sort du buisson ?

— Non. On se tait, on attend. On suit les instructions de Cliff.

Tout à coup, des tirs retentissent. Puis des cris. La brousse s'enfume. Des mines explosent. Larry et Digiacomo voient passer devant eux quelques soldats qui battent en retraite.

— On reste ? s'inquiète Larry.

— Oui, on attend les Vietcongs.

Et en effet, un Vietcong apparaît à seulement une dizaine de mètres. Il vient se cacher derrière un arbre, leur faisant dos. Digiacomo fait signe à Larry de tirer. Le binôme s'organise ainsi : Larry ouvre les tirs sur l'ennemi et Digiacomo le protège, un Vietcong ne venant jamais seul. Larry pointe son arme sur le Vietcong. Il est juste devant lui, il ne peut quand même pas le louper. Il appuie enfin sur la gâchette. Le M16 cliquette, aucune balle ne sort. Larry insiste. Toujours rien. Ce n'est pas possible ! « Mes cartouches ! » crie-t-il, paniqué. Le Vietcong se retourne aussitôt. Digiacomo ne réfléchit pas, il mitraille en tous sens. Le Vietcong s'effondre en hurlant. « On bat en retraite ! » ordonne-t-il. Larry recharge sa mitraillette, ses mains tremblent : « Attends, je ne suis pas armé ! » Des tirs viennent siffler à leurs oreilles. Comme prévu, le Vietcong n'était pas seul. « Grouille-toi ! *Porca puttana troia* ! » s'agace Digiacomo.

Le commandant Cliff déroule les cartes pour informer John Wise de la nouvelle mission qui se prépare. Ce n'est pas qu'il ait une grande estime pour le reporter, mais il aime pouvoir échanger ses pensées avec lui. Il ne tient pas souvent compte de l'opinion de John, qu'il juge trop frileux, mais ça lui démêle les idées. Et puis c'est l'occasion de briller devant quelqu'un. Ses hommes ne se rendent pas compte de ses responsabilités, de son intelligence stratégique. Cliff espère secrètement que John Wise écrive un article dithyrambique dans le *Times Union*. Il caresse la carte d'un revers de la main et la raye au feutre rouge : « Cette zone a été sécurisée ! » John Wise le photographie. Le commandant Cliff ne sourit pas, il veut être pris au naturel. Il pointe du doigt une zone de la carte :

— Vous êtes au courant, j'espère ?

— Non ! De quoi s'agit-il ? demande suspicieusement le reporter.

— Des signaux radio ont été détectés ici, dans cette région, à cinquante kilomètres au Sud-Ouest de Saigon. J'ai reçu un télégramme du quartier général de Saigon qui prévoit de muter la compagnie Bravo pour une nouvelle mission. On sera dans un nouveau camp…

— Où irons-nous ? demande John Wise.

— À côté d'Ap Bac ! Soit on attaquera avec les chars, soit on sera parmi les troupes héliportées. Ça sera une attaque de grande envergure. On sera cinq cents hommes contre une petite centaine de Vietcongs. La septième division de l'armée du Sud Vietnam sera aux côtés des marines. On va faire un encerclement massif et tuer le poussin dans l'œuf à coup d'obus et de mitraillettes.

— Quand est-ce qu'on attaque ?

— Après Noël. On va envoyer les gars en repos à Saigon pour les fêtes. Est-ce que tous les hommes sont rentrés ?

— Il ne reste plus que Larry et Digiacomo !

Digiacomo et Larry sont en lieu sûr. Après s'être perdus quelques heures, Digiacomo reconnaît enfin le chemin. Le soir ne va pas tarder à tomber. Ils ont faim, ils sont fourbus. Larry a honte d'avoir paniqué. Digiacomo aurait pu être tué avec lui. Il ne parle pas, il se contente de siffloter de temps à autre.

— Arrête Larry, *cazzo* ! Ça arrive, on est encore vivants et on a retrouvé notre chemin.

— Je te jure que j'avais rechargé mon arme hier soir !

— Je te crois… Mais alors comment ça se fait ?

— Je te parie que c'est un coup de cette saloperie de Walter !

— Tu parles, c'est plutôt à moi qu'il en veut…

— Oui, mais tu aurais pu te faire buter avec moi !

— Ouais… Walter, c'est juste un idiot, pas un assassin. C'est un coup de malchance, c'est tout, conclut Digiacomo.

Le camp n'est plus très loin. Larry et Digiacomo accélèrent le pas. Ils se demandent si la mission a réussi et si leurs camarades n'ont pas été blessés ou tués. Ils aperçoivent la lueur d'un feu. Des rires arrivent jusqu'à eux. Pas d'hélicoptère en vue. C'est un bon présage. En arrivant au camp, ils sont accueillis par John Wise qui semble embarrassé :

— Cliff vous attend sous sa tente…

— Il y a un problème, John ? s'inquiète Larry.

— Non, pas de morts aujourd'hui. Dépêchez-vous, il n'est pas de bonne humeur.
Les deux retardataires entrent sous la tente du commandant Cliff. Il vide sa bouteille de whisky sans lever les yeux vers eux. Il semble absorbé par les cartes étalées sur la table. Digiacomo racle sa gorge pour signaler leur présence.

— Où vous étiez, bordel ? hurle le commandant Cliff.

— Chef ! Sergent-chef !

— Assez rigolé comme ça ! Où étiez-vous fils de trou du cul ? gronde le sergent Cliff.

— On a perdu de vue la compagnie Bravo ! On a été pris dans un piège et on a fui après avoir tué un ennemi, répond Digiacomo.

— Vous avez battu en retraite, je vois, s'énerve Cliff.

— Non, Sergent-chef, on a suivi vos instructions, intervient Larry.

— Tu me dis « non » ? Vous êtes qu'une bande d'incapables et tu me dis « non » ? La prochaine fois c'est pas ton fusil qui sera vide, c'est ta foutue tête que j'aurai explosée et qui se videra de sa cervelle !

— Oui, sergent-chef ! répond Larry en se retenant de lui mettre son poing dans la figure.

— Ta vie dépend de moi. L'oublie pas. Une compagnie doit obéir à son chef, et le chef c'est moi ! Déguerpissez immédiatement !

Larry entre dans la tente des marines. Il veut raconter ses mésaventures à son frère. Il n'arrive plus tellement à discuter avec lui ces derniers temps, et c'est l'occasion. Il veut insulter Cliff en bonne compagnie. Mais quand il arrive auprès de Mike, c'est un homme épuisé et déprimé qu'il retrouve. Mike tient une feuille de papier entre les mains. Ce doit être une lettre de Nataly. Larry a remarqué que ses dernières lettres mettaient son frère dans un état déplorable. Que lui annonce-t-elle de si grave ? A-t-elle décidé de le quitter ? Mike lève les yeux vers Larry et lui tend la lettre sans rien dire. Larry s'assoit à côté de son frère pour la lire :

« Cher Mike,

Je te donne encore des nouvelles de l'université de Columbia. C'est à peu près toute ma vie en ce moment. Je travaille d'arrache-pied et c'est à peine si j'ai du temps pour ma famille le week-end. C'est papa qui est fier de moi. Une femme noire à l'université, ça a fait la une des journaux. J'ai dû affronter beaucoup d'opposants, une femme m'a même craché au visage le premier jour en me traitant de singe. C'était une rentrée éprouvante, j'avais envie de renoncer, mais papa m'a encouragée à garder la tête haute. Comme tu le sais, il n'a que le travail en estime. Il a de grandes ambitions pour moi. Il n'en a pas pour mon frère qui ne réussit toujours pas à décrocher la moyenne à l'école. Alors il attend tout de moi, je suis son seul espoir, et c'est une lourde charge à porter quelquefois. Pour mon frère, il s'en fiche pas mal. Il est aussi feignant qu'adorable, il n'a pas changé. Charmant comme il est, comme dit souvent maman, il arrivera à se trouver une place. D'ailleurs, maman t'embrasse et te souhaite bien du courage au Vietnam. Elle est émue jusqu'aux larmes quand je lui lis tes lettres. Mais maman ne comprend pas grand-chose, tu sais comme elle est, et à part son bridge et ses soirées mondaines, rien ne la préoccupe plus d'une demi-heure. Elle m'exaspère particulièrement ces jours-ci, mais ça, c'est une autre histoire et je ne vais pas t'embêter avec ces broutilles alors que tu risques ta vie chaque jour. Pour faire court, elle ne comprend pas que je veuille devenir avocate. Elle me répète que c'est impossible pour une femme de couleur. Pourtant, j'en ai toujours rêvé et je me suis toujours battue pour ça, ce n'est vraiment pas nouveau. Mais maintenant elle prend conscience que je ne rêve pas de faire un beau mariage comme elle, que ce n'est pas l'essentiel pour moi, que j'ai des ambitions politiques. Elle me voit déjà vieille fille, laide et triste, seule à en pleurer, enfermée tous les jours dans un bureau rempli de paperasse, laissée dans l'ombre et exploitée pour ma couleur de peau. Enfin tu vois le tableau, une vraie tragédie. Enfin, après m'avoir sorti ce genre d'histoires pathétiques, elle change d'humeur et prépare des mondanités, me laissant comme une idiote. C'est insupportable. Oui, je ne passe pas mon temps à essayer de trouver un bon parti. Déjà je t'ai toi, et c'est suffisant, malgré ce qu'elle espère pour moi. Et je dois étudier. Une jeune femme noire n'a pas tellement le choix si elle veut faire quelque chose de sa vie, il faut qu'elle soit la meilleure. Et je ne sais pas si ça sera suffisant un jour. J'espère que le monde changera bientôt, et je veux faire carrière, je n'imagine pas autre chose. Je ne suis bonne qu'à travailler, et j'adore ça. Donc je m'évertue à être la meilleure. Ce qui n'est pas facile à Columbia, surtout quand on vient de Harlem. En plus d'être noire, il me manque la culture d'élite, les codes, le réseau. Toutes ces choses qui paraissent dérisoires, mais qui sont parfois plus importantes que le travail. Donc voilà, je planche sur mes cours tous les soirs et tous les week-ends et j'essaye de me faire des amis pour ne pas craquer, et aussi pour trouver une place. Des amis, j'en ai très peu, on ne m'adresse pas la parole la plupart du temps. Trouver une place, c'est essentiel à Columbia. Les gens doivent pouvoir t'identifier, savoir qui tu es, ce que tu penses, ce que tu entreprends. Alors je joue un rôle, qui me ressemble en partie, celui de la jeune femme noire ambitieuse et carriériste, obnubilée par la cause des Afro-Américains. Je raconte à qui veut l'entendre que j'étudie le droit pour défendre nos droits. Ça les rassure et ça les inquiète, je suis étiquetée en tout cas.

Je t'ai parlé de Wilson. C'est un Noir qui a été admis avec moi cette année à Columbia. Il étudie le droit, comme moi, et il est déterminé à défendre des causes sociales. Il est très studieux et sérieux. Il se passionne pour les cas désespérés et épluche les faits divers des journaux pour imaginer des plaidoiries. Défendre l'indéfendable, le pauvre et l'orphelin, voilà sa cause. Il a surtout derrière la tête l'idée de faire avancer la justice envers les Noirs. Je pense qu'il va se présenter au poste de président du mouvement social-démocrate des étudiants. Il a toutes ses chances, car les étudiants l'écoutent, malgré sa couleur de peau. Le mouvement social-démocrate, c'est un groupe d'étudiants en faveur des droits des Noirs et de l'égalité des chances en général. Ils refusent aussi la soumission au bloc de l'Est et l'anticommunisme. Tu connais la musique, toi qui es au Vietnam ? Enfin, les jeunes du mouvement social-démocrate veulent la paix extérieure et intérieure, en quelque sorte. Wilson s'est beaucoup penché sur le cas Richard More d'ailleurs. Je ne sais pas si Larry a pu suivre l'affaire Richard More, mais pour résumer, il est fort probable qu'il échappe à la peine de mort. Il fera sans aucun doute de la prison, et sûrement à perpétuité, mais c'est déjà une grande avancée. Celui qui en tire le plus parti, c'est Robert T. Cunningham. Il se présente comme gouverneur. Et il a le soutien de la plupart des Afro-Américains, même si certains l'accusent d'opportunisme. Il sait à l'évidence tirer son épingle du jeu, et Columbia me montre à quel point c'est important. Il faut être stratège pour changer les choses. La propagande a du bon. Bref, je digresse encore. Pour revenir à Wilson, c'est lui qui m'a parlé de la fameuse sororité Alpha Kappa Alpha, ce groupe pour les femmes afro-américaines qui défend nos droits au sein des universités et plus largement dans la société. Nous sommes très peu de membres à travers le pays, bien sûr, et je serais considérée comme l'une des fondatrices si je parviens à l'intégrer. Parce qu'à Columbia, les ennemis sont nombreux, entre les suprémacistes blancs et les W.A.S.P de bonne famille qui ne supportent pas de voir des femmes et des Noirs sur les bancs de l'amphithéâtre, il y a de quoi se sentir exclue. Imagine-toi qu'ils ont été servis par des femmes noires toute leur vie. Ce sont des nounous, des cuisinières, des femmes de chambre. Ils ne conçoivent même pas qu'elles puissent avoir une famille, des sentiments, une vie remplie. Ils conçoivent encore moins que ces femmes puissent penser, réfléchir, ouvrir un livre ou un journal. Pour eux, nous sommes tous les mêmes, nous sommes d'une race de serviteurs, d'une race de gens qui ne peuvent s'élever jusqu'à eux. Heureusement, il existe quelques exceptions. Certains sont fortement rebelles et renient leur enseignement, leurs valeurs familiales et leur endoctrinement au profit de la justice sociale, du renouveau, et même de la révolution des mœurs. Ce sont des polémiques qui imprègnent toute la vie de l'université. Ici, tout est politique. C'est à la fois fatigant et exaltant. Je prends conscience que les luttes ne sont pas vaines, que chaque geste porté pour défendre mes idéaux peut avoir un impact considérable. Figure-toi que les étudiants de Columbia formeront l'élite de demain, que ce seront les politiques influents, les avocats, les lobbyistes, les penseurs et intellectuels qui donneront la couleur des États-Unis. L'horrible événement qui a nous a réunis la semaine dernière, c'est l'assassinat de John F. Kennedy. Nous sommes tous sous le choc. Je n'arrive pas à y croire, comment est-ce possible de perdre son président ainsi ? J'espère que vous portez son deuil au Vietnam. Je suis d'avis que chaque Américain, où qu'il soit, a le devoir de pleurer son président.

Voilà pour les nouvelles de la semaine, j'espère ne pas t'ennuyer avec mes histoires qui doivent te paraître d'un autre monde. Mais je ne sais pas ce que je peux te raconter en-dehors de ma vie. Je t'embrasse fort et t'envoie tout mon amour,

Nataly »

— Je comprends pas... Elle t'écrit..., s'interroge Larry.

— Elle m'écrit ? Elle raconte sa vie, c'est tout. Tu vois pas qu'elle m'oublie ? Et ce Wilson, tu crois pas qu'elle l'aime ?

— Non...

— T'es qu'un gamin. Tu vois rien..., soupire Mike avant de se retourner dans son lit.

— Si elle t'écrit, elle pense à toi. Tu t'inquiètes pour rien Mike.

— Ouais, fous-moi la paix. Tu me fatigues.

— Qu'est-ce que t'as ? Tu deviens complètement fou, tu te fais des films, tu envoies tout le monde sur les roses !

— Nataly est à Columbia et moi je suis là. Réfléchis... tu trouves que ça colle ?

— Je sais pas... C'est la guerre quoi...

Mike est étendu sur son lit. Les marines de la compagnie Bravo regardent la télévision. Ils ne vont pas tarder à se coucher. Un peu plus tôt, Mike avait tendu à Huon quelques billets de sa paye contre de la drogue. Un beau caillou que Mike avait effrité et fumé devant le feu de camp. La drogue lui traverse le corps telle une lame tranchante qui lui remonte dans le dos. Il transpire, il a chaud et retire le haut de son uniforme. La substance l'envahit instant après instant, intensément. Ses jambes se relâchent. Une envie le prend : s'emparer du M60 d'Ethan et tirer sur tous les marines devant la télévision. Qu'a-t-il à perdre à devenir un meurtrier de masse ? N'est-il pas au Vietnam ? La guerre n'est-elle pas régie par la loi de tout le monde et personne ? Il devient fou, il pressent que Nataly va le quitter. Il veut poser sa bombe sur le camp ce soir, il veut provoquer, frapper. La drogue l'accapare, ses yeux sont rouges. Il est fou, il est atteint. Il se lève enfin et s'approche de Walter assis au premier rang devant la télévision.

— Walter ! Tu veux te battre ?

Quelques marines se retournent interloqués. Mike plaisante-t-il ? Ou va-t-on vraiment avoir une baston ce soir ? Larry regarde son frère avec inquiétude. Aurait-il perdu la tête ? Mike répète sa demande. Les marines commencent à y croire.

— Le boutonneux, tu veux te battre ou tu te dégonfles ?

— *Madona Santa* ! Mike, t'es drogué ou quoi ? réagit Digiacomo.

— Je sens qu'on va s'amuser ce soir ! Ça promet en tout cas ! continue Ethan.

— Mike, s'il te plaît ! insiste Larry.

— Attends ! Attends ! Une minute, s'impatiente Walter. Cette mauviette veut se battre contre moi. La réponse est oui. Toujours un plaisir de tuer des Vietcongs, mais abattre un cul de négresse, ça m'est jamais arrivé !

— Il faut poser des règles, suggère Fergus.

— Toi, la pédale, ferme-la ! s'énerve Walter.

Walter retire le haut de son uniforme et s'approche de Mike. La compagnie Bravo s'enthousiasme. Ethan hausse le volume de la télévision pour camoufler le bruit. Ce serait bête que Cliff interrompe le match. Les marines se retirent dans un coin du campement et Fergus trace un cercle par terre. Ça fera l'affaire pour le ring. On s'amasse autour du cercle. C'est un vrai spectacle qui va commencer. Mike est le favori.

Il a toutes les chances de gagner, même s'il a l'air complètement défoncé. On lance les paris, on suppose, on commente un match qui n'a pas encore commencé. « Mike est agile et stratégique », « Walter a de la puissance », « Mike tient à peine sur ses jambes, mais il a un de ces crochets du droit ! » On imagine déjà tout le déroulement du match. Mike se tient prêt, il sautille au milieu du cercle. Ses yeux se perdent dans un autre monde. Il est dans la salle d'entraînement de Harlem. Son coach l'encourage, c'est un match important, une question d'honneur. Et Nataly le regarde. Il ne faut pas la décevoir. Elle veut que son homme soit fort. Qu'il soit imbattable. Il ne se démontera pas. Walter le rejoint dans le cercle. Il se moque de lui, l'insulte, le provoque. Mike ne répond rien, il ne semble pas s'apercevoir de son manège. Digiacomo est l'arbitre du match. Il lance le signal du début et se retire. C'est parti. Mike lance la première attaque. Walter l'esquive facilement et réplique coûte que coûte. Il n'est pas aussi lourdaud qu'il y paraît. « C'est ça les boxeurs de New York ? » se moque-t-il. Mike le met à distance sans le lâcher des yeux. « La victoire est dans le regard, tout se joue là », lui murmure son coach sur le ring. Il est en transe. Walter sourit, il est déjà certain de gagner contre le camé. Les marines encouragent Mike. Il ne va quand même pas se faire démonter par cette saleté de Walter ! Le boutonneux est coriace et attaque Mike sans relâche. Mike se débat comme il peut, ses poings n'atteignent pas souvent leur cible. « Est-ce qu'il voit Walter ? » se demande Larry. « Je crois qu'il se bat contre ses fantômes », lui répond Jimmy. Digiacomo intervient, il ne veut pas voir Mike perdre aussi vite :

— *Madone* ! On fait une pause les gars.

— Mike, va te foutre de l'eau sur la tête. T'es complètement défoncé, suggère Larry.

— Allez au diable, je vais pas m'arrêter au milieu du match..., grommelle Mike.

Mike revient dans le cercle. Il sautille pour s'aérer la tête. Puis il lâche une droite sur Walter. En plein dans le nez. Walter pisse le sang. Mike a repris du poil de la bête, la drogue lui irrite les nerfs, il devient rapide comme l'éclair. Les coups s'enchaînent, se déchaînent, et Walter s'effondre. Il reste K.O, étendu comme un linge. « Voilà une bonne chose de faite », conclut Mike. Les marines n'en reviennent pas, ils restent bouche bée. La situation s'est inversée en quelques secondes.

7.

Le marché de Saigon s'agite. Les habitants respirent enfin. Un cessez-le-feu a été déclaré entre les forces communistes et l'armée américaine. Beaucoup en profitent pour se promener dans la ville comme au temps de la colonisation. Ce matin, les habitants de Saigon ont revêtu leur plus belle tenue traditionnelle. Les Vietnamiennes portent des robes aux couleurs éclatantes. On aime le rouge rubis, le vert émeraude, le jaune d'or, les couleurs qui font rêver. Certaines arrivent par le fleuve qui partage le marché, sur des pagodes remplies de fleurs, d'épices et de fruits exotiques. Des paysans au chapeau pointu les aident à décharger leurs paniers sur la rive, ce sont des mangues, des fruits du dragon, des mains de Bouddha, de la citronnelle, des piments rouges et verts. À côté d'eux, le vendeur de poissons fait griller sa pêche. Des anguilles et des carpes enroulées donnent de l'appétit aux passants. Les paniers et les corbeilles se vident. La trêve permet aux habitants de Saigon de se ravitailler. Les moines en robe orange s'offusquent de voir un coq et des poules encagées. Quelle cruauté ! Il ne pas faut se fier à leur gentillesse, ces religieux sont d'ardents idéalistes. Le brouhaha du marché et les criées vont crescendo. « Dix pour cent de dévaluation le dernier mois ! Diem fait un accord stratégique avec l'Amérique ! » clame le vendeur de journaux. Certains se révoltent, les Vietnamiens peuvent se suffire à eux-mêmes. On n'a pas besoin de l'Amérique. Et encore moins de soldats pour les surveiller. Aujourd'hui, c'est la compagnie Bravo qui est assignée au marché. Dans une heure ou deux, ils seront remplacés et pourront se promener dans les rues de Saigon en toute liberté.

Pendant ce temps-là, John Wise se prépare pour la manifestation contre le régime catholique de Diem. « Allez devant l'ambassade du Cambodge, au croisement des deux rues ! » lui a indiqué le *Times Union*. Quand il arrive devant l'ambassade, la manifestation a déjà rassemblé une cinquantaine de personnes. Les mesures de Diem contre le bouddhisme sont révoltantes pour ces Vietnamiens qui vont au temple selon leur culture ancestrale. Il a même été interdit aux moines bouddhistes de brandir leur drapeau pour la fête de Vesak, l'anniversaire de Bouddha. Et ce fut la goutte d'eau qui fit déborder le vase, ou plutôt « la goutte d'eau bénite qui fit déborder le bénitier », comme se prépare à l'écrire John Wise. Quelques catholiques, qui ont fui le Nord Vietnam, sont venus soutenir les partisans de la liberté. Les religions ont toujours coexisté au Vietnam, c'est ce qui fait la richesse et la diversité du pays. La foule s'agite sous les yeux de John Wise qui n'hésite pas à faire de beaux clichés. Ils brandissent des drapeaux bouddhistes aux couleurs significatives. Le bleu pour la méditation, le jaune pour la pensée juste, le rouge pour l'énergie spirituelle, le Blanc pour la foi sereine et le safran comme les robes des moines. Les hommes du président Diem soutenus par l'armée américaine sont présents. Il n'y aura pas de débordements cette fois-ci ! La semaine dernière, des moines ont été grièvement blessés. Un moine sort d'une voiture sous les huées des manifestants. John Wise se prépare à prendre une photo spectaculaire. Mince ! Il n'a plus de pellicule, il se dépêche. Il recharge son appareil en vitesse. Il lui faut une bonne photo : le moine au milieu des manifestants cerclés de soldats. Mais très vite, la situation dégénère. Trois soldats empoignent le moine et le mettent à terre. Le moine ne se débat pas. Il ne crie pas. Les manifestants repoussent les soldats qui finissent par sortir leur arme pour les intimider. On recule. On se tait. La violence ne fait pas partie de leurs valeurs. Alors que les soldats ligotent le moine, un manifestant s'agenouille devant eux en joignant les mains. Un autre le suit. Puis un autre, et enfin tous font de même. Les manifestants commencent à chanter, les yeux fermés, comme pénétrés de sagesse. Les soldats sont désemparés. Ils lâchent le moine qui reste à terre et s'écartent. John Wise continue ses clichés. Cette scène est tellement intense, elle fera la fierté du *Times Union*. Cela dure une vingtaine de minutes durant lesquelles le moine ne bouge pas d'un cil, étendu au sol et à moitié ligoté. John Wise est subjugué. Il immortalise cette statue de sagesse sous tous les angles. Le moine ouvre enfin les yeux. Il se relève avec lenteur, le regard perdu dans le vague, et dit : « *Avant de fermer les yeux pour me mouvoir vers la vision du Bouddha, je prie respectueusement le président Ngo Dinh Diêm de considérer avec compassion le peuple de cette nation et de mettre en place l'égalité religieuse pour maintenir la force de la patrie. J'appelle les vénérables, révérends, moines et laïques à s'organiser et à faire les sacrifices nécessaires pour protéger le bouddhisme ».* Tous les manifestants s'inclinent en signe de respect. On l'écoute avec vénération. Quand tout à coup, un moine arrive en trombe parmi eux, sans qu'aucun soldat n'ait pu l'intercepter. Il porte des jerricans qu'il déverse sur le moine ligoté. L'odeur de l'essence se répand en un instant. Et sous le regard stupéfait de John Wise, un manifestant jette une allumette sur le moine ligoté. Et le moine prend feu. Le spectacle est sans précédent. Des flammes jaillissent du corps qui se flétrit lentement, qui se racornit. John Wise n'a plus que trois photos sur sa pellicule. Ça va faire le tour du monde. Le visage impassible du moine se carbonise. L'air charrie l'odeur de la chair brûlée. Ça brûle étonnamment vite, un homme ! John Wise entend derrière lui les sanglots des Vietnamiens rassemblés. Il est trop choqué pour crier, trop perdu pour prendre des notes ou poser des questions, trop abasourdi pour réfléchir. Ce moine, en brûlant, n'a pas bougé un muscle, pas émis un son. Son calme apparent contrastait furieusement avec la foule hurlante autour de lui, soldats y compris. Les yeux fermés, le moine a rejoint la vision de Bouddha.

— Putain ! Il paraît qu'un moine s'est immolé, annonce Ethan à la compagnie Bravo qui se balade sur les trottoirs de Saigon.

— Immolé ! s'étonne Diagiacomo. Ça veut dire quoi ?

— Il s'est mis le feu ! C'est un suicide volontaire ! réagit Walter.

— J'aimerais bien me faire cirer les chaussures, dit Fergus.

— Demande à Walter, c'est sa spécialité, s'amuse Ethan.

— Moi, j'irais bien boire au bar, dit Jimmy.

— Moi j'ai envie d'autre chose, j'ai besoin de sentir la chaleur d'une femme. Y a pas un endroit où on peut tirer son coup ? reprend Ethan.

La compagnie Bravo s'esclaffe. Le commandant Cliff et John Wise étant absents, Larry et Jimmy souhaitent se détendre à la façon du pays, selon les conseils d'Ethan. Les voilà qui approchent d'une maison close, réputée auprès des marines. À l'entrée, un voile blanc flotte au vent. Sur le palier, quelques femmes discutent et attendent le prochain client. L'une d'elles se lève et interpelle Larry et Jimmy :

— Vous les Noirs, les Américains, venez, venez !

— On est des marines de la compagnie Bravo, dit poliment Larry.

Les deux entrent dans la maison. Au comptoir, deux femmes en mini-jupe fument. Les cendriers débordent de mégots. La fumée empeste tout le local. « Vous avez des dollars ? » demande la patronne qui les surprend. Larry la regarde de bas en haut en signe de respect. Elle porte des pantoufles, une longue robe de lin et ses cheveux blancs tressés arrivent jusqu'au bas du dos. La patronne esquisse un sourire aux deux jeunes hommes. Ses dents sont jaunies et affreuses. « Dollar ! Vous avez des dollars ? » demande-t-elle. Larry acquiesce avec courtoisie. La patronne frappe trois fois des mains et deux autres filles sortent d'une chambre et viennent s'aligner avec celles qui étaient au comptoir.

— Qu'est-ce qu'on fait ? demande Jimmy.

— Je suppose que c'est le moment où il faut choisir ta future fiancée, ta promise, répond Larry avec une pointe d'ironie.

— Tu vas pas faire ça quand même ? Elles sont affreuses. Tu sais pas ce qui se cache en dessous…

— Oui, je sais, mais moi je suis au bord du gouffre, j'en peux plus et j'en ai besoin ! Ça me rechargera pour les deux mois à venir.

— Viens, on va rejoindre Mike et les autres, objecte Jimmy.

— Attends, insiste Larry. C'est mon après-midi de repos !

Larry fait son choix. « Laisse le fusil à ton ami ! » explique la patronne des lieux. Il lui tend un billet américain. La fille écarte le voile blanc qui camoufle la chambre. Larry s'étend sur le lit. Elle comprend qu'il souhaite se faire masser. La fille se dénude en enlevant ses bretelles et se met à califourchon sur Larry. Elle se met à le masser. Elle laisse ses mains glisser sur ses omoplates puis elle descend en fermant les poings vers le bas du dos. Larry soupire quand elle vient lui susurrer : « Reste tranquille, gentil, calme … » La chambre sent le papier d'Arménie. Larry se laisse aller, il se laisse faire. La femme lui déboutonne son pantalon de marine. Larry passe sa main dans ses cheveux et les laisse ruisseler entre ses doigts. « Reste calme », murmure-t-elle.

La compagnie Bravo est de retour au camp. Les marines sont installés devant la télévision qui diffuse un débat animé sur la guerre du Vietnam. Les avis sont partagés, les réactions du public sont violentes. La guerre provoque beaucoup de morts du côté américain, mais aussi chez l'ennemi. On aimerait bien que ça se termine. On souhaite en finir avec cette guerre. Les marines écoutent attentivement les propos des animateurs. Mike n'est pas avec eux. Il n'a pas fait le même choix que son frère cet après-midi. Mike est assis sur les toilettes. Il ne souhaite pas que les autres le prennent en flagrant délit. Un peu plus tôt, il s'est procuré une corde chez Huon. Il enroule cette dernière autour de son bras afin d'en faire ressortir la veine principale. Il transpire, il est perdu. Il déboutonne la poche de son pantalon et saisit la seringue qu'il s'est procuré à Saigon. « Fais-le sèchement ! » avait conseillé le vendeur. Mike a déboursé l'équivalent d'un mois de salaire au Vietnam pour cette seringue.

— Mike, tu nettoies les chiottes ou quoi ? hurle Ethan.

— Ouais, c'est mon tour de récurer la chiasse ce soir, crie Mike à son tour.

Il faut faire vite. Mike serre les deux bouts de la corde. Un bout entre ses dents et le deuxième dans sa main. Il saisit la seringue et appuie légèrement en laissant une goutte s'échapper, pas plus. Le venin est précieux. Il insère l'aiguille dans sa veine et appuie d'une traite comme lui a expliqué le vendeur : « Appuie vite et fort ! » C'est fait, le liquide est injecté. Il desserre la corde. Il est atteint. Son corps s'affaiblit. Mike ne pense à rien. Sa tête est vide, enfin. Il marche sur un chemin sombre, une lumière l'attend au loin. Il ne s'inquiète pas, il avance. Il entend des rires qui se rapprochent. Ce sont des rires d'enfants. Les enfants de Harlem. Les enfants qui font de la bicyclette. Les roues tournent devant ses yeux, de plus en plus rapides. Son cœur s'emballe, il a peur. Une voix vient le rassurer, une voix de femme. Ce n'est pas celle de Gladys, c'est une voix plus jeune, plus douce. C'est Nataly. Elle lui demande de rentrer vite, qu'elle l'attend. Qu'elle l'aime, qu'elle pense à lui. Il la serre fort dans ses bras. Il sent son odeur, cette odeur qui se cache au creux de sa nuque. Et ses mains se souviennent du grain de sa peau, de la cambrure de ses reins, de la rondeur de ses seins. Ses mains se souviennent et son cœur aussi.

8.

Trois semaines se sont écoulées. Dans quelques jours, la compagnie Bravo s'apprêtera à changer de campement. Larry entre sous la tente de John Wise. Il veut lui parler de Mike. Son frère perd la tête. Il divague, il ne voit plus clair. Il aurait besoin de rentrer à Harlem. Larry observe l'intérieur de la tente du reporter. Au chevet du lit, une lanterne éclaire quelques journaux et un livre déjà ouvert. Un rideau noir ferme un recoin de la tente pour le développement des photos.

— Il paraît qu'un moine s'est immolé l'autre jour à Saigon, dit Larry.

— Triste sort de ce moine, j'ai réussi à prendre des clichés alors que les flammes le dévoraient. Figure-toi, Larry, que je ne dors plus depuis que j'ai vu ça. Et pourtant j'assiste à des horreurs tous les jours. Mais ce que j'ai vu l'autre jour était d'une atrocité sans nom. C'était abominable. Mais je ne t'ai pas convoqué ici pour parler de ça ! dit John Wise en retirant une photo des mains de Larry.

— Je sais, vous voulez parler de Mike…

— Oui, Mike m'inquiète. Il met sa vie et celle des autres en danger. Je le soupçonne de se droguer à l'héroïne. La drogue, ça va vite et ça te ronge jusqu'au bout. Ici au Vietnam, ce n'est pas ça qui manque. On peut s'en procurer jusqu'au camp de la compagnie Bravo. Je pense d'ailleurs que Huon n'y est pas pour rien… Larry, je suis inquiet ! Qu'est-ce qui se passe ?

— Je sais pas…, hésite Larry.

— Vous n'avez plus que deux semaines ici. Deux semaines, ça passe vite bordel quand on a fait tout le reste.

— Je suis tout à fait d'accord, mais vous savez, Mike est sensible. Sa vie de boxeur lui a été arrachée et aussi…

— Aussi ?

— Il reçoit plus de lettres de Nataly.

— C'est une affaire de cœur alors... Il faut lui parler, il faut le convaincre. Enfin Larry, dites-lui que deux semaines ça n'est plus rien ! Vous rentrez chez vous ! S'il ne se reprend pas maintenant, il risque de se faire tuer ou de faire tuer les autres ! La mission à venir est très importante.

— Je vais tenter de le raisonner, mais vous savez... Il m'écoute plus. Il a changé. Il est devenu... je sais pas, un animal, un fantôme...

— Au fait qui est l'aîné entre vous deux ?

— Mike est l'aîné, je suis le plus jeune, répond Larry.

John Wise coupe court à la conversation. Il développe ses nouvelles photos dans la chambre noire. Larry reste pensif et continue d'observer les photos accrochées à une cordelette. Larry le sait. Mike perd la tête et il a toujours froid. Il tremble tellement qu'il ne peut plus tenir son arme. Que peut-il faire pour lui ? À part essayer de lui parler pour la énième fois, absolument rien. Nataly l'a quitté sur dix lignes. Une lettre de dix lignes sans donner la raison pour laquelle elle l'a abandonné. Larry savait que ça arriverait. John Wise le sort de ses pensées. « Au fait, voici une lettre pour vous. Ce doit être votre famille. Montrez-la à Mike, ça lui remettra peut-être les pensées en place. » Larry sort de la tente. Il s'assoit sur la table en bois. Il ouvre l'enveloppe. C'est une lettre qui lui est destinée.

« Larry, mon cher fils,

Plus que quelques semaines et tu rentres à la maison. Larry, je ne reçois plus les lettres de Mike. Qu'est-ce qui se passe ? Maintenant que le jour de son retour approche, il ne daigne plus m'écrire ! Je ne m'inquiète pas, Mike n'a jamais été un grand bavard. Ce n'est pas son genre d'envoyer des lettres sentimentales à sa mère. Je te demande quand même de prendre soin de lui, même s'il fait son dur, Mike est un sensible et cette guerre ne doit pas l'épargner. J'ai reçu toutes tes lettres et Anita aussi. Tu sais, elle a bien changé. Elle a décidé de participer aux mouvements pour les droits civiques. Elle commence à s'intéresser à la politique et veut que je lui lise ton journal le dimanche. Il faut croire que tu restes son modèle, aussi loin que tu es. Elle t'a toujours écouté avec des yeux grands comme des soucoupes. Mais si l'on doit trouver une bonne chose dans cette fichue guerre, c'est qu'Anita apprend à penser par elle-même. Il lui vient des idées saugrenues, mais au moins ce sont les siennes ! Par exemple, elle a insisté pour porter une coupe afro. Si tu la voyais, elle ressemble à une chanteuse de soul. Vous lui manquez tant. C'était votre présence dans la chambre qui la réconfortait.

Anita dort seule maintenant. Je suis obligée de lui raconter une histoire tous les soirs pour l'endormir, et elle ne se lasse pas d'écouter celle de « Nigger John », cet esclave noir devenu un grand cow-boy. Elle est certaine que vos destins sont liés, que le petit Larry deviendra une légende, comme Nigger John. J'ignore d'où lui vient cette idée, mais Anita a la tête dure et elle en est convaincue. Tu es son héros, Larry, quoi que tu fasses. Elle est sûre qu'au Vietnam tu montes des chevaux comme un vrai cow-boy. Je n'ai pas la force de la contredire. Après tout, chacun trouve comment se consoler.

J'ai vu Nataly ce dimanche et nous avons beaucoup discuté. Anita était ravie de la voir. Embrasser Nataly, c'était un peu comme embrasser Mike pour la petite. Mais cette fois-ci, j'ai senti que Nataly n'était pas à l'aise avec Anita. J'ai tout de suite compris que c'était fini entre elle et Mike. Une mère sent ce genre de choses. D'ailleurs, elle n'a pas tardé à me l'avouer. Elle venait nous dire au revoir. C'est une jeune femme polie, ça, il n'y a rien à redire là-dessus. Mais j'aurais pu lui faire des reproches, ce n'étaient pas les arguments qui manquaient. Quitter son fiancé qui fait la guerre, ce n'est pas très glorieux. Mais je n'ai rien dit. Tu sais que je crois au destin, et si Nataly et Mike ne pouvaient pas survivre à cette séparation, alors leur couple n'était pas assez solide pour affronter la vie. Le destin, on n'y peut rien. Tu me diras qu'avec ton père qui est parti du jour au lendemain, je ne suis pas si lucide que ça sur l'amour, mais avec le temps et l'expérience, on commence à avoir du flair. Il vaut mieux pour Mike d'être averti dès maintenant. Tu imagines le mariage que ça aurait fait ? Nataly ne pense qu'à intégrer la belle société. C'est son éducation, c'est son ambition. On ne peut rien redire à cela non plus. Mike n'aurait pas pu suivre… C'est un brave garçon, comme on en fait peu, mais il n'a pas la carrure pour une fille comme Nataly. Tu sais, je l'ai toujours senti, mais on ne peut pas faire la leçon à un jeune homme amoureux. Je serais passée pour une vieille acariâtre, il ne m'aurait pas écoutée. Bref, ce fameux jour est venu, et je ne peux même pas consoler mon fils. Je sais que je n'aurais pas pu le prendre dans mes bras, qu'il est trop orgueilleux pour ça, mais je lui aurais préparé du bon poulet, je l'aurais couvert de petites attentions… Moi les grands discours, ça n'a jamais été mon genre, mais je crois que je sais être présente pour mes fils. Pauvre Mike, il doit avoir besoin de se battre sur un ring. Comment arrive-t-il à exprimer sa déception au Vietnam ? J'espère qu'il ne se renferme pas, il a cette tendance depuis qu'il est petit. La boxe l'a sauvé de sa mélancolie. Je n'ai jamais aimé le voir se battre, je peux te l'avouer maintenant. Une mère n'aime pas voir son fils rentrer avec le visage tuméfié et ensanglanté. Mais je suis convaincue que ça lui faisait beaucoup de bien.

Cette guerre n'est pas près de se terminer. Mais vous allez bientôt rentrer à la maison. Bientôt, vous serez loin de cette guerre, au chaud, à la maison. Je ne t'apprends absolument rien, mais le président Kennedy a été assassiné. On vit dans un monde cruel rempli de rage, rempli de haine. Un président américain assassiné. Il a fallu expliquer à Anita qu'il y a des gens puissants que beaucoup n'aiment pas. Malheureusement, c'est Lyndon Johnson qui a succédé à Kennedy et il a renvoyé les troupes au Vietnam. Dès qu'il a accédé au pouvoir, il a annoncé au Congrès l'envoi de nouvelles troupes en Asie du Sud Est. Quelle ordure ! C'est un crime d'envoyer les jeunes au Vietnam. C'est un crime contre les familles et contre l'intégrité de notre démocratie. Mais rassure-moi, j'espère que tu ne vois pas de femmes au Vietnam ? Fais bien attention et ne me ramène pas la syphilis ou je ne sais pas trop quoi à la maison. Pense à Anita qui te voit comme un cow-boy, et ne fais pas de bêtises, ne fais rien que tu pourrais regretter. Tu es un garçon sage et intelligent. Et ne te fais pas tuer. Tu n'as pas intérêt à jouer les têtes brûlées, à jouer le héros plus qu'il ne faut.

L'autre jour, je suis descendue dans la rue pour manifester contre la guerre du Vietnam. Anita et moi, nous avons écrit sur une pancarte vos noms : « Larry et Mike, nos fils, nos frères, sont au Vietnam ! » Plus de trois mille personnes ont participé à la manifestation. Anita a eu peur de la colère des manifestants et de la haine des activistes. Heureusement, ces foutus policiers n'ont pas lâché leurs bergers allemands devant nous. Ils étaient là, alignés le long de la Septième Avenue à nous regarder froidement. Ils s'en foutent bien que des Noirs crèvent au Vietnam. On n'est pas restées jusqu'à la fin de la manifestation, Anita avait trop peur. Il paraît que la manifestation s'est mal terminée, il y a eu quelques blessés et plusieurs morts. Les pigs n'ont pas tenu longtemps avant de s'énerver. Les manifestations pacifiques, je n'y crois pas. C'est ce que défend Martin Luther King, et il a bien du courage d'y croire et de persévérer, mais je n'y crois pas. En face de nous, il y a des gens qui veulent préserver leur place à tout prix, et surtout qui ne donne pas beaucoup de valeur à nos vies. Les marches de Martin Luther King n'ont aucun effet sur l'establishment. Il parle bien, c'est certain, mais rien ne bouge en profondeur. Je crois que nous ne manifesterons plus, c'est trop dangereux pour la petite, et j'ai bien peur que ce soit inutile. Mais je ne me plains pas trop, j'ai entendu dire qu'en Alabama, c'est bien pire encore, que le gouverneur tolère le Ku Klux Klan et la haine raciale. Ils en ont parlé à la télévision. Les Noirs de Montgomery ont décidé de s'attaquer au budget de l'État en boycottant les transports publics. Toute la population de couleur, hommes, femmes et enfants ont boycotté les bus de Montgomery. Ce fut un fiasco, ce fut un désastre pour le gouvernement. À Montgomery, les hauts fonctionnaires ont supplié la population d'utiliser les transports en commun. Le gouverneur a dû en tirer une tête ! J'aurais bien aimé voir ça ! Les Blancs prétendent ne pas avoir besoin de nous et veulent nous envoyer ailleurs. En tout cas, pas sur leur territoire. Mais quand les transports publics perdent de l'argent, c'est une autre histoire. Et quand il y a la guerre, ils sont bien soulagés d'envoyer les Noirs au front. C'est comme ça, c'est de la politique, c'est injuste. Si on pouvait voter, les choses seraient sans doute différentes. L'esclavagisme n'est pas si loin de nous, comme disait ta grand-mère.

Embrasse Jimmy pour moi. Je sais qu'il a toujours été ton plus fidèle ami. Depuis que vous avez appris à marcher, on ne vous trouvait jamais l'un sans l'autre. Vous étiez toujours à jouer devant la maison, jusqu'à ce qu'on vous appelle à dîner. Et je me souviens de vos bêtises dans le quartier, il savait te dégourdir quand tu étais encore un garçon timide. Il avait toujours des missions, des petites missions, de grandes missions pour se faire de l'argent. Quelques dollars qu'il mettait dans sa poche. C'est un bon garçon et je t'avoue que parfois je m'inquiète pour ce jeune homme qui ne t'a jamais lâché des yeux. Il ne t'a jamais laissé tomber, même dans les moments difficiles. Je réalise combien la vie est belle et courte. Je n'ai pas assez profité de toi. Je n'ai pas assez porté mon regard sur toi. Mais tu comprends, Mike est l'aîné. Mike a toujours été ce que je voulais, mais toi tu oses. Tu n'as pas peur. Tu oses beaucoup de choses. Tu oses même gagner une photo de pin-up et parader avec ! En parlant de pin-up, tu vas me ramener cette photo de Marilyn Monroe à la maison. Je te jure sur Jean le Baptiste et sur le baptême d'Anita que si Marilyn Monroe a les jambes écartées comme je l'imagine, tu auras droit à une très grande gifle de ta mère Gladys. Tu ne pourras pas passer à côté. Mike m'a tout raconté dans une lettre. Tu rentres avec Marilyn Monroe parce que je vais voir cette photo et tu seras puni comme il se doit ! Mes fils sont tout sauf mal élevés ! Je dois rentrer dormir, mes paupières sont lourdes.

Je t'embrasse
Ta mère,
Gladys »

9.

La forêt, si dense, se dessine à des kilomètres. Elle est majestueuse. Les hélicoptères volent à basse altitude. Au loin, les montagnes tapissées de verts et les rizières. Larry et Mike distinguent les paysans qui labourent les champs. Bientôt peut-être, ils seront étendus dans leur sang. Bientôt peut-être, ils brûleront dans leur maison. Comme le dit Gladys, ce sera le destin. Ce matin, les deux frères sont montés dans le même hélicoptère en direction du nouveau camp. Ap Bac, cela sonne comme une promesse pour les marines de la compagnie Bravo. C'est la victoire assurée, selon le commandant Cliff. Et après la gloire, ce sera le pays, la famille et la paix, enfin. Revenir victorieux et fier de soi. « Vous serez décorés, vous serez honorés, et vous rentrerez comme des hommes ! Toute votre putain de vie, vous pourrez dire : j'ai fait Ap Bac, j'y étais, et j'ai agi en héros », leur a-t-il affirmé. Larry n'ose pas y croire, mais une petite lueur d'espoir a grandi malgré lui. Et si c'était vrai ? Et s'il rentrait aux États-Unis en héros ? Il méprise Cliff, profondément. Et ce dégoût le dévore chaque jour un peu plus. Mais s'il avait raison, pour une fois ? Mais on ne peut pas se fier à Cliff, il n'a pas de scrupules à enjoliver les choses pour motiver les hommes. Ça lui permet de les aveugler sur son incompétence, sur tous ces risques inutiles qu'il leur fait prendre et sur les atrocités qu'il commet au nom de l'honneur ou de la guerre. Un meurtre, c'est la guerre. Un viol, c'est la guerre. Une maison incendiée malgré les enfants qui dorment à l'intérieur, c'est la guerre. Et la bêtise, c'est l'honneur, toujours ce fichu honneur dont il a dévoyé le sens jusqu'à le rendre totalement écœurant. Mike transpire comme un damné. Il veut ouvrir la porte de l'hélicoptère, mais l'un des pilotes l'en empêche :

— Négatif ! On ne peut pas fermer la porte en cas d'attaque balistique du Vietcong.

La chaleur est insupportable. Larry observe son frère à la dérobée. Mike est affaibli, ses yeux sont cernés et perdus dans le vide. Ses avant-bras sont pleins d'hématomes qu'il ne prend même plus la peine de dissimuler. « On va bientôt rentrer chez nous à la maison », le réconforte Larry. « Chez nous, bien au chaud, à Harlem », continue-t-il. Mike ne répond pas. « C'est encore loin Ap Bac ? » demande Larry aux pilotes. Négatif ! Ces pilotes sont bornés et répondent toujours avec les mêmes mots. Négatif ! Positif ! Négatif ! Larry a envie de les gifler.

— Je m'inquiète pour les moteurs, dit l'un des pilotes à son acolyte.

— Moi aussi, on n'est plus très loin, dès qu'on aperçoit un champ jaune, on se posera sur la plaine d'Ap Bac. Positif ! On n'est plus très loin du camp !

Larry se souvient de son frère ce soir-là. C'était au mois de novembre, un mois gris et pluvieux qui déprimait Larry. Mike était rentré très tard, le couvre-feu imposé par Gladys était largement dépassé. Il était trempé jusqu'à la moelle, mais il avait l'air de s'en foutre éperdument. Il affichait un sourire béat. « Une tête d'idiot », comme s'était moqué Larry. Il n'avait pas cessé de sourire, même sous les reproches de sa mère. « Mais déshabille-toi mon Dieu ! Tu vas attraper la crève ! » avait-elle fini par lui dire, exaspérée par son sourire niais. Il était amoureux, ça ne faisait aucun doute pour Gladys. Larry l'avait interrogé selon les ordres de sa mère. « Tu étais où ? Tu as rencontré quelqu'un ? » Et Mike s'était empressé de tout lui raconter, dans les moindres détails. Une rencontre amoureuse, ça se raconte avec enchantement, avec longueur, avec de grands mots pleins d'absolus et d'espoir. Larry avait envie de se moquer de son frère, mais il s'était contenu et l'avait écouté jusqu'au bout. Mike avait décrit le visage de Nataly pendant des heures, la couleur de ses yeux, sa voix, la douceur de ses cheveux dans ses mains. Larry n'en pouvait plus. Était-il possible de perdre la tête à ce point ? C'était une jeune fille de bonne famille, bien habillée, bien coiffée, avec de l'éducation, et elle l'avait regardé, et elle s'était laissée embrasser, c'était la plus incroyable des choses, la plus impensable, la plus extraordinaire. Cette fête avait changé sa vie, et il s'en était fallu de si peu pour qu'il n'y aille pas ! Il n'avait même pas envie de danser ce soir-là, mais la chance, le destin, Dieu peut-être, l'avait poussé à y aller et à rencontrer cet ange tombé du ciel, Nataly.

— Tu te souviens du soir où t'avais rencontré Nataly ? T'avais l'air d'un parfait imbécile ! s'amuse Larry sans penser aux conséquences de ses paroles.

— Abruti... J'y pense tous les jours. C'est pas possible...

— Qu'est-ce qui n'est pas possible ?

— Que ça puisse se finir comme ça. Putain de guerre. Je la hais. Comme je hais mon pays, comme je hais *mum*. J'ai même plus envie de rentrer si tu veux tout savoir.

— Tu hais *mum* ? T'es cinglé ou quoi ?

— Elle voulait que Nataly me quitte ! Elle pensait qu'elle était trop bien pour moi... Elle avait raison, sans doute... Je suis qu'une merde. Regarde mes bras. J'ai toujours joué à l'homme, mais je suis qu'une merde.

Sous sa tente, le commandant Cliff grave les initiales du Vietcong sur ses cartouches. Il les inscrit bien fort et bien dur dans le plomb. Le commandant Cliff est heureux, il est aux anges. Un sourire malicieux habille son visage. « Ça ! Ap Bac sera une grande victoire ! Ça, c'est la guerre ! Chasser le Vietcong dans la forêt, c'est pour les peureux et les incapables, mais Ap Bac... » Il saisit un plumeau et nettoie la poussière de son M60. Il souffle fort pour dégager toute la saleté. Il continue de se parler à lui-même : « Pour être à Ap Bac, il faut avoir du courage ! Et ça ! C'est une vraie promotion pour la compagnie Bravo ! » Le commandant Cliff lustre son M60 d'un coup de chiffon. John Wise entre dans la tente du commandant. Cliff sort cinq cartouches de sa poche. « Ce bouffeur de lézards de Huon a intérêt à me débrouiller une belle gonzesse pour cette nuit », continue Cliff qui n'a pas remarqué l'entrée du reporter. John Wise éternue. Le commandant Cliff se retourne.

— Qu'est-ce que vous faites ici ? s'agace le commandant Cliff.

— Vous parlez tout seul à ce que je vois, répond le reporter.

— Qu'est-ce que vous me voulez ? demande le commandant Cliff en haussant la voix.

— Comme convenu, je viens discuter du déroulement de la mission d'Ap Bac avec vous. Nous avons reçu les nouvelles cartes territoriales de la région.

— J'avais oublié, c'est vrai. Vous avez emmené le poste de communication avec vous ? demande le commandant Cliff.

— Positif ! répond le reporter ironiquement.

John Wise dépose le poste de communication sur la table. À neuf heures du soir précises, les deux hommes devront l'allumer pour communiquer avec les deux autres compagnies présentes sur la plaine d'Ap Bac. En attendant, le reporter dévoile les cartes de la région au commandant Cliff. Le commandant s'arme d'un stylo rouge et explique à John Wise :

— Nous avons pas besoin de discuter d'Ap Bac ou de tergiverser. Nous sommes trois divisions sur la plaine et nous arriverons jusqu'aux villages d'Ap Bac et de Tan Toi que nous encerclerons. Nous avons à nos côtés les compagnies Tango et Echo ! Cette bataille sera une victoire et nous allons gagner la guerre.

— Entendu, mais je suis inquiet pour les hommes. Certes, les enjeux sont simples et il faut foncer tout droit. Certes, nous ne sommes pas dans la forêt tropicale à la recherche de Charlie. Certes, beaucoup de choses, mais si l'on se fait prendre au piège, quelle est notre solution ? Quel est notre recours pour les hommes ?

— Les hommes armés s'avanceront comme des serpents dans les rizières jusqu'aux villages ennemis. On joue sur l'effet de surprise. Ils n'ont aucune chance.

— Commandant Cliff, j'essaye de faire le point avec vous. Ap Bac est vaste. Si les Vietcongs sont au courant de l'assaut, Charlie va se cacher partout et fusiller chacun de nos hommes, il n'y aura pas de prisonniers.

— Peu importe les morts, il faut gagner cette guerre à tout prix. L'*establishment* dépense des centaines de millions de dollars dans cette guerre. Des armes, des tanks, des foutus M16 qui marchent même pas et des M60 qui tirent n'importe comment. Il va falloir en finir. Les hommes ne sont pas importants, seule la victoire compte.

— Je n'aime pas le ton sur lequel vous parlez, vous dites que nous allons nous enfoncer dans la plaine d'Ap Bac sans recours et sans solution de secours...

— Nous devons foncer, nous avons pas le choix, insiste le commandant Cliff en tirant très fort sur son cigare. Vous inquiétez pas pour les hommes.

— Mais... mais, bégaye John Wise.

La conversation est coupée, le poste de communication grésille. Les deux hommes se regardent dans les yeux comme deux adversaires. Le commandant Cliff tourne le bouton du poste pour trouver la bonne fréquence. Ils entendent une voix sur le poste : « Ici Tango ! Ici Tango ! Êtes-vous à l'écoute ? Bravo êtes-vous là ? » Le commandant foudroie John Wise du regard et chuchote :

— N'ayez pas peur pour les hommes ! Ici Bravo ! Ici Bravo ! continue le commandant Cliff en appuyant sur l'un des boutons.

— Ici Tango ! Les avions-espions de la troisième unité de repérage ont permis de confirmer qu'il n'y a que cent vingt hommes dans les villages. Les Vietcongs ne sont au courant de rien, nous allons les attaquer sans difficulté. Vous arrivez de l'Ouest par la plaine d'Ap Bac. Nos avions et nos tanks assureront vos arrières.

— Nos avions de combat sont-ils prêts ? demande le commandant Cliff.

— Négatif ! Négatif ! Les avions de combat ne sont pas prêts et nous sommes obligés d'avancer demain. Comprenez-vous mon message ?
Le commandant Cliff ne répond pas et tire sur son cigare. John Wise chuchote quelques mots : « C'est de la folie ! » Le commandant Cliff ne répond toujours pas.

— Comprenez-vous mon message ? continue le poste de communication.

— Message compris ! Bravo compris ! conclut le commandant Cliff en éteignant le poste.

— Entendu ! s'énerve John Wise. Je m'avise de parler à la compagnie pour les informer de la journée de demain.

Alors que la plupart des marines de la compagnie Bravo sont postés devant la télévision, Larry, Jimmy, Ethan, Walter et Digiacomo jouent aux fléchettes. Ils ont improvisé une cible en carton piquée à un tronc d'arbre et lancent leur couteau à tour de rôle. C'est Jimmy qui est le plus habile, ce qui ne manque pas d'agacer Walter. Larry n'est pas concentré, il cherche son frère des yeux. Il n'est pas devant la télévision qui diffuse pourtant un match de Muhammad Ali.

— Et dans le mille ! s'exclame Digiacomo.

— Garde ta chance pour Ap Bac le pizzaiolo, plaisante Larry.

— Plus qu'une semaine et on rentre à la maison, s'enthousiasme Fergus.

— Le moment où cet avion militaire se posera sur le tarmac, alors là j'y croirai qu'on est à la maison. Seulement là, j'y croirai ..., continue Walter.

— Et toi Ethan tu feras quoi en rentrant ? demande Larry.

— La première chose que je ferai à mon retour, c'est prendre un bain chaud dans ma baignoire.

— C'est tout ! s'étonne Walter en un éclat de rire.

— Non, je m'achèterai un beau costume et puis les gars je vous l'ai pas dit, mais je vais me marier. J'ai pris la décision hier soir de trouver ma bien-aimée en Nouvelle-Zélande. Je ferai une grande célébration autour d'un kangourou. Un gros kangourou bien tendre qui tournera sur une broche ! plaisante-t-il.

— Et toi Larry ? demande Jimmy.

— Je pense qu'à mon retour, je vais me faire trois poulets préparés par *mum*. Pour la fiancée, je sais pas, enfin... Pour la fiancée, je préfère attendre. Et je pense me procurer plein de beaux livres reliés. Des tomes et des tomes, une collection complète ! Et puis j'ai pas mal de journaux à lire pour rattraper mon retard !

— Larry, tu es juste ennuyant, dit Walter.

— Et toi Walter, tu feras quoi de mieux ? demande Larry.

— Moi... Moi..., hésite Walter en lançant son couteau. Je vais rester dans l'armée, je veux monter en grade et être étoilé par le gouvernement américain. Et si je reviens au Vietnam, je reviendrai en officier ou en commandant. Je servirai la bannière étoilée... Mais avant mon retour, je trouverai une femme que j'engrosserai. J'aurai une femme et un enfant pour m'attendre, pour m'écrire...

— Arrête ton baratin, s'agace Jimmy. Tu veux vraiment revenir au Vietnam ?

Les marines de la compagnie Bravo sont rentrés se coucher. Ethan, qui dort sous Walter dans ce nouveau camp, mastique du *chewing-gum* et s'amuse à faire des bulles. Au-dessus de lui, Walter s'agace et peine à s'endormir. Le bruit des bulles de *chewing-gum* qui éclatent l'irrite. Walter se retourne sur son lit en grognant. Ethan s'arrête. Il a peur de se prendre un poing en pleine figure. « Excuse-moi », lui dit-il. Walter ferme les yeux. Enfin, le voilà au pays. L'avion atterrit sur le tarmac, le bruit des hélices s'estompe, les roues glissent sur la piste. Il s'immobilise, la porte s'ouvre. Walter aperçoit la lumière de l'Amérique. Une lumière froide et blanche. Il va sortir, il pose son pied sur la première marche. Le vent s'engouffre dans ses cheveux. Il est heureux. Mais soudain, un bruit le fait sursauter. Quelque chose éclate. Est-ce le moteur de l'avion ? De nouveau, il entend l'étrange bruit. Puis un rire. Walter ouvre les yeux. C'est Ethan et son fichu *chewing-gum*.

— Bordel Ethan ! Tu vas arrêter de faire des bulles ou je te démonte la tête !

— Oui sergent-chef ! plaisante Ethan.

— Je rigole pas. J'étais au pays et toi tu m'as réveillé avec ton putain de *chewing-gum* !

— Au pays ? Veinard... Moi j'arrive pas à fermer l'œil. Demain Ap Bac... Et si on y laissait notre peau ? Si c'était la dernière fois qu'on pouvait rêver ?

— Justement, j'ai pas envie d'être empêché de rêver par une bulle de *chewing-gum*...

— Bonne nuit mec, excuse-moi.

— Bonne nuit, couillon...

De son côté, Larry se caresse en regardant la photo de Marilyn. Son lit grince. Au-dessus de lui, Digiacomo ne trouve pas le sommeil non plus. Il ne va pas rester toute la nuit éveillé tout de même. « Ap Bac, Ap Bac », murmure-t-il. « Demain Ap Bac, puis je rentrerai à New York et j'arrêterai la comptabilité, je ferai autre chose. Quand je rentre à la maison, un restaurant qui fera des pâtes et pas n'importe lesquelles ! Des raviolis, des tortellinis ! Bien confectionnés, bien préparés ! J'embaucherai un comptable, je lui apprendrai le métier ! Non j'ai une meilleure idée, j'ouvrirai un bistrot avec les plus grandes pizzas et avec un chef qui lance des pâtes dans la bouche des enfants ! » continue Digiacomo alors que le lit de Larry continue de grincer. Digiacomo se retourne vers Larry :

— Ça va *ragazzo* ? Tu vas bien ?

— Demain Ap Bac, je viens de finir !

— Ap Bac, *Madone* ! Demain, on va en casser des putains de Viets...

— Je t'ai entendu parler de pizza...

— Quand on rentre à la maison, je t'emmènerai dans la meilleure des pizzerias et ce sera sur ma note !

— *Full load and cash* !

Digiacomo ronfle. Larry est préoccupé. Demain, il va devoir surveiller son frère. Ap Bac, c'est la dernière ligne droite.

Il lance un regard sur le lit de Jimmy. Il est là. Il dort à poings fermés. Puis il se tourne vers Mike, il n'est pas dans son lit. Où est Mike ? Cet imbécile n'est quand même pas en train de se droguer dehors avec Huon ? Sans hésiter, Larry sort de la tente. Où est cet abruti de drogué ? Il s'approche du feu de camp. Le feu se consume, Huon n'est pas là pour le nourrir et y faire griller ses lézards. Pas de trace de Mike non plus. Larry n'a même pas pris le temps d'enfiler ses bottes. Il fouille le campement de fond en comble. Les branches de palmiers lui blessent les orteils. On ne voit rien, la nuit est noire. On entend les bêtes sauvages à l'orée de la forêt. Fichu Vietnam ! Larry s'énerve, il n'en peut plus. Il se met à courir en appelant son frère. Il ne va quand même pas réveiller toute la compagnie... Où est Mike ? Soudain, il l'aperçoit sortir des toilettes. Il se dirige vers lui :

— T'étais encore en train de te droguer ?

— Mais non, je suis pas fou, j'ai le droit de chier, non ?

— Où est Huon ?

— J'en sais rien, je l'ai vu discuter avec des mecs derrière la tente de Wise.

Larry décide de prendre Huon sur le fait, il doit être en train de se procurer de la drogue. Il sait que c'est lui qui alimente Mike et ça ne va pas se passer comme ça ! Il s'approche de la tente de John Wise. En effet, deux hommes viennent de serrer la main de Huon. Le Vietnamien leur tend un rouleau de papier. On dirait l'une des cartes de Cliff. En tout cas, ce n'est pas de la drogue. Qu'est-ce qui se passe ? Larry décide d'aller en parler immédiatement au commandant. Si Huon est un traître, il faut prévenir Cliff. En arrivant devant la tente du commandant Cliff, il entend des chuchotements et des souffles saccadés. Il retire le voile de la fenêtre. À la lueur des bougies, Cliff est nu, les fesses tournées vers l'entrée de la tente. Sur la table, une femme miaule, elle jouit et laisse ses jambes se confondre avec celle de Cliff. Le commandant la tient par les pieds. « Tu aimes sale pute », murmure-t-il. Elle ne répond pas. Elle passe sa main derrière la nuque du commandant. « Encore », lui susurre le commandant Cliff. Les regards de Larry et de la Vietnamienne se croisent à l'insu du commandant. Tout à coup, elle se débat. Elle est prise de panique. « Qu'est-ce qui se passe la pute ? » demande Cliff. Elle pointe Larry du doigt. Il lâche immédiatement le voile. Le commandant Cliff enroule une serviette autour de ses hanches et retire le voile.

— Qu'est-ce que tu veux à cette heure-ci ? grogne-t-il.

— Excusez-moi de vous déranger, commandant Cliff.

— Mais bien sûr que tu me déranges. T'as rien remarqué parce qu'elle, cette pute, elle t'a vu, s'agace le commandant Cliff.

— J'ai vu des hommes...

— T'inquiète pas pour les hommes, l'interrompt violemment le commandant. Ces hommes viennent chercher de l'argent pour la femme.

— Je savais pas..., continue Larry. Mais on aurait dit une carte...

— Huon est un bouffeur de lézards, mais pas un espion. Dégage maintenant ! conclut Cliff qui referme le voile de la tente.

10.

Larry lace ses bottes. Il serre les lacets de toutes ses forces. La journée s'annonce longue. Il colle l'as de pique sur son casque et range la photo de Marilyn Monroe sous son matelas. Le commandant Cliff ne va tarder à passer en revue la compagnie Bravo. John Wise leur a tout expliqué à propos de la mission qui se profile aujourd'hui. C'est une grande bataille et la compagnie Bravo risque de perdre des hommes. Larry se met au garde-à-vous. Il est prêt. Ethan sort un *chewing-gum* qu'il place sous sa langue. Walter nettoie au plumeau son M60. « Mon M60 est tout rouillé à cause de cette foutue pluie tropicale ! » grommelle-t-il. Fergus se positionne au garde-à-vous à côté de Larry. Digiacomo est mal réveillé, il a mal dormi et il se lève en caleçon, tout transpirant. « Tu ferais mieux de t'habiller ! Le commandant Cliff va bientôt arriver ! » Digiacomo s'exécute en râlant. Cliff n'est pas la reine d'Angleterre. Il en a vu d'autres... Les hommes sont fin prêts quand John Wise ouvre le voile de l'immense tente de la compagnie Bravo. Cliff lui succède et s'avance fièrement vers ses hommes :

— Aujourd'hui les couilles molles, vous allez devenir des hommes. Et les plus mauvais resteront sur le champ de bataille. Et c'est pas moi qui les pleurerai. Pas de larmes pour les faibles. Aujourd'hui, vous allez pas jouer les héros, pas de pitié, pas de loyauté, pas de fraternité ou je sais quoi. Il va falloir obéir sans réfléchir. Vous allez m'écouter et obéir. Si je vous dis de vous enfoncer votre M16 dans le cul, vous le faites. Si je vous dis de courir comme un lapin, vous le faites. Si je vous dis de tirer, vous tirez. Si je vous dis...

— On a compris commandant, l'interrompt John Wise.

— OK, OK. Où j'en étais ? Ah oui... Aujourd'hui, c'est pas le moment de mollir. C'est la dernière bataille ! La dernière avant de rentrer à la maison comme des héros, comme de vrais soldats, en hommes et en Américains ! Me décevez pas, je compte sur chacun de vous. La mission

« cherche et détruit » est terminée. Maintenant, c'est Ap Bac. Ici, c'est Ap Bac ! Et à Ap Bac, la compagnie Bravo ne perd pas. La compagnie Bravo ne perd pas à Ap Bac. Mes instructions sont claires ? demande le commandant Cliff.

— Oui sergent-chef ! répond la compagnie Bravo en chœur.

Cliff regarde l'horizon jaune avec inquiétude. C'est ici que tout va se jouer. Dans ces rizières pisseuses, dans cette chaleur infernale. Dans cette fichue plaine au nom barbare. C'est ici qu'il va montrer sa valeur de commandant. Avant Ap Bac, c'était de la gnognotte ! Les mines sur les chemins, les bambous taillés en pointe qui traversent les semelles, les tirs de quelques fermiers rebelles, c'était de la rigolade. Cliff a peur. Ce n'est pas dans ses habitudes. Il regarde fixement le soleil, jusqu'à se brûler la rétine, jusqu'à souffrir, et il implore Dieu, l'Amérique, le président et l'armée américaine. Il faut retrouver de l'espoir et du courage. L'armée est sûre de son coup, « ils n'ont aucune chance », lui a-t-on répété. « Les Américains sont dix fois plus nombreux et armés, et la plaine d'Ap Bac est si plate que n'importe quel Vietcong qui s'enfuira sera visible des avions de chasse et mitraillé immédiatement », lui a-t-on assuré. Aucun nuage dans le ciel, seulement ce bleu gras et moite. Rien de vivant, rien qui bouge. C'est un paysage de mort. Beau, comme une peinture abstraite, deux lignes parfaites, bleues et jaunes. Une mince bande de brousse encercle au loin les rizières infinies. Au milieu, les deux villages ennemis : Ap Bac et Tan Thoi, avec une centaine d'hommes à abattre. Bientôt, les tanks, les hélicoptères et les avions noirciront ce paysage parfait. Bientôt, les vrombissements des hélices et des moteurs, les détonations, les cris qui fusent en tous sens. Bientôt, l'attaque massive et sans merci. Bientôt, la guerre, la vraie. Cliff est sorti de ses pensées par Walter qui vient poser sa main sur son épaule.

— Rien que du vide, rien que du néant ! pense le commandant Cliff tout haut.

— Que se passe-t-il sergent-chef ? demande Walter.

— Tu vois toute cette vaste étendue. Il va falloir ramper jusqu'au milieu de la plaine.

— On va ramper jusqu'au milieu du plateau ! s'étonne Walter. Mais c'est de la folie ! Je croyais qu'on allait avoir des renforts... Deux autres compagnies sont avec nous, non ? demande Walter avec inquiétude.

— Oui, nous avons Tango et Echo. Notre mission est de ramper jusqu'au milieu du plateau et ça m'inquiète...

Walter saisit les jumelles. « Putain, c'est vaste, c'est immense sergent-chef ! » murmure-t-il. Il soupire. Son cœur se serre. Bon Dieu, ça va être la guerre, la vraie. Le commandant ne répond rien et saisit sa boussole. Il va falloir se diriger vers l'Est. Au bas de la colline, Digiacomo serre fort son chapelet entre ses doigts. Il l'embrasse. « *Ave, o Maria, piena di grazia, il Signore è con te...* », chuchote-t-il. Ethan est inquiet. Qu'est-ce que Cliff et Walter font tout ce temps en haut de la colline ? « Qu'est-ce qu'ils foutent bordel ? » s'énerve-t-il. Larry réchauffe son frère qui tremble de froid. Il le prend dans ses bras et frotte ses mains contre ses vêtements. Tout à coup, Fergus se met pleurer : « J'achète une ferme dès que je rentre à la maison. Je lui donnerai le nom de ma mère. Je ne ferai que du bien autour de moi ». Larry observe Walter qui court dans leur direction. Le voilà qui approche :

— Les gars, il faut se préparer ! Le commandant Cliff va pas tarder à donner ses ordres !

— Qu'est-ce qui se passe ici ? demande Larry. Qu'est-ce que c'est que cette bataille d'Ap Bac ? Pourquoi toute cette inquiétude ?

— Tu parles d'une putain d'angoisse, répond Jimmy.

— On n'est plus dans la forêt à chasser du Vietcong, explique Fergus. C'est la réalité, la bataille d'Ap Bac approche.

— *Madonna Santa* ! On va tous y passer, réagit Digiacomo en serrant son chapelet.

— Qu'est-ce que tu racontes ? s'énerve Mike. Personne va y passer. Ces Vietcongs ont pas les armes et t'as pas entendu ce que Wise a raconté...

— Deux autres compagnies vont nous rejoindre et on sera aidés par les avions et les hélicoptères..., continue Larry.

— Des B52 de la Deuxième Guerre..., explique Fergus. Ça va barder, ils vont lâcher des bombes sur tous les Vietcongs.

— Qu'est-ce que tu racontes Fergus ? demande Larry.

— *Madone* ! s'étonne Digiacomo. On n'est plus dans les villages. C'est la réalité ici à Ap Bac.

— Les gars, je suis monté sur la colline. J'ai le pressentiment qu'on va faire Diên Biên Phu, les prévient Walter.

— Tu portes la poisse Walter, s'énerve Larry. Tu comprends qu'on a des armes américaines...

— Fermez vos gueules ! s'énerve finalement Cliff qui est descendu de la colline.

Larry désenclenche la gâchette de sécurité de son M16. On entend une série de cliquetis. La compagnie Bravo se prépare bel et bien. Les uns après les autres, ils sortent des marqueurs et dessinent des figures sur leurs visages. Chacun inscrit son porte-bonheur sur le front. Des triangles, des carrés, des cercles, tout ce qui peut porter bonheur est bon. Les marines de la compagnie Bravo se mettent en ligne pour monter la colline. L'heure est venue de combattre. Ils marchent les uns derrière les autres pour arriver au sommet. Le commandant Cliff est en tête. Ce n'est que le début de la longue bataille d'Ap bac.

Les bottes de Larry s'enfoncent dans l'eau incendiée du soleil. Une vapeur chaude s'étend comme un spectre au-dessus des tiges blondes de la rizière. Le temps semble s'être arrêté. Le soleil brûle sur ses épaules depuis des heures. L'avancée vers l'ennemi lui paraît interminable. Il marche comme un automate, bercé par le bruit des éclaboussures, des souffles fatigués de ses compagnons. On ne parle pas, on affronte la lumière éclatante sans un mot. On se rapproche. Pas d'avion, pas d'hélicoptère, pas de tank en vue. C'est la traversée du désert, dure et patiente. Larry reprend une rasade d'alcool de riz. Ses pensées sont troubles. Il pense à sa mère Gladys, à sa voix énergique quand elle chante à la messe de l'*Abyssinian Church*. La messe lui manque, et la lumière douce qui traverse les vitraux, et le balancement du chœur. Anita qui danse en frappant des mains. Mike sérieux, Mike serein, qui joint ses mains comme un enfant sage. Le repas du dimanche, le maïs sucré, le Ed Sullivan Show. Plonger son visage dans le *New York Times*, l'odeur de l'encre, les traces noires sur les doigts. La chaleur du lit. La maison qui le protège, où rien de grave ne peut arriver. La vie sans surprise de Harlem. Les bottes de Larry se remplissent d'eau. Derrière lui, Digiacomo serre son chapelet contre sa poitrine. Fergus est à la traîne. Il enlève son casque pour le plonger dans l'eau et se remet en marche de plus belle.

— Combien de temps on va marcher encore ? demande Fergus.

— Le temps qu'il faut, répond Larry.

— Je sais pas, *cazzo* ! Je crois qu'on va passer la nuit sur la plaine avant d'attaquer le village, intervient Digiacomo.

— Comment ça, tu sais pas ! s'étonne Fergus en retenant Digiacomo par l'épaule. C'est toi le chef de l'équipe !

— *Figlio di puttana* ! Enlève ta main ! s'agace l'Italien.

— Tu crois qu'ils vont attaquer la nuit ? On va rien voir, et j'ai pas envie de crever dans la nuit noire comme un rat ! Tu te rends compte ? Tu te vois même pas mourir, et tu meurs comme ça, d'un coup, dans le noir, sans t'en rendre compte ! Tu veux ouvrir les yeux, et en fait, t'es mort ! s'inquiète Fergus.

— Tu délires Fergus, ça change rien de mourir dans le noir ou dans le jour..., s'exaspère Digiacomo.

Entre chien et loup, c'est ce moment bâtard qui assombrit les corps et les esprits. À l'orée de la forêt, au seuil des rizières, la deuxième équipe de la compagnie Bravo avance derrière le commandant. Cliff attend la lune, quand elle arrivera au-dessus de leurs têtes, arriveront avec elle les tanks, les hélicoptères et les B52. Mike regarde la brousse qui frémit. Les animaux crient entre les branches. Mais aucune silhouette ne se détache. Quelques ombres seulement se dessinent furtivement sur le sol. Ce sont les rapaces et les charognards. Les hommes sont esquintés. À bout de souffle, ils crachent par terre. Ils ont besoin de se reposer, de se réfugier dans le sommeil. Ils souhaitent prendre des forces pour quelques heures. Walter est le premier à s'asseoir. Ethan se joint à lui, il dépose son M60 à l'abri d'un arbre et s'accroupit dans l'eau. Mike s'étend dans la rizière brûlante et écarte les bras comme un Christ. Il sent l'eau ruisseler dans son dos. Les étoiles apparaissent dans le ciel gris. Son frère Larry a pris une autre direction. Ils se rejoindront aux villages de Ap Bac et Tan Thoi.

— J'ai peur de la nuit, dit Walter en s'essuyant le front.

— Moi aussi, lui répond Ethan. T'inquiète pas, on va s'en sortir.

— Comment tu peux en être si sûr ? demande Walter.

—Deux autres compagnies sont avec nous, on va être nombreux..., affirme Ethan.

—J'ai peur que notre plan d'attaque ait été divulgué aux Vietcongs, soupire Walter. Ils sont malins et ils sont partout... Il paraît que Larry a vu Huon l'autre soir discuter avec des mecs... Si ça se trouve, ce bouffeur de lézards nous a trahis ! Si ça se trouve, les compagnies américaines ont toutes été infiltrées...

— De quoi tu parles ? Huon se fait du fric en refourguant sa drogue et ses putes, c'est tout ce qu'il veut. À mon avis, la guerre et les communistes, ça l'intéresse pas. Ce Viet a pas de scrupules, crois-moi.

— Je sais pas, je sais pas... mais peut-être qu'ils ont un plan d'attaque eux aussi...

La compagnie Echo avance dans la profondeur de la nuit. La lune s'est levée. Les chars M113 se préparent à encercler la plaine d'Ap Bac. Les chenilles des M113 glissent dans la boue en silence. Les canons des tanks dorment sous les bâches. Les hommes sont là ! Ils se préparent pour la grande bataille d'Ap Bac. Les marines de la compagnie Echo marchent à côté des chars. Leurs bottes s'enfoncent dans la terre où la lune dessine son halo blanc. Pas un tir, pas un cri, ne vient rompre le silence de la nuit. En tête, le commandant de la compagnie Echo transpire dans son uniforme. Des gouttes de sueur coulent sur son front. La perspective de cette grande bataille le rend nerveux. Il leur faut arriver à la plaine d'Ap Bac avant le lever du soleil. Il jette un œil sur sa montre. Il est trois heures du matin. Les chars s'arrêtent. Les marines sortent des jerricans des chars pour faire le plein une dernière fois. La plaine n'est plus très loin. Les chars se remettent en marche. Un nuage vient camoufler la lueur de l'astre. Les marines continuent d'enfoncer leur botte dans la terre vaseuse. Le commandant de la compagnie Echo lève enfin son poing. Le premier char s'arrête puis le deuxième. Voilà la plaine d'Ap bac !

Le lever du soleil flotte à l'horizon dans un vent poussiéreux. Quelque part, loin des terrains marécageux et des rizières, entre la forêt et le canal, les marines de la compagnie Tango préparent les hélicoptères. John Wise visse l'objectif de son appareil photo. Les membres de la compagnie Tango sont prêts. Ils montent un à un dans les engins aéroportés, munis de leurs mitraillettes. John Wise entre enfin dans l'un des hélicoptères. La porte reste ouverte et il pourra se pencher au-dessus du vide pour photographier la bataille qui va commencer. « J'arrive pas à croire que ça arrive ! » murmure-t-il. « C'est en train d'arriver ! » continue-t-il. Les hélices battent de plus belle. Les premiers hélicoptères prennent leur envol. John Wise regarde le sol s'échapper, les rizières dessiner des lignes régulières. Les oies cendrées de la forêt semblent se diriger vers la plaine pour la journée. John Wise photographie les marines assis en face de lui. « N'ayez pas peur », les réconforte-t-il. John Wise continue de manipuler son appareil sous le regard inquiet des marines. Leur visage est noir comme la suie.

— Dans quelle direction allons-nous ? demande John Wise à l'un des pilotes.

— Négatif ! Nous ne sommes pas en mesure de vous en informer, hurle-t-il dans le bruit des engins.

Les hélicoptères dépassent le canal à basse altitude. Une fois dépassés, les hélicoptères devront reprendre de l'altitude pour éviter toute attaque balistique des villages. John Wise observe les pilotes de la marine avec fierté. Ce sont des hommes bien entraînés qui savent faire voler ces machines comme de simples jouets, avec tellement d'aisance. Il aurait rêvé avoir ce talent, tenir les manettes entre ses mains et sentir l'engin s'élever vers le ciel. Il pense à la bêtise de Cliff, à la compagnie Bravo. Il essaye de les apercevoir, mais il ne voit que quelques paysans aux chapeaux de paille pointus, qui coupent les épis des rizières à la serpe. Les mains du pilote enclenchent les manettes des hélicoptères. Les engins reprennent de l'altitude.

— Qu'est-ce qui se passe ? demande John Wise.

— C'est le village d'Ap Bac ! lui répond l'un des pilotes.

Les marines placent leur œil dans la visière des mitraillettes. John Wise entend une série de cliquetis. Les paysans saluent d'un geste de la main les hélicoptères qui passent. Tout à coup, dans le bruit des hélices, John Wise entend l'éclatement des balles d'une mitraillette.

— Ce sont des Vietcongs ? demande John Wise.

— Négatif ! Non rien, on veut juste s'assurer qu'ils ne se cachent pas sous la terre.

Au loin, à l'Est, des hommes sortent de terre et courent en direction des hélicoptères. L'un des Vietcongs armés enclenche son lance-roquettes. Il attend qu'un hélicoptère entre dans le champ de sa visière. Le voilà ! Il tire.

— Missiles ! Missiles ! paniquent les pilotes. Ici Tango, missiles, missiles ! Missiles sur Tango !

— Nous devons nous diriger vers l'Ouest au plus vite...

Les missiles fusent et transpercent le ciel. Deux hélicoptères sont abattus. L'un d'eux explose en plein vol en un fracas d'acier. L'autre est touché aux hélices et décharge une fumée noire en se balançant dans le ciel. L'engin tourne dans les airs, hors de contrôle. John Wise a réussi à photographier l'hélicoptère qui est tombé dans la rizière. « Nous devons battre en retraite, la région est trop dangereuse. » Le pilote hurle : « Bravo ! Bravo ! Ici Tango ! Le Vietcong est armé de missiles entre le village de Ap bac et le village de Tan Thoi. Nos hélicoptères ont dû battre en retraite. Un hélicoptère perdu dans les airs et un autre écrasé au sol ! »

La première équipe de la compagnie Bravo atteint le canal qui relie les deux villages d'Ap Bac et Tan Thoi. La chaleur est insupportable. Les hommes plongent dans l'eau, leur mitraillette portée à bout de bras. Ils savent que l'ennemi est à quelques kilomètres, que le combat approche, mais la fraîcheur du canal les soulage, et ils rient de bonheur.

— C'est à une heure ou deux à ton avis ? demande Fergus.

— J'en sais rien... j'en sais absolument rien, chuchote Larry. Mon Dieu, cette eau est divine... Où est Digiacomo ?

— Il a déjà traversé le canal, répond Fergus. Regarde, de la fumée ! s'étonne-t-il.

À une trentaine de mètres de là, un nuage de fumée colore le ciel. Larry regarde Fergus avec inquiétude. Un marine a peut-être explosé sur une mine. « Encore une de ces foutues *bouncing betties* ! » dit Fergus. Alors que les hommes approchent du nuage noir, ils aperçoivent la carcasse d'un hélicoptère. « C'est la compagnie Tango ! *Cazzo* ! Allons voir s'il y a des survivants ! » s'exclame Digiacomo. On le suit, il a été nommé chef de la première équipe, et les marines sont chargés de lui obéir au doigt et à l'œil. Les marines découvrent avec horreur des corps calcinés, découpés, en lambeaux sous les débris de l'hélicoptère. L'odeur de cochon brûlé des cadavres se mêle à celle de l'essence et de la poudre. C'est un carnage. Larry s'approche d'un corps. C'est un homme d'une trentaine d'années, sa jambe est déchiquetée, son visage carbonisé. Larry s'empare de sa plaque de marine ainsi que la photo de famille qu'il a protégée jusqu'au dernier souffle, pressée dans sa main. Il les rendra à la famille du marine. Il leur expliquera cette foutue guerre du Vietnam. Il essayera de les consoler. Que dira-t-il à la mère de cet homme ? J'ai trouvé votre fils mort sous la carcasse d'un hélicoptère. Il a été abattu en plein vol par un tir de Vietcong. Il a été courageux, Ap Bac c'était une dure bataille. Il a dit votre nom avant de mourir, il a pensé à vous... Larry imagine cette mère s'écrouler de douleur. Et peut-être des frères, des sœurs, une vieille grand-mère qui lèverait les yeux de son tricot... Ce gars qui n'a plus de visage, ce gars qui n'est plus qu'un numéro d'immatriculation, Bon Dieu, ça pourrait être lui, et dans quelques heures, ça sera peut-être lui. Ou Mike. Il prie pour son frère en fermant les yeux du cadavre. Que Mike se batte jusqu'au bout, qu'il ne désespère pas, qu'il survive, qu'ils puissent rentrer tous les deux pour embrasser leur mère, qu'ils puissent prendre Anita dans leur bras, qu'ils puissent retrouver leur vie d'avant. Dieu si puissant, si tu existes, protège ce frère qui perd la tête dans cette abominable guerre. Alors que les marines retirent les médailles, les portes-feuilles et les photos des corps épars et décomposés, des tirs viennent siffler à leurs oreilles. « Couchez-vous ! Couchez-vous ! » gueule Digiacomo. Larry tremble de peur. Une vie défile devant ses yeux. Il chuchote : « *Summertime* ». Encore une fois, il murmure : « *Summertime* ». Et il commence à chanter *Summertime* pour s'apaiser :

One of these mornings you're gonna rise up singing
And you'll spread your wings and you'll take to the sky
But till that morning, there ain't nothin' can harm you
With daddy and mammy standin' by
One of these mornings you're gonna rise up singing
And you'll spread your wings and you'll take to the sky
But till that morning, there ain't nothin' can harm you
With daddy and mammy standin' by

Larry relève sa tête des épis et aperçoit les Vietcongs qui courent en leur direction. Vêtus de chemises noires et armés de AK47, ils tirent sans relâche. Ils sont nombreux, une centaine à hurler le cri de guerre du Vietcong. « Putain, ils devaient pas être si nombreux ! Ils devaient pas avoir des mitraillettes ! Qu'est-ce qu'on fait maintenant ? » s'inquiète Fergus. Larry lui hurle de tirer, de ne plus réfléchir. Les Vietcongs foncent droit sur eux, sans hésiter, comme des kamikazes prêts à mourir pour leur cause. Larry recharge son M16. Il va les tirer comme des lapins, il va bien réussir à en avoir un ou deux. Il appuie frénétiquement sur la gâchette. À côté de lui, Fergus a repris ses esprits. Le marine ne rate jamais sa cible et abat une bonne dizaine d'hommes. Digiacomo s'est caché derrière l'hélicoptère et fait signe aux marines de le rejoindre. C'est une bonne planque, à l'abri des tirs des Vietcongs. Larry rampe jusqu'à lui, tête baissée, essayant d'éviter la volée de balles qui éclate autour de lui.

— Bordel de merde Digiacomo ! C'est une embuscade ! On est foutus !

— L'équipe de Cliff arrive en renfort !

— Quoi ? Qu'est-ce que tu dis ?

— Les autres arrivent ! Tire *Madonna Santa* !

Tout à coup, des grenades explosent parmi les Vietcongs. Larry se retourne, c'est la deuxième équipe de la compagnie Bravo. Il essaye d'apercevoir son frère. Impossible, il ne voit que Cliff et Walter qui sont en tête de la troupe. Le commandant dégoupille une grenade et la lance en hurlant. Il se prend pour un héros, il est dans son élément. Il invective sa troupe en courant vers l'hélicoptère. Il piétine les corps joyeusement. C'est la guerre, la vraie, c'est le sang, les explosions, les tirs. Il est heureux. S'il pouvait mourir là, ce serait une sacrée mort ! À ses côtés, Walter lâche des gros mots à chaque homme qu'il abat. Son visage est ensanglanté, sa mitraillette frétille entre ses mains comme une bête sauvage.

Les tirs des Vietcongs s'arrêtent soudainement. Larry retire l'as de pique de sa poche et embrasse la carte. Charlie est vaincu. Ses mains tremblent. Il a peur pour Mike. Où est-il ? Un silence s'installe dans le halo de fumée de la plaine. Les hommes essayent de distinguer leurs camarades parmi les corps. Combien sont-ils maintenant ?

— C'est fini ? demande Larry à Digiacomo.

— Reste derrière l'hélico, *ragazzo*. On va voir…

— Je vois pas Mike.

— Laisse, on verra après… Recharge ton M16 et garde la ligne de mire.

— Quelle ligne ? On voit rien, il y a personne…

Cliff est debout au milieu de ce *no man's land*, une grenade à la main. Il regarde fièrement autour de lui. C'est un vrai carnage. Il prend le temps d'allumer une cigarette. C'est bon, c'est fini. Il ordonne à ses hommes de foncer vers le village d'Ap Bac. « Laissez les morts ! Le champ est libre ! Les tanks sont déjà au village ! » hurle-t-il. Larry entend une série de cliquetis interminable. On recharge son arme avant d'avancer vers Ap Bac. Il se relève et rejoint le reste de la troupe qui enjambe les cadavres en direction de la victoire. Tout à coup, une main se pose sur son épaule. C'est Mike, il est vivant. Et Jimmy aussi. « On va y arriver les gars », conclut Larry.

— Où est Fergus ? Il était pas avec toi ? lui demande Jimmy.

— Merde, Fergus !

— Regarde ! s'exclame Mike en montrant un bras tendu au-dessus des épis.

— C'est lui… Il était là quand je l'ai laissé… Putain Fergus ! s'épouvante Mike.

Alors que Larry fait demi-tour vers son camarade, Cliff le retient :

— Laisse les morts et les lâches.

— Mais il est pas mort commandant !

— Peut-être pas encore. On n'a pas le temps.

Larry avance dans la rizière aux côtés de son frère. Il a abandonné Fergus. Volontairement, sciemment, il a laissé un ami sur le champ de bataille. Fergus, c'était ce fermier du Mississippi qui adorait sa nièce, c'était ce gars qui buvait une bouteille d'alcool de riz cul sec, c'était ce joueur de poker indétrônable, ce collectionneur de photos de pin-up, c'était Fergus. « Bon Dieu, la vie n'a plus de valeur au Vietnam », souffle Larry, épuisé.

11.

La plupart des tanks M113 ont encerclé le village de Tan Thoi. Les derniers se dirigent vers le village d'Ap Bac. Les compagnies Bravo, Echo et Tango ont investi les lieux. Ap Bac et Tan Thoi, ce sont quelques huttes et paillotes qui regorgent de riz. Les poulets courent en tous sens dans la terre battue. Les charrettes ont été abandonnées au milieu du village. Les villageois, qui s'étaient camouflés pendant la bataille d'Ap Bac, sortent de leur habitation. L'air est irrespirable. La fumée des grenades traverse les villages en un brouillard. Les enfants toussent et suffoquent dans les bras de leur mère. À la vue des marines de l'armée américaine, les hommes s'agenouillent, les bras dans le dos. Les femmes s'accroupissent, les mains sur la tête. Walter et Ethan sortent leur *zippo* pour effrayer les paysans. Ils n'ont pas reçu l'ordre d'incendier le village. La mission est d'encercler les deux villages de tanks M113.

— Fouillez-moi tout ça ! ordonne Cliff.

— Commandant, on cherche, on détruit ? lui demande Walter.

— On n'est pas dans la brousse, abruti. Tu fouilles et tu ramènes ce que tu trouves.

Larry dévisage les paysans alignés devant lui. Ce sont de pauvres gens effrayés. Une mère serre son enfant contre sa poitrine en pleurant. « Ne vous inquiétez pas », la rassure Larry. Elle ne comprend pas, elle lui lance un regard implorant. Larry se baisse vers elle et pose sa main sur la tête de l'enfant.

— Qu'est-ce que tu branles Larry ? Va fouiller les huttes ! s'énerve Cliff.

— Vous voyez pas qu'ils ont peur ?

— C'est normal, c'est la guerre !

— Mais ils sont innocents, commandant !

— C'est des Américains ? Non ? Alors ils sont coupables !
Jimmy fait signe à Larry de le rejoindre. « C'est terminé ! On rentre à la maison ! » lui dit-il discrètement. « Ce soir, tu seras à Saigon et demain matin à Harlem », continue-t-il. Larry s'énerve. Il n'a pas besoin d'être rassuré. Où est Mike ? Son frère a le don de disparaître ces derniers temps. Il parcourt le village d'Ap Bac des yeux. Une paillotte prend feu, c'est l'œuvre de Walter. Décidément, il a des pulsions pyromanes celui-là. Quant à Ethan, il le voit bousculer un paysan agenouillé devant lui. Il lui donne des coups de crosse dans le visage en hurlant. Il est hors de lui. Il l'insulte, le traite de tous les noms. Son visage est devenu monstrueux. « Laisse, il perd la tête », dit Jimmy en retenant Larry qui s'apprête à lui foncer dessus.

Les marines entendent un vrombissement sourd, perdu dans la plaine d'Ap Bac. Dehors, les gémissements des paysans cessent, ils échangent des regards profonds puis ferment les yeux et se mettent à prier. Les chuchotements composent une musique solennelle. Les huttes frémissent, le sol se dérobe dans le vent. « Qu'est-ce que c'est ? » se demande Jimmy en sortant d'une paillote. La compagnie Bravo observe le ciel. On ne voit rien. Sous l'ordre de leur commandant, la compagnie Echo se réfugie dans les chars avec précipitation. « Qu'est-ce que vous foutez les gars ? » leur demande Walter. On ne lui répond rien. Les chars lèvent leur canon vers le ciel en un instant. Le danger approche, les marines le sentent monter. « Commandant ! Commandant Cliff ! Qu'est-ce que c'est ? » insiste Walter. Le commandant Cliff lui fait signe de se taire et sort ses jumelles. « C'est Tango ! C'est les hélicos de Tango qui arrivent ! » dit-il à ses hommes inquiets. « Continuez de fouiller les huttes ! » ordonne-t-il. Mais Larry a un mauvais pressentiment. Il voit le visage de Cliff se décomposer derrière ses jumelles.

— C'est Tango commandant ?

— Puisque je te le dis crétin ! Continue la fouille !

— Passez-moi vos jumelles, commandant.

— Tu me fais pas confiance ?

Larry saisit brusquement les jumelles du commandant Cliff. Il regarde à l'horizon. Ce sont des hélicoptères. Ce n'est pas la compagnie Tango. Un frisson lui parcourt le dos. Ce sont des engins ennemis, des hélicoptères Vietcongs. Ils approchent. Larry bouscule le commandant et se met à hurler : « Vietcongs ! Vietcongs ! Courez, courez vite ! » Mike sort d'une paillote en titubant. Il ne comprend plus rien. Larry le secoue violemment : « Mike ! Vite ! Réveille-toi ! » Les marines de la compagnie Bravo s'enfuient vers la plaine. Le commandant s'assoit au milieu du village et attend. Il veut mourir au combat, si Ap Bac est une défaite, il ne survivra pas. Les hélicoptères Vietcongs survolent les villages. Une série de missiles sont tirés. Les tanks de la compagnie Echo volent en éclats. Les explosifs dégagent une fumée noire et dense. Les paysans profitent du chaos pour s'échapper. Cliff contemple le désastre. Les huttes s'effondrent. Les charrettes brûlent. Les poulets caquettent à ses pieds. Et tout à coup, il sent un éclat incandescent lui traverser le corps. C'est la fin. Une autre série de missiles est tirée sur le village d'Ap Bac. Comme Sodome et Gomorrhe, le village d'Ap Bac est détruit par la poudre et le feu. C'est un tableau de corps calcinés et déchiquetés, de tanks réduits en miettes, de huttes ravagées. C'est un champ de ruines. Ap bac n'est plus.

Mike court de toutes ses forces sans réfléchir. Il faut rejoindre la brousse. Dans la plaine, il est une proie facile. Les hélicoptères survolent les rizières patiemment. Les missiles tombent un à un sur les marines qui s'échappent. Les jambes de Mike se déroulent à une vitesse folle, propulsées par la drogue et la peur. Il hallucine, et les vrombissements des hélicoptères se mêlent aux battements de son cœur en une musique de jazz. Il ne sait plus où il est, mais il court, il court malgré lui. Il jette son casque, son arme, sa médaille, il se débarrasse de tout ce qui l'encombre. Il se sent libre et léger. Sous le soleil harassant, au milieu des rizières de la plaine d'Ap Bac, il se sent libéré. Nataly n'est plus, rien que ce but simple, atteindre la brousse. Il crie, il chante, il délire. Il court les bras ouverts, les yeux au ciel. Comme sur un ring, il est en train d'exprimer sa fureur de vivre. Vivre, enfin vivre. Il déchire le haut de son uniforme, il veut sentir le souffle de l'air contre sa poitrine. Il se sent fort, invulnérable. Maudits soient le Vietnam, les Vietcongs, les morts, les États-Unis, il court comme un homme libre. Il croit vivre la libération de ses ancêtres, des esclaves affranchis qui ont quitté les champs de coton, qui ont laissé leur passé derrière eux, qui ont senti leurs chaînes tomber, et qui ont pu courir, comme lui, à travers les champs qui les emprisonnaient. Bientôt Harlem, et New York ne seront plus jamais pareils. Il aura compris la force de la vie, la puissance de ce sentiment qui l'envahit. La forêt est à quelques mètres. Ça y est ! Il est sauvé ! Quand tout à coup, les deux hélicoptères s'arrêtent à l'orée de la forêt. Le pilote Vietcong appuie sur sa manette. Un missile est lâché. La bombe explose au pied de Mike qui est propulsé dans les eaux de la rizière. Larry se précipite sur le corps de son frère en hurlant. Il a perdu les deux jambes et se vide de tout son sang. Mais il sourit comme un bienheureux. Ses yeux grands ouverts dévisagent Larry. « Mon frère » murmure-t-il. Larry tente d'arrêter l'écoulement, en vain. Il déchire son pantalon pour faire un garrot. Jimmy tente de faire pression sur les plaies. « Larry, laisse-moi ! » implore Mike. Il saisit la main de son frère : « Tiens ma main ». Mike serre fort la main de son jeune frère. Une larme coule sur sa joue, ses yeux se ferment. Larry sent ses doigts se relâcher. Chaque doigt qui se relâche est une perte, chaque doigt qui se relâche est un signe de la mort. La main de Mike tombe dans l'eau boueuse de la rizière.

12.

« Cette guerre du Vietnam est un enfer. Cette guerre du Vietnam ne se termine pas. Cette guerre du Vietnam est le gouffre de cette décennie. Comment raconter Ap Bac ? C'est une victoire, selon certains, car une position ennemie a été prise d'assaut, mais une défaite pour tous ces Américains morts au combat. Hier matin, cinquante-quatre corps ont été couverts d'un linceul. Ils se dirigent vers les États-Unis dans un cargo qui accostera dans deux jours. Les morts retrouveront les vivants, les aimants, et leur patrie. Cette guerre tue les hommes tous les jours. Elle est le fléau de l'Asie et de l'Amérique. Cette guerre est une faillite financière. L'establishment est ruiné et des centaines de millions de dollars ont été dépensés.

Comment expliquer la défaite d'Ap Bac ? Nous sommes partis en vainqueurs, certains d'être plus forts, plus nombreux, mieux armés. Nous sommes partis au combat sans un doute. Et cette arrogance nous a perdus. Il ne faut jamais mépriser l'ennemi. Il ne faut jamais mépriser Charlie. La plaine d'Ap Bac, ce sont des rizières de plusieurs hectares que les troupes ont traversé sous le soleil accablant. La plaine d'Ap Bac, c'était le terreau de Charlie qui se cachait dans les villages d'Ap Bac et Tan Thoi. Mais ce n'était pas la centaine de paysans que nous attendions, mais bien cinq cents soldats armés comme des Américains. C'était un guet-apens, une embuscade. Ils nous ont attendus, et nous, orgueilleux, nous nous sommes livrés à eux, tout simplement.

Ceci est mon dernier article sur la guerre du Vietnam.
Votre reporter de guerre,
John Wise
Le 5 janvier 1960 »

À la base militaire de San Diego, les familles des marines de l'armée américaine attendent. Rares sont les pluies en Californie. Mais aujourd'hui, les éclairs tranchent l'atmosphère comme des lames blanches et brillantes. La pluie balaye la piste d'atterrissage. L'avion-cargo ne va pas tarder à atterrir au milieu des bourrasques. Dans le hangar de la base militaire, les familles s'impatientent. Elles se morfondent en silence devant les officiers de la *United States Navy*. Il est interdit de dépasser le cordon de sécurité. Les familles sont parquées entre ces quatre murs, en alerte, guettant le moindre mouvement du ciel. Gladys serre la photo de ses deux fils. Elle a été prise après le baptême de Larry. Elle se souvient, elle avait emmené ses deux fils chez le photographe de Harlem, un bonhomme grisonnant qui avait expliqué à Larry comment se servir d'un appareil photo. Mike posait comme une célébrité, se préparant à son avenir de boxeur, son pied sur le rebord de la chaise et les manches de sa chemise retroussée. Larry ne voulait pas lever la tête, il était timide, et Gladys avait dû le gronder pour qu'il sourit. Vont-ils revenir ? Sont-ils dans cet avion ? Elle ne s'effondrera pas. Non, pas avant de savoir, pas avant d'en avoir le cœur net. Elle sera forte pour ses fils, ils reviendront et elle les accueillera à bras ouverts, elle les embrassera, elle les consolera. Elle est leur mère, la mère de deux hommes qui ont fait la guerre, qui ont tué Charlie à bout portant, qui ont vu leurs camarades s'effondrer devant eux, qui ont fui les grenades et les missiles, la mère de deux héros qui ont besoin d'elle pour se réconcilier avec la vie. Elle regarde ce qui se passe autour d'elle. Toutes ces familles unies dans l'attente. Elle est seule, sans un mari, sans un parent. Personne ne peut lui serrer la main, personne n'a le cœur battant pour ses fils. Si elles sont toutes là pour la même raison, les familles ne pensent qu'à leur père, leurs frères ou leurs fils. Et les autres, qu'importe, ce sont des inconnus. Les mères s'énervent : « Où est l'avion ? Mon fils, est-il vivant ? » Gladys ne tient plus en place et se dirige vers le tableau d'affichage du hangar. Pas une heure. Pas un nom. Pas un vivant. Pas un mort. Seules quelques affiches de recrutement. Elle revient parmi les familles. « À quelle heure atterrit cet avion ? » demande-t-elle avec la plus grande courtoisie à un officier de la *Navy*. Les réponses sont les mêmes pour les familles blanches et pour les familles noires : « Nous ne sommes pas en mesure de vous le dire ! » Un coup de tonnerre retentit dans le hangar. Gladys reprend son souffle. Elle se répète la dernière lettre de Larry, celle qu'elle a lu cent fois, qu'elle connaît par cœur, celle qui se termine par ces mots rassurants : « Nous rentrons bientôt à

Harlem, nous t'aimons *mum* ». Nous t'aimons... S'ils savaient, s'ils connaissaient le déchirement d'une mère qui attend ses fils qui se battent à des milliers de kilomètres. S'ils savaient combien de nuits sans sommeil, combien de minutes sans respirer ? Elles voyaient des signes partout, elle essayait de lire le destin de ses fils dans la presse, de l'entendre à la radio, de le voir dans un vol d'oiseau, dans un sourire d'enfant, à en devenir folle, elle les attendait. Combien de matins qui lui crevaient le cœur, encore une journée sans eux, une journée vide, une journée blanche ! Et quand elle recevait une lettre, le frémissement de ses doigts en l'ouvrant. Le cœur qui s'arrêtait, la vitesse de ses yeux qui lisaient d'une seule traite la lettre en cherchant la certitude que ses deux fils étaient encore en vie. Et puis elle la relisait, plus tranquillement, une fois rassurée. Et encore une fois à Anita. Et puis avant de se coucher, pour apaiser les nerfs. Et le lendemain, tout recommençait, l'angoisse, le manque, l'absurdité de son impuissance. « Reculez ! Reculez derrière le cordon ! » insiste un officier de la *Navy*. Gladys guette la piste d'atterrissage. La pluie fouette le sol avec violence. « Dieu est-il en colère ? » s'inquiète-t-elle. Gladys inspire, tout va bien se passer. Au loin, un immense avion-cargo approche. Personne ne le distingue, mais un brouhaha s'est élevé sous le hangar. « Il est là ! » « Mon fils rentre à la maison » « C'est fini ! » Gladys s'enthousiasme. Elle serre fort la photo contre son cœur comme un porte-bonheur. Comme si chaque étreinte pouvait changer le cours des choses, le passé. Sa gorge se contracte. Ses jambes ne la soutiennent plus.

— L'avion a-t-il atterri ? demande-t-elle avec nervosité.

— Reculez, reculez immédiatement, ordonne l'officier.

L'arrière du cargo s'ouvre. Gladys regarde la rampe qui descend. Les premiers hommes sortent. Elle chuchote : « Larry, Mike... » Elle dévisage chaque soldat qui avance vers le hangar. Elle prie, elle supplie que ce soit l'un de ses fils. Une femme sursaute en un cri de joie. Elle vient juste d'apercevoir son fils. Elle lance dans les airs le bouquet de roses qu'elle avait apporté. L'officier de la *Navy* la retient. « S'il vous plaît Madame ! » Elle hurle et fait de grands signes : « Digiacomo ! Mon fils ! » À côté d'elle, une belle blonde en uniforme de serveuse s'exclame : « Mon amour ! Mon amour ! Tu es vivant ! C'est Chelsea ! Je suis là ! » Le soldat lève les yeux vers les deux femmes qui l'accueillent, et Gladys regarde avec envie le grand sourire qui se dessine sur son visage. Il est heureux. L'attente est interminable pour Gladys. La plupart des soldats sont déjà sortis et embrassent leur famille. « Tout va bien, tout ira bien », entend-elle sous le hangar. Elle étreint la photo un peu plus fort. Ses ongles s'enfoncent dans sa peau. Mike… Larry… Où sont-ils mon Dieu ? « Combien d'hommes vont sortir de l'avion encore ? » demande-t-elle à l'officier qui se tient devant elle. « J'en sais rien m'dame, cinq… dix peut-être à tout casser. Pas plus. Faut être patient m'dame. Reculez, laissez passer les gens », lui répond-il en l'écartant d'un revers de bras. Seul le dernier soldat sorti en dira plus. Seul le dernier soldat sorti révélera les faits de cette guerre atroce. Seul le dernier américain sorti dévoilera les morts. Quand soudain, Gladys aperçoit un visage familier. C'est Jimmy, le fidèle ami de Larry. Et derrière lui, oui c'est lui, c'est son fils, c'est son Larry ! Son cœur se relâche, elle pleure, enfin. « Larry ! Larry ! C'est ta maman ! » hurle-t-elle. Larry l'aperçoit. Son visage est gris, il ne sourit pas, il ne se réjouit pas, il n'accourt pas vers sa mère. Que se passe-t-il ? Est-il blessé ? Est-il malade ? Est-il devenu fou ? Pourquoi ne vient-il pas l'embrasser au plus vite ? Et Mike, pourquoi n'est-il pas avec lui ? Gladys se décompose. Elle a compris. Larry hoche la tête. Oui, elle a compris. « Mike ! » suffoque Gladys. N'est-elle pas une mère ? N'est-elle pas une lionne ? Mike, n'était-il pas son lionceau ?

Sous le hangar, il ne reste plus que les familles des soldats morts aux combats. Le brouhaha des retrouvailles a laissé place à un silence grave et pesant. Le brouillard auréole l'avion, et sous la pluie blanche, on fait sortir les cercueils recouverts du drapeau américain. Gladys serre fort Larry dans ses bras. C'est son fils, sa chaleur, son odeur, son fils vivant qu'elle sent contre elle. Elle pose sa tête sur son épaule et fond en larmes. « Dieu tout puissant, je suis si heureuse de retrouver mon Larry et si triste… » gémit-elle. Larry presse sa mère contre lui. Sa mère si vulnérable, sa mère comme un enfant à consoler. Les cercueils sont alignés sur le tarmac. Cinquante-quatre cercueils aux couleurs de l'Amérique. Les familles sont retenues derrière la corde par les officiers. Elles ne peuvent qu'observer, rester à distance du drame. Elles ne peuvent que pleurer dans ce hangar gris, loin du corps de celui qu'elles attendaient. Les deux cents officiers de la *US Navy* se rangent derrière les cercueils. Leur uniforme blanc est mouillé, leurs mocassins noirs lustrés pataugent dans les flaques d'eau, les quelques médailles dorées reluisent dans la lumière de la foudre. Comme le veut la tradition, les officiers tiennent leur M14 à la verticale. On entend les premiers tambours. Les premières baguettes défilent à un rythme effréné. Puis un homme soulève sa baguette pour frapper le tambour une fois. Le rythme effréné s'arrête tout à coup. Cinquante-quatre coups de fusil sont tirés en hommage aux cinquante-quatre marines tués au Vietnam. Les compagnies Bravo, Echo et Tango ont échoué dans leur mission. L'Amérique rend hommage à ses morts.

Partie III

Les disciples

1.

Il est midi, Larry sort péniblement de son lit. Il a encore fait des cauchemars. Il s'est réveillé en sursaut au milieu de la nuit. Les hélicoptères d'Ap Bac survolaient la plaine jaune, leur vrombissement se mêlait aux cris, aux rafales et au sang. Cela fait déjà un an qu'il est rentré, n'arrivera-t-il jamais à retrouver le sommeil ? Il noue sa tresse et enfile ses bottes. Larry a bien changé depuis son retour de la guerre. Il ne supporte plus rien, tout l'agace, tout l'emporte. Mike est un vide à Harlem, partout son absence, partout sa présence, et Larry est en colère. Gladys l'exaspère, elle parle encore de son frère au présent, parfois elle met son couvert sur la table, et quand elle se rend compte de son erreur, elle fond en larmes, et ce sont des histoires interminables sur l'enfance de Mike, sur sa gentillesse, sur sa sagesse et je ne sais quoi, et ça n'en finit jamais. Elle pourrait faire un effort pour la petite. On ne va pas pleurer éternellement la mort de Mike, on ne va pas se lamenter tous les jours sur sa tombe ! Il faut bien vivre. Il faut bien oublier. Larry entame ses séries d'abdominaux et de pompes. C'est sa seule rigueur. Pour le reste, il n'y trouve plus aucun sens ni aucun plaisir. Mais son corps doit devenir aussi dur que lui. « Dur », c'est ce que dit Anita. Elle ne le reconnaît plus. Parfois, il se demande même si elle n'a pas peur de lui. Alors il l'envoie balader, ça l'énerve de la voir effrayée. Elle ne comprend pas, et sa mère non plus, personne ne le comprend, à part Jimmy. Ce vieux frère sait ce que ça fait de devoir retrouver une vie normale avec toutes ces horreurs dans la tête. Tenir une conversation, écouter les propos inconsistants, les petits problèmes des gens, être poli, se tenir bien, faire semblant... Il ne peut plus. Il a envie de crier, de hurler que le monde marche à l'envers. « Trouve un travail », lui répète sa mère. Mais à quoi bon ? Il n'en a plus la force. Et il y a tellement de combats à mener, de combats qui ont du sens. Dès qu'il y arrivera, il se battra. Dès qu'il aura un peu plus de courage et d'énergie. Mais aujourd'hui, il a juste envie qu'on lui fiche la paix. Juste la paix, ne penser à rien, s'exercer à chasser de son esprit tous les souvenirs de la guerre. Faire le vide. La porte d'entrée claque. C'est sa mère et Anita qui rentrent de l'*Abyssinian Church*. « Larry ! Larry ! J'ai besoin que tu me rendes un service ! » le supplie Gladys. Larry ne lui répond pas. Il ouvre le *New York Times* et griffonne quelques notes dessus. Mike n'est plus, Mike lui manque, Mike n'est que poussière et il est revenu à la terre. Il va buter ces criminels de politiciens, leur faire la peau, jusqu'au dernier. Gladys s'impatiente. Elle sait que Larry ne viendra pas. Elle essaye, on ne sait jamais : « Larry, mon fils ! J'ai besoin de toi ! » En vain, il ne daigne plus lui parler depuis des mois. Ce sont des grognements ou des insultes, jamais un mot gentil, jamais une simple phrase. Il s'est fait des ennemis dans le quartier. Le mois dernier, il est rentré le visage ensanglanté. Quand elle l'a interrogé, il lui a fait signe de le laisser. Et il s'est couché sans même désinfecter les plaies. L'oreiller était couvert de sang au matin. Enfin, au matin, plutôt à midi, Larry ne se lève jamais avant. Elle insiste tous les dimanches pour qu'il l'accompagne à la messe, pour qu'il vienne chanter, pour qu'il se change les idées, mais il ne veut rien entendre.

Gladys s'énerve et entre dans la chambre de son fils. Que peut-elle faire ? Elle lui flanque une gifle. Elle perd son sang-froid, elle se sent si impuissante.

— Tu ne respectes plus rien ! Même pas ta mère ! Tu ne vas plus à la messe ! Tu ne sors même plus ! Et regarde l'état dans lequel tu es ! Et cette tresse ! Tu es laid ! continue-t-elle en lui tirant l'oreille. J'ai laissé passer un mois, puis deux mois, puis six mois et maintenant ça fait déjà un an. Et toi au lieu de changer et de te calmer, tu t'es laissé aller. T'es devenu une vraie racaille. Anita se plaint. Elle a peur que tu la frappes ou que tu lui mettes un couteau sur la gorge parce qu'elle aura osé t'adresser la parole !

— Mais *mum* ! s'étonne Larry.

— Quoi ? Qu'est-ce que tu vas me dire ? Que tu es triste ? Et moi ! J'ai perdu un fils ! Que tu as fait la guerre ? Et alors ! Il y en a des milliers qui ont fait la guerre et qui continuent de se lever le matin, et qui vont au travail, et qui trouvent une femme, et qui font des enfants et…

— C'est leur problème, moi je peux pas faire semblant…

— Qui te dit de faire semblant ? Je te dis de te reprendre ! Es-tu un lâche ? Es-tu un faible ? Que penserait ton père qui t'estimait tant ? Hein ? Et tes ancêtres ! Eux qui ont été esclaves, qui se sont battus pour leur liberté, qu'est-ce qu'ils pensent quand ils te voient de là où ils sont ? Quand ils te voient gâcher ta chance, tout ce pour quoi ils ont lutté ?

— Mon père, c'est un enfoiré qui s'est barré. Et les morts… Les morts sont morts. Il y a rien d'autre après, crois-moi, *mum*, rien.

— Mon fils… se radoucit Gladys.

— J'ai envie de pleurer, j'y arrive pas…

Larry est sorti. Il a besoin d'arpenter les rues de Harlem, les poings serrés dans les poches de sa veste. Il n'a pas encore fait le deuil de Mike. L'image de cette main, qui tombe dans l'eau boueuse de la rizière, le hante. Aucune larme n'a coulé sur sa joue depuis un an. Ses doigts se relâchent. Il souhaite fouler tous les endroits que Mike fréquentait. C'est douloureux, mais nécessaire. Il veut affronter la réalité. Ça va remuer des souvenirs, ça va le fouetter, le réveiller. Larry arrive devant le marché de la huitième avenue. Les couleurs vives se mêlent aux effluves des légumes qui débordent des sacs de jute. « *Hushpuppies, hushpuppies* ! » l'accoste un vendeur. Larry ne répond rien, il n'a pas envie de parler. Ici, au marché, la routine n'a pas changé. On regarde, on choisit, on prépare le repas du soir. C'est l'insouciance, le plaisir, les discussions des femmes autour des étals, les hommes qui fument des cigarettes en parlant de leur émission télévisée préférée, des jeunes envoyés par leur mère pour les emplettes et qui profitent de la promenade pour se rencontrer, rire, flirter, se procurer un vinyle avec l'argent des courses. Ils montrent les pochettes des albums de Dionne Warwick, des Beach Boys ou de Chuck Berry, ils chantonnent les airs à la mode, se donnent rendez-vous au *Savoy Ball Room* le samedi soir. Larry les regarde avec envie. Il se souvient des samedis soir avant le Vietnam, quand il se faisait beau devant le miroir, quand il allait danser avec Mike et Jimmy, quand Nataly retrouvait son frère et l'embrassait sur la piste, quand ils étaient heureux. La musique, il ne sait même plus ce qui est à la mode, il ne sait même plus ce qui se danse. Et il n'en a plus envie. Larry se dirige vers la station de bus. Il s'assoit sur le banc. Le bus arrive et des Noirs américains descendent pour rejoindre le ghetto. Ils rentrent du travail, ils ont hâte de retrouver leur famille. Larry ne monte pas. Il attend. Il attend comme si un miracle pouvait se produire, comme si la magie de la poussière allait réanimer Mike sous terre. Un autre bus approche. Il monte par l'arrière et prend place. Le véhicule traverse Manhattan jusqu'au domicile de Robert T. Cunningham. Qu'est devenu le procureur, passionné de lecture et de justice ? Est-il au courant de la mort de son frère ? Ça doit être le cadet de ses soucis. Quelque chose d'anormal se profile devant l'entrée de l'immeuble du procureur. Des journalistes sont amassés dans la rue, des techniciens préparent leur caméra, des jeunes distribuent des tracts aux passants curieux. Le procureur a peut-être un message pour les médias. Il se souvient de ses ambitions politiques, de l'article qu'il avait lu dans le journal que lui avait transmis John Wise. Larry entre dans *Central Park* qu'il traverse d'est en ouest. Les enfants font du *skateboard.* Des filles sautent à la corde, des garçons frappent dans un ballon, des chiens courent autour des arbres. Larry continue sa marche. Il veut observer la blanchisserie de loin. La blanchisserie où Mike travaillait. Il a besoin de voir les gestes des employés sur ces grosses machines de repassage. Qu'est-ce que ça va changer ? Mike n'est plus là. Tout ce qu'il en reste, c'est un drapeau américain remis par les officiers de la *US Navy*. Des étoiles maudites, des étoiles qui ne flottent plus, des étoiles qui ne brillent plus. Larry arrive devant le pont de Brooklyn. C'est une sacrée structure, c'est immense. Le pont s'impose comme un chef-d'œuvre. C'est la grandeur de l'Amérique. L'Amérique et son orgueil, l'Amérique et ses milliers de soldats prêts à mourir pour elle. Larry reste pensif. Son frère est-il en train de l'observer, de voir ses moindres gestes ? Larry l'espère, si Dieu existe. Il revient sur ses pas, à Harlem, et arrive devant l'entrepôt où Mike boxait. Il pousse la lourde porte. Des affiches aux visages inconnus sont collées au mur. Le portrait de Mike a disparu, lui aussi. Ce sont de futurs espoirs qui n'ont jamais fait la guerre du Vietnam. Rien n'a changé. Tout est resté intact. Les gants sont alignés sur les étagères et les *punching-balls* se balancent toujours. Larry entend le crissement des chaussures de Mike. Il voit son fantôme sur le ring en train de gagner, de chercher Nataly du regard. Il entend cette rage de vaincre, cette foule qui respecte Mike et son esprit sportif. Il ferme les yeux et fond en larmes, enfin.

Dans *l'Upper West Side*, au pied de l'immeuble de Robert T. Cunningham, les journalistes se tiennent prêts à recueillir les paroles du candidat à la gouvernance de New York. Les perches convergent en une nuée noire autour du parvis, on serre son micro aux couleurs de la chaîne télévisée, on prépare son carnet pour noter les grandes lignes de l'article à paraître le lendemain, et les caméramans font la mise au point sur la porte pour ne pas rater l'entrée du procureur Robert T. Cunningham. Il ne va pas tarder à arriver. Les journalistes se bousculent, on veut avoir la meilleure place pour ne pas en rater une miette, pour avoir de l'info de qualité, des images fortes, des images symboliques. Et Robert T. Cunningham est un homme de poids, charismatique et élégant, qui saura ravir les studios et les bureaux de presse par son allure. Ce qu'il dira ? Qu'importe, ils disent tous la même chose, c'est la forme qui compte. Cunningham est un bon orateur, et dans le fond, pas si novateur. Le public l'aime bien, et par conséquent les journalistes aussi. Le voilà qui arrive dans son costume noir cintré. « Ses mains sont revêtues de gants blancs », note un journaliste. « Il est beau, il incarne la justice avec prestance », écrit un autre. Robert T. Cunningham se prépare à parler. Un brouhaha s'élève parmi les journalistes. « Procureur Cunningham ! Procureur ! » le hèle une journaliste. L'ancien homme de justice s'approche du microphone. Il lance des sourires à droite et à gauche pour remercier les journalistes :

— Chers journalistes, je vous remercie d'avoir répondu à mon invitation. Je vous ai convoqués aujourd'hui à mon domicile de *l'Upper West Side,* non pas pour discuter, non pas pour disputer, mais pour convaincre ! Moi, Robert T. Cunningham, procureur de New York, souhaite vous convaincre de ma candidature pour la gouvernance de l'État de New York. Je souhaite mettre fin à ma carrière dans la justice pour diriger l'État de New York. Je propose ma candidature en démocrate libéral convaincu. Je ressens une telle force, une telle énergie, que la gouvernance de New York ne pourra pas me stopper. J'aurai besoin de vous, journalistes, afin de m'aider à communiquer les grandes lignes de ma gouvernance pour l'État de New York. Je veux convoquer les responsables politiques pour mettre fin à aux effusions de sang au Vietnam et optimiser la politique visant à renforcer l'harmonie entre les Noirs et les Blancs. Nous avons eu assez de victimes, assez de haine, assez de confrontations. Je me présente comme gouverneur, non pas pour m'opposer au parti républicain, mais pour que les États-Unis d'Amérique et le parti démocrate se tiennent debout fièrement. C'est mon engagement.

— Procureur Cunningham ! S'il vous plaît, j'ai une question ! lance un journaliste. Que voulez-vous dire par « optimiser la politique visant à renforcer l'harmonie entre les Noirs et les Blancs ? » Est-ce que de nouvelles lois à l'encontre des Blancs vont voir le jour ? Est-ce que vous souhaitez que les Noirs fréquentent les mêmes écoles, les mêmes bus que les nôtres ? Est-ce que les Noirs seront plus sévèrement punis lorsqu'ils manifestent ? Pouvez-vous expliciter ce propos ?

— Et Richard More, comment avance son procès ? Défendez-vous toujours son innocence ? l'interpelle un autre.

— Chers journalistes, je vous remercie d'avoir accepté mon invitation ! conclut Robert T. Cunningham. Je ne répondrai pas aux questions aujourd'hui.

Larry entre dans le dernier wagon du train. Ce train pourra peut-être l'emmener vers Mike, vers l'inconnu. Il regarde à l'extérieur. Le train s'éloigne de Manhattan. Les buildings pourfendent le ciel. Le brouillard commence à faire son apparition. Les passagers ont l'air pressé et suspicieux. Que regardes-tu crétin ? Tu n'es qu'un Noir ! Tu n'es qu'un de ces négros de Harlem ! Devant lui, un homme joue du saxophone pour quelques centimes. Le train s'arrête. Les passagers descendent. Il ne reste plus que Larry dans le wagon. Il ne sait pas où il va. Il observe les immeubles disparaître à l'horizon. Il s'éloigne, il ne veut pas faire face à la réalité. Il se sent humilié et délaissé. Si Ethan était là, il aurait saisi son M60 et tiré massivement sur tous les passagers avant qu'ils ne descendent. Sans raison, sans motif. Si Digiacomo était là, il aurait baisé sa Chelsea sur la banquette. Ce n'est pas la guerre ici. C'est New York.

Larry ouvre discrètement la porte. Anita dort dans la chambre de sa mère. Gladys est endormie aussi. Il entre dans sa chambre. Le poster de Muhammad Ali, ex Cassius Clay, se décolle lentement du mur. La gomme n'a plus toute son efficacité. Il regarde Muhammad Ali dans les yeux, il le dévisage. Il n'a pas fait la guerre du Vietnam, il a déserté et s'est converti à l'Islam. Et lui, sera-t-il aussi un boxeur comme son frère ? Pourra-t-il cogner comme Mike ? Pourra-t-il esquiver les coups comme son frère aîné ? Est-ce qu'il aura la force de s'entraîner, de persévérer, d'esquiver les coups des jeunes de Harlem ? C'est bien trop tard pour s'amouracher du ring. Il est trop tard, c'est tard, bien trop tard. Larry saisit le coin du poster de Muhammad Ali et le déchire d'une traite. Il décolle tout ce qui est resté collé sur le mur. Maudit soit Cassius Clay de ne pas avoir combattu le Vietcong. Maudit soit-il d'avoir évité la guerre du Vietnam. Il compresse le poster dans ses mains et jette la boule de papier dans un coin de la chambre. « Tu n'es qu'un lâche », murmure Larry. Il s'étend sur son lit. Il n'a même pas pris la peine de retirer ses vêtements, les mains engoncées dans les poches de sa veste. Il se remémore les instants précieux du Vietnam. Ethan et son M60, Digiacomo et sa Chelsea, John Wise et son appareil photo. Fergus laissé à moitié mort dans un champ d'Ap Bac. La compagnie Bravo n'est plus, elle a échoué dans sa mission. Les Américains vont-ils gagner cette guerre ? La guerre ne se gagne pas, elle ne se perd pas. Ce pauvre Fergus n'a pas pu poursuivre son rêve de fermier et Walter est peut-être devenu caporal. Les autres membres de la compagnie Bravo ont-ils les mêmes envies suicidaires que lui ? Cette envie de sentir une balle lui traverser la cervelle, cette envie de sentir le plomb transpercer la chair du crâne ou celle de la gorge. Larry ferme les yeux, il n'en sait rien. Mais sa raison de vivre n'est plus. Si ce n'est sa mère Gladys, si ce n'est le futur de sa sœur Anita. Anita a peur de lui, elle a peut-être raison.

2.

Sous le pont de Brooklyn, la rivière coule paisiblement, et le temps s'écoule au son des tirs. Jimmy a aligné des bouteilles de Coca-Cola sur un baril. Larry est assis dans son coin et observe son ami tirer et descendre les bouteilles les unes après les autres. Heureusement que Jimmy est passé le chercher ce matin. Les deux passent la journée ensemble. Jimmy pointe la dernière bouteille. Il appuie sur la gâchette et la bouteille vole en éclats :

— Tu rates ton tir parfois ? s'amuse Larry.

— Non, je peux pas rater mon tir, surtout quand je pense à un Vietcong.

— Tu remets ça sur le tapis ! Je pensais qu'on allait passer la journée tranquilles… et sans parler du Vietnam.

— On peut pas oublier le Vietnam, mon vieux…

— T'as pas autre chose à me raconter ? soupire Larry avant de boire une rasade de whisky.

— Si, t'as lu le *New York Times* aujourd'hui ? Deux Noirs américains ont été tués dans une manifestation. Un mec étouffé sous le pied d'un *pig*, et l'autre a eu le crâne fracassé. C'était une manifestation pacifiste pour nos droits. Ces putains de droits qui ne voient pas le jour, qui nous empêchent de vivre, qui nous laissent comme des sous-hommes. Bref, les *pigs* ont lancé leurs chiens sur ces pauvres gars !

— T'as raison, faut faire quelque chose…

— Tu veux faire quoi ? demande Jimmy en disposant de nouvelles bouteilles sur le baril.

— J'en sais rien, tu sais, je me morfonds dans mon coin à attendre que Mike me tombe du ciel. J'attends, j'attends, j'attends ! La vie a repris pour tout le monde et je passe mon temps à chercher des traces de Mike. Il me manque tu sais. C'était le seul frère que j'avais…

— Mike était un sacré mec. Qu'il repose en paix, dit Jimmy en tirant sur une autre bouteille de Coca-Cola.

— C'est quand la prochaine manifestation ? J'ai envie de casser des *pigs*. Ça va me défouler.

— Je sais pas, mais y a moyen de savoir. Faut chercher des prospectus, des affiches, ou je vais parler à mes potes, je connais quelques gars... En tout cas, casser des *pigs*, je dirais pas non. Toujours un plaisir de leur foutre une vraie raclée à ces sales flics racistes.

— Tu te souviens de Cliff ? Celui-là, il a bien fait de mourir à Ap Bac. On n'a plus de whisky... Va falloir en chercher.

— Tu parles que je m'en souviens... Quand t'as pris ses jumelles, que tu nous as dit que les Vietcongs arrivaient... T'es mon putain de héros depuis ce jour !

— Ouais, je suis devenu plus dégourdi que pour l'affaire Richard More ! plaisante Larry.

— Le Grand Hôtel, c'était une sacrée aventure ! Ça me manque, cette époque... Enfin sauf les clients... Jamais contents, toujours à trouver une raison de pas laisser de pourboire... Au fait, t'es au courant pour le procureur ?

— Richard More est innocenté ?

— Non, pas du tout. Ils l'ont laissé croupir en taule et repoussé l'appel. En tout cas, il va sûrement pas crever sur la chaise. Mais Robert T. Cunningham veut devenir gouverneur de l'État de New York. Il dit aux Blancs qu'il va calmer les Noirs. Reste à savoir comment... Tiens, regarde dans mon sac, j'ai peut-être encore à boire.

— J'ai vu des journalistes hier, devant chez lui.

— Tu t'es aventuré jusque-là bas ? demande Jimmy.

— Je cherchais Mike, soupire tristement Larry en ouvrant le sac de Jimmy.

— Larry ! s'énerve Jimmy. OK, ton frère est mort à la guerre, mais tu pourrais en faire une cause, quelque chose de profond. Tu pourrais faire bouger les choses. Il est où le Larry du Vietnam qui tenait tête à Cliff ?

— Faire quoi ? T'as une idée ? demande Larry avec curiosité. Ah, tu as du gin, parfait !

— Bientôt, on ira casser du *pig*. Et aujourd'hui... Je sais pas... t'as toujours ton *zippo* du Vietnam ?

— Je vois pas où tu veux en venir.

Sous le pont de Brooklyn, beaucoup de déchets s'amassent. C'est un dépotoir pour le moins hétéroclite qui grandit sous la structure d'acier. Sous le pont de Brooklyn, les rejetés de la société viennent se droguer. On retrouve des emballages de médicaments, des seringues, des mégots, des bouteilles vides et du verre brisé. Larry et Jimmy ne pourraient s'aventurer sous le pont de Brooklyn en pleine nuit. Les quartiers voisins sont souvent effrayés par les coups de feu qui retentissent sous le pont. C'est un suicide, un meurtre ou tout simplement une folie passagère. Larry s'est pris au jeu de la mission *zippo* sous le pont.

— On cherche, on détruit ! gueule Jimmy comme un forcené.

— Oui sergent-chef ! répond Larry.

Il rampe au sol, son *zippo* entre les doigts et tenant sa bouteille de gin de l'autre main. Il flambe la poubelle et s'éloigne. Jimmy saute partout, il enjambe le baril et serpente entre les détritus. Une fumée noire pestilentielle se dégage. Larry et Jimmy jouent à la guerre dans toute l'innocence du monde. Cette innocence qui leur a tant manqué, cette innocence qui leur a été arrachée. « Charlie est mort ! » s'exclame Larry. « Vietcong en vue au Nord ! » s'énerve faussement Jimmy avant d'éclater de rire. Les deux hommes s'essoufflent. Ils ont beau jouer, la réalité est là. Mike est mort et la compagnie Bravo a échoué dans sa mission. Et ils sont de retour à Harlem. Absolument rien n'a changé. Ils sont toujours des rebuts de la société, confinés ad vitam aeternam à Harlem. Les deux s'assoient.

— Et maintenant quoi ? demande Larry.

— Tu veux plus casser du Vietcong ? s'étonne Jimmy.

— Non, la partie est finie. Je veux plus buter de Vietcongs. Une nouvelle mission se profile à l'horizon. Il va falloir s'armer pour casser du *pig*. Le plus de policiers possible, le plus de flics possible. Ces pauvres types, ces salauds !

— Il faut s'armer de patience. Le *pig* est comme Charlie, comme le Vietcong, il est dangereux !

— Oui sergent-chef ! s'amuse Larry.

— J'ai pas entendu..., soupire Jimmy.

— Oui sergent-chef ! reprend Larry.

— J'ai pas entendu..., soupire encore une fois Jimmy.

— Oui sergent-chef ! hurle Larry. Casser du *pig* sergent-chef ! Positif sergent-chef ! Positif pour le *pig* ! Tuer des *pigs* !

Larry s'enferme dans les toilettes. Il s'assoit sur le siège et sort de sa poche le révolver que Jimmy lui a prêté. « Il ne reste plus qu'une balle ! » lui a-t-il dit. Il caresse la crosse. Ce révolver est magnifique et pourrait faire son bonheur immédiat. Il sort la balle de sa poche et l'admire en la faisant tourner entre ses doigts. Qu'en a-t-il à faire du Ed Sullivan Show ? Qu'en a-t-il à faire de sa mère Gladys ? Qu'en a-t-il à faire de sa sœur Anita ? Il n'en a absolument rien à cirer. Il ne lui reste plus qu'à insérer cette balle dans le barillet qu'il vient d'ouvrir. Comment va-t-il faire ? Dans la tempe ? Dans la bouche ou sous le menton ? Il réfléchit. Il doit opérer proprement pour ne pas causer plus de souci à sa mère. Dans la tempe ? Ça va lui fracasser le crâne comme John Fitzgerald Kennedy. C'est la pire des choses à faire. Il réfléchit. Pourtant dans la tempe, sa mort serait subite et parfaite. Non, finalement, il pointe le révolver dans sa bouche. Sa main tremble. Peut-être pas ! Beaucoup trop de sang. Sa pauvre mère, elle a récupéré Larry et elle veille sur le seul fils qui lui reste. « Larry, tu vas bien ? » demande Gladys devant la porte. Il ne répond pas. C'est le moment ou jamais de mourir comme un lâche. Il appuie légèrement sur la gâchette. « Larry, ça va ? » s'inquiète Gladys en toquant à la porte. Une larme coule sur la joue de Larry. Il laisse tomber son bras et soupire. « Oui tout va bien *mum* ! » répond-il. Il dissimule le révolver dans sa veste et sort des toilettes. Gladys le dévisage, elle sait quand son fils ne tourne pas rond. Elle sait quand son Larry broie du noir, quand des idées stupides lui traversent l'esprit. « Viens avec nous ! Les Beatles passent au Ed Sullivan Show ! » « *Voilà le moment que beaucoup d'entre vous, chers téléspectateurs, attendaient ! Ce soir, j'accueille sur le plateau, les grands, les vénérés, les célèbres et talentueux... J'ai bien dit : les Beatles ! Vous les connaissez tous, vous en êtes follement amoureuses, vous en êtes follement admiratives, ce soir mesdames et messieurs, les Beatles sont avec nous. Ces quatre jeunes de Liverpool sont avec nous : John, Paul, George et Ringo. Et ce soir, ils nous ont promis d'interpréter en exclusivité, sur le plateau du Ed Sullivan Show, leur nouveau tube : She loves you !* » Gladys et Anita s'enthousiasment. Anita connaît toutes les chansons des Beatles. Elle s'entraîne même en cachette dans la chambre. Mais Larry l'a déjà surprise et elle s'est embarrassée, elle n'aime pas avoir l'air bête devant son frère. Son frère est grave et sérieux, son frère ne comprend plus la musique, la danse, la télévision et toutes ces choses qu'elle adore. Larry est un rabat-joie, il ne veut rien faire, même pas l'emmener au cinéma alors que *mum* refuse qu'elle y aille toute seule, même pas l'aider à choisir un vinyle, même pas préparer des muffins, même pas chanter à la messe. Larry n'est plus drôle du tout. Mais tant pis, la voilà qui s'est levée pour sautiller devant le poste de télévision.

— *Mum,* regarde ! C'est celui-là dont je t'ai parlé. C'est Paul. C'est le plus beau de tous...

— Lequel est John ? demande Gladys.

— John, c'est celui qui chante. Mais lui, je l'aime pas. Je suis amoureuse de Paul.

— Amoureuse, tu en as des mots à ton âge ! s'étonne Gladys.

— Et toi Larry ? C'est lequel ton préféré ? demande Anita.

Larry ne répond pas. Il était à deux doigts d'appuyer sur cette gâchette. Il croise le regard de sa mère. Elle a compris. Elle a le chic de toujours tout comprendre. Quand il était petit, il la soupçonnait d'être une sorcière, d'avoir des pouvoirs de divination. Quand il faisait une bêtise, elle savait, quand il mentait, elle savait, quand il jalousait son frère, elle savait, et surtout, surtout, quand il faisait des cauchemars, elle savait, et elle venait le réconforter jusque dans sa chambre. Est-ce qu'une mère comprend son fils mieux que lui-même ? Est-ce qu'une mère a une sorte de radar dans le cœur de son fils ? C'est absurde, mais il y croit. Et au Vietnam, sans doute savait-elle ce qu'il traversait.

3.

Sur la Troisième Avenue, une cinquantaine de jeunes noirs américains sont venus exprimer leur colère et leur désarroi. La manifestation n'est pas officielle. Il s'agit de faire du grabuge, de mettre de l'huile sur le feu. Les manifestations se multiplient ces derniers mois, de moins en moins organisées et de plus en plus virulentes. Mais l'État ne veut rien écouter ; il faut écraser les rebelles, étouffer les revendications. Alors les *pigs*, incarnant dans la rue la politique ségrégationniste, sont devenus la bête à abattre. La plupart des jeunes se sont munis de couteaux et de battes ; les policiers ne sont pas tendres avec eux, ils ne vont pas se laisser faire. Larry et Jimmy se joignent à la foule en espérant y faire des rencontres. À deux, ils se savent vulnérables. De toute façon, ils ont tous le même but : casser du *pig*, barrer la route du policier, emmerder le flic blanc. Pour tous les innocents abattus comme des chiens, ils vont payer ces sales porcs !

Parmi les jeunes, on distingue un gros garçon qui répond au nom de « Big Calvin ». Ses bras sont costauds et velus comme un ours. Sous sa casquette de baseball des Yankees, ses petits yeux noirs s'enfoncent dans son visage bouffi et sa grosse bouche mâche un *chewing-gum* bruyamment. Quand Big Calvin sort dans la rue, il s'attire la sympathie des Noirs américains. Il est devenu une légende depuis qu'il a réussi à arracher l'oreille d'un policier avec les dents lors d'une manifestation contre le Vietnam. « C'est aussi mou que du *chewing-gum*, mais ça a un goût de cochon », avait-il expliqué à la bande de jeunes qui l'écoutaient avec admiration. L'anecdote s'était propagée dans le quartier en quelques jours et le gros garçon s'était vu porter aux nues après avoir été toute sa vie moqué et violenté. Cette rapide ascension, il s'agissait de ne pas la gâcher, et depuis, Big Calvin prend soin de devenir de plus en plus violent pour garder le respect des jeunes de Harlem. Big

Calvin n'est jamais seul, mais toujours accompagné de ses deux acolytes : Jason et Malik. Jason est commun parmi les communs, et on le dit même assez simple d'esprit, alors que Malik est grand comme un arbre, agile et dégourdi. Le trio a réussi à convoquer aujourd'hui beaucoup de jeunes de Harlem pour mettre la Troisième Avenue sens dessus dessous. Big Calvin agit le premier. Il sort son couteau et l'enfonce dans la roue d'une voiture garée sur le trottoir. C'est au tour de Malik d'en briser la vitre avant. Enfin, Jason allume la mèche d'une bouteille remplie d'essence et la jette à l'intérieur.

— Big Calvin ! dit Malik. Les *pigs* vont pas tarder à arriver.

— C'est vrai, Big Calvin ! continue Jason. Les flics sont à l'autre bout de la rue avec une dizaine de bergers allemands.

— On va les buter ! On va les faire chier ! insiste Big Calvin.

— Qu'est-ce qu'on fait maintenant ? demande Malik.

— Il faut continuer plus haut sur la Troisième Avenue..., ordonne Big Calvin.

De leur côté, Larry et Jimmy étalent un drapeau américain sur le sol. C'est tout ce qui reste de Mike, mais Larry a insisté auprès de Jimmy. « Mike, il aurait voulu qu'on le fasse. Il détestait le Vietnam. » D'autres jeunes viennent encercler le drapeau avec curiosité.

— Qu'est-ce que vous faites ? demande un jeune.

— On brûle un linceul, celui de mon frère mort au Vietnam, explique Larry.

— Au Vietnam ? Vous avez fait le Vietnam, vous aussi ?

— Oui, on a même fait la grande bataille d'Ap Bac. Quand vous étiez au chaud à Harlem, Jimmy et moi, on faisait la guerre dans ce putain de Vietnam !

— On est fiers de vous ! s'enthousiasme le jeune homme.

— Vous êtes des héros, des vétérans ! lance un autre jeune.

— Le Vietnam c'est une connerie, c'est une saloperie. Mon frère est mort au Vietnam, dans cette fichue guerre, reprend Larry. Comme plein d'autres Noirs envoyés dans cet enfer...

Larry sort son *zippo*, s'accroupit et enflamme le tout. La bannière étoilée brûle sous les applaudissements des jeunes. L'Amérique est en feu, l'Amérique est menacée, l'Amérique d'aujourd'hui doit disparaître. « Que les États-Unis d'Amérique renaissent de leurs cendres comme le Phénix ! » profère un jeune particulièrement inspiré. Un autre se moque gentiment de lui.

— Et maintenant, on fait quoi pour ton phénix ? demande-t-il.

— On fait acte de non-violence et de détermination, comme le dit Martin Luther King, lui répond l'autre.

— Nous devons remonter plus haut sur la Troisième Avenue, nous on va se battre contre les *pigs* avec de vrais coups ! On n'est pas des victimes ! Finie la paix ! Finie la joue gauche tendue ! s'emporte Larry.

Deux sirènes retentissent. Big Calvin tient fermement sa batte devant lui. Il est prêt. Il est un Yankee, un rebelle, un dur de Harlem. On va leur montrer à ces *pigs* ! On va leur montrer qui est le plus fort ! Les pompiers sont venus éteindre le feu de la voiture, ils sont venus admirer les dégâts qu'il a causés. Ce n'est qu'un début. Ils verront bientôt les vitrines défoncées, les policiers blessés, les chiens étendus la gueule ouverte. Regroupés autour de lui, une vingtaine de jeunes afro-américains attendent les *pigs* de pied ferme. À côté d'eux, Larry et Jimmy ont sorti leur couteau pour intimider les policiers, et leur révolver est prêt, on ne sait jamais. « Un peu de plomb dans l'estomac, ça va les raisonner », plaisante Jimmy. Mais Larry n'a pas envie d'aller jusque-là, ça les mettrait dans un sacré pétrin. Et qu'est-ce que *mum* en penserait ? Ça serait autre chose que la gifle qu'elle lui a flanqué la dernière fois. Et il a tué assez d'hommes au Vietnam. Non, juste leur fracasser la tête, juste se battre, d'homme à homme, pour une fois, d'égal à égal.

— Ces négros sont armés de battes et de couteaux, chef ! s'inquiète un policier.

— Ne tirez pas encore sur la foule, ordonne le chef.

— On ne peut pas lâcher les bergers allemands. Ils sont fatigués d'avoir remonté la Troisième Avenue.

— Attendons le bon moment, répond le chef.

Les policiers sont barricadés derrière leurs boucliers. Les jeunes les provoquent de l'autre côté de la rue. On lance des insultes, on fait des bras d'honneur. L'étau se resserre quand un jeune tente de s'échapper. Les bergers allemands, prêts à déchirer leur muselière, aboient de plus belle. « Envoyez les chiens sales *pigs* ! Allez ! Envoyez les bêtes ! » hurle Big Calvin. Jason rit comme un idiot. Big Calvin fait signe à Malik, c'est le moment. Malik enflamme un mouchoir qu'il introduit dans une bouteille pleine d'essence et balance le tout sur les policiers. La bouteille éclate derrière les boucliers. Les policiers s'énervent, l'odeur est insupportable. « Tu veux du négro, viens les chercher, on est là ! »

continue de les provoquer Big Calvin. Les jeunes attendent. Que se passe-t-il ? Pourquoi les policiers ne lâchent-ils pas leurs bêtes féroces ? Ils continuent de huer les *pigs*, impatients. « Lâchez les chiens ! » ordonne finalement le chef. La bataille commence. Les bergers allemands s'excitent parmi les jeunes afro-américains qui courent en tous sens. Les gourdins des *pigs* pleuvent sur leurs têtes. On se débat à coups de battes et de couteaux, on assomme, on plante, on esquive. Larry est dans son élément, il imite Mike sur le ring de boxe, il s'amuse de cette violence désordonnée. Jimmy sort son révolver et fait exploser les vitres des voitures pour intimider les policiers. Mais il est vite désarmé par un policier courageux. Il essaye de s'enfuir et se fait rattraper. Larry l'aperçoit qui se fait rouer de coups derrière une voiture. Il fond sur le policier et lui assène un crochet du droit qui aurait fait honneur à son frère. Le *pig* est K.O. « Putain Larry ! » le remercie Jimmy. Ils rejoignent la bande de Big Calvin qui continue de se battre sans prendre la fuite. Ils ne sont plus qu'une dizaine à affronter les flics. Seuls les plus hargneux sont restés. Big Calvin gueule comme un forcené au milieu des *pigs*, sa batte virevoltant autour de lui. Devant lui, Malik se fait attaquer par un chien qu'il n'arrive plus à écarter. « Big Calvin ! Aide-moi ! » hurle-t-il. Big Calvin relève sa batte et donne un coup monstrueux sur la tête du berger allemand qui s'effondre en un soupir. « Je suis le plus fort ! » s'enorgueillit-il en posant son pied sur la tête du chien. « Ça mériterait une photo ! » plaisante Malik, soulagé. Mais aussitôt, alors que la bataille semblait toucher à sa fin, des policiers arrivent en renfort sur la Troisième Avenue. Ils sont deux fois plus nombreux que les jeunes afro-américains. Jason se fait attraper par trois policiers qui le plaquent au sol et le menottent dans le dos. Malik, grièvement blessé par le berger allemand, n'arrive plus à courir et un policier le roue de coups de pied. Big Calvin essaye de le secourir, mais le chef de la troupe l'a pris en grippe et envoie sur lui ses meilleurs policiers. Quant à Larry et Jimmy, ils ne font pas long feu, et sont plaqués contre un mur après avoir été tabassés comme il se doit. Les rebelles sont jetés violemment dans le fourgon. La lumière bleue des sirènes éclaire l'arrière du fourgon où sont assis Big Calvin, Jason, Malik, Larry et Jimmy. Ils se regardent honteusement, ils ont perdu. Mais quand même, ils se sont bien battus. Mais quand même, ils ont été courageux.

— Et maintenant quoi ? demande Jimmy.

— En prison, répond Larry.

— Mais non ! Pas de prison, les *pigs* vont nous libérer dans la nuit, assure Big Calvin.

Assis dans la cellule du commissariat du Bronx, Larry, Jimmy, Malik et Jason observent Big Calvin qui fait le guignol devant les policiers qui les surveillent. Ce Big Calvin est un vrai phénomène. Il force l'admiration, aussi ridicule qu'il paraisse. Il est heureux d'avoir sauvé sa casquette des Yankees et la fait tourner sur sa tête : « Je suis une légende. Je suis un vrai Yankee ! Faites gaffe à vos oreilles ! » Jason rit bêtement aux provocations de son chef. Son rire est sonore et communicatif. Larry et Jimmy se mettent à rire avec lui. « Vous trouvez ça drôle ? » se vexe Big Calvin. Larry lui lance un clin d'œil pour le rassurer. Il aime bien ce gros garçon téméraire, il a la carrure d'un leader malgré sa chemise trop courte et ses bras d'ours. Big Calvin continue de lancer des insultes aux policiers, il est infatigable. Larry et Jimmy se familiarisent du regard avec Malik et Jason. On est tous dans le même bateau, après tout. On s'est battu pour la même cause. Un policier s'approche de l'entrée de la cellule. « *Pig, pig,* c'est moi, tu ne me reconnais plus ! J'ai mangé les oreilles de ton frère avec du persil et des petits oignons ! » le chatouille avec fierté Big Calvin. Cette fois-ci, c'est Malik qui éclate de rire. Big Calvin lâche les barreaux et s'assoit enfin.

— Qui sont ces deux ? demande Malik à Big Calvin.

— Sais pas trop. Ils étaient avec nous dans le fourgon. Mais je les avais jamais vus avant.

— Je suis Larry. Larry Hoover. Ça, c'est mon ami Jimmy. On rentre du Vietnam. Enfin, depuis un an. Mais on est de Harlem. Et j'ai perdu mon frère au Vietnam, alors je suis énervé.

— Je suis vraiment désolé ! le console Big Calvin.

— Moi, c'est Malik ! Je suis le second de Big Calvin.

— Moi c'est Jason, je suis le second second, je suis un idiot, mais pas un lâche.

— Et moi, je suis Calvin dit Big Calvin. Tout le monde m'appelle Big Calvin. Tu sais pourquoi ?

— Non pas vraiment ! s'étonne Larry.

— Parce que je suis gros ! T'es aveugle ou quoi ? Et toi c'est quoi ton nom de guerre ?

— Larry Hoover. Tu sais pourquoi ?

— Non ...

— Parce que c'est mon nom ! T'es con ou quoi ?

— Ouais, t'es un rigolo on dirait... Alors le Vietnam, raconte si t'es pas un menteur...

— On a manié des armes, et pas n'importe lesquelles. Des M16, des M60 ! On a vu des hélicoptères de combats survoler les rizières. On était enrôlés dans cette guerre de force et on l'a faite. Il restait plus qu'à appuyer sur la gâchette pour abattre Charlie...

— Charlie ! C'est qui Charlie ? demande Malik.

— Charlie, c'est l'ennemi. Il fallait l'abattre et il est plus que malin. Les Vietcongs nous mitraillaient avec leur AK47. Moi, j'ai manié un M16 et ça, c'est du respect ! Cette arme était merdique, elle fonctionnait à peine.

— Un M16 ! Qui t'a donné un M16 ? Comment t'en es sûr ? Comment t'en es sûr que c'était une arme américaine ? demande Big Calvin. C'est tout le problème aux États-Unis, c'est la conspiration, c'est la mort de Kennedy, c'est la défaite de la CIA dans la baie des Cochons. Comment t'en es sûr que c'était un M16 ? J'aime pas trop ton innocence, j'aime pas trop tes affirmations !

— T'as fait le Vietnam, toi ? On t'a rendu ton frère mort couvert du drapeau américain ? s'agace Larry.

— Ton frère est peut-être parti au Vietnam. Ils t'ont refilé un drapeau américain pour la perte de ton frère. Mais, comment t'en es sûr que c'était un M16 ?

— Ces gens-là veulent vendre des armes, s'enrichir sur la guerre, reprend Malik. Ils sont alliés contre tout le monde. C'est pour ça qu'il faut bien s'entourer, rester ensemble. Plus on est, mieux c'est ! Si vous avez fait la guerre du Vietnam, peut être que ...

— Non, je veux pas ! insiste Jason. Big Calvin, c'est pas une bonne idée qu'ils viennent dans la bande !

— Ils ont quand même été au Vietnam et ils ont perdu un des leurs, réfléchit Big Calvin.

On entend des clés s'entrechoquer. C'est un policier qui les porte à la taille et qui avance vers eux. « Vous voulez la liberté, il paraît ? » les provoque-t-il. Big Calvin se lève d'un bond. Il lance sa casquette contre les barreaux en hurlant : « Je vais te tailler les oreilles ! Je vais te tailler les oreilles ! » Le policier le menace de le garder la nuit entière s'il ne lui présente pas ses excuses. Big Calvin le foudroie du regard. Des excuses à ce fils de porc de raciste, il n'en est pas question. « Vas-y *Biggy*, c'est pas grave... » lui murmure Malik. « Je veux sortir moi, maman m'attend ! » rouspète Jason à son tour. Alors Big Calvin soupire, récupère sa casquette, la visse sur sa tête et se met à genoux : « Je m'excuse Monsieur le policier, je ne vais pas vous manger les oreilles aujourd'hui, promis ».

« Qu'on ne vous revoie plus bande de négros ! » lance le policier en refermant la porte du commissariat. La bande de Big Calvin, Larry et Jimmy ont été libérés. Il est trois heures du matin, les rues sont désertes, le quartier a retrouvé son calme habituel. Larry et Jimmy marchent de leur côté en direction de Harlem. La bande de Big Calvin s'éloigne dans l'autre sens. Larry reste pensif. Big Calvin est déterminé et convaincu. Jimmy et lui ne feront pas long feu dans leur combat pour l'égalité sans alliés. Larry veut construire une équipe, un commando. Il sait qu'en restant isolé, un homme est beaucoup plus vulnérable, qu'aucun combat ne peut se livrer seul. Larry souhaite rattraper Big Calvin pour lui dire, pour lui signifier sa gratitude, pour lui annoncer. Larry peine à expliquer ce qu'il ressent à son ami qui l'interroge du regard. « Tout va bien, les *pigs* nous ont libérés ! Qu'est-ce que t'as ? » s'étonne Jimmy. Larry ne répond pas. « Je repars voir Big Calvin ! » décide finalement Larry. Jimmy le laisse filer. Larry se met à courir de toute ses forces. Qu'a-t-il à courir si vite ? Quel est le problème ? Il n'ose l'avouer. Il veut Big Calvin. Il a besoin de son aide. Il a besoin de se sentir apaisé par sa détermination et son insouciance. Il l'aperçoit qui marche au loin avec ses deux acolytes. « Big Calvin, Malik, Jason ! C'est moi Larry Hoover ! » Big Calvin ralentit son pas avec surprise. Larry est essoufflé. « Tout va bien, mec ? » demande Big Calvin. Larry reprend son souffle :

— Il faut qu'on parle, dit Larry.

— Retrouve-nous sous le pont de Brooklyn demain ! répond Big Calvin.

— Qui c'est nous ?

— Nous, enfin nous, moi Big Calvin, Malik et Jason.

4.

Sous le pont de Brooklyn, c'est le lieu de l'interdit. C'est aussi le lieu où l'on discute de la fausse démocratie. Le lieu des complots, des menaces, des espoirs et des secrets. Le lieu des gens de rien qui veulent faire changer le cours des choses. Des gens en colère ou en perdition. Les réunions, on les fait en cachette, parfois même à la sauvette lorsque l'on entend une sirène qui approche. Les policiers font la ronde et embarquent quelquefois des ennemis de l'ordre social, ou tout du moins des Noirs qui restent trop tard hors du ghetto et qui se rassemblent autour d'un baril. Personne ne sait ce qui s'est déroulé par le passé sous le pont de Brooklyn. Il y a bien des légendes et des rumeurs, mais seule *l'East River* connaît la vérité. Qui a poussé l'autre dans la rivière ? Qui a trahi sous le pont de Brooklyn ? Qui s'est suicidé ? Qui a appuyé sur la gâchette ? Qui a mis le feu aux voitures ? Des voitures des années vingt, des années trente et des années quarante dorment au fond de la rivière. Les gangs et les mafias de New York ont rempli l'*East River* du sang des traîtres et des ennemis de leur cause. Entre la rivière et les quartiers démunis de Brooklyn, on peut trouver de l'inspiration. C'est l'histoire des bas-fonds qui se chante dans le frémissement de l'eau.

— Je souhaite te parler Big Calvin, dit poliment Larry en nouant sa tresse.

— Vas-y, on t'écoute...

— Tu m'as fait bonne impression. J'ai eu une sorte de révélation hier. Je veux qu'on fasse alliance, dit Larry. Je veux qu'on monte un genre de mouvement de rébellion, une unité, un groupe... Je sais pas comment le définir, mais disons plein de gens qui se battent ensemble à nos côtés pour lutter contre le racisme et la guerre.

— Mais on n'a pas l'argent, les dollars de Rockefeller pour faire ce genre de chose, et puis on n'est pas nombreux, et on connaît rien ni personne. On n'a pas fait d'études, on est juste la racaille de Harlem...

T'es pas Martin Luther King bon sang ! s'énerve Big Calvin. Moi bouffer des oreilles des *pigs*, ça me va très bien comme ambition !

— Mais justement, on est nombreux ! Imagine ! Si tous les Noirs qui sont rien du tout se joignent à nous ! s'enthousiasme Larry.

— Il en est hors de question, s'énerve Malik. On préfère rester discrets et casser du *pig* en toute humilité.

— Larry, t'es un gamin, s'agace Big Calvin. Mais t'as pas tort ! On n'est pas plus bêtes que d'autres, on n'est pas plus incapables... On peut peut-être faire bouger les choses avec les autres gars du ghetto...

— On va s'appeler comment ? se réjouit Jason.

— Oui, trouvons un nom, reprend Larry. C'est un bon début. Il faut trouver un nom évocateur, quelque chose de fort, qui nous rassemble dans nos actions. Et il nous faut un lieu pour nous préparer, comme des bureaux.

— L'*Empire State Building* ! le coupe Jason.

— Mais non, pas ce genre de bureau..., dit Big Calvin. Je propose comme nom : « les rochers de l'ombre ».

— Bof... On dirait un titre de western, intervient Jimmy.

— Moi j'ai une idée ! C'est quoi déjà ton tatouage, Big Calvin ? Montre-leur ! Montre-leur ! s'enthousiasme Jason.

— Un tigre, c'est un putain d'énorme tigre..., dit Big Calvin en relevant sa chemise.

Sous le pont de Brooklyn, on veut laisser sa trace, son blaze, on veut montrer qu'on a voulu agir, qu'on a voulu se révolter, c'est la tradition. Et la tradition, ça se respecte. Malik sort de son sac une bombonne de peinture. C'est Jimmy qui va taguer le pont de Brooklyn de ce nouveau nom : « Black Tigers ».

Larry enjambe les marches de l'escalier quatre à quatre. L'odeur du bon repas que Gladys et Anita sont en train de préparer lui excite les papilles. Il a envie de tout leur raconter, le pont de Brooklyn, ses nouveaux amis, ses plans, ses ambitions, mais il devra se retenir.

— Où étais-tu ? Tu sais très bien que le dimanche est sacré et que l'on mange tous ensemble, s'agace Gladys.

— J'étais avec Jimmy et d'autres gars de Harlem, répond Larry. Ça a l'air bon tout ça ! Qu'est-ce que c'est ?

— C'est du poulet et du maïs comme d'habitude. Pourquoi ce sourire ? Tu as l'air bizarre !

— Il a peut-être embrassé une fille ! conclut Anita.

— Va plutôt embrasser ta photo de Paul McCartney au lieu de raconter des conneries !

— Ton langage, Larry ! Et elle n'a pas tort ta sœur. C'est vrai mon Larry, ça te ferait pas de mal de rencontrer une fille. Une pas méchante et pas trop laide, qui te remonterait le moral. Ça doit bien se trouver à Harlem, une fille pour toi. Enfin... Il faudrait que tu apprennes à te coiffer et à t'habiller d'abord. On n'attrape pas les mouches avec du vinaigre, comme on dit..., soupire Gladys en sortant les maïs du four.

— Les mouches avec du vinaigre ! T'en as d'autres des phrases toutes faites ? Tu m'as pris pour Mike ? Je suis pas un beau garçon qui va draguer les filles, moi. Franchement, ça m'intéresse pas, de débiter des conneries pour coucher avec des putains de connes du *Savoy Ball Room*...

— Ton langage, Larry ! C'est ça que tu veux montrer à ta petite sœur ? Que tu es un voyou ? Un mal élevé ? Parce que moi je t'ai bien élevé ! Chaque jour que Dieu fait, je t'élève comme une bonne mère, et tu devrais avoir du respect pour ça !

— Mais j'ai du respect pour toi, *mum*... Allez, *mum*, fais pas la gueule, aujourd'hui est un beau jour !

— Ah bon ? Pourquoi ? Tu n'es même pas venu à la messe..., soupire Gladys.

— Mais le bon Dieu m'aime bien quand même ! Regarde, je suis vivant...

— Si tu le dis, ronchonne Gladys. Tiens, mets la table, c'est prêt.

Larry s'étend sur son lit. Plus ils seront nombreux, plus ils auront de l'influence. Mais pour s'organiser, pour attirer de nouveaux membres et agir intelligemment, il leur faut des locaux et de l'argent. Comment rassembler des fonds dans la misère de Harlem ? Ils ne vont quand même pas faire la quête, ils ne vont quand même pas braquer une épicerie ou une station essence... Larry se creuse les méninges. La seule personne riche et influente qu'il connaisse, c'est Robert T. Cunningham. Ah, c'est sûr, il lui suffirait de vider le fond de ses poches pour faire le bonheur des Black Tigers ! Chaque gorgée de whisky que boit Cunningham équivaut à un salaire à Harlem. Mais comment susciter son intérêt ? Le procureur se présente à la gouvernance de l'état de New York. N'a-t-il pas besoin d'un œil sur Harlem ? À quoi bon, les Noirs ne peuvent même pas voter... En quoi les petites affaires du ghetto pourraient encore l'intéresser ? Larry feuillette le *New York Times* à la recherche d'inspiration. Enfin, il trouve ce qu'il cherchait : « Le procureur Cunningham promet d'apaiser le climat d'insécurité de la ville de New York. La mégalopole est gangrénée par les manifestations des Noirs, les débordements de violence et les guerres de gang. Le candidat à la gouvernance pointe du doigt l'incompétence de son adversaire Nelson Rockefeller... »

Le bus s'arrête sur la Huitième Avenue. Larry et Jimmy entrent. « En direction de Central Park ! » les informe le conducteur. Larry et Jimmy prennent place au fond du bus. Ce n'est pas le moment de se faire remarquer, ils restent sagement à la place qui leur est attribuée, la place des Noirs, et regardent la ville défiler derrière la vitre. Ils se souviennent des rendez-vous confidentiels chez le procureur, de l'affaire Richard More et des aventures du Grand Hôtel de Soho. « J'étais quand même un bon liftier », plaisante Jimmy. Larry esquisse un sourire. C'est vrai, Jimmy était un bon liftier, et il était élégant dans son uniforme rouge. Il avait oublié cette image d'un Jimmy qui se tenait droit et parlait poliment aux clients. L'image d'un Jimmy mitraillant les Vietcongs l'avait remplacée. Celle d'un Jimmy violent et sans scrupule, mais toujours à ses côtés. À ses côtés, même quand Mike était étendu dans la rizière. Est-ce qu'il l'a déjà remercié ? Ce serait bizarre, déplacé, et puis que pourrait-il dire ? Jimmy a l'air songeur. Ce n'est pas dans ses habitudes. Cette entrevue chez Cunningham a l'air de le tracasser, lui qui n'a jamais peur de rien. Jimmy n'aime pas s'imposer, c'est peut-être sa seule politesse. Il a besoin de se sentir utile et compétent, il a besoin de se faire appeler, comme un bon soldat. Mais il n'ose pas, il ne prend pas d'initiative. C'est pour cette raison qu'il admire Larry pour sa désobéissance d'Ap Bac. Il n'aurait jamais eu le courage d'arracher des mains les jumelles de Cliff, même s'il avait senti qu'il mentait. Mais il ne l'aurait pas senti, il lui faisait confiance, malgré sa stupidité, malgré ses ordres improvisés. Seul John Wise se méfiait de Cliff. D'ailleurs, qu'est-il devenu lui aussi ? Cela fait bien longtemps qu'il n'a pas publié dans le *Times Union*. Serait-il revenu au Vietnam malgré tout ?

—T'es sûr qu'on peut se pointer à son domicile comme ça, sans autorisation ? s'inquiète Jimmy.

— Non, j'en sais rien mon vieux. Mais on va essayer.

— Et si le maître d'hôtel nous arrête ?

— J'ai pris dix dollars. Personne crache sur dix dollars. Et puis il nous connaît.

— Il nous connaît ? Larry ! C'est peut-être plus le même gars !

— Mais si ! Tu t'inquiètes pour rien ! Quand on a ce genre de boulot, on y reste. C'est la meilleure planque du monde. Et puis des Noirs dans cet immeuble, je te jure qu'il a pas dû en voir beaucoup.

— Si tu le dis..., soupire Jimmy

— Merde, c'est la deuxième fois que j'entends ça aujourd'hui.

— De quoi ?

— « Si tu le dis », ma mère m'a dit pareil tout à l'heure.

— Si tu le dis..., le taquine Jimmy avec un clin d'œil.

« Deux hommes sont là pour vous voir », annonce la domestique à Robert T. Cunningham qui a le nez plongé dans ses papiers. Le procureur prépare sa campagne. Il doit tenir de grands discours devant la foule, il doit être fin dans son éloquence. C'est important, c'est crucial pour remporter la gouvernance. Le procureur signe quelques papiers, il en déchire d'autres, il classe tout ce dont il a besoin. Il a mis la justice de côté pour gouverner. Le procureur jette un œil sur l'aigle en bronze qui trône sur le bar vitré : « *De plusieurs races et nationalités ont émergé un seul peuple et une seule nation : les États-Unis d'Amérique.* » L'aigle ne trompe pas, il est signe de puissance, c'est un symbole. « Procureur Cunningham ! Deux hommes sont là pour vous voir ! » relance la domestique.

— Ne tournons pas autour du pot, j'ai du travail à n'en plus pouvoir. Comme vous ne devez pas l'ignorer, je me présente au poste de gouverneur de l'État de New York et les élections approchent à grands pas. D'ici là, les conférences de presse se multiplient ainsi que les visites et les événements en tous genres. Pour faire bref, ce n'est pas dans mes habitudes d'accueillir ainsi mes invités, si nous considérons que vous l'êtes étant donné que j'ai perdu le souvenir de vous avoir convié chez moi ce soir, mais vous comprendrez que je n'ai pas de temps à perdre en bavardages et élucubrations. Je n'oserais suspecter une quelconque inutilité à votre visite impromptue, et je vous demande donc d'être directs. Que me voulez-vous ? les accueille Cunningham en débitant ses phrases avec la rapidité d'un homme qui ne dort plus et se nourrit exclusivement de café et de whisky *on the rock*.

Jimmy lance un regard inquiet à Larry. Il ne comprend pas un traître mot de ce que leur raconte Cunningham, mis à part qu'il est pressé et irrité. Larry bredouille quelques mots comme un enfant timide. Il ne va quand même pas se démonter, lui qui a fait le Vietnam. Jimmy le bouscule d'un coup de coude. Cunningham les dévisage avec impatience.

— Monsieur, nous ne vous importunerons pas longtemps, commence Larry.

— Non, Monsieur, on n'est pas comme ça, reprend Jimmy fier de son ami et de ce beau mot : « importunerons ». On vient pas pour vous embêter, c'est du sérieux.

— Tant mieux, tant mieux…, soupire Cunningham en se versant un verre de whisky.

— Vous nous avez demandé d'être directs. Je réponds donc à votre demande. Vous prétendez pouvoir apaiser les tensions entre les Noirs et les Blancs de New York ? Eh bien nous pouvons vous aider, continue Larry.

— Vous ? Je veux dire, de quelle manière ? demande Cunningham qui a relevé les yeux vers Larry.

— Nous ne sommes pas seuls, nous sommes tout un groupe. On se fait appeler les « Black Tigers » et tout le monde nous connaît à Harlem. On est partout aux manifestations, on est partout dans la rue, les policiers nous craignent comme la peste. Parce que vous savez ce que c'est notre quotidien à Harlem, nous les Noirs de New York ? C'est lutter pour nos droits, dans le meilleur des cas, parce qu'on en a assez d'être considérés comme des rebuts, mais c'est surtout nous défendre des policiers.

— C'est un beau préambule. Continuez, l'encourage Cunningham.

— Nous avons de l'influence à Harlem, et on peut faire beaucoup de bruit si on reçoit votre protection. Le gouverneur actuel passera pour un faible, il sera complètement dépassé. Il va vouloir étouffer les affaires, redoubler de violence, et il aggravera son cas ! Comme j'ai entendu dire qu'il était bien placé dans les sondages…

— Ma protection ? Vous me prenez pour un mafieux ? Vous vous êtes trompé de porte. Je n'ai rien à voir avec la police.

— On voulait dire de l'argent déjà, répond Jimmy.

— Non, enfin pas vraiment, le reprend Larry. Disons que j'ai ma petite idée pour faire parler de nous dans la presse. De nous et des violences policières, des manifestations qui dégénèrent et de l'injustice du système. Mais pour cela, bien sûr, vous imaginez bien qu'on ne roule pas sur l'or et que tout service se monnaye…

— Qui ? Donnez-moi un nom pour m'assurer de votre loyauté.

Larry hésite un instant. Ses paroles ont dépassé sa pensée. Qu'est-ce que cette histoire de journaliste est venue faire dans l'histoire ? Il ne connaît personne, il n'a aucun plan, aucune idée précise. Et les Black Tigers sont de sinistres inconnus. Qui pourrait-il convaincre parmi les journalistes ?

— John Wise. Il était reporter de guerre au Vietnam. Il travaille pour le *Times Union*. C'est le meilleur, ose finalement Larry.

— John White ? demande Robert T. Cunningham.

— John Wise ! reprend Jimmy.

— Ça ne me dit rien. Passons, vous avez sa confirmation ?

— Oui. Nous avons l'assurance qu'il nous aidera, affirme Larry.

5.

Comment va-t-il faire pour retrouver John Wise ? C'est une mission impossible dans cette mégalopole. Pourtant, il lui faut absolument retrouver le reporter. « Auriez-vous le *Times Union* ? » demande Larry au vendeur de journaux de Harlem. Il ne sait pas par où commencer. Aucune réponse. Ici, on ne vend que le *Daily Post*, le *New York Times*, le *Daily Freeman* et *The New York Sun*. De toute façon, que ferait-il avec le *Times Union* ? Il saurait au moins si John Wise continue à écrire, s'il est resté reporter malgré la violence du Vietnam. Larry marche sur Lenox Avenue, les mains engoncées dans les poches de sa veste. Il doit se rapprocher des beaux quartiers d'affaires. Il passe devant une cabine téléphonique et s'arrête. Il ouvre les pages jaunes et les feuillette. Il cherche la lettre T pour *Times Union* dans les services publics. Il trouve l'adresse et arrache la page. Il entre dans un bus qui l'emmène aux bureaux du *Times Union*. Les Black Tigers ont besoin d'être financés. Robert T. Cunningham ne doit pas être négligé. Il peut être d'un grand soutien pour les Black Tigers. L'un a besoin de l'autre et l'autre ne peut grandir sans l'aide financière du premier. Tout ça peut se faire seulement s'il retrouve John Wise. Dès la parution du premier article, les Black Tigers recevront leur première paye de Robert T. Cunningham. Le bus dépose Larry au coin de l'avenue. Il marche vers l'immeuble du *Times Union*. À l'entrée, le quotidien s'empile par centaines devant une fourgonnette. Larry s'adresse au chauffeur :

— Comment je peux trouver un journaliste ?

— Ah ! Me fais pas perdre mon temps, y a que des journalistes ici ! s'énerve le chauffeur de la fourgonnette. Pousse-toi le Noir, je dois démarrer !

Larry s'écarte. Devant l'entrée de l'immeuble, des hommes entrent et sortent. Ce sont probablement des gens qui travaillent pour le quotidien. Larry regarde de bas en haut le building qui pourfend le ciel. Il se découragе. Comment va-t-il faire pour trouver John Wise ? Il hésite. Il n'a rien à perdre et entre dans le building.

— Bonjour ! Comment puis-je vous aider ? Vous êtes dans les locaux du *Times Union*, l'informe le réceptionniste.

— Je cherche...

— Qui cherchez-vous ? Il n'y a rien à chercher ici, mais tout est à lire.

— Je cherche un journaliste, dit Larry.

— Tout le monde cherche les journalistes ces jours-ci. Nous ne rendons pas ce genre de services, vous n'avez qu'à regarder les petites annonces.

— Non pas tout à fait, se reprend Larry.

— Si vous voulez déposer une pige dont vous êtes l'auteur, vous pouvez la déposer ici et je la remettrai en bonne et due forme à la direction afin de l'examiner, dit avec empressement le réceptionniste. Si le *Times Union* est intéressé par votre article, nous vous payons deux dollars et cinquante centimes comme droits. N'oubliez pas de laisser votre adresse pour le paiement éventuel, mais ne vous faites pas trop d'illusions, la plupart des piges finissent à la poubelle.

— Arrêtez de parler vite comme ça, s'énerve Larry. Je n'ai pas d'article. Je cherche le journaliste John Wise qui travaille ici.

— Ici nous sommes au *Times Union*, nous avons beaucoup de journalistes et je ne les connais pas personnellement. Beaucoup sont pigistes et ne mettent jamais les pieds dans les bureaux, d'autres sont reporters et aux quatre coins du monde, ne restent que les administrateurs et les gens des ressources humaines. Mais je veux bien essayer de vous aider. Quel est son nom ?

— John Wise. Il était reporter au Vietnam.

Larry attend à *Grand Central Terminal*. Les derniers trains partent en direction de Boston et de Washington. L'immense hall de la station de train est quasiment désert à cette heure tardive. Le tonnerre gronde et la pluie fouette les grandes fenêtres du hall. Larry s'essuie le front d'un revers de la main. Des gouttes d'eau ruissellent sur sa tresse. Il espère que le réceptionniste a transmis son message à John Wise. Larry jette des regards à droite et à gauche. Les passagers attendent le départ de leur train. Va-t-il reconnaître John Wise ? Il ne l'a jamais vu habillé en civil et cela fait plus d'un an qu'ils sont rentrés de la guerre. Mais un visage ami au Vietnam, cela ne s'oublie pas comme ça. L'horloge du hall sonne. Il est déjà vingt-trois heures trente. Si John Wise ne vient pas, il n'aura pas le choix. Ce sera la fin des Black Tigers. Pas de Cunningham, pas de Black Tigers, donc rien du tout. Il respire un bon coup. Ses yeux sont rivés sur l'entrée de la gare. Il espère que le journaliste sera passé au bureau, qu'il sera rentré de mission, qu'il aura la curiosité de venir le rejoindre. Un homme portant un chapeau et un appareil photo entre dans la gare. Ça ne peut être que John Wise. Toujours son reflex à portée de main. Larry ne le quitte pas des yeux. Le voilà qui disparaît derrière les passagers qui se ruent pour le départ de leur train. Larry sursaute, une main est venue se poser sur son épaule. Il se retourne et retrouve le sourire de John Wise, ce sourire indulgent qu'il avait gardé en mémoire.

— Je voulais vous parler d'un travail, explique Larry. C'est important !

— D'un travail..., hésite John Wise.

— Oui, je pense que vous pourrez en tirer profit.

— Je suis payé par le *Times Union*, je n'ai pas besoin de tirer profit d'un tiers parti.

— C'est important, insiste Larry.

John Wise a l'air déçu. Il était venu retrouver un membre de la compagnie Bravo et c'est un opportuniste qu'il retrouve. Il a perdu son temps. Il a d'autres chats à fouetter que de répondre aux caprices de Larry. « Ne me faites pas perdre mon temps ! » s'exaspère le journaliste en s'éloignant. Larry se désespère. Il faut prononcer le nom de son protecteur. Il le rattrape. « Je suis envoyé par le procureur Cunningham ! » lance Larry. John Wise se retourne et vient s'asseoir finalement au café de la gare.

— Le procureur Cunningham ? s'étonne John Wise. Tu n'étais qu'un *Fucking New Guy* et maintenant tu me parles du procureur Cunningham.

— Vous savez John Wise, le monde est petit et je vous ai toujours dit que je venais de Harlem.

— Du ghetto, oui, c'est bien ça... Donc, le procureur Cunningham quoi ?

— Le procureur accepte de nous financer pour la lutte pour nos droits. Mais il nous faut vos articles !

— Tu vas trop vite Larry. Explique-moi tout depuis le début. Je ne connais pas les histoires du ghetto. Je ne suis pas de Harlem et je ne sais rien de rien. Revenons sur nos pas...

— Je ne sais pas par où commencer, soupire Larry.

— Quel est ton lien avec le procureur ?

— C'est une longue histoire, répond Larry.

— Comment le connais-tu ?

— Jimmy, mon ami qui faisait partie de la compagnie Bravo, a souvent rendu service au procureur. Vous savez, le procureur Cunningham a mis le nez dans des affaires de crimes, de vols et de méfaits de la communauté noire de New York. Il a souvent eu le dernier mot pour trancher sur l'innocence ou la culpabilité des accusés. Pour lui, Jimmy avait un œil sur Harlem. Il ramenait des alibis, des témoins ou des complices au procureur Cunningham. Et Richard More, je ne sais pas si vous en avez entendu parler ? Mais nous avons travaillé de longs mois au Grand Hôtel de Soho pour éclaircir cette affaire auprès de Cunningham.

— Cette affaire n'est toujours pas élucidée, il me semble. C'est surtout le *New York Times* qui était plongé dans cette affaire... Nous, au *Times Union*, on se veut plus diplomatique. On ne s'intéresse pas vraiment aux faits divers, si tu vois ce que je veux dire. Et donc Cunningham ?

— Cunningham accepte de payer les Black Tigers ! conclut brièvement Larry.

— Les Black Tigers ? s'étonne John Wise.

— Oui, j'en suis le fondateur. On va devenir plus puissants, plus influents, très bientôt. Mais pour ça, on a besoin de fonds. Et le procureur Robert T. Cunningham accepte de nous financer. De nous payer. Il nous soutient, insiste Larry.

— Pourquoi ? demande le reporter.

— La gouvernance ! répond Larry. Il a besoin de plus de manifestations pour prétendre apaiser les tensions entre les Blancs et les Noirs et défendre la nécessité de diminuer la ségrégation...

— Ça se dessine, ça prend du sens, s'enthousiasme John Wise. Et moi, dans tout ça, qu'est-ce que j'y gagne ? Cunningham, la gouvernance. Vous de l'argent pour vos actions. Et moi ? Quelle est mon enveloppe ?

— Déjà, tu seras bien payé. Ensuite, Cunningham est un homme puissant qui peut te propulser à un bon poste au *Times Union*. Tu ne voulais pas devenir rédacteur en chef ou quelque chose comme ça ?

— Affaire conclue. Quelle belle aventure ! se réjouit John Wise. Il faut que je vienne voir les Black Tigers au plus vite, où vous réunissez-vous ?

— Eh bien... Sous le pont de Brooklyn pour l'instant, mais on a besoin de matériel, d'un endroit où faire des meetings, où imprimer des tracts, enfin une sorte de bureau. On cherche encore.

— J'ai peut-être ce qu'il te faut. Enfin, je ne sais pas si ça existe encore, c'était il y a vingt ans, on avait lancé un journal indépendant avec un ami et quelques étudiants... Et puis les reportages de guerre, la vie, le temps, on a laissé tomber... Enfin bref, j'ai l'adresse, tu verras bien si ça te convient.

Larry referme les tenailles sur le cadenas. Big Calvin s'enthousiasme. Que vont-ils découvrir ? Malik et Jason poussent la lourde porte de l'entrepôt. Ils entrent. Larry appuie sur l'interrupteur. Les néons grésillent et clignotent au-dessus d'eux. L'entrepôt s'illumine et se laisse découvrir. Larry est pris d'émotion. Tout cela est à eux. Si ce doit être le quartier général des Black Tigers, alors ainsi soit-il ! Ils conquièrent les lieux, par une inspection générale et minutieuse. Les machines monumentales se dressent devant eux, infestées de cafards et de toiles d'araignées. Des piles de journaux s'élèvent en colonnes de papier jaune et poussiéreux. Jason éternue en passant sa main sur les couvertures. « C'est vieux et dégueulasse, Larry ! » se plaint-il. Mais Larry ne l'écoute pas, il rêve déjà. Il rêve des grandes actions qui se prépareront ici. Il rêve de tout ce qui va pouvoir animer ce lieu insalubre, de tout ce qui lui donnera vie. « On mettra des affiches ici ! » dit-il à Jimmy en pointant le mur du fond. « Et là, une table avec du café. Et à côté des chaises pour les meetings, on peut en mettre au moins une vingtaine ! Regarde, ce vieux fauteuil, ce sera le mien, et celui-là, le tien ! » Malik s'amuse à écrire leur nom dans la poussière du plancher. « C'est bien chez nous ici, maintenant ! » conclut-il joyeusement. Big Calvin a l'air circonspect, il tourne en rond dans la vieille presse comme un lion. C'est loin d'être ce qu'il imaginait. Ils en ont pour des jours et des jours de nettoyage et de rafistolage pour en faire quelque chose de convenable, et encore, cette odeur de moisissure qui lui pique le nez n'est pas prête de disparaître. Larry vient lui donner une tape amicale dans le dos. Big Calvin va bien s'y faire, et ses deux acolytes sont déjà ravis. Jason appuie sur tous les boutons des presses et Malik a pris un balai pour dépoussiérer le tout.

— Et maintenant quoi ? demande Big Calvin à Larry.

— Et maintenant on y va !

6.

Un mois s'est écoulé. Un mois de préparation, de planification et de travail acharné. Il est enfin temps de grandir le nombre des fidèles à leur cause, le nombre des combattants et des rebelles. Ainsi, parmi les publicités Coca-Cola et le courrier postal, les habitants de Harlem ont trouvé ce matin des tracts signés d'un nom inconnu : « Les Black Tigers ». Qui sont-ils ? Il paraît que c'est un groupuscule politique formé par quelques jeunes du quartier, une petite poignée de garçons qui manifestent et délibèrent dans un endroit clandestin. Et leur leader est un ancien soldat du Vietnam, répondant au nom de Larry Hoover. Et ce matin, pour la première fois, des jeunes attendent devant l'ancienne presse pour écouter un discours du leader de ce groupe.

— Il faut agir et vite ! dit un homme.

— Ces manifestations servent absolument à rien. Elles sont trop familiales, elles créent la haine de la communauté blanche. Elles servent à rien et elles réjouissent les bergers allemands des *pigs*.

— Peut-être que Larry Hoover peut faire quelque chose… peut-être ! Il a fait la guerre du Vietnam.

— Il nous faut des hommes qui savent tenir un discours, qui ont de la poigne et des idées.

Devant la presse, les hommes se familiarisent avec Malik, Jimmy et Jason. Ce sont des Black Tigers. Jimmy explique qu'il a fait la guerre du Vietnam. Les hommes sont impressionnés. Malik et Jason racontent les manifestations qu'ils ont enclenchées et tous les déboires qu'ils ont eus avec les policiers. Les hommes veulent voir l'ancienne presse. Ils sont curieux et attendent impatiemment l'arrivée du leader Larry Hoover. La rumeur circule que son bras droit est le fameux Big Calvin. Un brouhaha s'élève, deux hommes approchent, l'un plus gros que l'autre. Ça doit être Big Calvin et le leader Larry Hoover. Celui qui a combattu au Vietnam, celui qui a perdu un frère. Jason et Malik poussent la porte de l'entrepôt.

Tout le monde entre. Malik et Jason demandent le silence. Larry Hoover et Big Calvin entrent enfin sous le regard admiratif des hommes. Ils retirent leur veste en cuir et les déposent sur la table. Larry se met debout sur la chaise et fait son discours :

— À vous tous qui êtes présents ici, et qui ne nous connaissez pas encore, nous sommes les Black Tigers ! Nous cherchons des alliés, des contributeurs et de nouvelles recrues pour combattre à nos côtés. Nous sommes réunis ici pour défendre les droits de l'homme noir dans ce pays soi-disant démocratique. Nous sommes réunis ici à notre quartier général pour préparer des actions concrètes. Des actions fortes qui seront médiatisées, visibles, lues par des milliers de personnes dans la presse. Nous deviendrons des figures marquantes de la lutte, nous deviendrons tous des héros. Les Black Tigers seront très vite une légende, une légende à laquelle vous pouvez participer. Oui, nous voulons l'égalité avec les Blancs, nous voulons notre liberté, le droit de vote ! Et puis nous voulons notre parcelle de terrain pour construire notre maison dans le Far Ouest des États-Unis !

C'est un tonnerre d'applaudissements. Tout le monde veut sa maison, son droit du sol et son droit de vote. Chaque homme présent dans cet entrepôt veut devenir un héros. On pressent l'ambition des Black Tigers. Eux aussi, ils veulent devenir des figures de la lutte. Larry continue :

— Vous m'applaudissez, j'en suis ravi. Mais chaque jour je suis peiné de vous voir dans votre coin, de vous voir assis à l'arrière d'un bus, de vous voir fréquenter des écoles de noirs où vous ne recevez qu'une éducation de seconde zone, une éducation trop fragile pour vous permettre d'espérer quoi que ce soit. Et je suis bouleversé de vous voir travailler comme des esclaves pour une bouchée de pain, dans des boulots de noirs, des boulots où vous ne vous reconnaissez pas, où vous n'évoluez pas, où vous vous abêtissez. Je suis dépité de vous voir vivre dans un ghetto comme les animaux d'un zoo, parqués, enfermés, dans un quartier où les Blancs ont peur de mettre un pied, où ils ne voudraient jamais vivre. Je suis atterré de voir nos frères, nos pères et nos amis arrêtés, violentés et assassinés par les policiers, de voir nos sœurs et nos mères courber l'échine, s'avilir dans la drogue et la prostitution. Nous, nous ne sommes pas des vaincus, nous ne sommes pas des victimes silencieuses, nous sommes les Black Tigers. Je vois parmi vous des visages désœuvrés, des visages blessés, des visages qui expriment l'oppression et la solitude. Avec nous, vous connaîtrez la force, l'espoir et le courage. Avec nous, vous connaîtrez la satisfaction de vous sentir utile. Avec nous, vous appartiendrez à un groupe amical et solidaire, vous qui êtes les rejetés, les rebuts de la société. Vous trouverez le réconfort que vous cherchez, vous trouverez la colère juste que vous n'arrivez pas à exprimer.

— Oui nous sommes en colère ! hurle un homme.

— On nous traite comme des esclaves, comme des bons à rien, comme de la chair à canon ! s'énerve un autre.

— Nous avons peur de nous faire tabasser par les policiers. C'est inhumain. Je suis un Black Tiger aujourd'hui au nom des droits de l'homme noir dans ce pays.

— Moi aussi, je suis un Black Tiger, je regrette d'avoir hésité !

Larry Hoover lève son poing en un signe de protestation pour unir tous ces jeunes qui ont répondu à l'appel des Black Tigers. Les Noirs américains sont émus. Certains lèvent le poing comme Larry. D'autres murmurent : « Il a raison ! Ça, c'est un vrai discours ! Ça, c'est un homme qui mérite d'être respecté ! » Un homme applaudit, puis un autre. Puis la vingtaine de personnes venues assister au meeting des Black Tigers applaudissent de plus belle, de toutes leurs forces. Ils ont besoin de revivre, d'appartenir à un groupe. À partir d'aujourd'hui, les Black Tigers, c'est leur raison d'être. Les visages se familiarisent les uns avec les autres, et tout le monde attend le mot de Big Calvin. La chaise risque de craquer si Big Calvin monte dessus. Malik et Jason installent une table afin qu'il puisse s'adresser à tous ces gens. Big Calvin monte avec peine sur la table et commence :

— Je suis Calvin et tout le monde me connaît sous le nom de Big Calvin. Je suis Big Calvin des Black Tigers. On est là pour agir. Moi, Big Calvin, je m'adresse à vous pour vous dire qu'à partir d'aujourd'hui, on va agir. On va agir avec intelligence. Je vais pas répéter ce qu'a dit Larry Hoover, mais retenez bien que les Black Tigers sont pas des opprimés mais des révoltés. Et aujourd'hui, les Black Tigers se révoltent contre l'homme blanc, celui qui croit qu'il est supérieur, celui qui pense que le Noir réfléchit pas, celui qui pense que le Noir est une bête, celui qui nous rejette dans un ghetto ! Moi aussi, Big Calvin, j'ai pour rêve de hisser le drapeau américain dans le Far Ouest. Un drapeau flottera sur ma maison, sur mon sol. On est les Black Tigers ! Rien ne va nous arrêter ! On est les Black Tigers ! On peut faire bouger les injustices autour de nous. On peut faire du grabuge. On est les Black Tigers et aujourd'hui, Big Calvin lève son poing au nom des Black Tigers !

La vingtaine de jeunes lève le poing et hurle : « Black Tigers ! » Ils lèvent le poing encore plus haut et clament en chœur : « Black Tigers ! »

7.

Une semaine s'est écoulée. Les Black Tigers sont bel et bien installés dans leur quartier général. Ils n'en décollent pratiquement jamais et les visites sont fréquentes. L'ancienne presse est agitée ce matin. À l'entrée, deux jeunes récupèrent des tracts par centaines. Au fond de l'entrepôt, Malik a pris l'intitiative de communiquer l'idéologie des Black Tigers. Deux rangées de cinq chaises ont été envahies par les Afro-Américains qui veulent en savoir plus sur le groupe et les fondateurs. De son côté, Big Calvin découpe dans le *Times Union* l'article de John Wise :

« Les Black Tigers ou les révoltés ?

Ce sont des jeunes, des Noirs du ghetto, des pauvres, ce sont les invisibles de notre société, les oubliés du rêve américain. Ce sont des hommes pourtant, des courageux, certains ont fait le Vietnam, ont combattu pour notre patrie. Mais qui s'en souvient ? Mais qui s'en préoccupe ? Ce sont les ombres de la rue, de la rue où vous n'irez pas, de la rue sale de Harlem. Les ombres de vos cauchemars peut-être, vous qui vous réjouissez de vos privilèges, de votre confort, de votre tranquillité. Vous qui avez peur du Noir qui crie, du Noir qui pleure, du Noir qui se révolte. Vous risqueriez de perdre plus que votre équilibre, vous risqueriez de perdre vos certitudes à vous prendre de pitié, voire pire, de respect et d'admiration, pour un homme de couleur. Et pourtant, ces hommes qui forcent votre respect existent bel et bien. Martin Luther King et Malcom X ont ébranlé votre conscience. Vous les avez peut-être entendus, de là où vous êtes, d'une oreille plus ou moins attentive. Et aujourd'hui, je viens vous parler de quelques Afro-Américains qui s'unissent sous le nom de Black Tigers pour finir de bouleverser votre système de valeur.

Un après-midi, réunis sous le pont de Brooklyn, cinq jeunes hommes fondent les Black Tigers. Leur chef, Larry Hoover, est un ancien combattant au Vietnam. Le groupe lutte pour l'émancipation des ségrégués. Ils veulent obtenir les droits civiques et le respect des Blancs. Ils ne veulent pas rester abasourdis face aux violences policières de ces derniers mois. Ils veulent montrer à l'actuel gouverneur de New York que sa politique de répression est vaine, qu'elle ne fait qu'attiser leur rage et leur détermination. Les Black Tigers sont aujourd'hui une trentaine, et chaque jour de nouveaux jeunes viennent grossir leur rang. J'ai eu l'occasion de visiter leurs bureaux officieux, un ancien entrepôt qu'ils ont réhabilité pour leurs actions, et j'ai pu observer leur fonctionnement. Les activistes se réunissent tous les matins dans leurs bureaux autour d'un simple café. Quelques gobelets en plastique suffisent. Ils discutent, ils conversent. Qu'est ce qui serait bon de faire pour la communauté noire de Harlem ? Comment réunir le plus de personnes possibles, pour appeler à des marches, pour convoquer à des manifestations ? Les Black Tigers s'entraident beaucoup. Ils ont constitué une famille, une communauté. On s'appelle par des surnoms, on s'interpelle amicalement, on s'écoute, on se soutient. On s'est unis autour d'une figure qui deviendra bientôt légendaire : celle de Larry Hoover, ce leader charismatique et bon orateur. Ses discours font vibrer le cœur des Noirs américains, il sait trouver les mots qui galvanisent ces esprits perdus et découragés, il sait toucher au plus juste et réveiller les consciences. Pourtant, Larry Hoover est un homme de la rue, il a quitté l'école à treize ans et n'a jamais travaillé. Il a gagné sa vie grâce à quelques menus larcins, essayant de se débrouiller dans la jungle du ghetto. Et puis, un beau jour, il a été appelé au Vietnam, et sa vie a basculé. Il s'est comporté en héros, il est devenu un battant, un leader au sein de sa compagnie. Il a su braver l'adversité et il est rentré à Harlem avec honneur. Il a pris conscience qu'il pouvait vivre la tête haute, sans honte malgré sa couleur de peau, et revendiquer le respect de ses compatriotes. C'est ainsi autour de cet homme courageux, de cet homme sauvé par son destin, que les Black Tigers se révoltent.

Quel avenir peut-on prédire aux Black Tigers ? Le candidat à la gouvernance de New York, Robert T. Cunningham, appelle à l'indulgence face à ces communautés de révolte. Il rappelle l'injustice qui règne dans les tribunaux et les rues de la ville, mais aussi les mesures réactionnaires de son concurrent aux élections, l'actuel gouverneur de New York, Nelson Rockfeller. Il juge ces rébellions compréhensibles et légitimes dans une certaine mesure, appelant à réfléchir à de nouvelles dispositions pour « protéger les Blancs et les Noirs dans la plus grande ville d'Amérique ». Ainsi, son dernier discours aux journalistes est un discours de paix, qui cherche à réconcilier les Blancs et les Noirs, tous Américains. « Le patriotisme et l'union devraient être les maîtres mots de New York, cette ville qui rayonne à travers le monde se doit d'être forte et solide, forte de vos bras et solide de vos esprits, forte de vos convictions et solide de vos actions. La ville de New York est libre, la ville de New York est puissante. Et on ne peut concevoir New York déchirée, meurtrie et ravagée par des luttes intestines. Tendons l'oreille aux revendications et tentons de répondre pacifiquement à nos compatriotes, nous ne gagnerons rien à attiser la colère de ceux que l'on a consciemment exclus de la société par le passé. Le passé n'est plus, faisons place à l'avenir, sinon le passé nous rattrapera », a-t-il notamment déclaré. Quant aux Black Tigers, leur réponse fut plus succincte : « Les mots, on s'en fout, nous on agira. Et les lois passeront, même si on y laisse notre peau ! »

Votre reporter du Times Union,
John Wise
Le 1er mars 1962 »

Larry rentre souvent tard à la maison, il oublie le temps à l'entrepôt, entouré de ses amis et des jeunes de Harlem. Il n'a jamais eu autant d'énergie. Il n'avait jamais eu d'objectifs. Il n'avait jamais su quoi faire de lui, de sa vie. Aujourd'hui, il se lève tôt le matin et se couche tard le soir, il n'a plus le temps de se morfondre. Il ouvre la porte du foyer. Sa mère Gladys et Anita dorment. Il est trois heures du matin. Il va dormir quelques heures. Au moment d'entrer dans sa chambre, une main se pose sur son épaule. C'est cette main douce, c'est cette main maternelle. Il sent de la fierté et de la tendresse dans la voix qui l'interpelle :

— Où tu étais, mon fils ?

— Avec Jimmy…, répond Larry en baissant les yeux.

— Qu'est-ce que tu faisais si tard avec Jimmy ?

— On discutait, des choses de mecs…, soupire-t-il en jetant sa veste sur une chaise.

— D'où vient cette veste en cuir ? Ça coûte cher une veste comme ça ! s'étonne Gladys.

— Il faut bien que je m'habille…, grogne Larry en haussant les épaules. *Mum*, je suis fatigué…

— Où trouves-tu l'argent ? J'ai trouvé des liasses de billets sous ton oreiller tout à l'heure...

— Tu fouilles dans mes affaires ? s'agace-t-il.

— Écoute, oui, je m'inquiète pour mon fils. J'ai entendu des choses sur toi. Pourquoi tu ne me dis rien ?

— Qu'est-ce que t'as entendu ?

— Une histoire de tigres, de tracts, de discours tenus par un certain Larry Hoover... Il paraît que vous patrouillez pour surveiller la police, que vous préparez une grande marche... Qu'est-ce que c'est que ces rumeurs ?

— Qui t'a raconté ces conneries ?

— Ton langage, Larry !

— *Mum,* Anita dort, on s'en fout.

— Mais tout le monde en parle dans le quartier, la coiffeuse, l'épicier, les gens du marché, les voisins... Et puis ce journaliste qui a écrit sur toi, j'ai lu son article, c'est la maîtresse d'Anita qui m'en a parlé.

— Tu lis le journal, toi, maintenant ? s'agace Larry.

— Ne me prends pas pour une imbécile. Explique-moi.

— D'accord, mais tu me promets que tu ne t'énerveras pas ? Que tu me feras pas la morale ? Que tu ne me parleras pas comme si j'avais dix ans ? J'ai fait la guerre, *mum*, je suis un homme.

— Tu vis sous mon toit et tu ne travailles pas, tu t'emportes comme un adolescent, tu parles mal devant ta petite sœur et tu es infoutu de te trouver une copine, et tu voudrais que je te considère comme un homme ? Moi à ton âge...

— *Mum*... soupire Larry.

— Bon d'accord. Je promets.

8.

On attend que la patrouille de jour remplace la patrouille de nuit. Entre quatre heures et quatre heures et demie, les Black Tigers vont pouvoir agir en toute impunité à Harlem. Dans l'entrepôt, les cinq fondateurs des Black Tigers luttent contre le sommeil. On se sert un verre de whisky au milieu des tracts et des journaux. Malik tombe de fatigue, et fume cigarette sur cigarette pour ne pas s'endormir. Jason dessine sur les papiers étalés devant lui comme un enfant qui s'ennuie. Big Calvin tourne sa casquette sur sa tête en mâchant son *chewing-gum* : « On finit cette bombe et on fait un poker ? » C'est entendu, on va prêter main-forte à Jimmy, l'expert en la matière. Malik jauge l'eau et l'acétone, Jason s'occupe des câbles électriques et Big Calvin des vis et des clous. Pendant ce temps-là, Larry finit d'imprimer des affiches de propagande et fait tourner les machines.

— Jimmy ! Cette bombe, ça donne quoi ? l'interpelle Larry.

— C'est presque fini ! s'enthousiasme Jimmy, accroupi devant sa valise piégée.

— Grouille-toi, on va parier du fric ! Un poker, ça te dit ? intervient Big Calvin.

— Ouais, enlève l'as de pique !

— Pourquoi ? demande Jason.

— C'est un truc du Vietnam, je crois. Ça les a rendus un peu superstitieux cette guerre..., lui chuchote Big Calvin.

Jason bat les cartes et retire le fameux as de pique. On va enfin pouvoir jouer. Malik écrase sa cigarette dans son verre et ses yeux s'illuminent. Il aime parier, il aime jouer, il aime prendre des risques. Dès que l'adrénaline redescend, il désespère, il broie du noir. Big Calvin lui lance un regard complice, il le connaît bien.

— Oui mon gars, tu vas pouvoir bander, le taquine Big Calvin.

— Paraît que Jimmy joue super bien. Qu'il bluffe mieux que le président des États-Unis...

— Tu parles ! C'est Larry le meilleur ! Au Vietnam, à la première partie, il a gagné contre un gars, Fergus, qui gagnait tout le temps avant. Et Fergus, le salaud, il collectionnait des photos de pin-up qu'il nous laissait jamais voir... Bref, il est mort, c'était un mec bien. C'était un fermier, il adorait parler de sa ferme. Je racontais quoi déjà ? Ah oui, Larry ! Tu l'as toujours la photo de Marilyn à poil ? s'amuse Jimmy en refermant la valise.

— Tu parles, j'ai dû la planquer. Si Gladys tombe dessus, je suis un homme mort ! répond Larry.

— C'est qui Gladys ? Ta femme ? lui demande Jason.

— Mais non ! Larry il connaît que ses chaussettes ! C'est sa mère ! plaisante Jimmy. Une vraie dame, la Gladys, faut pas déroger aux règles de la maison. C'est marche droit, mange ta soupe et fais pas d'histoires ! Moi, elle me fout un peu la frousse.

— Ouais ta mère, elle est plus sympa, dommage qu'elle fasse le tapin..., le rembarre Larry qui n'aime pas qu'on le taquine au sujet de sa mère.

Les Black Tigers commencent leur partie de poker sans oublier l'heure fatidique. Ils ont les yeux rivés sur la grande horloge et ont du mal à se concentrer. « La valise est prête ? La peinture ? La voiture ? » s'inquiète Larry toutes les cinq minutes. Big Calvin lui donne des tapes dans le dos comme toute réponse. Il n'a pas l'intention de quitter sa nonchalance habituelle pour quelques crimes mineurs. Mais Larry a envie de marquer le coup, de faire de cette nuit un symbole de leur nouvelle puissance. Il faut montrer qu'ils sont en colère, qu'ils sont forts, qu'ils sont organisés, qu'ils ne lâcheront rien. C'est fini la lutte pacifique, les discours, les débats, les grands mots. Les joueurs de poker sont interrompus par un jeune qui entre dans l'entrepôt, essoufflé : « C'est bon, on a des gars qui surveillent les *pigs*, ils vont se relayer, comme d'habitude. Rien à signaler ! »

« Mort aux *pigs* ? » Non, c'est trop simple. « Black Tigers contre les violences policières ! » C'est trop long. Il aurait dû se décider avant. Quel imbécile ! Il aurait dû se décider avant de se retrouver devant le commissariat avec ses bombonnes de peinture. Big Calvin est ivre, fatigué, il n'a pas les idées claires. Il commence par dessiner un énorme pénis. Ça lui donnera de l'inspiration. Il distingue les *pigs* à travers la fenêtre, qui discutent en buvant du café, qui ne se doutent de rien. Big Calvin regarde sa montre, il ne lui reste qu'une dizaine de minutes. Et encore, ces fichus *pigs* font parfois du zèle et la relève peut arriver à quatre heure vingt. Ou un idiot peut décider d'aller fumer dehors pour regarder les étoiles ou draguer sa collègue en douce. Bref, on n'est pas à l'abri d'un imprévu. Il secoue sa bombonne nerveusement. « Black Tigers », tout simplement, ça fera l'affaire. Et Big Calvin écrit ainsi le prestigieux nom de son gang à côté d'un énorme pénis. Pendant ce temps-là, Jason et Malik placardent des affiches partout dans les rues, sur les trottoirs, les voitures, les palissades. Jason choisit l'endroit et Malik procède, d'un geste assuré, balayant de colle les appels à manifester.

— Tu crois que la bombe va exploser ? demande Jason, inquiet.

— T'en fais pas. Jimmy s'y connaît, le rassure Malik.

À l'autre bout du quartier, Jimmy et Larry préparent la grande action de la nuit. Il s'agit déjà de s'introduire dans le parking sur trois niveaux des bus municipaux.

— Tu t'occupes du gardien ! dit Larry à Jimmy.

— T'en fais pas, répond Jimmy en lui montrant l'extincteur.

Les voilà qui approchent. « Il n'est pas six heures du matin encore », leur lance amicalement le garde. Ils ont pris de l'avance. « Et pas pour rien », murmure Jimmy en lui donnant un gros coup sur la tête. Le garde s'effondre et les deux hommes s'engouffrent coûte que coûte dans un autobus. Ils sont montés par l'avant, comme des Blancs, comme des rois. Jimmy camoufle la valise sous le siège du conducteur. Voilà, dans une vingtaine de minutes, la population de Harlem entendra leur cri de révolte.

Larry arrive chez lui. Il est debout sur le palier, prêt à ouvrir la porte, mais quelque chose le retient, il a envie d'attendre, il a envie d'être le premier à savoir si ça a fonctionné. Il jette un œil à sa montre, ça devrait arriver maintenant. « Putain, Jimmy, tu as encore raté ton coup », grogne-t-il en ouvrant la porte. Mais soudain, une détonation retentit. Larry sourit. Les sirènes de police ne tardent pas à siffler dans les rues. Les chiens du quartier se mettent à aboyer. On entend des hommes se révolter sur leur palier. L'écho résonne dans Harlem.

Larry s'endort, le cœur léger, battant comme un tambour. Les Black Tigers commencent leur incroyable aventure. Dans la presse, demain, que lira-t-on ? John Wise saura exprimer l'ampleur de leurs revendications. Et il a promis de dresser un portrait flatteur du leader des Black Tigers, un portrait hyperbolique, un portrait légendaire. Larry Hoover, un homme exceptionnel qui sait conduire les siens pour la justice. Si Mike avait pu voir ça... Il aurait été vert de jalousie. Larry se demande ce qu'il va raconter à sa mère. Il a pris soin d'omettre quelques détails la dernière fois. Il n'allait pas lui avouer qu'il allait prendre des risques inconsidérés, elle qui a déjà perdu un fils, mais il fallait tout de même répondre à sa curiosité. Il a eu la paix quelques temps, mais dès demain, il va devoir inventer autre chose. C'est Big Calvin qui a tout manigancé, lui n'était au courant de rien, il n'a pas trempé dans cette histoire de bombe, il n'aurait jamais provoqué les policiers avec des graffitis, il ne savait rien, rien de rien, et s'il avait su, il aurait désapprouvé. Mais Gladys sera-t-elle dupe de ses mensonges ? Peu importe, il ne faut jamais rien avouer avant d'être pris la main dans le sac. Les confessions faciles, c'est pour les faibles, les lâches et les traîtres. S'il est arrêté, il prendra la responsabilité de toutes les actions des Black Tigers, mais devant sa mère, il n'est responsable de rien. « Leader, c'est un grand mot, pour faire bien. C'est parce que je parle mieux que Big Calvin, mais c'est lui le cerveau. Moi tu me connais, je préfère les bouquins aux actes et aux stratégies », avait-il dit à sa mère. Elle l'avait cru, bizarrement. C'est qu'elle ne le connaît pas, ou plutôt qu'elle ne le connaît plus.

9.

— Sans moi les Black Tigers existeraient même pas ! s'énerve Big Calvin. Pourquoi toujours Larry Hoover ? Pourquoi toujours toi le nombril du monde ? Tous les articles de ton foutu journaliste du *Times Union* parlent de toi. Et moi, Big Calvin, où est-ce que je suis ? J'ai été très patient, on a reçu les fonds qu'on voulait, mais c'est toujours toi qui es en première ligne. Ça m'énerve quand tu me regardes comme ça ! Qu'est-ce qu'il y a ? Tu te crois plus raffiné que moi ? Toi et ta tresse de rasta, tu te crois meilleur que moi ?

— Calme-toi Big Calvin, on est tous des Black Tigers ! On doit rester soudés. Si vous vous chamaillez pour des détails, alors il restera quoi des Black Tigers ? Que des miettes ! conclut Malik.

— Pourquoi cette dispute ? demande Jason.

— C'est Big Calvin, répond finalement Larry. Il s'énerve parce qu'il veut être le leader des Black Tigers. Jusqu'ici, on était d'accord pour que je nous représente. Je suis celui qui parle le mieux, et puis j'ai fait le Vietnam...

— On n'en a jamais vraiment parlé... et Big Calvin est aussi populaire que toi... Il faut en parler, temporise Malik.

— Je discute pas avec cette mauviette, s'énerve Big Calvin. Il a la tresse assez longue pour... pour...

— Vas-y, vas-y, dis-le ! Dis-le enfin ! insiste Larry.

— Les gars, ça suffit comme ça ! les calme Malik.

— C'est peut-être pas le bon jour pour en discuter, ajoute Jimmy.

Pendant ce temps-là, devant l'entrée de l'ancienne presse, les jeunes s'agitent. Un Noir américain s'est présenté sous le nom de Wilson. Mais il ne ressemble pas à un jeune de Harlem. Il ne ressemble pas à un Black Tigers. Il n'a pas cette allure provocatrice et révoltée. Il a l'air sûr de lui. On le regarde avec curiosité et suspicion. Il porte un costume, une cravate aux rayures noires et vertes et des lunettes rondes à écailles. « Où est ta veste en cuir ? » demande un jeune. Wilson ne répond pas, mais esquisse un sourire. Très poliment, il demande à parler au leader des Black Tigers. « Ils sont dans une réunion confidentielle ! » lui répond-on avec surprise. Mais Wilson n'a pas l'air de s'en formaliser et insiste. Il vient de loin pour les rencontrer, il n'a pas la journée devant lui, il ne veut pas être incorrect, mais il s'agit d'une urgence. Quel genre d'urgence peut interrompre une réunion des leaders du groupe ? Il se prend pour qui celui-là, avec son uniforme et ses manières ? Un jeune le rebute d'un geste brutal. Wilson ne sourcille pas. Il reste planté devant la porte, bien décidé à attendre qu'on lui ouvre.

— Bon, d'accord, j'vais les prévenir, intervient un jeune.

— Merci mon ami, je ne l'oublierai pas, lui répond Wilson.

On se moque de sa réponse, de son « mon ami » si formel et méprisant, et on lui cède le passage. Il va devoir attendre à côté des presses.

— Qu'est-ce que tu veux ? Il paraît qu'il y a urgence ? l'interpelle Big Calvin.

— Oui, je vais vous expliquer, répond Wilson en rejoignant le groupe des leaders.

— Prends une chaise, lui propose Jason en se levant.

— Tu laisses ta chaise parce qu'il est sapé comme un riche ? le taquine Malik. Reste assis, on le connaît pas celui-là.

— Bon, tu vides ton sac ou quoi ? reprend Big Calvin.

— On t'écoute, le reprend Larry. Tu veux un café ?

— Non merci, plutôt un verre d'eau. Je m'appelle Wilson, Wilson Wilkerson. Je suis étudiant en droit à l'université de Columbia.

— T'as un nom de chiotte, tu nous veux quoi ? s'impatiente Big Calvin.

— Vous êtes Big Calvin, je suppose ? Et vous Larry ? Je viens vous proposer une alliance. Je dirige un groupe de protestation à Columbia. Avez vous entendu parler des revendications des universitaires ?

— Et toi, comment tu nous connais ? Pas de « vous », on n'est pas à la Maison Blanche ! À la maison noire plutôt..., dit Big Calvin en décapsulant une bouteille de Coca-Cola.

— J'ai lu les articles de John Wise... Et on m'a parlé de vous... Vous êtes intéressés par ma proposition ? Vous joindre à la lutte des étudiants noirs pour l'équité dans l'éducation, pour l'accès aux universités et aux postes de pouvoir de notre pays ?

— Tu crois que ça nous concerne ? Déjà, t'as la chance d'être à l'université, t'as des parents qui te payent tout. Tes vieux payent des milliers de dollars pour tes études et tes lunettes de con. Nous, on lutte pas pour aider les privilégiés, répond Big Calvin avec un sourire agressif.

— On y gagnerait quelque chose ? l'interroge Larry, plus hésitant.

— Vous devez en avoir assez d'être considérés comme des racailles du ghetto..., commence Wilson.

— Des quoi ? Répète un peu ! s'emporte Jason.

— Laisse..., le reprend Larry. Il n'a pas tort... Depuis la bombe, on nous voit comme des mafieux... Et ta fichue bite dessinée sur le commissariat, Big Calvin, ça nous a pas aidé à gagner en crédibilité... Quand on pense qu'avec des idées pareilles, tu veux ta page dans le journal...

— Eh bien, si vous vous joignez à nous, on peut faire en sorte de redorer votre blason... Vos noms seront associés à des groupes plus prestigieux, à des noms d'universités, et votre combat pour l'égalité sera pris au sérieux..., continue Wilson.

— Je te trouve arrogant. Qui me dit qu'on peut te faire confiance ? lui demande Larry.

— Retrouvez-nous demain à l'université de Columbia, dit Wilson en s'éloignant. J'espère vous voir...

Ce matin, les rayons de soleil viennent caresser la pelouse qui sépare les deux allées menant à l'université. Les oiseaux s'évertuent sur la pelouse, et gazouillent autour des fontaines. Sur les deux allées, les étudiants marchent tranquillement vers le bâtiment principal qui s'impose dans la ville de New York depuis un siècle. L'université est immense, flanquée de colonnes ioniques et de statues prestigieuses. Columbia est une fierté américaine, c'est un havre de paix au milieu d'un océan de gratte-ciel. Larry et Big Calvin accélèrent le pas. Malik n'arrête pas de clamer : « C'est une erreur, on ne devrait pas s'aventurer avec ces gens ! » Les voilà qui montent les marches et entrent dans l'immense bâtiment. D'un côté, les étudiants s'agitent à coup de banderoles. L'un d'eux distribue des tracts. Jimmy en saisit un : « Réunion du mouvement étudiant social démocratique dans l'amphithéâtre de physique A2 ». La réunion a commencé. Larry observe le public de l'amphithéâtre. C'est une centaine d'étudiants, sagement assis, leur cravate serrée autour de leur col blanc. Ils écoutent silencieusement les dirigeants qui défilent un à un devant le microphone pour discourir. Un étudiant demande aux Black Tigers de prendre place dans le fond de la salle. Ça ne ressemble en rien à leur réunion de l'ancienne presse, c'est sérieux, organisé et solennel. Big Calvin semble mal à l'aise, malgré sa nonchalance habituelle. Larry le regarde, amusé, qui se redresse sur sa chaise comme un bon élève. Il a même retiré sa casquette pour l'occasion. « On a l'air de ploucs », chuchote Malik. C'est au tour de Wilson de parler au micro : « La déclaration d'indépendance des États-Unis affirme que les hommes ont été créés égaux. Et pourtant. L'égalité des hommes sonne creux au regard de la vie des Noirs de ce pays. Les Noirs ne peuvent pas voter, les Noirs ne sont pas citoyens. Les Noirs sont encore exploités et rejetés. En outre, deux tiers de l'humanité est sous-alimentée et les classes supérieures se délectent d'une abondance superflue. Et pourtant. L'industrie et la technologie américaine, ainsi que son rayonnement à l'international sont sans commune mesure. Et pourtant. Ceux qui soutiennent la nouvelle gauche pour promouvoir l'égalité des droits et des chances sont muselés, combattus, montrés du doigt comme des rebelles et des anarchistes. Et pourtant. Les États-Unis envoient leurs troupes, font tuer leurs hommes pour asseoir un système de valeur anarchique et inégal. Ainsi, le mouvement étudiant social démocratique veut la justice et l'égalité. Ainsi, le mouvement social démocratique veut stopper les horreurs de la guerre du Vietnam. Lions nos forces et notre intelligence pour éveiller les consciences. Nous sommes l'avenir de ce pays, la matière grise et l'ambition, la jeunesse et l'énergie, la culture et le savoir, nous sommes ceux qui bâtiront le monde de demain, sur notre sol et dans le monde entier ». Wilson termine son discours sous un tonnerre d'applaudissements. Quelques étudiants se lèvent dans la clameur de l'amphithéâtre. Wilson fait signe à l'assemblée de rendre le silence. Il souhaite répondre aux préoccupations de tous. Un étudiant se lève et lit sa feuille annotée : « Wilson Wilkerson ! J'ai une question pour vous ! Depuis que ce mouvement social démocratique a été créé, nous avons beaucoup de paroles lancées dans l'air, des grands discours lancés dans les couloirs de l'université, de grandes éloquences applaudies dans des amphithéâtres. Ma question est : quand est-ce que nous allons commencer à mettre en action nos propos, à agir, à faire bouger les choses, à provoquer les autorités locales ? » Un brouhaha s'élève dans l'amphithéâtre. Les étudiants acquiescent. Il faut bouger, il faut faire du grabuge. Peut-être que ce mouvement a besoin d'une alliance, de personnes qui osent faire ce que les étudiants théorisent. Dans l'assemblée, une femme noire se lève. Elle dénote par son allure et son assurance. Elle lève le bras pour prendre la parole. Wilson lui cède la parole d'un geste de la main. Elle commence en lisant sa feuille : « Je m'appelle Nataly, je suis étudiante en droit à l'université de Columbia et j'ai rejoint le mouvement démocratique pour étudiant depuis maintenant deux ans. Depuis le début, rien n'a vraiment changé malgré la bonne volonté de chacun. Les manifestations se multiplient sans ébranler le gouvernement d'un pouce. Et chaque université avance de son côté, la nouvelle gauche et les communistes ne s'associent pas, les concessions sont de plus en plus intenables. J'ai perdu l'un des miens dans la guerre du Vietnam et je pense qu'il faut continuer à lutter contre la guerre. Nous avons besoin d'associer nos forces aux autres étudiants du pays, sans se préoccuper des petites lignes divergentes, mais surtout nous associer à tous ceux qui partagent nos valeurs. » L'assemblée se lève et applaudit Nataly. Elle dit juste, elle dit vrai. Les étudiants de l'assemblée sont désespérés d'écouter toujours les mêmes propos aux microphones. Chacun veut y aller de soi, chacun veut y mettre de son cœur, hommes et femmes. Des boules de papier sont lancées sur Wilson. Elles fusent dans tous les sens. L'assemblée en a assez de piétiner et leur cause est primordiale. Mais personne n'arrive à se mettre d'accord. « S'il vous plaît ! S'il vous plaît ! » insiste Wilson Wilkerson qui vient de recevoir une boule de papier en pleine face. Le ton est monté. On s'invective, on s'insulte, on se prend par le col. On veut une solution concrète. Wilson, décidément, redemande le silence. Il reprend la parole au micro : « S'il vous plaît ! Nous n'arriverons à rien si nous nous dispersons, si nous sommes incapables de nous écouter ! Il est vrai que nous avons besoin d'actions et d'alliances. Et pourtant. Nous parlons plus que nous n'agissons. Il est vrai que nous manquons d'unité dans le mouvement, que nous devons partir à la rencontre des autres membres. J'ai tout de même une bonne nouvelle à vous annoncer, ne croyez pas que je n'ai pas cherché des alliances extérieures. J'ai invité aujourd'hui à venir, et je suis heureux de voir qu'ils ont répondu à mon invitation, un groupe de Harlem qui milite depuis des mois pour défendre les droits des Noirs. Je ne sais pas si vous en avez entendu parler… Ils se font appeler les Black Tigers. S'il vous plaît, levez-vous, présentez-vous… » Au fond de l'amphithéâtre, Larry Hoover se lève. Son regard croise celui de Nataly, étonnée de le voir ici. Puis Big Calvin, Jason, Malik et Jimmy se lèvent à côté de lui. Big Calvin remet sa casquette en signe de rébellion et Jason pose sa main sur son cœur, solennel, comme s'il allait chanter l'hymne national. Larry observe Nataly de loin. Elle est gênée, elle ne sait plus où se mettre. Leur regard reste fixé l'un à l'autre. Nataly a le cœur battant, Larry n'est certainement pas revanchard, et ils luttent pour la même cause. Larry traverse l'amphithéâtre sous l'œil curieux des étudiants. Il monte sur l'estrade et présente au micro la philosophie des Black Tigers. C'est la première fois qu'il s'adresse à un tel public et sa voix tremble aux premiers mots. Mais rapidement, face à cette centaine d'étudiants de la prestigieuse université de Columbia qui boivent ses paroles, il reprend confiance et raconte en détail l'histoire des Black Tigers.

Les Black Tigers sont réunis à l'entrepôt. Ils doivent prendre une décision. Elle doit se faire maintenant ou jamais. Jimmy lit le dernier tract qui a été imprimé au nom des Black Tigers. « Libérez vos droits et gagnez en force avec les Black Tigers ! » Larry et Big Calvin sortent une bouteille d'alcool. Ils veulent se réjouir, non de cette alliance, mais de leur réputation.

— T'as entendu les étudiants ! Ils hurlaient le nom des Black Tigers ! s'enthousiasme Big Calvin.

— C'est vrai, tous ces blancs becs qui voulaient absolument Larry Hoover dans leur mouvement ! continue Jimmy.

— J'ai trouvé cette réunion assez constipée, dit Malik.

— Je savais même pas où étaient les chiottes ! Ça a bien duré des heures..., soupire Jason.

— Ils parlaient de rébellion, mais ils sont en costume et passent leur vie dans leurs bouquins. Ces gens-là font que parler, ils agissent pas, c'est vrai, dit Big Calvin.

— Il faut s'allier aux étudiants du mouvement démocratique, on va gagner en crédibilité, insiste Jimmy.

— À quoi bon ? Les Black Tigers peuvent s'en sortir sans ces fils à papa ! Franchement, c'est une erreur de s'allier aux étudiants, grommelle Malik.

— C'est trop tard. C'est fait, on est avec eux maintenant, conclut sèchement Larry Hoover.

— C'est vrai, dit Big Calvin. On peut pas se retirer comme ça. Larry Hoover est reçu comme un héros.

— Et maintenant ? se lamente Malik.

— Maintenant quoi ? demande Big Calvin à Larry.

— Il nous reste pas mal d'argent. Wilson veut aller à la rencontre des universités du Sud, on va lui couper l'herbe sous le pied et trouver des vans pour y aller. On va leur montrer à ces sudistes, ce que c'est que les Black Tigers ! Wilson est bien gentil, mais s'il croit que je vais laisser ma place de leader comme ça...

— Qu'est-ce qu'on va raconter à Cunningham ? Et à John Wise ? s'inquiète Jimmy.

— T'en fais pas pour ça. Cunningham sera ravi d'utiliser les révoltes à des fins politiques. Et si les Noirs et les démocrates sont ensemble pour manifester dans tout le pays, tu imagines ?

— La nouvelle gauche, les communistes, les manifestations, c'est pas vraiment son truc à Cunningham...

— Je lui parlerai, je vais trouver une solution, le rassure Larry.

10.

— C'est quoi un leader ? demande Anita à sa mère.

— Un leader, c'est un homme qui mène une bande, c'est un chef, c'est quelqu'un qu'on écoute, qu'on suit, qui rassemble des gens, explique Gladys à sa fille.

— Comme Larry ! s'enthousiasme Anita.

— En quelque sorte, on peut dire ça... En tout cas, ici à Harlem, on aime l'écouter...

— Pourquoi est-ce qu'il est parti ? s'inquiète Anita.

— Larry est allé convaincre les étudiants des universités de se joindre à notre cause, pour défendre les droits des Noirs dans ce pays et pour manifester contre la guerre du Vietnam. Ton frère travaille beaucoup ces jours-ci... il est fatigué, mais il n'a pas de répit et je suis fière de lui.

— Est-ce qu'il va partir aussi longtemps qu'au Vietnam ?

— Non, ne t'en fais pas, il reviendra vite, *honey*...

— Pourquoi les journaux parlent de lui ? demande Anita.

— *Honey*, c'est compliqué, mais Larry a toujours osé faire ce que ta grand-mère...

— Est-ce qu'il peut mourir ? Est-ce qu'il peut aller en prison ? La maîtresse a dit que les policiers étaient violents avec les Noirs qui se font remarquer, l'interrompt Anita.

— Il ne va rien lui arriver, ne t'en fais pas...

Gladys allume le poste de télévision et s'installe avec sa fille sur le canapé. Anita se plonge immédiatement dans le film. Elle adore les films avec John Wayne, elle adore les westerns, les plaines, les chevaux, les armes à feu, les saloons, les envolées de sable au milieu des villages, les tonneaux derrière lesquels on se cache, et puis les chemins de fer, les trains à vapeur, et puis la chaleur qui se dégage du soleil brûlant. *La conquête de l'ouest*, quelle épopée, et Gregory Peck est le plus bel homme du monde, presque aussi beau que Paul McCartney ! Mais Gladys préfère James Stewart, il est plus viril et mystérieux. Et quand James Stewart se fait poignarder par une traîtresse dans une grotte, Gladys saisit la main de sa fille en jetant un cri d'effroi.

Il est peu commun de voir sur les autoroutes du Sud des mini bus se suivre à la file indienne. Les automobilistes en voient de toutes les couleurs : des fleuris, des bariolés et surtout le tigre noir qui semble rugir sur le van qui ouvre la marche. C'est Big Calvin qui l'a décoré à sa manière, s'inspirant du tatouage qui lui recouvre le ventre. « Regarde maman, ce sont des hippies ! » signale une petite fille à sa mère en observant par sa fenêtre. Les vans Volkswagen dégotés par Larry ne sont pas encore sortis de l'État qu'ils peinent déjà à se faire discrets. On les klaxonne, on les hèle, on les salue, on les insulte aussi, on les traite de communistes, de voyous et d'anarchistes. Assis à l'arrière d'un van, John Wise prend des clichés. Il photographie tout ce qui peut alimenter ses articles à venir. Il dresse le portrait de ces jeunes universitaires galvanisés par leurs convictions. Ils sont beaux, ils sont élégants, ils parlent bien et ils s'agitent joyeusement à l'idée de l'aventure qui s'offre à eux. Ce n'est pas l'horreur du Vietnam, la peur qui serre le ventre des troupes, l'alcool qui fait taire les esprits. C'est la force légère et enjouée de la jeunesse qui se révolte malgré ses privilèges. John Wise tend son objectif vers Larry, le leader des Black Tigers dont il fait la vedette de ses articles. Le jeune homme paraît rêveur depuis leur départ. Il répond à peine aux questions de Big Calvin qui ne tient plus en place. À quoi peut-il songer ? On dirait que son regard se porte sur cette jeune fille assise à côté de Wilson et qui débat avec virulence. Peut-être s'est-il amouraché de l'étudiante ? John Wise demande à son voisin le prénom de la jeune fille.

— Nataly, c'est une étudiante en droit. Drôlement belle, non ? Et drôlement intelligente avec ça ! lui répond l'étudiant.

— Vous savez si elle et Larry Hoover ?

— S'ils fricotent ? Je ne sais pas. Mais je crois qu'ils se connaissaient déjà avant, en tout cas c'est ce qu'on dit. C'était la fiancée de son frère ou quelque chose de ce style...

— Vous voulez-dire... La fiancée de Mike ? demande John Wise.

— Mike ? Je ne sais pas, ça ne me dit rien. Vous n'allez quand même pas écrire votre article là-dessus ?

— Non, bien sûr que non...

Larry ne peut s'empêcher d'admirer celle qui a trahi son frère. Celle qu'il a aimée en secret toutes ces années. Celle qui les a dédaignés par ambition, qui les a laissé tomber, qui a osé dire au revoir à Gladys et Anita, comme une fille bien élevée, comme s'il y avait un protocole pour ce genre de choses, une manière de faire pour éviter tout reproche, malgré l'infamie de cet abandon d'un fiancé à la guerre. Quelles étaient ses raisons réelles ? Avait-elle rencontré quelqu'un ? Avait-elle envie de se décharger de toute responsabilité ? De se protéger de l'horreur du Vietnam ? De ne pas avoir à attendre celui qu'elle fréquentait depuis trois ans ? S'était-elle rendu compte qu'elle ne l'aimait pas vraiment ? L'absence de Mike avait peut-être révélé l'inconsistance de leur relation... C'était sans doute un amour de jeunesse, un peu trop fade pour elle, sans avenir, sans réalité... Larry suppose tout, les yeux rivés sur Nataly qui ne s'aperçoit de rien. La seule manière d'en avoir le cœur net, ce serait de l'interroger. Mais osera-t-il ? Comment peut-il demander cela sans raviver la douleur, sans avoir l'air de la condamner ? « Pourquoi tu as quitté Mike en pleine guerre du Vietnam ? Comment tu as pu faire une telle chose ? Toi, la fille bien, comment tu as pu faire ça ? Toi qui disais l'aimer plus que tout ? » Larry sent la colère monter en lui au fur et à mesure qu'il s'imagine la scène. Au diable Nataly, qu'elle continue à bavarder avec ce prétentieux de Wilson.

— Larry, t'as déjà été dans le Sud ? demande Jason.

— Non, j'ai jamais quitté New York... Enfin à part pour aller au Vietnam... Mais je connais rien de mon propre pays.

— On est loin des gratte-ciels, continue Malik. Pas un building, pas un immeuble dans le Sud. Ça n'a rien à voir avec New York.

— Moi ce que je veux savoir, c'est s'il y a des *pigs* dans le Sud ? demande Big Calvin.

— Si t'aimes autant les oreilles, tu risques d'en trouver à gogo et de toutes sortes. Des oreilles de vaches, des oreilles de cochons, des oreilles de porcs. Bien épicées et bien relevées, s'amuse Jimmy.

— C'est même pas drôle, le reprend Malik.

— Les femmes dans le Sud sont plus belles, dit Jason.

— Les gars, pas de femmes en mission. On est les Black Tigers et on a un but précis, le rabroue Larry.

— Parlant de femmes, c'est qui celle qui discute avec Wilson ? Elle est bien mignonne en tout cas, dit Malik.

— Oublie, elle est pas pour toi, s'agace Larry.

Les vans traversent les paysages des États-Unis. Les montagnes apparaissent sous les yeux émerveillés de Jimmy. Elles sont nimbées d'un brouillard bleu et vert et le soleil descend lentement derrière la cime des arbres aux teintes automnales. Ce sont les *Great Smoky Mountains*, l'un des plus beaux parcs nationaux du pays. C'est ici qu'ils vont faire escale pour la nuit et planter leurs tentes.

Autour du feu, un étudiant joue de la guitare, on fait griller des *chamallows* et on boit de la bière. Cette atmosphère de colonie de vacances amuse les Black Tigers, propulsés malgré eux dans cette convivialité habituelle aux étudiants de Columbia. Les universitaires ont l'habitude de passer leurs vacances dans les Hamptons, de donner des fêtes, d'organiser des pique-niques et des soirées romantiques au bord de l'eau. Ils ont été envoyés dans des *summer camps* toute leur enfance, où ils ont rencontré leurs futurs camarades et colocataires de l'université. Tout ce beau monde partage les mêmes souvenirs, les mêmes anecdotes, les mêmes distractions. Les Black Tigers sont au complet à part Jimmy qui drague une étudiante de l'université.

— Je sais pas si tu vois de quoi je parle ! Moi j'ai fait le Vietnam ! dit Jimmy à la jeune fille. Il fallait abattre du Vietcong, il fallait se camoufler. J'étais un marine de l'armée américaine pendant plus de deux ans. J'en ai bavé dans cette guerre, elle m'a laissé des séquelles et je pense pas qu'un jour je m'en remettrai…

— Tu étais au Vietnam ! s'étonne la jeune fille.

— Oui, moi c'est Jimmy. Je suis aussi un Black Tigers. J'ai fondé le clan des Black Tigers. Je suis sûr que tu ferais une très belle tigresse, continue Jimmy pour appâter la jeune fille.

— Une tigresse ! rit-elle.

Larry et Big Calvin terminent de rouler un joint. Larry sort son *zippo* et l'allume d'un claquement sec. Il tire une fois sur le joint et laisse les effets de la drogue lui parcourir le corps. Doucement, mais sûrement. Ses muscles se détendent. Il respire l'odeur de bois brûlé, de forêt, d'herbes sèches. Il est serein. Son regard croise celui de Nataly. Il baisse les yeux, intimidé. Il a envie de lui parler, mais il n'ose pas. Par où commencer ? Un fossé s'est creusé entre eux depuis le Vietnam. Nataly, elle faisait pratiquement partie de la famille et aujourd'hui… Aujourd'hui, c'est une intellectuelle de Columbia qui ne fréquente plus Harlem. Garde-t-elle un semblant de tendresse pour lui ?

— On a perdu notre leader ! s'amuse Malik.

— Et Jimmy qui bécote avec une étudiante ! ajoute Jason.

— J'te sens pas mec, dit Big Calvin à Larry. Depuis la réunion à Columbia, t'es dans les nuages.

— C'est la came, je suis rêveur quand je fume..., répond Larry.

— Ça m'étonnerait ! T'as pas arrêté de regarder cette fille dans le bus.

— Quelle fille ? demande Larry.

— Je te le demande !

— C'était la copine de mon frère Mike. Et ça a fait du remue-ménage dans mon esprit... Le Vietnam est revenu...

— Le Vietnam, c'est fini ! Tu pourrais essayer de la draguer aussi. Après tout, vous étiez frères...

La drogue ne semble pas déranger John Wise. L'ambiance est bon enfant. Il sort un crayon de sa pochette et se met à écrire les premières lignes de son article. Il raye. Ce n'est pas ce qu'il voulait dire. Il réécrit en sifflotant. Le sommeil ne lui vient pas. La plupart des étudiants se sont endormis. « Ce matin, les étudiants de l'université de Columbia et les Black Tigers ont quitté New York pour aller à la rencontre des étudiants de l'université d'Alabama, à Tuscaloosa. Quels sont les enjeux de cette rencontre ? La ségrégation au sein des universités, d'une part, mais aussi la cohésion interfédérale du mouvement étudiant social démocratique. Souvenons-nous que très récemment, le gouverneur d'Alabama, farouche défenseur de la ségrégation raciale, a empêché l'entrée de deux étudiants noirs dans l'université, posté devant l'entrée de l'institution et accompagné de ses partisans, membres du Klu Klux Klan. »

Nataly a ouvert un livre. Elle chauffe ses jambes nues devant le feu, allongée sur un plaid. Elle ne lit jamais de romans, c'est une distraction qu'elle n'a pas souvent l'occasion de se permettre. Mais ce soir, elle n'a pas le courage de réviser son droit. Nataly observe le feu. Les flammes s'échappent et les brindilles crépitent. Beaucoup d'étudiants se sont endormis autour du brasier. Elle reste pensive quand une main vient se poser sur son épaule.

— Je te croyais endormie ! dit Larry.

— J'ai trop dormi dans ma vie. Je ne veux plus dormir et gagner du temps, répond Nataly. Gagner le cœur des autres, lutter pour la bonne cause, aider les gens...

— Tout un programme ! répond Larry avec ironie.

— Pour tout t'avouer, je suis trop enthousiaste pour m'endormir...

— En voilà une qui ne se préoccupe plus seulement de son avenir et de son image, dit Larry.

— Pourquoi tu dis ça ?

— Quand tu étais avec Mike, il n'y avait rien que ta propre personne qui t'importait. Maintenant, tu parles de défendre le droit des autres, de lutter pour une cause et bien d'autres choses.

— Je te trouve cruel. Tu ne t'occupais pas de grand-chose non plus, il me semble... À part ton journal... On était des enfants, voilà tout...Mais maintenant, on est dans le même bateau toi et moi, non ?

— Si, mais en tout cas, nous n'avons pas débarqué du même bateau, toi et moi.

— Tu m'en veux pour Mike, n'est-ce pas ?

— Ouais, comment tu as pu lui faire ça ? Je ne dis pas qu'il est mort à cause de toi, mais...

— Le Vietnam a mis fin à notre amour, j'ai voulu être honnête envers lui. Je le savais assez fort pour encaisser. Je n'ai pas eu le choix. Mike devenait jaloux et suspicieux de ma vie ici aux États-Unis et je pense avoir fait le bon choix. J'ai préféré rompre que de le laisser espérer et angoisser.

— Es-tu en train de dire que si Mike était resté aux États-Unis, tu aurais continué à le voir ?

— Je ne crois pas ... Il n'avait pas assez confiance en moi...

— Confiance en toi ? Tu le mérites vraiment ? s'indigne Larry.

— Tu ne sais pas, tu ne sais rien... Toi, tu es un battant aujourd'hui, tu as de l'espoir, tu as fondé les Black Tigers ! Tu es ici avec moi ! Mike n'aurait jamais pu... Je sais que tu l'admirais, mais... répond Nataly en fondant en larmes.

— Mike était un doux... Je sais, mais je pensais que tu l'aimais comme il était.

— J'ai changé, Larry. J'ai toujours été privilégiée, dorlotée, et puis quand je suis arrivée à Columbia... Il fallait que je me défende, que je me positionne. Je ne pouvais plus être une jeune fille sage et docile. Et Mike qui m'envoyait des lettres de reproches, qui m'interdisait de sortir, de me faire remarquer, de fréquenter les autres étudiants...

— Il avait peur que tu rencontres quelqu'un... Il était trop loin pour...

— Pour quoi ? Me surveiller ? Personne n'a le droit de me surveiller, Larry. D'ailleurs, j'ai bien senti tes regards pendant le trajet... Tu veux me surveiller toi aussi ? T'assurer que je reste fidèle à la mémoire de ton frère ?

— Non, c'est pas ça… Enfin peut-être un peu, mais pas seulement… bafouille Larry.

11.

Les minibus continuent leur chemin jusqu'à l'université d'Alabama à Tuscaloosa. La belle ! C'est ainsi que les Black Tigers et les universitaires peuvent surnommer cet État à la nature flamboyante. La belle ! L'Alabama a la réputation d'être un État hospitalier autant que déchiré. Un État où se cristallisent les tensions, dans la douceur du climat et la beauté du paysage. L'Alabama a été le théâtre de deux événements majeurs de l'histoire des États-Unis : la guerre civile et la lutte contre la ségrégation. Ce n'est pas pour rien que le mouvement étudiant social démocratique de Columbia a choisi de rencontrer les universitaires d'Alabama. Car c'est dans le Capitole de Montgomery que fut rédigée, par les délégués des États sudistes, la constitution des États confédérés. L'Alabama, aussi surnommé l'État du coton, est un État qui a séparé les pro-esclavagistes et les abolitionnistes il y a déjà plus d'un siècle. Mais la terre porte encore la trace de son histoire, et les Noirs d'Alabama n'ont pas oublié l'esclavage, les lynchages et toutes les abominations des champs de coton. De plus, le Ku Klux Klan agit encore secrètement à l'encontre de ces descendants d'esclaves. Les bus ne sont plus qu'à quelques kilomètres de Tuscaloosa. « Et si on chantait ! » propose Nataly aux Black Tigers qui entament aussitôt un air de Sweet Home Alabama :

Big wheels keep on turning
Carry me home to see my kin
Singing songs about the south-land
I miss 'ole' 'bamy once again
And I think it's a sin, yes
Well I heard Mister Young sing about her
Well I heard old Neil put her down

Well, I hope Neil Young will remember
A southern man don't need him around anyhow

Le bus s'arrête sur le parvis de l'université de Tuscaloosa à la grande surprise des étudiants assis sur les marches. « Cest quoi ces crétins ! » lance une étudiante qui a remarqué les graffitis sur les bus et la poignée de noirs qui se mêle aux Blancs. Le dernier pot d'échappement s'éteint. Les Black Tigers et les étudiants descendent des bus. « Encore des conférenciers ou des étudiants du mouvement pour les droits civiques ! » lui répond un autre étudiant. « Ce sont encore des voyageurs de la liberté qui montent dans des bus pour prouver qu'ils sont libres », s'énerve un étudiant en médecine. Larry dévisage les étudiants assis devant l'université qui s'agitent. Enfin, un monsieur costumé sort sur le parvis.

— Monsieur le recteur, vous avez de la visite ! s'amuse une étudiante.

— D'où venez-vous ? Vous devez être les étudiants de Columbia ? demande le recteur de l'université qui a été alerté.

— Oui, de New York ! affirme Larry.

— New York ! Bienvenue en Alabama ! Alabama la belle !

— Nous sommes du mouvement étudiant social démocratique ! Nous sommes venus rencontrer les étudiants de Tuscaloosa pour discuter d'actions à venir. Je me présente. Je suis Wilson Wilkerson. Je suis le représentant du mouvement.

— Entrez vite ! On vous attend, je ne veux pas de problèmes ! Vous savez, c'est compliqué ici, en Alabama. Par contre, il va falloir vous loger et pour ça, les étudiants vous aideront à trouver des familles d'accueil. Nous sommes comme ça en Alabama !

Les Black Tigers et les étudiants de Columbia entrent dans les locaux de l'université. Une dizaine d'étudiants noirs et quelques sympathisants de la nouvelle gauche les accueillent dans une modeste salle de classe. La réunion est informelle et le recteur leur promet sa protection, conscient de l'hostilité des autres élèves. Wilson prend la parole, debout sur une table :

— Bonjour à tous, nous sommes venus vous prêter main-forte et nous associer à votre cause.

— On veut mettre fin aux heurts et aux batailles dans les universités, l'interrompt un étudiant noir de Tuscaloosa. Le Ku Klux Klan s'oppose à notre présence dans les universités et à la sortie, ils nous tabassent à coup de battes et de casseroles. Ils sont très violents, se plaint-il.

— Nous, on a les *pigs* à New York ! Notre seul problème, c'est les policiers, dit Big Calvin.

— Ici, c'est pas seulement les flics qui foutent la merde. C'est des racistes, parfois des étudiants, parfois des hommes importants, parfois des voisins... Bref n'importe qui... Ces sudistes, ils sont pas ouverts au débat. Leur seul but , c'est de tabasser du Noir. C'est leur trophée, c'est leur victoire..., s'énerve un autre étudiant de Tuscaloosa.

— J'ai lu des articles sur le Ku Klux Klan, intervient John Wise. Ce sont ces jeunes racistes qui s'habillent comme des moines, une toque blanche avec une croix gammée dans le dos et qui effraient les plus démunis. Ils persécutent des familles noires retranchées dans leur maison en pleine nuit. Ils arrivent quand les loups chantent et ils défoncent la porte et cassent tout sur leur passage.

— Des jeunes ? Pas seulement. Comme je vous l'ai dit, ça peut être des gens importants, le reprend l'étudiant de Tuscaloosa.

— On n'en peut plus ! grogne un autre étudiant. On a entendu parler d'un chef qui s'appelle Larry Hoover et qui promet beaucoup aux Noirs.

— Je suis là, et je vais vous aider, enfin moi et les Black Tigers, affirme Larry.

— Et moi je suis un journaliste du *Times Union*, je m'appelle John Wise. Je vais raconter ce qui se passe ici. Vous aurez de la visibilité ailleurs aux États-Unis. Il faut décentrer le débat, il faut que tout le monde sache ce qui se passe en Alabama.

— Quand les deux premiers étudiants noirs sont entrés à l'université d'Alabama, le gouverneur a bloqué l'entrée. Ça a fait la une des journaux, partout en Amérique. C'était il y a deux ans... Nos conditions se sont un peu améliorées depuis, mais... Vous savez, le KKK a beaucoup d'influence..., lui explique un étudiant.

— Nous ne changerons pas les esprits en un jour... Nous ne sommes pas des sauveurs... Mais chaque pierre portée à l'édifice est importante, reprend John Wise.

— La solidarité peut beaucoup de choses. Nous devons nous allier avec l'ensemble des universités pour grossir nos rangs. Il faut absolument se faire entendre, ajoute Wilson.

— Il faut leur faire peur à ces connards du KKK ! Il faut leur montrer qui est le plus fort ! s'emporte Big Calvin.

— Moi j'ai fait le Vietnam ! Je m'y connais en mission « cherche et détruit » ! On va les bousiller ! s'enthousiasme Jimmy.

— Doucement… On ne va pas mettre Tuscaloosa sens dessus dessous et repartir à New York en laissant les nôtres se débrouiller dans le chaos qu'on aura créé… tempère Nataly.

— Il faut s'organiser. Il nous faut une stratégie, un plan d'attaque, conclut Larry.

— Il a raison, intervient Wilson. On reste deux semaines ici, ça va nous donner du temps pour planifier des actions durables.

— Deux semaines, c'est très court ! On doit attaquer dès demain, et pourquoi pas le Capitole ? C'est l'emblème du racisme, ici en Alabama ! propose Larry.

— Il y a beaucoup de membres du Ku Klux Klan qui y travaillent. Et c'est au Capitole qu'a été élu le président des confédérés, répond un étudiant.

— C'est là que Thomas Jefferson a prêté serment comme président des États confédérés des États-Unis en 1861, confirme John Wise.

— Les membres du Ku Klux Klan ne peuvent rien contre les Black Tigers, insiste Big Calvin.

— On va les chasser comme des lapins ! s'enthousiasme Jason.

— Vous êtes fous ! s'indigne Wilson. Que proposez-vous ? Une attaque violente du Capitole ? Et après ? On est des activistes pacifistes, on fait des sit-in, des manifestations, des discours… Comme l'a dit Nataly, on ne va pas mettre le pays à feu et à sang et rentrer tranquillement à New York. Vous êtes fous, vous ne vous rendez pas compte… Et puis j'ai mon diplôme de droit à obtenir, je ne veux pas finir en prison ! La politique c'est une chose, mais on ne va pas mettre nos vies en danger !

— Et puis quelle image ça donnera de nous ? Le mouvement étudiant devient un gang de criminels ? On va perdre toute crédibilité ! Et on est fondamentalement contre la violence ! On ne va pas lutter contre la violence par la violence, ça n'a aucun sens ! Il faut agir intelligemment, arrêter de tergiverser, mais ne pas agir de façon impulsive pour autant ! On va montrer qu'on est nombreux, qu'on est convaincus et indignés, et ce sera déjà beaucoup, répond Nataly.

— Vous avez raison, on va vous laisser faire comme d'habitude. Ça changera rien, mais on risquera rien, conclut Larry d'un air dépité.

« Venez voir ce qui s'est passé ! Vite ! Venez voir ! » hurle Nataly qui est sortie de la réunion un peu plus tôt que les autres. Larry et Big Calvin se dépêchent de sortir suivis de Wilson et Jimmy. Sur le parvis de l'université de l'Alabama, les étudiants assis sur les marches s'esclaffent. Les minibus ont été saccagés, les pneus crevés, et les vitres brisées pendant la réunion. Des croix gammées ont été peintes sur le capot des minibus. Des membres du Ku Klux Klan sont sans doute passés par là. Larry est sidéré par l'ampleur de la bêtise.

Le Rosebud Diner est une maison mobile, un vrai « diner » à l'américaine aux teintes roses et turquoise, aux néons agressifs et au juke-box cassé. On se croirait dans un tableau d'Edward Hopper. Le propriétaire du Rosebud Diner en a vu passer des clients. Son restaurant est, d'après ce que les étudiants de Tuscaloosa disent, « l'un des meilleurs pour manger ! » Des *donuts* huileux sont exposés sous des cloches en verre sur le comptoir du fond où quelques clients boivent leur café versé directement dans leur *mug*. Une odeur de friture empeste toute la salle et les Black Tigers s'installent joyeusement sur les banquettes en cuir, à côté de la baie vitrée donnant sur la rue principale de Tuscaloosa. Les clients assis au comptoir les regardent d'un mauvais œil. Le Noir n'a aucune place ici.

— Je vais prendre un burger avec des frites, et puis un *donut*, un café, et une glace, annonce Big Calvin.

— Tu vas faire craquer tous les boutons de ta chemise ! plaisante Malik.

— Faut bien me remettre de mes émotions. Moi, les croix gammées, ça me donne faim, réplique Big Calvin qui parcourt la carte des yeux.

— Cette bande de racistes, on va les fumer, déclare Jimmy.

— J'espère qu'ils ont beaucoup de mayonnaise, répond Big Calvin.

— Ce fichu KKK, il faut faire quelque chose... soupire Larry.

— Je suis d'avis qu'on dise rien à Wilson, dans ce cas... Mademoiselle ! On a choisi ! dit Big Calvin en levant le bras en direction du comptoir.

La serveuse en uniforme turquoise s'approche d'eux avec embarras. Ses cheveux blonds peroxydés sont coiffés d'un bandana et son tablier porte le nom de l'endroit, on la dirait tout à fait sortie d'une publicité. Larry remarque avec dégoût son rouge à lèvres qui déborde sur son menton et ses faux cils qui se décollent quand elle bat des paupières.

— Vous voulez quoi ? J'veux pas de problème ici, les accueille-t-elle.

— On veut juste manger, Mademoiselle, répond poliment Jason.

Les Black Tigers mangent avec appétit les plats énormes du Rosebud Diner. Ils savent que le moment est venu de faire quelque chose et d'agir.

On pense au Capitole de Montgomery, où Thomas Jefferson fut élu président des confédérés.

— Si tu veux entrer au Capitole, il va falloir s'armer ! dit Big Calvin à Larry.

— Les armes sont pas un problème, pourquoi tu crois que j'avais une si grosse valise ? répond Larry en sirotant son Coca-Cola.

— Parce que tu es coquet comme une poule ! plaisante Big Calvin. Sérieusement ? T'as pris des *guns* ? Je t'avoue que j'en ai pris deux ou trois aussi.

— Pourquoi le Capitole ? demande Jason.

— Wilson a peut-être raison, c'est pas le meilleur moment pour faire ça..., réfléchit Malik.

— C'est maintenant ou jamais, insiste Larry. Les étudiants du mouvement social démocratique peuvent lutter pacifiquement, mais nous, on est les Black Tigers. Et on va pas se laisser faire !

— Mais j'ai rien compris, dit Jason. Ils sont où les bureaux des membres du Ku Klux Klan ?

— Ça ! On sait pas, s'énerve Larry. C'est tout le problème, ils se camouflent la nuit et en journée, ils passent inaperçus...

— Les salauds ! s'agace Big Calvin.

— Mais il doit y avoir quelque chose pour les repérer, ils doivent certainement avoir un quartier général, comme nous l'ancienne presse, explique Jimmy.

Jimmy se porte volontaire pour enquêter, il se vante de son rôle dans l'affaire Richard More et de son flair dans ce genre d'enquête. Larry acquiesce, il est vrai que Jimmy est discret et débrouillard. Big Calvin reste sceptique. Il laisse Jimmy raconter son histoire jusqu'au bout en dévorant sa glace sur trois étages.

— Dans un hôtel de New York, je veux bien que tu passes inaperçu, mais ici, tout le monde va te remarquer ! objecte Big Calvin. Ils vont flairer le piège à plein nez. Et on va se faire lyncher et brûler sur la place publique.

— Je vais faire ce que je peux... Je suis plus discret que toi en tout cas ! se vexe Jimmy.

— Big Calvin a pas tort... Et Le KKK, c'est pas l'urgence, et si on s'attaque à eux, après c'est fini, on pourra plus rien faire. Le Capitole avant le KKK, conclut Larry

— On dit quoi aux étudiants de Columbia ? demande Malik.

— Rien, c'est des parleurs, ils vont nous dire de rester avec eux à parler, répond Big Calvin. Qu'on les laisse parloter dans l'université avec le recteur...

— Et après, j'enquête sur le KKK ? insiste Jimmy.

— Oh, tu nous fais chier avec tes nains de jardin ! Pour l'instant mission Capitole !

— Des nains de jardin ! s'esclaffe Jason. C'est vrai avec leur chapeau pointu !

— Arrête de rire comme ça, tout le monde nous regarde, le reprend Malik.

— Tout le monde nous regarde de toute façon..., s'exaspère Larry.

— Et au fait, Nataly, ça avance ? demande Big Calvin à Larry.

— Fous-moi la paix avec ça... Ta glace est aussi grosse que l'Empire State Building ! C'est quoi toute cette chantilly ?

— Nataly ? Tu veux sortir avec l'ancienne copine de ton frère ? s'étonne Jimmy.

— Elle a des yeux aussi beaux que son cul ! plaisante Jason.

— La ferme, Jason. On parle pas comme ça des filles, s'agace Larry.

— Des filles, des filles, dis plutôt ta chérie ! renchérit Jason.

— J'espère que les gens chez qui on dort sont pas des ploucs, j'ai pas envie d'être enfermé pendant deux semaines chez des crétins, dit Malik pour changer de sujet.

— Jimmy et moi, on sera chez un vieux couple de Noirs, dans une maison à l'écart de la ville... Je me demande comment ça se passe pour eux ici..., répond Larry.

Le grand-père est venu chercher Larry et Jimmy à l'arrêt de bus pour les mener jusque chez lui. « Ce n'est pas loin, mais ce n'est pas facile de trouver, quand on ne connaît pas », leur explique-t-il aimablement. Ce soir, ils dormiront dans les environs de Tuscaloosa en rase campagne. « J'espère que vous n'avez pas peur des serpents ! » plaisante le grand-père. Au milieu des champs, Larry et Jimmy aperçoivent la maison. C'est une *shotgun* house héritée sans doute de leurs aïeux travaillant dans les champs de coton. « La légende dit qu'on nomme ce genre de petites baraques en bois *shotgun house* parce que les pièces en enfilade seraient traversées par un seul coup de feu tiré à la porte d'entrée », leur raconte le vieil homme. « Mais personne ne se risquerait jusqu'ici pour abattre deux vieux comme nous ! » ajoute-t-il en allumant sa pipe. La grand-mère les attend sur la terrasse dans son rocking-chair. Elle fume des cigarettes en lisant le journal. Elle a l'air d'avoir cent mille ans, se dit Larry. Elle est toute ratatinée, ses cheveux blancs ruissellent sur ses épaules et ses petites jambes se balancent comme celles d'une enfant. « Hey Madame ! » l'interpelle Jimmy. La vieille dame lève les yeux de son journal et leur sourit. Le grand-père apporte une citronnade. On profite de la douceur du climat, assis à la terrasse de la *shotgun house*. Les conversations vont bon train. La grand-mère raconte des histoires de l'ancien temps sans jamais s'arrêter, mais les deux jeunes hommes ne s'en lassent pas.

— Vous, les jeunes d'aujourd'hui, vous ne connaissez pas le racisme d'il y a seulement dix ou vingt ans. Ici en Alabama, on nous appelait les *colored*, ça, vous devez le savoir. Personne ne voulait de nous, on refusait de nous laisser fréquenter les bars et les restaurants, mais aussi les parcs et même les fontaines, et puis dans la rue, on nous regardait comme de la vermine. On n'avait nulle part où aller et on était renvoyés dans nos baraques. On devait rester invisibles, disparaître dans le paysage des plantations. Mais il existait un endroit où l'on pouvait se réunir et s'amuser, et cet endroit était un *Juke Joint* qui s'appelait « le Jax ». C'est dans ce *Juke Joint* qu'on s'est rencontrés mon mari et moi, qu'on s'est fréquentés, qu'on a flirté... C'était un bar musical très prisé et à la mode, le Jax ! Et pourtant, le Jax, c'était juste une cabane décrépie qui portait la fameuse pancarte « Réservé aux Noirs ». Pourtant, c'était bien une possession des propriétaires blancs ! Enfin, il y avait un juke-box et parfois même de grands musiciens qui venaient. C'était un fief de jazz, de culture noire, c'était notre endroit, et on l'aimait. On y passait souvent la nuit. Et le lendemain, c'était reparti ! Les belles voitures défilaient devant le bidonville. C'était toujours ça de gagné, on pouvait empocher quelques dollars pour la journée en travaillant dans les plantations. Le travail se négociait chaque matin, comme s'il pouvait s'envoler, comme s'il pouvait disparaître tout à coup.

— Nous avons appris que vos bus ont été saccagés par le KKK, dit le grand-père. C'est le genre d'accueil que l'on réserve aux Noirs en Alabama.

— Ne vous inquiétez pas Monsieur, nous avons vu bien pire à New York..., affirme Jimmy.

— Cette maison est ancienne ! s'étonne Larry.

— Cette maison ! dit le grand-père. C'est une longue histoire !

— Jimmy et moi serons plus que ravis de la connaître, insiste Larry.

— Cette maison appartenait aux aïeux de ma femme. Enfin aux aïeux de ma femme... c'étaient des esclaves de la famille des Lane. Les aïeux de ma femme travaillaient dans les champs de coton qui entouraient cette immense maison. Le temps est passé et la maison est restée. Quand on a hérité de la maison, on n'avait pas le moindre dollar. Donc j'étais obligé de me présenter tous les matins devant les bidonvilles des environs pour aller travailler aux plantations. Et puis, c'est vrai, le soir, le Jax ! Ici, en Alabama, on est beaucoup de descendants d'esclaves. Les Lane, c'étaient des colons britanniques qui s'étaient installés en Virginie puis qui sont venus en Alabama un peu plus tard. Ils avaient une gouvernante française pour leurs enfants. C'était la volonté du père, le maître des lieux, d'enseigner la langue française à ses enfants.

— Puis on a tiré sur Abraham Lincoln, intervient la vieille dame.

— Voilà, c'est exactement ça, reprend le grand-père. La guerre a éclaté et à l'assassinat d'Abraham Lincoln, les esclaves ont été affranchis selon le treizième amendement de la Constitution. Les Lane sont rentrés au Royaume-Uni et ils ont laissé cette maison en plein milieu des champs de coton. Il n'y avait plus d'esclaves pour travailler et il fallait payer plus pour la main d'œuvre... enfin, ça c'est une autre histoire.

— Et vos enfants ? demande Jimmy.

— Nous avons deux fils qui vivent à Chicago. Ils préfèrent rester loin des problèmes et des tracas de l'Alabama. Ils se portent bien et ils travaillent tous les deux. Nos petits enfants ont la chance d'être scolarisés.

— Les écoles en Alabama sont dangereuses, explique la grand-mère. Ma petite-fille sait écrire. Elle sait lire aussi. C'est oncle Bobo à Chicago qui la pousse tous les jours à l'écriture. Elle aime beaucoup les histoires de Mark Twain. Qui sait, un jour elle écrira mieux que Mark Twain ! s'enthousiasme la grand-mère. Mais en tout cas, oncle Bobo est fier de sa nièce.

— Oncle Bobo ! C'est mon frère. Il a choisi Chicago avec mes deux fils parce qu'en Alabama, les Blancs n'embauchent pas des Noirs. Ils préfèrent les laisser à l'écart, continue le grand-père.

— Vous ne voyez jamais vos enfants ? demande Larry.

— On essaye de se réunir une fois tous les deux ans. En attendant, on s'envoie beaucoup de lettres et de photos pour ne pas se perdre de vue. Regardez cette photo ! C'est mon fils aîné avec sa bien-aimée.

— Il vous ressemble, le complimente Jimmy.

— Nous avons préparé votre chambre au dernier étage, une sorte de grenier aménagé, dit le grand-père.
Le grand-père mène Larry et Jimmy au dernier étage de la maison. Deux lits séparés d'une ancienne commode sont disposés dans la chambre. Larry pose son sac et Jimmy s'étend sur le matelas. « Regardez, vous avez une petite fenêtre tournée vers le ciel, vous pourrez compter et repérer les étoiles ce soir ! » leur dit le grand-père en refermant la porte.

Le drapeau américain flotte sur l'université de Tuscaloosa. Larry et Jimmy sont venus récupérer leur bus pour le ramener à la *shotgun house*. Demain, aux aurores, ils prendront la route vers le Capitole de Montgomery, emportant avec eux la fidèle équipe des Black Tigers. Larry regrette son alliance avec le mouvement des étudiants démocrates, ils ne sont bons qu'à donner des conseils et à les regarder de haut. Il se demande même pourquoi Wilson est venu les chercher. Wilson est un hypocrite. Les Black Tigers au sein du mouvement étudiant, c'est un écran de fumée, une fausse avancée. S'ils sont bridés en permanence, quel souffle nouveau peuvent-ils apporter ? Malgré ce qu'ils prétendent, les étudiants ne sont pas prêts à faire des sacrifices, à agir sans se retourner. Ils ont trop à perdre. Ils ont leurs diplômes, leur argent, leur famille, leur nom, leur belle place réservée au chaud à Wall Street, dans un bureau immense, avec des baies vitrées étincelantes, une vue sur les taxis jaunes sillonnant la ville qu'ils surplombent… Nataly est l'une des leurs, malgré son sourire angélique, elle est hypocrite. La rébellion tranquille, ça n'a pas de sens, c'est une vue de l'esprit. Ils pourront dire qu'ils ont essayé, dans leurs jeunes années, de changer le cours des choses, de lutter pour plus d'équité, et ça apaisera leur conscience pour le reste de leur vie, quand ils feront partie intégrante du système, quand ils dirigeront ce monde injuste, quand ils auront oublié que certains naissent misérables, exclus, illégitimes, quand ils se réjouiront de leurs privilèges. Les étudiants noirs lutteront peut-être plus que les autres, les femmes aussi, les femmes noires encore plus, mais au bout du compte, il n'en ressortira que davantage de fierté et d'arrogance. Il imagine déjà Nataly sortant du Palais de Justice de New York, ou d'un cabinet d'avocats réputé, se disant qu'elle a été courageuse, se disant qu'elle a du mérite. Quel fichu mérite à se débattre un peu ? Quand on a tout ce qu'il faut pour démarrer au-dessus du peuple, au-dessus de la racaille de Harlem… Et Mike ? Elle l'aura oublié en un claquement de doigts. Une erreur de jeunesse, ou plutôt une aventure, un frisson. Un souvenir qui reviendra peut-être quand elle sera vieille, toute fripée, au bord de la mort, et qu'elle repensera à sa vie exaltante. « Qu'est-ce que tu fous Larry ? apporte le cric ! Il faut changer les deux roues avant ! » Larry aide Jimmy à changer les deux pneus. Quelques tours de clé et le van est prêt à partir. Jimmy démarre et emprunte le chemin à travers champs menant à la *shotgun house*. À ses côtés, Larry reste pensif. L'avenir des Black Tigers et leur réputation se jouent pendant leur séjour en Alabama. Beaucoup de groupes dans le passé ont prétendu défendre les Noirs, ont revendiqué libérer les Noirs, ont promis d'extirper des mains du gouvernement les fameux droits civiques. Mais ils ont échoué. Les Black Tigers se battront jusqu'au bout. Ils ne feront pas la même erreur que les troupes d'Ap Bac, ils sauront que rien n'est jamais gagné, que l'ennemi ne doit jamais être méprisé, qu'on n'est jamais à l'abri d'un renversement de situation. Ils seront vigilants et humbles. Ils mettront en péril tout ce qu'ils ont, c'est-à-dire pas grand-chose, ils auront le sens du sacrifice et de l'honneur. Il faut tout donner pour bouleverser l'opinion publique et l'*establishment*. Il ne leur manque rien pour partir au front. Ils détiennent des armes, des vans, des bureaux et des adeptes, ils sont organisés et précautionneux, mais aussi rebelles et courageux. Le van traverse la campagne. Au volant, Jimmy a les yeux lourds. « Ne t'endors pas au volant Jimmy ! Je ne veux pas mourir inconnu ! » lui dit Larry. « OK, on ne crève pas avant le Capitole », plaisante Jimmy. Au fur et à mesure que le van s'enfonce dans la campagne, les lumières des réverbères et des maisons s'éteignent, seule la nuit noire les surplombe. Soudain, Larry aperçoit des feux qui avancent comme un serpent dans les champs. Ce sont des torches portées par une vingtaine de silhouettes invisibles. Où vont-ils comme ça ? Un grand bûcher surmonté d'une croix apparaît un peu plus loin dans une clairière. « C'est un putain de rituel du KKK », chuchote Jimmy. Larry ne répond rien et tend l'oreille. Des chants indistincts résonnent dans la nuit. Les incantations des fous lui donnent des frissons dans le dos.

12.

Jimmy appuie sur la pédale d'accélération du van au point mort sur le bord de l'autoroute. Le moteur chauffe. Larry tend des cagoules aux Black Tigers. Celle de Malik est trop petite, mais il tire un bon coup et ça fera l'affaire. « Si seulement tu pensais moins, tu aurais une plus petite tête », le taquine Larry. Jason se plaint : « Je ne peux pas respirer là-dedans ! » Big Calvin visse sa casquette au-dessus de sa cagoule et prépare ses bombonnes de peintures qu'il accroche à la ceinture de son jean. C'est ainsi que les Black Tigers vont faire leur entrée au Capitole. Sans visage, mais criant le nom de leur mouvement, réclamant leurs droits, effrayant les bureaucrates et défrayant la chronique. Ils veulent laisser leur empreinte à jamais. « À jamais, on dira, les Black Tigers ont enfoncé les portes du Capitole de l'Alabama », s'enthousiasme Larry. Jason aligne les bombes au poivre dans son sac à dos. Il a hâte d'asperger tout ça, de les faire chialer comme des mômes, ces sales racistes.

— Et les *guns* ? demande Malik.

— En dernier recours, répond Larry. Cache-le dans le revers de ta veste.

— Je sais même pas tirer, et Jason non plus, s'inquiète Malik.

— T'appuies sur la gâchette, c'est pas compliqué. De toute façon, c'est le dernier reçours. Interdiction de tirer sans mon autorisation, compris ? insiste Larry.

— L'université de Tuscaloosa est bloquée, dit un enseignant au recteur en ouvrant la porte.

— Qu'est-ce qui se passe encore ? demande le recteur. Ne me dites pas que ces étudiants de Columbia fichent déjà le bordel ici ! s'énerve le recteur.

— Malheureusement, ils sont suivis par nos étudiants aussi, affirme l'enseignant.

Devant l'université, Wilson et Nataly exhortent à tous les étudiants à s'asseoir sur le parvis en brandissant leurs pancartes et leurs bannières aux slogans tels que « Non au racisme ! », « étudiants Noirs égaux aux étudiants blancs ! » ou encore « Alabama capitulée ». John Wise en profite pour prendre des clichés. Les étudiants jouent le jeu et posent en levant le poing, en hurlant, en fronçant les sourcils. Au milieu de cet attroupement, les vans fracassés par le KKK ont été recouverts du drapeau américain. Quelques étudiants sont debout sur le toit des bus et chantent, la main solennellement posée sur le cœur, au rythme d'un air de guitare. C'est une chanson de Billie Holiday, *Strange Fruit*. La chanson parle d'un Noir pendu à un arbre, « les yeux exorbités et la bouche tordue, parfum de magnolia doux et frais, puis une soudaine odeur de chair brûlée ». Le moment est fort, c'est toute l'histoire de l'esclavage et des lynchages qui apparaît dans cette poignée de voix de jeunes qui piétinent le drapeau américain. C'est l'histoire de leurs aïeux, de ceux qui ont souffert le martyr, les grands oubliés de la politique américaine, ceux qui dorment au fond de leur tombe et dont la voix est morte et enterrée, la voix des victimes qui font honte au pays de la Liberté. John Wise cherche les Black Tigers. Où est Larry ? Où est Big Calvin ?

— Les Black Tigers ont déserté ? demande John Wise à Wilson.

— J'en ai bien l'impression.

— Dis-moi ce que tu sais, où sont les Black Tigers ? insiste le reporter.

— Ils voulaient agir moins pacifiquement, intervient Nataly.

— Qu'est-ce qu'ils avaient en tête exactement ? Pourquoi ils ne m'ont pas prévenu ? Je suis payé pour écrire sur eux, aux dernières nouvelles ! s'agace John Wise.

— Peut-être au Capitole..., suggère Wilson nonchalamment. Ce n'est pas mon problème, les Black Tigers sont incontrôlables, ils ne veulent pas obéir aux règles du mouvement étudiant, tant pis pour eux.

Wilson s'écarte du reporter avec agacement. Il est le leader de la manifestation du jour, il s'agit de prendre ses responsabilités. Le recteur a ameuté tous les enseignants de l'université sur le parvis et Wilson veut profiter de son auditoire pour faire un beau discours. Il saisit un porte-voix et demande le silence : « Chers camarades, nous sommes ici pour exprimer notre indignation. Nous sommes ici pour nous rebeller contre le racisme en Alabama, la domination sudiste, les meurtres perpétrés contre les Noirs, l'injustice du système législatif et judiciaire, la marginalisation et la discrimination jusque dans les écoles. Nous exprimons également notre désapprobation envers la guerre du Vietnam. Nous sommes soudés, dans toutes les universités des États-Unis, pour réclamer paix, justice et égalité ! hurle Wilson dans le micro en s'adressant à la foule ».

À Montgomery, le Capitole s'impose au bout de l'avenue où flottent les drapeaux de tous les États des États-Unis. Le Capitole, c'est un signe de puissance et c'est dans cet immense bâtiment que siège le gouverneur de l'Alabama. Le Capitole, c'est un signe d'autorité et c'est dans ce mastodonte que sont votées les lois de l'Alabama. Mais c'est aussi ici que protestent souvent les Noirs pour les droits civiques. Ce matin, les rayons du soleil viennent se coucher sur les marches et entre les colonnes, recréant la géométrie parfaite et harmonieuse des touches d'un piano. Mais au Capitole, l'osmose entre les Noirs et les Blancs n'est pas. Parfois, on y lève le drapeau des États confédérés et cela fait scandale. À l'entrée, sous l'œil attentif d'une sentinelle, des hommes entrent et sortent, leur mallette de cuir à la main, leur petit pas pressé, leurs lunettes à écailles vissées sur leur nez. Le van des Black Tigers accélère sur l'avenue principale. Jimmy conduit comme un gangster. Malik l'encourage en tambourinant des pieds. Big Calvin fait tourner nerveusement sa casquette sur sa tête. Jason sifflote avec insouciance. Larry, assis à l'avant à côté de Jimmy, sent son cœur pourfendre ses côtes, les maisons de l'avenue se dissipent, le van vrombit comme une bête sauvage, c'est le grand moment qui arrive. Il sera tenu pour responsable de tout dérapage, mais aussi de toute victoire. John Wise en fera la figure de proue des Black Tigers, comme toujours, et Larry Hoover deviendra une légende, héros ou criminel, ou les deux peut-être. « Préparez-vous ! » hurle Jimmy en pilant devant l'entrée du Capitole. Le garde les aperçoit aussitôt. « Renforts au Capitole, cinq hommes dans un van avec un tigre noir », dit-il dans son talkie-walkie. Les portes s'ouvrent en un fracas et les Black Tigers descendent en trombe, cagoulés, armés, excités comme des braqueurs de banque. « C'est parti ! » les encourage Big Calvin.

D'autres étudiants des universités voisines sont venus se joindre au sit-in de l'université de Tuscaloosa. Ils sont assis sur les marches par centaines. C'est une foule, c'est une horde d'activistes qui écoutent Wilson. Nataly est inquiète pour Larry. Les Black Tigers sont des têtes brûlées. Elle revoit Larry lisant son journal le dimanche après-midi, son air sérieux, ses regards portés sur elle, à la dérobée, timides et amoureux. Il la regarde toujours, mais avec plus d'ambiguïté, plus de désir et de colère. Quel homme est-il devenu ? Un homme enfermé dans sa rancune, un homme aigre et révolté. Le Larry rêveur et mélancolique n'est plus. Il lui manque, ce petit frère maladroit, perdu dans la vie. Il était émouvant et intelligent. Il est aujourd'hui brutal. Mais il parle bien, il est plus sûr de lui, plus éloquent. Il ose, il a grandi. Mais elle craint la fureur de ce Hoover blessé. Elle sent qu'il est plus hargneux que Mike. Mike était raisonnable, Larry attendait le bon moment pour tout envoyer valser. Ce moment-là, c'est aujourd'hui, sans doute au Capitole, et il l'a attendu toute sa vie. Elle décide de confier ses craintes à John Wise :

— Je sais que Larry vous porte en estime... Peut-être devriez-vous aller au Capitole, John...

— Et louper le sit-in de Tuscaloosa ? Et puis je n'ai été tenu au courant de rien !

— Je pense qu'au Capitole, il va y avoir de quoi alimenter vos articles, si c'est ce qui vous préoccupe, s'agace Nataly.

— Et comment je vais à Montgomery ? Je peux bien trouver une voiture ou un scooter dans un garage du coin..., réfléchit-il.

Alors que John s'éloigne de l'université, Wilson reprend ses discours devant son public croissant. Il est fier, il est heureux. Il se voit déjà en grand politicien de son pays. Les étudiants l'acclament, il est écouté, il est admiré. Mais alors qu'il finit un discours, une bande de jeunes fermiers blancs arrive en moto sur le parvis de l'université. Ils traversent le parvis à toute vitesse, faisant vrombir le moteur à chaque virage pour effrayer les étudiants. Les manifestants s'écartent avec indignation. Les motos pétaradent et les fermiers donnent des coups de pied à la volée. Les étudiants se protègent le visage sans se lever. Rester assis, rester forts, c'est le mot d'ordre. Les bannières sont fendues au couteau, les pancartes aplaties à tours de bras. Qui a bien pu avertir ces fermiers de leur présence ? La nouvelle a vite circulé : « Des étudiants pour la cause des Noirs sont assis devant l'université. Faites quelque chose, l'Alabama sera toujours digne ! » Et voilà dit, voilà fait. Les fermiers descendent de leur moto et commencent à provoquer les manifestants à coup d'insultes et de menaces. « Barrez-vous d'ici bande de négros ! » hurle un fermier. Wilson se lève et crie dans le porte-voix : « Restez assis, nous n'allons pas nous laisser faire ! Ne bougez surtout pas ! » Un fermier vêtu d'une veste en cuir avec un aigle brodé dans le dos s'approche d'un étudiant noir de Columbia. Il le tient par la gorge. Malheureusement l'étudiant ne fait pas le poids devant les gros bras du fermier. Le fermier lui crache à la figure et le gifle deux fois avant de lui lancer : « Ton père ne t'a jamais dit qu'ici en Alabama, seules les femmes blanches ont le droit de donner naissance à la suprématie blanche ! » L'étudiant a les larmes aux yeux, des larmes de rage, de frustration. Mais il se laisse faire comme Wilson a dit, très pacifiquement. C'est au tour du recteur de venir se poster en haut des marches. Il mitraille du regard les étudiants en les sermonnant : « Je vous avais avertis ! Je vous avais avertis ! » Les jeunes le huent. C'est un perdant, il a été obligé d'appeler des fermiers pour en finir avec cette histoire. Nataly saisit le porte-voix et parle à son tour : « Laissez-vous faire, seule la patience l'emporte sur la haine, ne vous laissez pas abattre ! Liberté aux Noirs ! Alabama a capitulé ! » Wilson applaudit la bravoure de Nataly lorsqu'un fermier vient la pousser à terre pour s'emparer du porte-voix. Il le balance et le piétine comme un enfant en colère. Le grésillement du porte-voix est insupportable. C'est un long sifflement qui finit par mourir sous les pieds du fermier. « Et maintenant ? », crie-t-il avec fierté. Les autres fermiers l'applaudissent en scandant : « Alabama blanche, Alabama digne ! » Aussitôt, un étudiant de Tuscaloosa se met à chanter, c'est du *Negro Spiritual*, et les autres le suivent. Leurs voix s'élèvent comme une seule et même voix de courage et de colère :

Nobody knows the trouble I've seen
Nobody knows but Jesus
Nobody knows the trouble I've seen
Glory, Hallelujah
Sometimes I'm up, sometimes
I'm down, ohh, yes Lord
Sometimes I'm almost
To the ground, oh yes, Lord

Les Black Tigers montent l'escalier monumental du Capitole en courant. Le garde serre son arme contre sa poitrine. Immobile, il les observe. Il n'a pas le droit de lancer les hostilités. À peine arrivé en haut, Big Calvin sort sa bombe au poivre et asperge le visage du garde : « Les Black Tigers te saluent ! » La sentinelle hurle de douleur et laisse tomber sa mitraillette. Jimmy lui arrache son talkie-walkie. « Les Black Tigers vont conquérir le Capitole ! Les Black Tigers luttent pour l'égalité entre les Noirs et ces putains de Blancs ! » crie-t-il dans l'appareil. Larry s'empare de la mitraillette et assomme le garde d'un bon coup de crosse. Dans le Capitole, les gens s'affolent et courent en tous sens à la recherche d'une sortie de secours. Malik et Jason referment les portes du Capitole et s'assurent qu'elles sont verrouillées. À l'accueil, la secrétaire se cache sous son bureau. Elle tremble de peur. « Sabotage ! C'est un sabotage ! » murmure-t-elle. Jimmy s'approche du bureau et balaye d'un revers de bras toute la paperasse. « Ne bouge pas ! » ordonne-t-il à la secrétaire recroquevillée. Plus loin, deux hommes s'agenouillent les mains derrière la nuque devant Big Calvin qui les tient en joug avec sa batte de baseball. « Vous aimez les Yankees ? » demande-t-il aux deux politiciens qui acquiescent sans réfléchir. Alors qu'il lève sa batte de baseball au-dessus de leurs têtes, Jimmy intervient pour le retenir. Larry monte sur le bureau de la secrétaire et fait une annonce générale : « Ne bougez pas, ne hurlez pas, c'est une attaque du Capitole. Nous sommes les Black Tigers et notre problème, c'est vous ! Nous allons vous montrer les conséquences de vos actes, les conséquences de l'injustice que vous perpétrez entre ces murs ! » On dirait un hold-up. « Dieu non, ce sont des terroristes ! » murmure la secrétaire. Plus personne ne peut s'échapper du Capitole. L'entrée est bouclée. Jimmy, Malik et Jason surveillent le rez-de-chaussée, Big Calvin et Larry remontent le prestigieux escalier en colimaçon du Capitole et se dirigent vers le bureau du gouverneur. Malik prend sa mission très à cœur et arpente le long couloir principal, sa batte de baseball tenue fermement entre ses doigts, psalmodiant quelques discours de Martin Luther King à sa sauce et entrecoupés d'insultes pour intimider les otages : « Il n'y aura ni repos ni tranquillité en Amérique, bande de connards, jusqu'à ce qu'on ait accordé au peuple noir ses putains de droits de citoyen. Ses putains de droits ! Vous comprenez les sudistes ? Les tourbillons de la révolte ! Oui, les tourbillons ne cesseront d'ébranler les fondations de notre nation jusqu'à ce que le jour éclatant de la justice apparaisse. Le jour éclatant de votre échec, ce putain de jour de votre apocalypse... » Jimmy éclate tout ce qu'il trouve à grands coups, les vases, les lustres, les pots de fleurs, les peintures. Soudain, Jason aperçoit une femme cachée derrière une sculpture qui tente de s'échapper. « Malik ! Elle veut se faire la malle ! » hurle-t-il, paniqué. Aussitôt, Malik donne un gros coup de batte dans la sculpture en marbre qui tombe et se brise devant elle. La femme se met à pleurer, sa jambe est ensanglantée. « Reste sage ! » lui ordonne Malik. Jason ramasse le morceau planté dans la chair et tente de panser la plaie comme il peut. Le sang gicle entre ses mains, impossible de contenir l'hémorragie. Et la jambe est tordue comme un trombone, c'est un sacré coup qu'elle a reçu. « C'est quoi ce bordel ? » s'énerve Jimmy en voyant la femme allongée dans son sang. Un homme agenouillé devant lui bredouille : « Je suis médecin ». Jimmy lui fait signe de porter assistance à la femme blessée. Ça y est, l'attaque a dégénéré. Larry et Big Calvin arrivent dans la salle de conférence. C'est l'une des plus belles salles du Capitole. Des tableaux de la guerre de Sécession, un gigantesque lustre en cristal, des statues qui flanquent les murs comme les gardiennes muettes du pouvoir. Larry balaye la salle du regard : « C'est beau, c'est impressionnant. On va tout bousiller ». Big Calvin lui répond par un large sourire. « Avec grand plaisir ! » s'exclame-t-il en sortant son flingue du revers de sa veste. « Écarte-toi ! » demande-t-il à Larry qui enfile des lunettes de soleil. Big Calvin respire un bon coup et appuie sur la gâchette. Un à un, une à une, les tableaux, les statues, tous les apparats, sont perforés, troués, brisés. C'est un vrai spectacle. Larry lui fait signe d'arrêter. Il observe l'ampleur des dégâts. « On finit à la peinture », ordonne-t-il. Et les deux leaders recouvrent le sol du nom de leur gang. « C'est bon, c'est à nous maintenant ! » conclut Big Calvin. Il est temps de passer à la suite du plan. « C'est le bureau du gouverneur ! J'en suis sûr ! » dit Big Calvin en indiquant la petite porte dorée au fond de la salle. Larry frappe à la porte. Aucune réponse. Il insiste. Toujours rien. « Ouvrez la porte, Monsieur le Gouverneur ! » ordonne Big Calvin. Larry décide de défoncer la porte. Il prend son élan et se jette sur la porte, en vain, il n'a pas assez de force. « Il te faut des gros bras pour ce genre de choses ! » dit Big Calvin avec ironie. Et le voilà qui tambourine comme un fou furieux sur la porte. Tout à coup, ils entendent le verrou céder. La poignée tourne et le gouverneur apparaît dans l'embrasure de la porte.

— Qui êtes-vous, bande de voyous ?

— Les Black Tigers, enchantés, répond Larry.

— Et toi, t'es qui ? demande Big Calvin en le bousculant pour entrer.

— Eh bien, je suis le gouverneur de l'Alabama… Mais ce ne sont pas des manières, je vais devoir alerter la police, Messieurs…

— Je suis Mickey Mouse et ça, c'est mon associé Donald Duck, insiste Larry.

— Vous êtes qui ? Pour qui vous prenez-vous ? Les Noirs ne peuvent entrer dans ce bureau ! s'énerve le gouverneur.

— C'est pour ça qu'on veut te dire notre façon de penser, dit Big Calvin en le poussant sur une chaise.

— Ne me touchez pas ! hurle le gouverneur.

— N'aie pas peur, on va juste te faire connaître la sensation d'être noir. Ne bouge pas, tu vas te faire mal..., dit Larry en lui ligotant les mains.

— De quoi parlez-vous ? s'inquiète le gouverneur.

— Tu vas bronzer ! plaisante Big Calvin en sortant une bombonne de peinture de son sac à dos.

Big Calvin débouchonne la bombonne de peinture et asperge le visage du gouverneur : « Te voilà Noir, Blanche Neige ! » Le gouverneur hurle de douleur et d'humiliation. Ses yeux sont rouges, ses cheveux ruissellent de peinture sur sa chemise. « Bande de vauriens ! Je me vengerai ! » les menace-t-il. Larry se penche vers lui en ricanant et lui fourre une boule de papier dans la bouche. « Comme un bon cochon américain, prêt à la broche », plaisante Big Calvin. Il ne leur reste plus qu'à saccager le bureau en bonne et due forme. Mais alors que Larry brise les vitres à coups de chandelier, il aperçoit des lueurs rouges et bleues dans l'avenue principale. « Big Calvin ! On est faits comme des rats ! Il faut déguerpir ! Vite ! » On entend déjà les sirènes qui se rapprochent. Larry s'affole. Il faut se grouiller, s'ils se font attraper, la police de l'Alabama sera moins clémente que celle de New York et ils croupiront en prison pendant des années. Leur fichu Capitole est dévasté et le gouverneur outragé, ils n'aimeront pas, mais alors pas du tout. Les deux leaders des Black Tigers dévalent l'escalier à toute berzingue en hurlant : « On se taille ! Les *pigs* arrivent ! » À l'entrée, Jason et Malik sautillent sur leurs jambes. Ils s'impatientent. « Allez faut partir, les flics approchent ! » s'énerve Malik. Alors que tous s'apprêtent à partir, Larry les retient. Il veut signer leur intrusion. « Attendez, y a encore un truc ! » Il sort un fusil à pompe du sac. Il pointe l'arme vers l'attache du lustre et appuie sur la gâchette une dizaine de fois. On entend un léger cliquetis. Le lustre se détache et, en l'espace d'une seconde, il s'effondre sur le sol. Les otages s'écartent en criant, le cristal se répand dans le couloir en mille éclats. Larry est fier, c'est sa dignité, c'est ça les Black Tigers.

Le Capitole est encerclé. Les policiers de l'Alabama sont venus en masse pour sécuriser la zone. Les lueurs bleues et rouges des sirènes se reflètent sur les colonnes du Capitole. On aperçoit enfin le gouverneur descendre les escaliers au bras de deux policiers. On découvre avec horreur son visage dégoulinant. Le gouverneur est noir, le gouverneur est sali. Il titube, sonné, jusqu'à la voiture qui l'attend sur le parvis. Un journaliste immortalise la scène coûte que coûte. À côté de la limousine du gouverneur, une ambulance attend la pauvre femme portée sur une civière, grièvement blessée lors de l'attaque terroriste. « Il y a eu plus de peur que de mal », conclut un inspecteur de police dans son talkie-walkie en descendant les marches. John Wise remonte l'avenue principale en moto. Arrive-t-il trop tard ? Il aperçoit la foule amassée sur le parvis du Capitole et la dizaine de journalistes impatients qui hèlent les policiers. Il laisse sa moto sur un trottoir et accourt. Qu'est-ce qui s'est passé ? Dieu non ! Il espère que les Black Tigers n'ont pas fait un carnage au Capitole. Des policiers, des ambulances, une horde de journalistes et une foule complètement bouleversée. Ont-ils osé ? Ont-ils franchi la ligne ? Il refuse d'y croire. Il veut voir de ses yeux comme le disciple Thomas qui voulait voir les plaies de Jésus. John Wise se joint aux journalistes qui forment une mêlée dense et agitée devant les bandes jaunes. Les policiers refoulent la presse comme des indésirables : « Laissez agir la police, dégagez, il n'y a rien à voir. Des terroristes noirs ont massacré le Capitole, écrivez ça, et dégagez ». Mais qui sont ces terroristes ? Qui a bien pu oser défigurer le pouvoir de l'Alabama ? « Les Black Tigers, un truc du genre », répond l'inspecteur de police. John Wise frémit à ce nom, il va être associé à eux, c'est sûr, il va être jugé complice, il doit partir, ne laisser aucune trace de son passage. « Y a-t-il des morts ? » ose-t-il pour en avoir le cœur net. « Non, pas de morts, dégagez Monsieur », lui répond-on.

13.

À l'orée de la forêt, seuls les reflets de la lune viennent perturber la nuit profonde. Adossé au tronc d'un arbre, Larry attend. Viendra-t-elle ? Des sentiments contraires l'assaillent. Oui, il trahit son frère, il souille sa mémoire, mais il l'aime, il en est convaincu, il aime Nataly et il ne peut pas laisser passer sa chance. Mike comprendrait, Mike lui pardonnerait, il n'a plus rien à attendre de là où il est, il n'a plus rien à espérer, il doit laisser la place aux vivants. Et Larry mérite d'être heureux, Mike le dirait, le penserait. Bien sûr, il est difficile de partager, de tourner la page, de pardonner, mais Mike comprendrait. Quand il courait dans la plaine d'Ap Bac, il était libre, libre de Nataly, libre de tout ce qui le retenait encore. C'est en homme libre qu'il est parti, c'est en homme libre qu'il le regarde, là-haut, attendre Nataly. Le vent fait bruisser le feuillage des arbres. Larry contemple le mystère de la forêt. Ce sont ces arbres qui sont là depuis des siècles, ces arbres témoins de l'Histoire de l'Alabama. Témoins du chant des esclaves joints aux versets de la Bible, témoins de la guerre de Sécession et des meurtres, des lynchages, des claquements de fouets, témoins de l'affranchissement des Noirs, témoins de leur fuite vers le Nord et de leurs baisers interdits à l'orée de la forêt. Chaque clairière porte le soupir d'un esclave. Chaque branche a pu soutenir une corde. Et au bout de la corde, un corps se balançant, se putréfiant pendant des jours dans la chaleur de l'Alabama. Et chaque chemin de terre a été foulé par des générations de Noirs et de sudistes. Des vies qui ont traversé la forêt. Et chaque trou, dans chaque tronc, a porté un secret murmuré, une honte, une confession. Comme des bouches silencieuses. Comme des oreilles sourdes. On leur a dit qu'on était perdu, qu'on était amoureux, qu'on était malheureux, ou qu'on était heureux, qui sait… Un nuage passe devant la lune et la forêt s'obscurcit. On ne voit pas à un mètre devant soi. Larry a l'impression de disparaître. Et ça l'apaise. Il écoute sa respiration. Seul son souffle parmi les bruits de la nuit. Le brame des cerfs, rauque et puissant, le roucoulement des chouettes, le pas feutré des lapins dans les buissons. Larry recouvre ses esprits en entendant des pas sur les feuilles mortes. Ça craquelle, quelqu'un se rapproche. Ça ne peut qu'être que Nataly. Elle a répondu à son invitation, elle a bravé l'interdit. « Nataly ! Nataly ! » l'appelle Larry.

— Je veux rentrer à Harlem, je suis épuisée de penser aux autres..., se plaint nostalgiquement Nataly.

Assise face à Larry, elle lui dit ça comme une confidence, comme si Larry comprenait toutes ses peines et ses peurs. Pourtant, Nataly se sent envahie par un sentiment de sécurité qu'elle connaît déjà et qu'elle appréhende. Mike n'était-il pas son protecteur ? Et la voilà à l'orée de la forêt avec son frère, le chef des Black Tigers.

— Tu te sens pas en sécurité ici ? demande Larry.

— C'est toi qui parles de sécurité alors que tu essayes...

— J'essaye quoi ?

— Larry, tu sais, le mouvement étudiant de Columbia ne pourra jamais s'entendre avec les Black Tigers. J'ai réalisé ça aujourd'hui avec Wilson. Nous ne sommes pas sur la même longueur d'onde... tu comprends ?

— Je n'ai plus le droit de te parler ? demande Larry.

— J'ai bien répondu à ton invitation, ici, au milieu de la forêt, répond Nataly avec un sourire.

— Je voulais passer du temps avec toi. Depuis que nous sommes en Alabama, je n'ai pas eu un seul instant de répit et je n'ai pas pu te parler comme j'aurais voulu...

— C'est vrai qu'on parle mieux la nuit, quand tout le monde dort, les étudiants et les Black Tigers...

Nataly s'étend à côté de Larry. Elle laisse ses cheveux ruisseler entre les feuilles. Elle en saisit une poignée pour en sentir la fraîcheur. Ça sent l'humus, la mousse, les champignons, ça sent la terre, le froid, la nuit. La forêt crépite derrière elle comme un feu noir. Elle chantonne sans mots, sans paroles, sans vraiment savoir quelle chanson. Elle réalise qu'elle est heureuse à côté de Larry. On dirait que Mike n'est jamais parti, qu'il est là comme un fantôme, qu'il est vivant. C'est la voix de Mike, c'est celle de Larry, c'est leur douceur apaisante dans la forêt.

— Pourquoi ce lieu si romantique ? demande-t-elle. Ce n'est pas le genre d'un Black Tigers...

— Tu crois que les Black Tigers n'ont pas de sentiments ?

— Je n'ai pas dit ça, je pense que les Black Tigers sont sensibles et idéalistes. Enfin, surtout leur leader...

— Peut-être... bredouille Larry.

— C'est sûr, on ne peut pas diriger une révolte sans idéaux. On a besoin de sentiments, c'est les sentiments qui construisent le monde de demain. C'est le sentiment de se sentir libre et légitime qui nous fait avancer vers un monde meilleur... ou pire.

— Les Black Tigers ne se laisseront jamais faire.

Nataly passe sa main sur l'écorce du grand chêne. Elle sent la sève qui monte jusqu'à la cime, elle sent toute cette énergie, cette vitalité qui le pénètre. Cette vie constante, tranquille, qui résiste au temps. Elle se sent petite et vulnérable. Elle a l'impression qu'elle peut tout dire et tout faire ici, que ça n'a plus d'importance, que les lois, les interdits, les états d'âme, que rien n'existe plus, que le temps n'existe plus, qu'elle n'est plus qu'un animal sauvage, destiné à vivre et à mourir sans rien comprendre. C'est vrai, elle ne comprend plus. Et elle n'en a plus envie. Elle se réjouit de perdre ses repères. De perdre ses esprits. De sentir son corps vibrer, lui échapper, son cœur palpiter, ses narines se gonfler. Ses mains caressent la terre, douce, fraîche. Elle a envie de lui appartenir. Devenir poussière dans la poussière. Ne plus penser à rien. Larry allume une cigarette. Nataly tourne son visage vers lui et se met à raconter :

— Aujourd'hui, notre mission a réussi. Nous avons milité pacifiquement devant l'université de Tuscaloosa. Des motards sont arrivés, des battes à la main. Ils étaient furieux de nous voir ici. Wilson s'est pris des coups et les étudiants de Tuscaloosa aussi, mais ils ont résisté, et ils se sont même moqués du recteur qui voulait faire cesser la manifestation. Ils n'avaient jamais osé faire ça auparavant. Ils commencent à avoir confiance. Ils ne veulent plus arrêter le combat.

— Pourquoi le combat s'arrêterait ?

— Ils se sentent seuls et illégitimes...

Larry ne répond rien, « seuls et illégitimes », ces mots résonnent en lui. À Harlem, dans la brousse du Vietnam, en Alabama, tout ce temps, toute sa vie, il se sentait seul et illégitime. C'est pour ça qu'il est en colère, qu'il a envie de hurler, de se révolter. Seul et illégitime, personne ne devrait ressentir ça. Nataly le dévisage. Elle semble lire dans ses pensées. Elle se rapproche de lui et pose sa main sur la sienne. La main de Larry frémit, mais il la laisse entre ses doigts, il la laisse se réchauffer, se reposer. L'odeur sucrée de Nataly l'enivre. Cette odeur de femme, cette odeur qui n'appartient qu'à elle, cette odeur qui le remuait en secret, le dimanche après-midi, quand elle venait voir son frère Mike, cette odeur du désir et de l'interdit. Il a envie de l'embrasser, mais il est tétanisé. Il n'a pas le droit. Et si tout s'écroulait ? Et s'il était déçu, après tout ce temps ?

— On ne devrait pas, dit-elle.

— Non, on ne devrait pas, répète-t-il.

— Non…, soupire-t-elle.

— Tu veux partir ?

Non, elle ne veut pas s'en aller. Non, elle ne veut pas revenir. Revoir Wilson et les autres, ça l'épuise déjà. Elle n'en peut plus d'argumenter, de discuter, de préparer. Elle ne veut pas rentrer dormir, et demain serait un jour nouveau qui n'aurait rien de nouveau, un jour nouveau pour être raisonnable, un jour nouveau de pression et de fatigue. Soudain, ils entendent un frémissement derrière eux. Larry lui fait signe de se retourner doucement. C'est une biche qui s'est aventurée jusqu'à la clairière. Elle ne les a pas vus. Elle broute quelques herbes sèches en avançant vers eux. Sa robe pâle se détache de l'obscurité comme un caillou blanc. Elle est belle. C'est une apparition. Nataly est émue, elle lance des sourires à Larry. Ils sont complices de l'indiscrétion de la biche. Elle est témoin de ce moment d'intimité entre eux. Larry s'approche de Nataly pour mieux sentir son parfum et, malgré lui, comme animé d'une force extérieure, il dépose un baiser dans son cou. Nataly sursaute et jette un petit cri. La biche se tend, elle les cherche. Enfin, elle les aperçoit et plonge ses grands yeux dans ceux de Larry. Sans inquiétude, elle soutient son regard. Elle pénètre son esprit, comme un être divin, elle s'adresse à lui. Larry se remplit de cette innocence. Puis la biche se retourne, sans empressement, et s'engouffre dans la forêt en quelques bonds.

— C'était incroyable, murmure Larry.

— Qu'est-ce qu'elle t'a dit ? J'ai eu l'impression qu'elle te parlait…

— Elle a dit… De ne pas avoir peur et de t'embrasser, sourit Larry.

Elle veut, elle veut qu'il l'embrasse, mais elle n'ose pas… elle n'ose pas braver l'interdit en laissant ses lèvres s'abandonner sur celles du chef des Black Tigers. Le vent siffle entre les buissons. Nataly frissonne et se blottit contre Larry. Il sent sa tête sur son épaule, si légère, et ses cheveux qui lui chatouillent la nuque. Il se penche vers elle, tourne son visage vers le sien et pose sa joue sur la sienne, doucement, peau contre peau. Puis son nez contre le sien. Leurs souffles s'échangent. Il parcourt son visage du bout des lèvres et se prête au jeu animal de la biche. Nataly ferme les yeux et sa bouche charnue effleure celle de Larry. Elle sent chacune de ses caresses, chacun de ses gestes, ses mains glisser sur elle dans l'obscurité. Le désir monte peu à peu. Larry devient plus ardent, ses doigts pressent sa chair, sa langue s'engouffre entre ses lèvres. Leurs corps se rejoignent, s'unissent complètement. Nataly passe ses mains sous le pull de Larry. Elle caresse son dos musclé, laisse ses doigts s'égarer le long de la colonne vertébrale, jusqu'à la naissance des fesses. Elle retire son pull et enfonce ses ongles dans sa peau, dessine sa passion tout le long de son dos, lui mord l'oreille, lui murmure son amour. Larry la déshabille à son tour, il veut sentir sa nudité contre la sienne, devenir un animal dans cette forêt noire, se rouler dans les feuilles, la pénétrer violemment dans la mousse, contre un arbre, la sentir entièrement à lui. Il la presse contre son torse brun et dur. Ses seins sont doux et gonflés. Il a envie de la dévorer, de la posséder, de la dompter.

Nataly plonge ses yeux dans ceux de Larry, ses pupilles noires sont deux puits sans fond, dilatées, brillantes. « La nuit n'est certainement pas finie, elle ne fait que commencer ! » lui murmure-t-elle. Elle le sent se mouvoir en elle, elle sent cette attention profondément enfouie, et un soudain frisson qui le traverse quand la brise se soulève. Larry et Nataly se prêtent au jeu des mots glissés à l'oreille. « Tu es vraiment un chef Larry, je le sens en moi ! » lui dit-elle. Larry descend et remonte, de plus en plus fort, de plus en plus vite. « Doucement... » lui susurre-t-elle. Elle veut que le plaisir dure, longtemps, qu'il pénètre tout son corps avec patience, qu'il l'envahisse comme une vague, qu'il la submerge. Elle veut que sa peau s'en souvienne, que l'extase panse ses plaies, que la jouissance efface la culpabilité. Elle ne veut aucun regret. Ses mains donnent le rythme sur les hanches de son amant. Elle se nourrit de son souffle brûlant, de la froideur du sol, du frémissement des feuilles mortes sous ses pieds nus. Tout à coup, la vague déferle, le plaisir consume son corps, elle se cambre, elle se débat. Ses gémissements sont furieux, sauvages. Larry continue. Il la tient fermement jusqu'à la fin. Un cri déchire la nuit. Suivi d'un râle viril. La lune est rouge au-dessus des deux amants étendus sur la terre humide.

La rosée du matin a remplacé la brise nocturne. Les oiseaux frétillent et gazouillent entre les branches. Les rayons du soleil s'infiltrent timidement entre les arbres. Nataly a ouvert les yeux dans les bras du chef des Black Tigers. Il dort d'un sommeil profond. Ils sont là, étendus sur le tamis de feuilles, comme deux enfants sauvages. Nataly observe le ciel opaque. Le cercle blanc du soleil ressemble encore à la lune. Il est temps qu'elle parte. Avec un peu de chance, son aventure passera inaperçue. Alors qu'elle écarte les bras de son amant, il la retient instinctivement, la serre encore plus fort contre lui. Elle dépose un baiser sur son front et repousse ses bras tout doucement. « Je m'en vais », chuchote-t-elle sans le réveiller. Elle se rhabille, un peu honteuse, piteuse d'être ainsi nue comme une bête. Mais elle a aussi envie de rire, elle se sent soulagée, apaisée. Larry la regarde s'éloigner comme un rêve. Dans le paysage rougeoyant, sa silhouette disparaît. Et inspiré par ce beau matin, Larry chantonne *Summertime.*

14.

« Où étais-tu hier soir ? » demande Jimmy à Larry qui est étendu sur son lit. Larry ne répond pas. Il ne s'est pas lavé de la journée pour garder sur sa peau l'odeur fraîche des feuilles, le parfum de Nataly, le secret de la forêt et ce moment inoubliable. Quand est-ce qu'il va la revoir ? Jimmy observe Larry songeur, le visage terreux et les vêtements froissés. Qu'a-t-il préparé en secret cette nuit ? Il ne se doute de rien, il imagine un plan monté par son leader. Le chef des Black Tigers ne répond pas. « T'as pas à me répondre ! Mais Big Calvin a demandé de toi, les autres aussi ! Je me suis dit que tu dormais et je ne t'ai pas trouvé quand je suis rentré chez les vieux ! » Larry soupire. Il ne faut pas trop l'embêter ce soir. Il se lève et regarde par la fenêtre de la chambre. Les nuages effleurent la surface de la lune comme une caresse. Des images lui reviennent. Ses mains se posent sur les hanches de Nataly avant de glisser sur la volupté de ses fesses. Ses lèvres embrassent ses seins et il l'entend respirer. Il lui faudra du temps avant d'oublier ce moment. Il doit vite faire une croix sur ce qui s'est passé. C'est le chef des Black Tigers et les autres n'ont jamais mêlé l'amour aux Black Tigers. Mais n'est-il pas humain, tout de même ? « Je comprends, je comprends ! » finit par dire Jimmy qui le laisse tranquille. Il finira bien par savoir, de toute façon. Quelqu'un frappe à leur porte. « Le souper est servi jeunes gens ! » lance le grand-père avant de refermer la porte.

La grand-mère aime tisser. Ça la passionne. Elle tisse tout genre de choses de ses vieux doigts habiles. Des tapisseries sur la guerre de Sécession, des tapisseries à motifs religieux, des points blancs et noirs pour rappeler les champs de coton, des poèmes ou des portraits d'enfants. « Mamma aime tisser ! Ça la détend ! » dit le grand-père à Larry qui débarrasse la table. C'est Jimmy qui est chargé de laver les assiettes.

— Et vous ? demande Larry.

— Moi, ça dépend, j'aime deviner la personnalité et les humeurs des hommes dans leur visage. Je regarde des photos et j'analyse ce que les gens ont pu éprouver à ce moment-là. Parlant de photos, faut que je vous montre les dernières de ma petite fille avec son oncle Bobo de Chicago. Elle est heureuse, ça se voit. Oncle Bobo a l'air d'avoir la nostalgie de l'Alabama et de la *shotgun house.*

— Vous avez un don, je n'en doute pas, dit Larry.

— Ce n'est pas un don, mais la nature humaine est ainsi faite. Il faut s'entraîner à repérer un sourire, une posture, une attitude qui fait dire que l'on est heureux, joyeux, malheureux, nostalgique et bien d'autres choses.

— Votre petite-fille, celle qui veut écrire comme Mark Twain ? demande Jimmy.

— Oui, c'est à elle que j'envoie le plus de lettres, parce qu'elle aime tant lire...

— Et mamma lui écrit aussi ? demande Larry.

— Je n'aime pas tellement écrire, je fais beaucoup trop de fautes et les mots ne me viennent pas. Vous savez, quand on vieillit, les mots nous échappent, comme les souvenirs... Parfois j'ai envie de dire quelque chose et c'est autre chose qui sort. Et quand j'écris, je peux rester des heures à attendre de trouver les mots, c'est fatigant, vous savez, à mon âge... Mais parfois, je tricote des pulls et des habits à ma petite fille. Vous savez, elle est encore jeune et à cet âge, ça pousse tous les jours. Elle adore la laine. La laine, c'est ce qu'elle porte le plus. Oncle Bobo déteste la laine et il est toujours grippé ou enrhumé.

L'ambiance est détendue et la conversation enjouée. Larry est perdu dans ses rêveries. Le sit-in démocratique étudiant et le Capitole semblent n'avoir jamais existé. Il y pense à peine jusqu'à ce que le grand-père allume le vieux poste de télévision : « *L'université de Tuscaloosa a été envahie par des nègres et des communistes ! Les rebelles ont envahi l'université toute une journée et nos étudiants ont été incapables d'entrer dans les locaux à cause de ce sit-in qui ne semblait prendre fin. De courageux fermiers sont venus pour aider le recteur à se débarrasser de tous ces Noirs et communistes qui empestaient les lieux. Pendant ce temps, là, des terroristes noirs ont attaqué le symbole de l'Alabama, le célèbre Capitole de Montgomery...* » À ces mots, Larry recouvre ses esprits, c'est la réalité. Il réalise qu'il a attaqué le gouverneur dans son propre fief. Quelles seront les représailles ? Quelles seront les conséquences ? Le grand-père éteint le poste de télévisons et grommelle : « Noirs ! Noirs ! Noirs ! C'est tout ce qu'ils ont à la bouche ! Ils nous ont ramenés ici de je ne sais pas où pour cultiver leurs champs et maintenant ! Noirs ! Noirs ! » Il sort un jeu de cartes d'un tiroir. « C'est l'habitude ici de jouer aux cartes quand on a des invités », explique la mamma. Jimmy répond avec embarras qu'il ne sait pas jouer à d'autres jeux que le poker. « Alors on jouera au poker, avec des fèves à la place de l'argent ! » répond le grand-père tout impatient en versant du whisky dans leurs verres. Et la soirée s'écoule ainsi jusqu'au milieu de la nuit, à force de discussions enjouées autour des cartes.

— Vous ne vous sentez pas trop seuls dans votre maison ? demande Jimmy.

— Pourquoi ? Parce qu'on est au milieu de rien ? On n'a pas besoin de grand-chose à notre âge, et on aime notre tranquillité. La vue est belle, une vraie vue de paradis, c'est comme si le monde nous appartenait quand on contemple les champs, assis à la terrasse. Et la forêt là-bas, avec tous ces oiseaux... Tu comprendras quand tu seras vieux, tu comprendras... Quand on est jeune, on veut danser, on veut faire la fête, mais quand on est vieux... raconte le grand-père.

— Mais quand même, vous n'avez personne d'autre à qui parler que votre femme. Enfin, sans vouloir vous vexer, Madame. Excusez-moi, j'ai un peu bu... Mais c'est vrai, ça ne vous manque pas du tout, jamais ? insiste Jimmy.

— Jamais ! s'enthousiasme la grand-mère. On a vécu, on a eu des enfants, des petits-enfants, on a lutté, on a voulu, on a ... Ah ! J'ai encore oublié ! Vous voyez les garçons, j'oublie toujours mes mots...

— Vous avez aimé ? essaye Larry.

— Oui ! Mais ce n'est pas ça que je voulais dire ! s'amuse la grand-mère. Toi, mon garçon, tu as les idées roses on dirait !

— C'est cette fille de Columbia, elle le rend bête ! le taquine Jimmy.

— N'importe quoi ! rougit Larry.

— Ah, les femmes, ça vous rend bête, mais ça vous rend heureux ! Mieux vaut cela que d'être intelligent et malheureux ! reprend le grand-père.

Larry dort d'un sommeil profond. Le whisky et la fatigue l'agitent. Il étouffe, il se tourne et se retourne sans se réveiller. Il fait un rêve qui le retient. Un voile blanc fasèye dans la brise matinale. Larry l'arrache violemment. Le voile gémit sous ses doigts. Larry découvre une forêt noire et immense. Il la traverse en courant, jusqu'à retrouver la lumière. Au bout de la forêt, le Capitole. Son cœur s'agite. Une femme est sur le toit du Capitole de Montgomery. Une foule est réunie sur les marches du Capitole et les sirènes des voitures de police sifflent. Qu'est-ce qui se passe ? Larry se retourne dans son lit en grognant. Il veut voir qui est cette dame vêtue d'une longue robe, cette dame sur le toit du Capitole de Montgomery. La dame est belle et radieuse. Elle menace la police et le gouverneur de l'Alabama de sauter du toit. « Mon sang se répandra sur vous ! » hurle-t-elle. Personne ne tente de la sauver. Larry essaye de la reconnaître, il sait qu'elle lui est familière. Elle est noire et ses yeux sont d'une beauté impensable. Elle se penche et enlève ses chaussures. Elle les jette sur la foule du Capitole qui la hue. « Le sang de l'Amérique noire coulera sur ces marches au nom de l'Éternel ! » La foule rejette ces affirmations et invective la dame. Larry a le cœur qui bat. C'est un mauvais rêve, rien qu'un cauchemar. Il le sait, il le sent, il ne peut pas en sortir. Son cœur bat au rythme des huées de la foule. Le visage de la femme se dévoile enfin. Il la reconnaît. C'est sa mère. C'est Gladys. Larry essaye à tout prix de la retenir. « Non *mum*, non *mum* ! » murmure-t-il dans son sommeil. Mais la femme se penche lentement au-dessus du Capitole, insultée par la foule. « Ta mort ne fera aucune différence en Alabama ! » l'encourage un homme dans la foule. Larry transpire dans son lit. Gladys fait un pas puis un deuxième. « S'il te plaît maman, ne fais pas ça ! Ça n'en vaut pas la peine ! » tente de la dissuader Larry. Mais elle saute enfin. Gladys tourne dans le vide comme un papier dans le vent. Elle reste en suspension, ses bras s'ouvrent, elle rit, elle rit de plus en plus fort. Puis elle se met à pleurer. Ses larmes inondent les escaliers du Capitole en une pluie torrentielle. L'orage éclate, en coups réguliers. Larry se réveille en sursaut. On tambourine à la porte de la *shotgun house*. Larry réveille Jimmy :

— Réveille-toi ! Quelqu'un frappe à la porte !

— Qu'est-ce que tu dis ? grommelle Jimmy.

— Chut ! Écoute ! Tu entends ?

— Mais qui ça peut bien être à cette heure-là ? demande Jimmy en jetant un coup d'œil à sa montre. Il est quatre heures du matin, bordel ...

— Viens ! on va voir ! s'impatiente Larry en enfilant son pantalon.

Larry et Jimmy ouvrent la porte de leur chambre et aperçoivent le grand-père qui descend les escaliers avec son fusil. « Laissez grand-père, on y va », intervient Jimmy. Le grand-père lui fait signe de retourner se coucher. Mais c'est hors de question pour un Black Tiger. Derrière le vieil homme, Larry et Jimmy sont prêts à attaquer. Le grand-père demande à Larry d'observer par le judas. « C'est les flics », répond Larry. Mais le grand-père a l'air suspicieux. La police de l'Alabama ne se lève pas de si bonne heure. « Ouvre ! » ordonne le grand-père en pointant son fusil vers la porte.

— Police d'État, nous cherchons Larry Hoover, déposez votre fusil immédiatement, dit l'un des trois policiers.

— Hors de question ! Montrez-moi votre insigne ! grogne le vieillard.

— Qui sont ces hommes avec vous, Monsieur ? insiste le policier.

— De quoi je me mêle ? Votre insigne ou je tire ! C'est chez moi ici ! s'emporte le grand-père en agitant son arme.

— Voyez, répond le policier en sortant son insigne.

Mais alors que le grand-père inspecte l'insigne du policier, l'autre agent sort son révolver et abat le vieil homme à bout portant. Trois balles dans le ventre. Le grand-père hurle et s'effondre. Larry et Jimmy sont abasourdis. Les trois hommes entrent de force dans la *shotgun house*. Larry se fait attraper par le col et plaquer contre un mur : « C'est toi Larry Hoover ? » Larry ne répond pas, il glisse sa main dans son pantalon et sort un couteau qu'il plante dans le ventre du policier. Le policier le lâche et sort de la maison en hurlant. Il appelle du renfort. Jimmy lance tout ce qui est à portée de main contre les agents : table, vaisselle, chaise ou bibelots. Larry est monté à toute vitesse dans sa chambre pour récupérer son arme. Il va abattre de sang-froid ces hommes du Ku Klux Klan. Ils ont tué ce pauvre vieux sans défense, ils ont tué ce pauvre grand-père... Mais quand Larry descend, armé à chaque main comme un gangster, les hommes ont disparu. Était-ce un rêve ? Jimmy est étendu à côté du vieillard, nu et couvert de sang. Larry enjambe les deux corps et se rue hors de la *shotgun house*. Des flambeaux illuminent les champs. Larry entend les incantations d'une dizaine d'hommes en toge blanche qui s'éloignent. Il se met à courir, de toutes ses forces, en hurlant, bondissant à travers champ, manquant de tomber, il se relève, ses jambes sont en sang, il court, il les rattrape, il se met à tirer, partout, il tire, sans viser. Il n'a plus de balles. Il n'a tué personne. Les silhouettes se perdent dans l'obscurité.

La vieille dame descend les escaliers. Quels sont ces bruits ? Sa robe de chambre ouverte sur sa longue chemise de nuit, ses pantoufles aux pieds, elle s'approche de l'entrée, l'air hagard. Elle est hors de toute réalité. Elle est ailleurs quand elle aperçoit Larry qui secoue Jimmy en hurlant. Elle est ailleurs quand elle découvre son mari étendu derrière eux. Elle est ailleurs quand elle se penche sur lui. Elle est ailleurs quand elle essaye de le réveiller à force de caresses. Quand elle aperçoit les trous dans son ventre, le sang autour de lui. Quand elle ne l'entend pas lui répondre. Quand des larmes se mettent à couler sur sa joue. Quand son regard croise celui de Larry. Les yeux de Larry terrifiés, elle ne les comprend pas. Elle répète : « Quels sont ces bruits ? Quels sont ces bruits ? » Elle n'entend pas la réponse de Larry. Ses lèvres bougent, elle n'entend pas un mot. Son visage de jeune homme est meurtri, décomposé. Il est méconnaissable. Elle est ailleurs encore quand Jimmy ouvre les yeux. Quand il crache du sang. Quand Larry le relève doucement contre lui. Elle ne comprend rien. Quels sont ces bruits, dans la nuit, ici, à cette heure ?

15.

Les Black Tigers s'enfoncent dans la forêt. La nuit est lourde et brumeuse. C'est leur dernière nuit en Alabama. Ils ignorent ce que le destin leur réserve à New York. Un destin sans Cunningham et sans John Wise sans doute. Ils sont allés trop loin, beaucoup trop loin pour garder leur soutien. Comment trouveront-ils l'argent ? Qu'importe, leurs convictions avant tout. « J'ai hâte de me barrer ! De retourner voir les *pigs* de Harlem ! » lance Big Calvin. Malik avance à contrecœur, il n'est pas convaincu par le plan de ce soir. Il en a assez de s'occuper des affaires du Sud, il y a déjà tant à faire à New York. Et les autres membres des Black Tigers les attendent dans l'ancienne presse, et ils reviendront en héros, et ils impressionneront tous ces jeunes du quartier. « Ces étudiants de Columbia, ce n'était pas une bonne idée de s'associer avec eux », conclut-il au fil de sa réflexion. Jason exprime son approbation en riant comme une hyène. Larry lui lance un regard agressif, il ne comprend vraiment rien à rien celui-là décidément, sans les étudiants de Columbia, ils n'auraient jamais eu l'idée de voyager jusqu'en Alabama, et la prise du Capitole, quand même, c'était autre chose que les manifestations de Harlem. « Ton plan est trop dangereux, et ça nous sert à quoi ? » demande Malik à Larry. Le plan de ce soir est simple, il s'agit d'attaquer le quartier général du Ku Klux Klan. « C'est une folie, on devrait rebrousser chemin », insiste Jason, serrant une bombe lacrymogène dans sa main. Larry fait semblant de ne pas l'entendre. Il a vu un vieil homme abattu à bout portant. Il a entendu sa femme pleurer sur son corps. Il faut les venger. Jimmy claudique à côté de lui. Il a insisté pour venir, malgré ses blessures. Les Black Tigers ne savent pas où se réunissent les membres du KKK, mais Larry et Jimmy avaient aperçu des lueurs, la veille de l'attaque du Capitole, dans les champs qui s'étendent derrière le Rosebud Dinner, pas très loin de la villa du maire de Tuscaloosa.

— Je suis sûr que le maire, le recteur, les profs, les flics, tout le monde est dans le coup ! affirme Big Calvin. Ils sont encore plus pourris que les *pigs* de Harlem, ils sont partout !

— J'espère qu'ils sont tous réunis dans leur quartier général ! s'énerve Jimmy.

— Si les flics sont là, ça risque de tourner en une guerre de flingues, dit Jason.

— T'inquiète pas, Larry a bien calculé son coup, le rassure Jimmy.

— On approche, lance Larry en un murmure.

Les Black Tigers s'arrêtent à l'orée des bois, à quelques kilomètres d'une grande villa illuminée par des torches plantées de part et d'autre. « C'est sûr, cette fois-ci ! C'est le quartier général du Ku Klux Klan ! » chuchote Larry. Un grand brasier fume encore devant la villa. « On peut pas faire de feu sans fumée ! » ironise Big Calvin. Il est décidé de s'approcher de la villa en rampant. « Comme au Vietnam », explique Larry. « Mission cherche et détruit ! » ajoute Jimmy. Et ainsi, les Black Tigers avancent à travers champs, ventre à terre, leur sac à dos chargé d'armes et de projectiles. Ils entendent les discussions animées de la maison, les extrémistes doivent être au moins une vingtaine. La rage de vaincre envahit Larry. C'est le moment qu'il attendait depuis bien des années. Montrer sa colère, riposter à la haine du Blanc, ne pas se laisser faire. Il ne se laissera pas influencer par les supplications de Malik de rebrousser chemin. C'est maintenant ou jamais. Il sera comme Mike sur un ring, une fois entre les cordes, il ne faut rien lâcher, toujours aller jusqu'au bout. « Tu penses à rien sur le ring, juste survivre, juste écraser ton adversaire. Faut penser vie ou mort, rien d'autre. Ne pas se laisser distraire, jamais. Sur le ring, rien d'autre n'existe. T'es un animal. Un prédateur. T'as pas le choix. Et c'est ça qui est puissant. T'es vivant comme jamais ! » disait Mike. Ce soir, c'est au tour de Larry d'être un prédateur. Un vrai tigre, sans aucun scrupule. Pas un *Fucking New Guy* aux ordres de Cliff, pas un soldat obéissant qui fait de son mieux, mais une bête féroce et déterminée. C'est lui le chef. C'est lui qui décide. Rien ne peut l'arrêter, il deviendra un symbole du combat des Noirs en Amérique, on le respectera, on le craindra, on parlera de lui et de sa colère. Ce pauvre grand-père tué comme un lapin, qui n'écrira plus à sa petite-fille de Chicago. Qui ne rira plus comme un enfant en jouant au poker. Qui ne regardera plus ses champs de paradis en buvant du whisky. Qui ne lancera plus des regards amoureux à sa femme assise dans son rocking-chair pour tricoter des pulls. Putains d'enfoirés de racistes, ils vont voir qui est Larry Hoover. Nataly verra aussi. Nataly qui encourageait Mike, le soutiendra-t-elle ? Quand elle connaîtra son vrai visage, où sera-t-elle ? Le tigre avance à la recherche de sa proie. Il pose sa joue contre le mur frais de la villa, son flingue entre les mains, aux aguets. Une fenêtre s'allume au-dessus de lui. Une silhouette blanche et pointue apparaît. Ils mettent leur toge, ils se préparent... C'est le moment. « On y va ! » ordonne Larry sans hésiter.

Jimmy brise une fenêtre et jette deux bombes lacrymogènes à l'intérieur de la villa. Big Calvin fait de même de l'autre côté. C'est la technique du chasseur enfumant la tanière du renard. Bientôt, les racistes prendront peur. Bientôt, ils suffoqueront. Bientôt, ils se rendront compte qu'ils sont piégés comme des rats. Comme des sales vermines qu'ils sont. Larry exulte, il est impatient, il est excité par le brouhaha qui s'élève à l'intérieur. Ça y est, ils s'agitent. Ça y est, ils cherchent à s'échapper, mais la porte principale est bloquée. Malik et Jason ont cloué des planches en travers. Les racistes tambourinent contre la porte. Ils s'élancent contre elle. On entend des hurlements de panique. Des objets sont lancés contre la porte. Des bruits de verre, des claquements sourds, des fracas de bois, en vain. Puis ils décident de se servir des meubles comme bélier. La porte tremble, mais elle résiste. Malik et Jason clouent de nouvelles planches sur les autres. Ils construisent une forteresse de bois. « Ouvrez-nous ! Ouvrez-nous ! » supplient les prisonniers. Mais ils reçoivent comme toute réponse le bruit sec des marteaux sur les clous. Malik et Jason ne sont pas du genre à se laisser amadouer. Découragés, des membres du Ku Klux Klan montent à l'étage et cherchent à s'enfuir par les fenêtres. Mais Larry et Big Calvin les attendent, leurs armes tendues vers eux. « Descendez ! Descendez donc ! » les provoque Big Calvin. Au moindre mouvement, ils tirent. Les balles sifflent. Le renard retourne dans sa tanière enfumée. Les membres du Ku Klux Klan sont confinés dans leur tombeau. C'est la mort qui les guette, en plein milieu de la forêt de l'Alabama. Ce sont des cris dans la nuit que seuls les Black Tigers peuvent entendre.

Jimmy sort une bouteille de verre remplie d'un torchon imbibé d'essence. Il est temps. C'est l'heure de la grande flambée, c'est l'heure du bouquet final, comme pour les feux d'artifice. « Je suis la Grande Faucheuse ! » crie-t-il avant d'allumer la mèche de la bouteille. « Mission *zippo* ! Cherche et détruit ! » continue-t-il. Il prend son élan, fait quelques pas en arrière et lance le projectile de toutes ses forces par la fenêtre. La cible est atteinte. Il fait signe aux autres de s'éloigner. Larry jette une bouteille sur le toit et tire au travers de la fenêtre avant de battre en retraite. La mission est terminée. Il ne reste plus qu'à attendre, à profiter du spectacle. À quelques mètres de la villa, les Black Tigers observent la maison flamber. Une fumée noire s'échappe des fenêtres. Des cris montent. Ils sont devenus des meurtriers. De simples criminels qu'ils étaient, les voilà passés de l'autre côté, du côté de l'enfer, du côté de l'irréparable, de l'impardonnable, du meurtre prémédité, songe Larry. Du côté des méchants. Méchants, ils sont bien obligés de l'être. Oui, méchants, cruels, impitoyables, il faut bien se défendre, il faut bien se venger, il faut bien faire justice dans ce monde injuste, il faut bien riposter, il faut bien résister. Il faut bien que l'on comprenne que ça ne peut pas durer. Non, ils ne vont pas accepter d'être traités ainsi. Et ce pauvre grand-père, le voilà qui sourit dans les étoiles, le voilà qui lui dit « Bien joué, mon garçon ». Mais sa mère Gladys, que dirait-elle ? Une gifle de sa mère ne pourra pas réparer ses fautes. Larry ne pourra purger sa peine que derrière les barreaux. Gladys a toujours pensé que Larry ferait ce qu'elle n'oserait pas faire. Et le voilà qui agit, qui brûle le temple du Ku Klux Klan. Le voilà qui admire le château de feu s'échapper vers le ciel.

— On est maintenant recherchés pour meurtre dans tout l'état de l'Alabama, conclut Jason.

— Oui, on se barre, répond Big Calvin. Fini le spectacle !

— Putain, les gars, j'avais des frissons dans le dos tout à l'heure, sourit Malik.

— Rien ne sera plus jamais comme avant, répond Larry.

Le van des Black Tigers file à toute vitesse sur l'autoroute, direction la Caroline du Nord. Vont-ils trouver du soutien à Charlotte ? Il faut se débarrasser du van, il faut se cacher, ils sont désormais en cavale. Malik a un cousin à Charlotte, « un gars motivé, il a eu pas mal d'ennuis avec les *pigs* et il nous aidera... » a-t-il assuré. Mais que va-t-il faire de cinq meurtriers en déroute à des centaines de kilomètres de chez eux ? Larry préfère ne pas se torturer l'esprit pour l'instant. On ne peut pas avoir les idées claires dans ces circonstances. Il entend encore les cris s'élever de la villa. Ses poings se serrent. Il n'est pas soulagé de cette vengeance. Rien n'est réparé. Il a répondu à la violence par la violence, au sang par le sang. La guerre est déclarée, mais qu'apportera-t-elle ?

16.

Les étudiants du mouvement démocratique de Columbia rentrent à New York dans un bus inter-état. Ils sont fatigués. La semaine était riche en émotions. Ils ont osé ce qu'ils n'avaient jamais fait auparavant. Envahir une université qui n'est pas la leur, l'université de Tuscaloosa, pour revendiquer leur colère et leur désarroi face à la nonchalance du gouvernement pour les droits civiques. Cela fait douze heures qu'ils ont quitté Tuscaloosa et ses environs. Le bus transperce la nuit. La plupart des étudiants ne dorment pas. Les amoureux se tiennent la main. Ils ont milité ensemble pour leur cause. Plongés dans la lecture d'un livre, les intellectuels ont les paupières lourdes. Il ne faut pas s'arrêter de s'instruire, de se battre chaque jour pour obtenir leurs droits. Ils en sont certains. La culture peut renverser la haine et c'est leur plus grande victoire. Les plus militants sont déçus. Ils auraient aimé faire des sit-in dans d'autres universités. Mais il fallait quitter les lieux au plus vite. La ville de Tuscaloosa était sens dessus dessous ce matin, la population terrifiée, la police partout, les journalistes aussi. Vingt et un morts brûlés vifs dans une maison, dont deux policiers. Des homicides qualifiés de volontaires, de prémédités. Un acte terroriste. Et un vieil homme abattu chez lui la nuit d'avant. Assassiné sans vergogne. Plusieurs balles dans le ventre, comme un chien. Et sa veuve éplorée. Un massacre, une tragédie dans cette petite ville tranquille de l'Alabama. Qui peut bien être à l'origine d'un tel massacre ? On soupçonne évidemment les Black Tigers. Depuis le début, ils ont cherché à faire bande à part, ils n'ont pas cherché à s'intégrer. Ils avaient leurs idées, leurs méthodes. Des méthodes violentes, des méthodes de Harlem. Ils n'ont pas leur éducation, ils ne partagent pas les mêmes idéaux. Ce sont des racailles, finalement, rien de plus. Des voyous sans scrupules. Ils n'ont même pas participé au sit-in, ils ont préféré foutre le bordel au Capitole. Ils ont discrédité le mouvement étudiant, l'action intelligente qu'ils voulaient mettre en œuvre, la stratégie d'alliance des universités, tout, ils ont tout bousillé. Au fond du bus, des étudiants noirs chantonnent, comme leurs ancêtres lors de l'émancipation, des chants d'espoir et d'hommage aux morts. Mais la bataille doit continuer. Les droits civiques doivent être acquis au plus vite. La politique américaine est anachronique, elle ne peut plus durer, elle n'a plus de sens. Ils regardent avec mélancolie ces paysages qu'ils ne verront peut-être plus jamais. Dans deux jours, ils seront de retour dans la jungle des buildings et des gratte-ciels. L'agitation de New York va remplacer l'émotion de Tuscaloosa. Wilson regarde sa montre. Ils sont encore loin de New York. À côté de lui, Nataly bûche sur ses cours de droit. Elle est si sérieuse et concentrée. Les massacres de la nuit ne semblent pas la tracasser. L'échec cuisant du mouvement non plus. Au fond, est-elle vraiment impliquée dans leur cause ? De quel côté est-elle ? Il soupçonne quelque chose entre elle et le chef des Black Tigers. Il n'a aucune preuve, mais il en a l'intuition. Est-elle complice de leur violence ? Non, tout de même, une fille pareille, ça ne peut pas se mettre dans un tel pétrin… Il va essayer de l'interroger tout à l'heure, discrètement, sans éveiller les soupçons. En tout cas, en tant que président du mouvement démocratique de l'université de Columbia, il va devoir se positionner très vite, admettre ses erreurs, trancher sur le cas des Black Tigers. Il peut être jugé complice… Ou au moins incapable, mauvais décisionnaire, mauvais leader. Cet échec, c'est son échec, c'est lui qui était responsable. Il a peur. Les heures s'écoulent, il reste dans sa torpeur. Comme un hibou qui surveille la nuit, il regarde autour de lui. Il n'a pas su réagir à temps. C'est vrai, il était terrorisé ce matin, comme un lâche, il était incapable de prendre une décision. Ou en tout cas, il a tardé alors qu'on le pressait : « Nous devons partir au plus vite, sinon ça va dégénérer ! » « Il faut mobiliser un bus inter-état et rentrer à New York ! » Il n'entendait rien, il contemplait son échec. Toutes ces alliances, toutes ces actions qu'il avait planifiées, tout était perdu. Heureusement, un ami l'a secoué, lui a dit d'ordonner aux étudiants de partir, de reprendre son rôle de leader. Nataly le regardait avec mépris. Il l'a vu, ce « tu es un incapable », dans ses yeux noirs, il l'a vu, ce « réagis, bon Dieu ! » Quand il pense que c'est lui qui est allé chercher les Black Tigers jusque chez eux. Quelle folie ! Il voulait de l'action, il a été servi ! Tout à coup, son corps se met à trembler frénétiquement. Il tente de se ressaisir. Assise à côté de lui, Nataly constate sa gêne :

— Est-ce que tout va bien Wilson ? Tu veux qu'on s'arrête quelque part ?

— Non, non ... Ça va, merci... As-tu lu le quotidien ce matin ? demande Wilson inquiet.

— Non. Mais je n'en ai pas eu besoin... Tu parles de la maison brûlée ? Ce n'est pas de notre faute...

— Ce sont des représailles que je ne cautionne pas. Mais est-ce que... Est-ce que ça serait arrivé si ce grand-père n'avait pas été tué ? Et il a été tué à cause de nous... soupire Wilson.

— À cause du Capitole, je pense. Pas à cause de nous.

— Mais le Capitole, c'est les Black Tigers, et on s'est associés à eux. Tu les considères étrangers à nous ? essaye subtilement Wilson.

— Disons qu'on a le même objectif, mais pas les mêmes moyens, se justifie Nataly. Ils n'ont pas participé au sit-in et ont préféré agir de leur côté. Ça a signé notre rupture.

— C'est vrai. Mais est-ce qu'on peut distinguer le fond et la forme ? Le pacifisme, c'est un moyen, mais aussi un objectif. Un idéal... Tu es la première à défendre les luttes pacifiques et pourtant tu sembles proche de Larry... Tu le regardes avec estime, et quand tu parles de lui... Tu n'as pas l'air de le condamner.

— C'est un reproche ? demande Nataly.

— Je m'interroge. Comment tu peux cautionner les violences des Black Tigers ?

— Je n'ai pas dit ça ! le coupe Nataly. Mais ce qui s'est passé au Capitole est juste. Si tu es inquiet pour ça, je ne suis peut-être pas assise à la bonne place. Les Black Tigers n'ont pas commis de crimes au Capitole à ce que je sache.

— Et la villa brûlée ? Et ces gens carbonisés ? Vingt-et-un morts ! s'emporte Wilson.

— Rien ne dit que ce sont les Black Tigers.

— Tu es aveugle, Nataly ? Je ne sais pas si tu es amoureuse de Larry ou si tu veux te laver les mains de cette affaire... Mais franchement, comment tu peux douter de ça ?

— La présomption d'innocence, ça te dit quelque chose ? Maintenant, laisse-moi tranquille s'il te plaît, j'ai mes cours de droit à réviser.

Wilson fronce les sourcils et ferme les yeux. Quelques instants s'écoulent et Nataly l'entend ronfler. Elle sort une lettre de sa veste. Ce matin, avant de monter dans le bus, un jeune l'a interpellée pour lui remettre une enveloppe. « C'est une lettre pour vous Nataly ! » Elle n'en a pas douté une seconde, mais elle a demandé qui en était l'expéditeur. « C'est le chef des Black Tigers qui m'envoie ! » Le chef des Black Tigers… Comment ce nom peut-il désigner Larry ? Larry qui rougissait et bredouillait quand elle venait chez les Hoover le dimanche, après la messe. Larry qui ne parlait que de son journal. Larry qui s'entraînait devant son miroir avant d'aller danser au *Savoy Ball Room*. Ce Larry maladroit et timide, aujourd'hui recherché pour crimes en Alabama. Et encore ce Larry, sensible et amoureux dans la forêt, ce Larry qui la regardait avec tant de tendresse. Elle a peur d'ouvrir la lettre, qu'il lui dise adieu, qu'il renie cet amour naissant, mais aussi ce qui les lie depuis si longtemps. Elle se décide finalement à l'ouvrir. Au moins, elle en aura le cœur net. Des souvenirs lui traversent l'esprit, une main passe dans son dos, dans ses cheveux. Un souffle dans sa nuque, ses yeux noirs et brillants… Et sa voix résonne au fur et à mesure qu'elle lit la lettre :

« Chère Nataly,

Quand tu liras cette lettre, je serai parti. Dieu seul sait quand on se reverra. Tu as dû apprendre de quoi je suis capable. J'espère que tu ne me juges pas trop durement. Si tu avais vu ce vieil homme mourir, tu aurais compris ma colère et mon besoin de le venger. J'ai agi impulsivement. Je sentais qu'il le fallait. Je n'avais pas vraiment le choix, je souffrais à en crever de ne rien pouvoir faire, de laisser l'injustice régner, de laisser ce pauvre homme, si bon, si généreux, mort sans personne pour s'en indigner, pour l'honorer, pour crier que c'est horrible. Je n'ai peut-être pas fait le bon choix. Maintenant, je me demande si la violence doit répondre à la violence, si tout ça ne se retournera pas contre moi, et contre lui, en fin de compte… Mais que peut-on faire d'autre ? Tu sais, je n'ai jamais agi sans émotion, je ne suis pas un monstre. Mais parfois j'agis sans réfléchir. Le Vietnam m'a changé. Je n'arrive plus à ne pas réagir, à rester spectateur. Et quand on a tué une fois, on peut tuer encore, on sait qu'on s'en remettra, mais surtout que les lois sont différentes dans un contexte de guerre. Et on est en guerre, quoi qu'on prétende, c'est la guerre.

Je ne veux pas que tu oublies qui je suis, je ne veux pas que tu écoutes ce qu'on dira de moi. Tu me connais bien mieux que quiconque. Nataly, je défends mes valeurs et je ne suis pas un criminel. En tout cas pas comme on l'entend habituellement. Il est vrai que nous avons mis le feu au quartier général du Ku Klux Klan, mais combien de familles noires ont connu le même sort ? Combien de Noirs ont été maltraités et malmenés au nom de la suprématie blanche ? Je ne suis pas un meurtrier, je suis un justicier, et j'ai choisi mon camp. Je veux que tu me fasses confiance et que tu me croies.

En vérité, j'ai l'impression de vivre un rêve, je n'ai pas encore réalisé ce que j'ai fait. Je n'ai pas encore réalisé que je suis recherché par la police, que je risque de croupir en prison ou de mourir sur la chaise électrique. Je préfère ne pas trop y penser. Je préfère penser à toi. J'ai tellement espéré ce moment que l'on a partagé dans la forêt, pendant des années, j'ai attendu, et je m'en voulais tellement de t'aimer, toi, la copine de Mike, toi la fille si parfaite qui ne me regardait pas. Je n'aurais jamais imaginé qu'un jour tu me regardes, que tu t'offres à moi, que tu me fasses confiance. Même si c'est peut-être la première et la dernière fois, ce moment restera longtemps dans mes pensées. J'espère que tu ne l'oublieras pas non plus, et surtout que tu ne le regretteras jamais. J'espère que tu ne te diras jamais que tu as succombé au charme d'un assassin, d'un pauvre type violent de Harlem, d'un voyou sans scrupules… J'espère que tu resteras fière d'avoir reçu l'amour de Larry Hoover.

Larry »

Robert T. Cunningham déteste les mondanités. L'agitation de son appartement le met mal à l'aise. Aujourd'hui, le résultat du deuxième tour des élections va tomber, et il est d'usage d'être entouré pour se réjouir ou se désespérer du verdict. S'il n'avait écouté que lui, il aurait fumé un cigare devant la télévision, seul, puisque seul responsable et seul concerné. Mais il faut bien faire semblant d'être un homme public et s'entourer de quelques-uns de ces parasites qui se croient utiles et importants. Les journalistes interprètent la moindre réaction du procureur, peut-être bientôt élu nouveau gouverneur de l'État de New York. Il s'agit de pouvoir écrire l'article le plus précis, le plus fidèle, mais aussi le plus poignant. Des amis juristes sont aussi venus exprimer leur soutien indéfectible. Ils ne sont pas bêtes, ils savent se positionner, on ne sait jamais. Ah ! Quand on est sous les projecteurs, c'est incroyable le nombre d'insectes qui sont attirés par la lumière… Robert Cunningham n'est pas dupe, des amis, il n'en a jamais eu, il n'en a jamais voulu. Il n'y a pas d'amitiés qui tiennent, seules des relations intéressées, des relations de pouvoir, d'argent, de circonstance. Certains Afro-Américains, de vagues connaissances du procureur, sirotent un verre de whisky. Ce sont des figurants, en quelque sorte. De belles expressions de sa tolérance affichée. Après tout, il leur doit bien ça, un peu de mondanité, si ça leur fait plaisir... Robert T. Cunningham regarde autour de lui l'effervescence qui a envahi son appartement, son antre, si tranquille, si bien organisée d'habitude. Il va lui falloir des semaines pour tout remettre en ordre. Robert T. Cunningham revêt ses gants blancs. On le connaît sous cet aspect, son côté maniaque. « Ne vous inquiétez pas, cette élection sera démocrate ! » le rassure le directeur de campagne. Il dit ça, c'est qu'il ne veut pas avouer sa potentielle incompétence... Est-il devin maintenant ? On ne paye pas les gens pour être encourageants, mais pour être efficaces. Robert T. Cunningham allume le poste de télévision. Moins de dix minutes avant les résultats. Il reste impassible, son flegme le rend légendaire, et il aime cette image de lui, grave et solide comme la justice. Il a jusqu'ici accompli une carrière sans faille, parsemée d'embûches qu'il a su surmonter. Et plus rien ne peut l'arrêter. Il se voit déjà dans son bureau de gouverneur, il s'imagine donner des directives et prendre des décisions qui changeront la vie des citoyens, des décisions absolument justes, impartiales, en accord avec ses principes. Il est lucide sur le reste, sur les pots-de-vin, les conflits d'intérêts, les détournements de fonds, les accords frauduleux et les stratégies sans vergogne des politiciens, mais tout ça, il saura le mettre à distance et il les matera, tous autant qu'ils sont, il se fera craindre, il se fera détester, il se fera huer, il se fera rouler dans la boue, calomnier, piéger... Mais qu'importe, le jeu en vaut la chandelle. À la télévision, le journaliste présente les deux candidats à la gouvernance de l'État de New York. Des speechs, des adresses aux journalistes, des discours aux électeurs passent en boucle à la télévision. Le procureur se remémore tous ces instants de campagne. Tout est fait, c'est irréversible. Regrets ou remords ? Il n'en a aucun. Peu de scandales sont sortis dans la presse, il a gardé une image irréprochable, il est blanc comme neige. C'est vrai que son statut de vieux célibataire sans famille, sans enfants, sans maison peuplée de bons sentiments, ne joue pas en sa faveur. Il se sait peu sympathique aux yeux des New-Yorkais. Il est souvent caricaturé comme un vieux maniaque froid et insensible. On ne lui fait pas vraiment confiance en matière d'indulgence, mais au moins, on lui fait confiance en matière d'impartialité. C'est vrai que des rumeurs ont circulé sur ses liens avec John Wise et les Black Tigers, mais il saura y mettre fin dès le début de son mandat. Ces Black Tigers sont incontrôlables, ils génèrent un désordre social qu'il ne pourra plus tolérer en tant que gouverneur. En tout cas, comme prévu, ils l'ont aidé à propager ses promesses en faveur de la paix sociale à New York. Un Afro-Américain interrompt ses pensées : « On a gagné ! On a gagné ! Monsieur le gouverneur de New York, ne nous décevez pas ! » Robert T. Cunningham lui esquisse un sourire narquois. Ça a toujours été comme ça. Beaucoup de promesses et aucune de tenue. Cette fois, peut-être, ils ne seront pas déçus...

Partie IV

La vérité

1.

John Wise se réveille en sursaut. Quelle heure est-il ? Six heures, l'heure de se faire couler un café, de fumer une cigarette et de poser ses préoccupations sur le papier. New York est silencieuse. Il allume sa lampe de bureau, vide son cendrier et retire l'étui de la machine à écrire. L'amertume du café le réconforte. Pas un jour ne passe sans qu'on entende parler de Larry Hoover. Ce *Fucking New Guy* donne décidément du fil à retordre. Il n'aurait jamais dû se mêler de leurs histoires, ces Afro-Américains en colère, ça n'était pas son problème, il était à des années-lumière de ce genre de combat politique, il avait déjà assez à faire avec la guerre du Vietnam. Qu'est-ce qui a pu le détourner de sa voie ? Cunningham, c'était un nom alléchant, et puis il est gouverneur maintenant... Mais saura-t-il se souvenir de ses anciennes alliances ? L'une des premières mesures de son mandat a été de traquer les Black Tigers de Harlem. Il n'y a pas seulement ça, Cunningham, après tout, ce n'était qu'une étoile montante comme une autre, et il n'a pas vraiment cru en ses promesses, il n'était pas dupe, il empochait l'argent sans se poser plus de questions, il fallait profiter des cadeaux et ne pas espérer beaucoup plus... Mais il est vrai qu'il avait de la sympathie pour Larry, ce jeune homme courageux et curieux du Vietnam, celui qui avait tenu tête au commandant Cliff pendant la bataille d'Ap Bac, il avait envie de l'aider. Il était loin d'imaginer que Larry deviendrait incontrôlable, qu'il aurait la folie des grandeurs à ce point ! La guerre peut changer les hommes, et on devrait se méfier des anciens soldats. Un jour, un souvenir vient foutre en l'air tout l'équilibre retrouvé, tous les efforts de réadaptation. On ne peut rien prévoir face à un homme traumatisé. Il est marqué à vie et, comme un chien battu, il peut mordre à n'importe quel moment. Ah ! Larry, Larry... À cause de lui, le voilà dans de beaux draps ! Sa carrière est en jeu, et sa liberté, et son avenir. S'il est jugé complice, c'en est fini de lui. Comment peut-il s'innocenter sans trop condamner les actions des Black Tigers ? Larry est en cavale, de toute manière, ce n'est pas une pige qui changera la donne. Mais tout de même, ce n'est pas dans ses habitudes de retourner sa veste, d'être lâche et égoïste. Mais a-t-il le choix ? Cunningham est un homme sans scrupules. Il doit clarifier son point de vue, sa position, il doit montrer qu'il s'est fait charmer jusqu'à un certain point, qu'il a soutenu les idées, mais pas les actes, la fin, mais pas les moyens... Peut-il paraître aussi crédule et naïf ? Il est obligé d'admettre qu'il l'a été, malgré toute attente, il s'est fait berner comme un bleu, et par un *Fucking New Guy*...

« Les Black Tigers, responsables du désordre social ?

Déjà six mois se sont écoulés depuis qu'une bande de jeunes révoltés fondaient les Black Tigers à Harlem. Aujourd'hui, leur chef, Larry Hoover, est en cavale dans le sud des États-Unis et est recherché dans tout le pays. C'est un récit qui mérite d'être raconté. Tout commença par des actions pacifiques, des provocations minimes dans Harlem, mais surtout par la création d'un espace de parole où chacun pouvait exprimer ses doléances et ses griefs à l'égard de la ségrégation. Ces réunions se déroulaient dans le plus grand calme et les participants trouvaient du réconfort à échanger. Tout allait bon train avec de petites actions de ci et de là : la récolte de fonds pour s'unir sous la même bannière et surtout la recherche de nouveaux disciples. Les quelques dommages collatéraux n'alertèrent pas beaucoup les autorités, jusqu'au jour où Larry Hoover força le destin des Black Tigers en Alabama. Et la violence prit le pas sur la concertation. Et l'impulsivité prit le pas sur la raison. Et les Black Tigers se répandirent comme une traînée de poudre dans le Sud des États-Unis.

Alors que le leader des Black Tigers semble avoir élargi sa cause et son pouvoir et déserté le quartier de Harlem, les Black Tigers n'ont pas cessé de se faire entendre à New York. Il faut dire que, selon eux, les raisons ne manquent pas de continuer la lutte. Voilà trois mois que Robert T. Cunningham est à la gouvernance de l'État de New York et une trentaine d'Afro-Américains du ghetto ont été envoyés au Vietnam, cette guerre sanglante et déchirante qui ne semble prendre fin. Cela a créé un remue-ménage sans précédent à Harlem et la communauté noire de New York s'est sentie trahie. Pourtant, le gouverneur s'est défendu d'avoir « une quelconque marge de manœuvre en matière de guerre et de sécurité nationale », précisant à tour de bras que « les décisions militaires ne lui incombent nullement » et qu'il n'est responsable que « de la sécurité, de l'organisation et du développement de la ville ». Néanmoins, même à ce niveau, les décisions du gouverneur restent problématiques pour les citoyens de Harlem qui considèrent que le gouverneur a retourné sa veste et n'a pas tenu ses promesses. Leur colère ne s'est pas apaisée et les manifestations se préparent ardemment. Les citoyens de la mégalopole ont peur des représailles et les tensions se cristallisent un peu plus chaque jour entre les Blancs et la communauté noire. Pour rassurer la population, le gouverneur a affirmé la semaine dernière vouloir se débarrasser des Black Tigers, « ce gang favorisant le désordre social » et de persévérer dans son combat contre « la criminalité, les associations illégales et les forces violentes », à coup d'arrestations arbitraires et de jugements précipités, selon les habitants de Harlem qui sont à la fois offusqués et effrayés par ce qu'ils qualifient de « régime de la terreur ». Il faut dire que, comme mentionnés plus haut, les Black Tigers ont fait preuve d'une influence croissante au sein des communautés afro-américaines, et encouragé la rébellion sans poser aucune limite. La loyauté doit-elle prévaloir sur la prudence ? C'est la question soulevée par le changement de direction opéré par Robert T. Cunningham. Le gouverneur n'a jamais transigé, même lorsqu'il était juge, lorsqu'il s'agissait de faire régner la loi et de l'appliquer, et cela sans aucune exception. C'est pour cette raison qu'il a été élu, et certains espèrent encore que cette impartialité ait des conséquences en faveur des Noirs américains d'une part, mais surtout en faveur de la paix sociale.

Votre reporter du Times Union
John Wise
1 Janvier 1964 »

John Wise est satisfait. Il a écrit son article d'une seule traite. Quelle heure est-il ? Huit heures... Il sent la fatigue l'accabler tout à coup. Ça y est, il va pouvoir retrouver le sommeil, il va pouvoir respirer, enfin. Il n'a plus qu'à déposer la pige au journal, et le tour sera joué. Il ouvre la fenêtre. Le jour est levé. C'est la vie qui reprend, il ira se promener plus tard dans les parcs, le cœur léger, et flâner sur les avenues, il a hâte de se mêler au mouvement de la ville. Il sera sauvé, libre comme l'air. Il ne sera plus coupable. Le gouverneur Robert T. Cunningham ne s'attaquera sans doute pas à un journaliste, ce ne serait pas reluisant, déjà qu'il apparaît autoritaire... Et son article lui apparaîtra plutôt sucré à côté de l'acidité de ses confrères. Il a été habile, il a su préserver la chèvre et le chou. Ah ! C'est tout de même beau les mots, c'est tout de même bien pratique quand on sait les manier ! Que pourra-t-on lui reprocher à part de faire son métier ? L'Alabama sera bientôt un lointain souvenir... Tout à coup, quelqu'un frappe à la porte. John Wise se ressaisit. Qui peut frapper à sa porte de si bonne heure ? « Ouvrez la porte immédiatement. C'est la police ! » John Wise est saisi de terreur. S'il n'ouvre pas, il n'a d'autres choix que de sauter du septième étage de son immeuble. S'il n'ouvre pas, les policiers défonceront la porte. S'il n'ouvre pas, il est dans un beau pétrin. John Wise se lève et hurle : « J'arrive ! J'arrive ! J'enfile quelque chose ! » Cet article ne paraîtra pas. Il le plie et le range dans sa veste. Il ouvre la porte.

— Vous êtes John Wise ? demande le policier accompagné de deux acolytes.

— C'est bien moi ! John Wise, c'est moi !

— Vous êtes en état d'arrestation. Vous avez le droit de garder le silence. Si vous renoncez à ce droit, tout ce que vous direz pourra être utilisé contre vous devant les tribunaux. Vous avez le droit d'avoir un avocat présent lors de l'interrogatoire. Si vous n'en avez pas les moyens, un avocat sera désigné d'office. Durant chaque interrogatoire, vous pourrez décider à n'importe quel moment d'exercer ces droits, de ne répondre à aucune question ou de ne faire aucune déposition, annonce clairement le policier en lui passant les menottes.

Le gouverneur Robert T. Cunningham prend place à son bureau. Il est préoccupé. La gouvernance est une tâche plus difficile qu'il n'y paraissait, surtout quand on veut tenir ses promesses et garder un tant soit peu de dignité et d'honneur. En tant que gouverneur de l'État de New York, il doit se battre contre la corruption, la délinquance et les désordres, mais sans trop s'en mêler, sans agir de manière directe et sans se faire d'ennemis haut placés. Il doit passer des accords. Entre accords et conflits d'intérêts, entre accords et corruption, la ligne est mince et subtile. Il doit choisir ses interlocuteurs avec soin, après enquête approfondie, et ça nécessite du temps et des moyens parfois douteux. Quoi qu'il en soit, il doit rester ferme, fidèle à ses convictions, même si sa fermeté ne plaît pas. L'opinion est contre lui, il est jugé autoritaire, sans âme. Les gens ne comprennent pas. Il soupire. Il se sent affreusement seul, seul contre tous. « Monsieur le gouverneur Cunningham, les Black Tigers ont encore frappé hier dans la nuit », l'informe son conseiller. Le gouverneur ne répond pas. Quelle position prendre face à ce chaos qui s'étend au niveau national ? Les Black Tigers l'ont aidé à gagner sa campagne électorale, et à le présenter comme un homme de confiance. Arrêter les plus perturbateurs n'a servi à rien. Il a voulu punir en exemple, en prévention, et on l'a considéré comme un traître, un opportuniste, un hypocrite. Les Black Tigers ne se laissent pas impressionner, mais les Black Tigers ne sont pas les Afro-Américains dans leur ensemble, il s'agit d'un petit groupe de jeunes sans foi ni loi qui se sent en marge de la société. Les rebelles ont toujours existé, et heureusement, dans une société démocratique. Peut-il les faire taire sans être un tyran ? John Wise ne pourra plus rien raconter de ses malversations passées, mais Harlem sait, et Harlem parlera. Il ne peut pas laisser ses erreurs passées définir son mandat qui commence.

2.

Le van des Black Tigers roule à vive allure sur l'autoroute. La Virginie n'est plus qu'à quelques heures. Le temps presse et les Black Tigers quittent Charlotte en Caroline du Nord, direction Hampton. Cela fait plus de trois mois que Larry Hoover et Big Calvin montent et préparent des cellules de rebelles activistes en Caroline du Nord. Charlotte est une réussite. Les Black Tigers de la Caroline du Nord se sont organisés et ont réussi à récolter des fonds des habitants noirs désespérés et en quête de justice. Ces fonds ont permis de piéger des voitures de police, d'insérer des lames de rasoir dans des marchandises, de saboter les hôpitaux réservés à l'élite blanche et de mettre le feu aux champs de blé des agriculteurs sudistes. Le van des Black Tigers vient d'entrer en Virginie. Larry Hoover esquisse un sourire. Le réseau grandit chaque jour. Il ne peut même plus aller à la rencontre de tous les groupes qui naissent dans les petites villes. Il n'a jamais été en Californie et pourtant, à Los Angeles, des Noirs américains ont été arrêtés et suspectés d'appartenir aux Black Tigers. Larry Hoover n'est plus qu'un prétexte pour agir, il n'est plus qu'un mobile pour se défendre. La semaine dernière, des manifestations ont éclaté devant le tribunal de justice de Los Angeles. Une femme a été arrêtée pour avoir lancé des miettes de pain sur la voie publique et réuni un millier d'oiseaux. La maire a dû recruter une horde d'habitants pour nettoyer les fientes collées sur la route et les édifices. Les Afro-Américains ont pris un ton ironique. Qu'a-t-elle fait de mal à part nourrir les oiseaux ? Larry Hoover est introuvable, il sème le désordre public dans le pays. « Tous ces Noirs se ressemblent, mais quiconque dénonce Larry Hoover et ses complices recevra une prime ! » a déclaré le gouverneur de la Californie.

— John Wise a été arrêté ! Son domicile a été perquisitionné ! Il est soupçonné d'avoir touché des pots-de-vin des Black Tigers ! lit Big Calvin.

— John en prison ? s'inquiète Jimmy. Le gars était au Vietnam et le voilà derrière les barreaux pour quelques articles ! Y a pas de justice dans ce pays !

— Il va pas faire long feu en prison, le journaleux, il va se faire planter vite fait ! plaisante Malik.

— Un peu de respect ! s'énerve Larry. John Wise était un homme bien, un homme de principes, un homme intelligent.

— Intelligent, mais pas très malin, pour se faire arrêter chez lui par les *pigs*... réagit Big Calvin. Il aurait pu se douter que Cunningham le retrouverait. Les politiques, ils aiment pas les casseroles ! Il avait pas une planque en attendant que ça se tasse ? Franchement, j'ai pas trop de compassion pour les imbéciles qui se pensent au-dessus de tout et qui se laissent arrêter !

— Il est innocent ! s'indigne Jimmy.

— Et tous les Black Tigers de Harlem qui se font arrêter ? Ça t'inquiète pas ? Le journaliste, il savait ce qu'il faisait, et puis il est blanc, il va réussir à échapper à sa peine ! répond Big Calvin.

— Alors que nous... Si on se fait dénoncer, c'est fini la partie ! En zonzon pour perpète ! Ou la chaise ! plaisante Jason.

— Vu l'ampleur du réseau, il suffit d'un seul traître, d'un seul couillon ! conclut Malik.

— C'est vrai, dit Jimmy. On va nous dénoncer...

— Moi j'ai confiance dans nos gars, les rassure Larry.

Le van des Black Tigers approche de la fameuse station essence de Hampton. « Quand vous verrez une pancarte avec un poing noir levé vers le ciel sur le rebord de l'autoroute, ça voudra dire qu'une cellule de Black Tigers se réunit dans la prochaine station essence », les avait informés un activiste de Charlotte. Tout le monde connaît ce poing noir, mais personne ne peut se douter du lieu de réunion. Le minibus ralentit et s'arrête. Les Black Tigers descendent du van. À l'entrée, trois Afro-Américains discutent tranquillement. Ce sont probablement des sentinelles de la cellule de Hampton. L'un d'eux les aperçoit et leur fait signe. Les Black Tigers de Hampton ont dû être alertés de leur arrivée. Ils vont à leur rencontre. Ils vont enfin voir le leader des Black Tigers, celui dont tout le monde parle sans savoir à quoi il ressemble, Larry Hoover. Ils dévisagent les cinq hommes descendus du van. Qui est Larry Hoover ? Le trapus avec une casquette ? Celui qui conduisait ? Celui qui avance nonchalamment, les mains enfoncées dans ses poches ? Celui qui a les cheveux longs ? Soudain, Larry lève le poing en criant le nom du mouvement. Il n'y a plus de doute, c'est lui le chef. Les sentinelles lèvent le poing pour toute réponse. Ils mènent le groupe vers le sous-sol de la station essence. La porte s'ouvre sur une petite pièce sombre où une dizaine d'hommes les attendent. Larry entre le premier, selon les directives des sentinelles. « C'est Larry Hoover ! C'est le vrai Larry Hoover ! » chuchote un activiste à son acolyte. Les hommes ont du mal à croire que Larry Hoover est venu leur rendre visite dans leur petite cellule de Hampton. En cavale ou pas ! C'est le fondateur, c'est le chef. Parmi eux, un Afro-Américain s'empare d'une chaise qu'il vient glisser au pied du chef. Larry monte et s'adresse à eux :

— À vous tous ici présents, sachez que vous appartenez à la révolution ! La révolution orchestrée par les Black Tigers ! Pour beaucoup de gens, le mot « révolution » est embrouillé, mais la révolution, c'est lorsqu'on souffre d'une plaie et qu'on cherche à mettre quelque chose dessus pour guérir l'infection. Et je vous dis que nous vivons dans une société malade. Et toute personne qui assume le fait d'intégrer cette société malade avant qu'elle ne soit lavée, est une personne qui commet un crime contre le peuple ! Je vais vous dire ce que nous voulons faire, nous, les Black Tigers, nous voulons laver cette société ! Nous venons de Harlem et nous avons eu affaire aux *pigs*, ou plutôt ils ont eu affaire à nous ! Et le KKK aussi a eu affaire à nous ! Et le Capitole de Montgomery ! Et tous ceux qui se sont mis en travers de notre chemin ! Ce n'est pas le mouvement étudiant social-démocrate qui pourra guérir notre société, tous ces gens bardés de diplômes qui viennent vous alpaguer devant les universités et qui sont incapables de passer à l'action, qui organisent des meetings sans fin et sans objectif. Non, l'avenir, c'est le peuple, c'est la masse, les marginaux, les rejetés, tous ces oubliés de l'Amérique ! L'avenir, c'est la révolution des Black Tigers ! Et quand on doit tuer des flics, parce qu'ils ont bafoué la loi, on les tue, on leur tire dessus sans hésiter, parce que l'uniforme ne fait pas tout ! Et quand on doit brûler des maisons, parce que des enfoirés vivent dedans, on le fait, parce que le portail ne fait pas tout ! Et quand on doit apporter de la nourriture, des livres scolaires, des médicaments, on le fait, parce que la justice et l'égalité ne sont pas seulement des mots ! Nous sommes contre le racisme, contre le capitalisme, contre la guerre du Vietnam et contre l'infection généralisée de la société américaine !

— S'ils n'arrêtent pas leur haine contre nous, les Black Tigers ne s'arrêteront jamais ! La révolution continuera ! hurle un rebelle en levant le poing.

— Nous sommes la révolution ! Nous ne devons pas nous faire intimider par les *pigs* ! clame un autre en retirant son béret noir.

Les rebelles ne cachent pas leur admiration pour Larry Hoover. Mais très vite, on se met à discuter plus concrètement, on attend des ordres, des conseils, des financements et des mises en relation avec les autres cellules. « On a voulu commencer la lutte seuls, mais si on veut prendre de l'ampleur, on a besoin de soutien », confie le chef du groupe de Hampton à Larry. « Le Capitole, c'était quand même une belle réussite ! C'est ce qui nous a décidés à suivre les Black Tigers ! » s'enthousiasme un jeune homme. Mais comment préparer de tels coups ? Comment amorcer une révolution en Virginie ? Larry explique que les actions ne font pas tout, qu'elles doivent être coordonnées et symboliques, mais surtout que chaque action a besoin d'un discours. Il leur montre l'importance de John Wise dans leurs débuts. « Il faut trouver des espaces d'expression. Sans cela, on taira les actions, elles passeront pour des actes de délinquances, pas davantage, et elles tomberont dans l'oubli. » Non seulement les Black Tigers doivent avoir une ligne de conduite claire, mais ils doivent la répéter sans cesse, après chaque action, dans chaque État, dans chaque circonstance, jusqu'à être clairement entendus. « Être craints n'est pas l'objectif, il faut être écoutés », insiste Big Calvin. Larry leur distribue ainsi des discours dactylographiés, des textes de loi, des livres politiques et tout un tas de paperasse qu'il a soigneusement préparés pour l'occasion.

— Il faut avoir du courage, mais aussi des idées, continue Larry.

— Évidemment, on n'est pas des brutes, mais où tu veux qu'on s'explique ? demande le chef des Black Tigers de Hampton.

— Il faut s'imposer dans les endroits clés : dans les tribunaux, dans les églises, dans les universités, dans les écoles, dans les mairies, dans les commissariats, sur les places publiques, dans les cinémas... Bref, là où il y aura des gens, là où vous serez forcément écoutés. Il faut franchir les barrières et crier ! s'enthousiasme Larry.

— Et pour l'argent ?

— Faut vous organiser dans votre bled les gars ! On est pas Crésus ! plaisante Big Calvin. Je peux vous filer quelques billets, mais après ça, faudra entretenir le tout ! Vous avez qu'à braquer une banque et parler de la répartition des richesses, vous ferez d'une pierre deux coups !

— Une banque, c'est une bonne idée... Vous nous aiderez ?

— On est juste de passage les gars, on est un peu comme la reine d'Angleterre maintenant, plaisante Jason.

— On doit rentrer à Harlem, il y a des arrestations massives et on peut pas abandonner nos troupes, explique Larry. On part dès ce soir.

Anita dort d'un sommeil profond dans le lit de Larry. Elle est fatiguée. Aujourd'hui, elle était sollicitée à l'école, on lui parlait de son frère comme de l'homme le plus recherché des États-Unis, on l'assommait de questions en tous genres. Son Larry, était-il devenu un héros ou un criminel ? « Est-ce que tu réalises que ton frère est le chef des Black Tigers ? » n'arrêtait pas de lui répéter l'institutrice. Anita n'a pas conscience de ce que ça implique, Larry est toujours son frère, celui qui aime le Ed Sullivan Show, celui qui lit le journal, celui qui a fait cette horrible guerre du Vietnam et qui est rentré vivant et triste, son frère qui ne ferait pas de mal à une mouche et qui parle si bien. Anita s'éveille au bruit des pas de sa mère. Gladys ne dort plus depuis que son fils s'est enfui vers le Sud. Anita se retourne dans son lit et place sa main sous l'oreiller. Elle s'assure qu'elle est toujours là. Elle la presse fort entre ses doigts. C'est une lettre que lui a laissé son frère avant de partir. Il lui a écrit qu'il reviendra, qu'il la protégera aussi longtemps qu'il vivra, de ne pas écouter ce que diront les gens de lui, de se fier à ce qu'elle ressent, à ce qu'elle connaît de lui, que rien ne serait jamais plus vrai, et qu'il l'aime, qu'il l'embrasse, qu'elle est la plus chère et la plus douce à son cœur. Gladys passe sa main sur le front d'Anita, et cette caresse l'apaise. Demain est un autre jour, « à chaque jour sa peine » lui répète Gladys, « à chaque jour sa peine et sa joie aussi » ajoute-t-elle pour la rassurer. Gladys arpente le couloir de l'appartement, préoccupée. Les insomnies lui dérangent l'esprit, elle n'est plus elle-même ces derniers temps. Qu'a-t-elle bien pu faire pour mériter ça ? C'est le seul fils qu'il lui reste. Dieu exigera-t-il le sacrifice de ses deux fils ? Gladys ouvre les rideaux. Les réverbères éclairent les rues pluvieuses de Harlem. C'est un halo incertain, à l'image du destin de Larry. Qu'il était doux le temps où elle regardait ces mêmes lumières en attendant d'y voir se détacher la silhouette de ses deux fils qui étaient sortis danser au *Savoy Ball Room*. Qu'il était doux le temps où sa seule inquiétude était de trouver un travail à son Larry, de préparer un beau mariage pour son Mike, d'aider Anita pour ses devoirs. Larry a trahi sa confiance et sa tranquillité, elle qui l'a élevé, qui l'a aimé, qui lui a tout donné, qui s'est sacrifiée tant de fois pour ses enfants, qui a travaillé plus que de raison, qui ne s'est jamais découragée devant les factures, devant le départ du père, devant les bêtises de ses garçons, elle qui a toujours été une mère compréhensive, présente, sévère, mais juste... Qu'a-t-elle raté dans son éducation ? Peut-être que Larry n'a pas tout à fait tort d'agir comme il le fait, malgré les risques, peut-être était-il destiné à devenir le martyr de cette société malade. Il est trop sensible pour subir sans broncher, trop intelligent pour ne pas répondre, peut-être ne pouvait-il pas survivre autrement qu'en exprimant ses idées. Mais toute cette violence, tous ces crimes dont on l'accuse... Dieu lui pardonnera-t-il sa haine ? Le Vietnam a fait de lui un soldat, lui qui n'était qu'un enfant. Ce n'est sans doute pas sa faute, à elle, mais la faute de la guerre, de la mort de Mike, de la misère, de la tristesse, de l'injustice. Mais un juge pourra-t-il comprendre son fils comme elle le comprend ? Pourra-t-il trouver de la clémence dans son cœur pour un Afro-Américain du ghetto ? Elle prie le dimanche pour son fils, elle chante pour son Larry, mais sera-ce suffisant ? Qui peut bien s'inquiéter de Gladys ? Sur le parvis de l'église, elle ne trouve plus une seule amie à ses côtés. On la fuit comme la peste, on la craint comme le choléra. On ne veut prendre aucun risque, la police a des yeux partout à Harlem, et les Black Tigers ou leurs alliés se font arrêter sur le champ, et parfois même fusiller en pleine rue. Gladys allume le poste de télévision, elle suit le parcours de son fils par les médias : « Larry Hoover est l'homme le plus recherché de l'Alabama. Sa tête a été mise à prix par le gouverneur de Californie. Larry Hoover est soupçonné d'avoir assassiné des membres du Ku Klux Klan. De plus, les autorités en sont certaines : la prise du Capitole de Montgomery est signée. Ce sont les Black Tigers qui ont agi. À New York, les effusions de sang au nom des Black Tigers ne diminuent pas et le mouvement étudiant social-démocrate a publiquement affiché son désaccord sur les moyens utilisés par les Black Tigers pour défendre leurs idées, même s'ils disent partager leur vision socialiste, antiraciste et égalitariste. À Los Angeles, alors même que l'on doute que Larry Hoover n'y ait jamais mis les pieds, les rébellions sont de plus en plus fréquentes et la police a décidé de prendre des mesures exemplaires. La Virginie arrive en troisième position des États les plus gangrénés par les Black Tigers, et la police a signalé une tentative de braquage de banque dans l'après-midi à Hampton. Tentative qui a pu être contrée *in extremis*... » Gladys éteint le poste. Elle aussi prendrait bien une batte de baseball pour briser la télévision. Elle s'énerve : « Mon Dieu, Larry, qu'as-tu fait ? »

3.

Les Black Tigers s'approchent de l'ancienne presse à pas de velours, la main sur leur révolver, aux aguets. Le quartier général des Black Tigers est bel et bien là. Ils sont émus de le retrouver, après trois mois de cavale. Ils sont enfin de retour à Harlem. Jimmy inspecte la porte d'entrée, elle est bien cadenassée à cette heure tardive de la nuit. C'est étrange que personne ne surveille l'ancienne presse, aurait-elle été repérée ? Mais si les autorités avaient perquisitionné le quartier général des Black Tigers, la porte d'entrée aurait été défoncée et les lieux abandonnés. Jimmy enfonce la clé dans la serrure et pousse la lourde porte métallique. Le quartier général est méconnaissable. C'est une vraie cellule de résistance sous-terraine. Des plans des districts de New York sont collés aux murs, des punaises de couleurs encerclent les lieux à attaquer, des fils sont tendus de part et d'autre, des photos scotchées ici et là, mais aussi des articles de presse et des notes chiffrées. « Ils ont inventé un code secret ? » s'enthousiasme Jason en allumant toutes les lumières. « Ça doit être des coordonnées », lui répond Big Calvin avec humeur. Il n'aime pas tellement l'idée de ce développement qui s'est produit sans eux, dans leur dos, dans leur propre tanière. Mais Jason ne lui prête pas attention et essaye de décoder les mystérieuses notes. Jimmy admire les machines à écrire qui sont disposées en rangées à l'arrière de l'entrepôt. « Elles sont toutes neuves ! » s'émerveille-t-il. Malik plante son couteau dans les gros sacs empilés dans un coin. C'est de la poudre. Une dizaine de kilogrammes de poudre pour les explosifs. Larry observe avec fierté la grande bibliothèque si bien remplie : ce sont des livres de sabotage, de génie électrique et mécanique, mais aussi des livres politiques, historiques et philosophiques.

— Je me demande comment ils ont pu faire tout ça en si peu de temps ! lance Big Calvin.

— Moi, je me demande surtout comment ils ont pu brouiller les pistes des *pigs*, répond Malik.

Larry reste pensif. Personne, parmi tous les membres arrêtés et interrogés, n'aurait donc vendu la mèche ? Big Calvin dodeline de la tête. Il n'a pas de réponse non plus. On ne parle que des Black Tigers dans la presse et à la télévision, et personne n'est venu fouiner jusqu'ici ? Ce blanc-bec de John Wise a su rester discret, on a dû pourtant lui promettre une sacrée remise de peine en échange de ce genre d'informations.

— C'est peut-être un piège..., suspecte Larry.

— Tu crois qu'il y a des micros quelque part ? s'inquiète Jimmy.

— Ça vaudrait le coup de vérifier. Cunningham est un tordu et il est bien décidé à nous faire la peau. On va tout fouiller de fond en comble. Toi Jimmy, tu démontes tous les tiroirs, les bureaux et les armoires. Toi, Big Calvin, t'inspectes le plancher, les murs et les plafonds. Toi, Jason, tu dévisses les ampoules, tu démontes le tableau, t'ouvres les imprimantes. Et toi, Malik, tu fais tout ce qui reste !

Chacun s'exécute avec précaution. Il s'agit d'être prudent, et de déguerpir au moindre soupçon. « On devrait peut-être partir maintenant, si on est sûrs que c'est un piège » grommelle Jason. Larry lui fait signe de continuer de vider les tiroirs sans broncher. Tout à coup, Big Calvin se met à hurler : « Là ! Dans le plancher ! Ça sonne creux ! » Mais alors qu'on accourt vers la cachette, l'entrepôt s'éteint. « C'est pas le moment d'avoir une coupure de courant ! Qui m'apporte de la lumière ? » se plaint Big Calvin. Mais Larry leur chuchote d'aller se cacher dans le bureau du fond et de se préparer à tirer. C'est peut-être les *pigs* qui les ont devancés... Les Black Tigers sortent leur révolver et filent au fond de l'entrepôt. Seul Larry reste sur place, il est le chef, il doit être en première ligne, devant la porte de l'ancienne presse. Tout à coup, le plancher craque à côté de lui, quelqu'un s'approche. Il l'entend respirer. Il n'hésite pas longtemps et se met tirer en criant le nom de « Black Tigers ». « Arrête ! Arrête ! » entend-il. La lumière se rallume. Cinq adolescents le dévisagent. L'un d'eux est blessé à la jambe, Larry n'a pas loupé son coup.

— Qui t'es ? demande le jeune homme. Tu fais quoi dans notre quartier général ? Pourquoi t'as dit notre nom ?

— Votre quartier général ! s'étonne Larry.

— C'est nous les Black Tigers, s'amuse Big Calvin en sortant du bureau.

— Et vous, vous êtes qui ? demande Malik.

— Des Black Tigers. On a été recrutés par Larry Hoover pour surveiller le quartier général.

— Je suis Larry Hoover, dit posément Larry.

Les adolescents se confondent en excuse. Ils sont chargés de surveiller l'ancienne presse la nuit en échange de quelques dollars. Ils ont vu de la lumière et sont venus vérifier que les *pigs* n'avaient pas mis la main sur le quartier général. « Et dans ce cas ? » demande Larry. « On a des talkies-walkies, on prévient les autres, et eux, ils décident. Les flingues, c'est pour nous protéger, pas pour attaquer. Les Black Tigers n'ont pas le droit d'attaquer en dessous de quinze ans », lui répond-on. Larry sourit en entendant cette règle qu'il n'a jamais édictée. Jason s'occupe de panser la plaie du garçon blessé pendant que les autres ouvrent la cachette du plancher.

— Alors j'avais du flair, on dirait ! s'enthousiasme Big Calvin qui reconnaît l'endroit qu'il avait suspecté.

— Oui, Monsieur, il y a là quelque chose pour vous.

— Monsieur ! Tu me prends pour un vieux ? s'agace Big Calvin.

— Vous saviez qu'on allait rentrer ? demande Larry.

— Oui, bien sûr ! Larry Hoover, il laisserait pas ses hommes se faire arrêter ! Larry Hoover nous protège tous !

— Qui a foutu ça dans cette planque ? demande Big Calvin qui découvre un instrument électronique.

— C'est nous, répond un adolescent.

— C'est quoi ce truc ? demande Malik.

— C'est un capteur de fréquence. Il permet d'écouter les *pigs* et de se mettre sur leur fréquence radio.

— D'écouter les *pigs* ! s'étonne Jason.

Le van des Black Tigers passe devant le commissariat de Harlem. Un *pig* est posté à l'entrée. Deux voitures de police sont garées de l'autre côté du trottoir. Malik fait signe à Jimmy d'emprunter la rue parallèle. « Gare-toi ici », indique-t-il. Jimmy coupe le moteur et les deux s'assoient à l'arrière du van. C'est une longue nuit qui s'annonce, ils ont préparé quelques sandwiches, du café et du whisky pour tenir le coup. Malik s'enroule dans une couverture, il est déjà harassé par le voyage de la journée. « J'en peux plus, on aurait peut-être pu attendre demain », bougonne-t-il. Jimmy fronce les sourcils et déclenche le capteur de fréquence. Il n'y a pas de temps à perdre, maintenant qu'ils sont à

Harlem, il faut prendre les choses en main pour ne pas se laisser arrêter, il faut absolument qu'ils aient une longueur d'avance. Ce n'est pas seulement leur liberté qui est en jeu, mais aussi leur dignité. Et l'orgueil ne manque pas au caractère de Jimmy. Il tourne les boutons patiemment. Ça grésille. Il entend un arrière son. Ce sont des voix, mais ça reste incompréhensible. Malik pointe le capteur vers le commissariat. Les talkies-walkies des *pigs* résonnent.

— Une vieille femme a appelé d'une cabine téléphonique de Lenox avenue. Elle a dit qu'elle était perdue, et qu'elle avait besoin d'aide, informe un policier dans son talkie-walkie.

— Je m'en occupe, répond un autre. Est-elle menacée ?

— Je ne pense pas. Elle demande juste à rentrer chez elle.

Malik esquisse un sourire à Jimmy. Les deux Black Tigers ont capté la fréquence de la police, c'est un bon début. Malik espère qu'ils ne vont pas rester toute la nuit à écouter des futilités, alors que les autres préparent la suite des événements au quartier général. Le temps passe. Les heures sont longues à écouter les policiers se charger de leurs petites missions nocturnes. Encore plus longues que jamais. Malik lutte contre le sommeil à raison d'une tasse de café toutes les demi-heures. Ses pieds s'agitent nerveusement, son impatience est mise à rude épreuve.

— Faut que je sorte me dégourdir les jambes, prendre l'air et pisser. On étouffe là-dedans ! grogne-t-il.

— Cinq minutes et tu restes discret, concède Jimmy.

— Oui maman... Et oublie pas de me faire un résumé complet quand je reviens, moi les histoires d'ivrognes, de bagarres à la sortie des clubs et de vieilles paumées, ça me file la trique..., plaisante Malik en ouvrant la porte arrière du van.

— Attends ! Attends ! Reviens !

— J'ai la vessie qui va exploser ! Tu rigoles ou quoi ?

Mais Jimmy a l'air sérieux et lui fait signe de se rasseoir immédiatement. Malik pose le casque sur ses oreilles. Ce n'est pas vrai, ce n'est pas possible ! Que vont-ils dire à Larry ?

Gladys demande à Anita d'aller dans sa chambre. Non, ce n'est pas Larry qui est rentré, qui est revenu auprès de sa famille, qui a voulu confesser ses crimes et rétablir la vérité auprès de sa mère. Une mère pardonne toujours à son fils. Non, c'est la police qui a tambouriné contre la porte aux aurores et qui l'a sortie du lit. « *Mum*, qu'est-ce qui se passe ? » s'effraie Anita. Les mères ne mentent pas : « La police, *honey*, va te recoucher ».

— Savez-vous où est votre fils ? Est-il ici ? Avez-vous des nouvelles ? demande le policier.

— Non, Monsieur, je n'ai aucune nouvelle de mon fils Mike depuis qu'il est mort au Vietnam pour défendre notre pays.

— Je suis désolée, Madame, continue le policier en ôtant sa casquette en signe de deuil. Mon frère aussi est mort au Vietnam...

— Nous venons pour Larry, votre autre fils, le terroriste, reprend son acolyte d'un air agacé.

— Ah... celui-là... Il paraît qu'il est en Alabama, j'ai entendu ça à la télévision... soupire Gladys. Mais entrez donc, il est tôt, vous voulez un café ?

Gladys ne peut donner aucune piste aux policiers, elle ne sait plus rien de son fils. Si elle savait quelque chose, elle l'aurait poussé à se rendre, à être raisonnable. En tout cas, c'est ce qu'elle leur dit, balançant la tête comme un chien triste. Puis, elle doit leur montrer la chambre où Larry a séjourné avant d'embarquer pour l'Alabama. Les policiers la mettent sens dessus dessous, le matelas, les chaussures, les livres, à la recherche du moindre indice. « Désolé Madame, c'est la procédure », s'excuse le policier dont le frère est mort au Vietnam. Gladys lève les bras comme pour dire : « ça ne fait rien, si vous saviez, je ne suis plus à cela près, faites, faite donc, remuez ma maison et mon cœur, il n'y a plus rien à défendre maintenant, il ne me reste plus rien ».

Larry, Big Calvin et Jason attendent le retour de Jimmy et Malik au quartier général. Les policiers sont-ils au courant de leur retour à Harlem ? Prévoient-ils de nouvelles arrestations ? Larry regarde l'horloge : il est six heures et demie. Ils n'ont pas fermé l'œil de la nuit. Larry se sent vigoureux, et la fatigue ne l'éreinte pas.

— Et maintenant, on fait quoi ? demande Big Calvin. C'est bien beau de rentrer à Harlem... Comment on défend nos gars ?

— Les Black Tigers veulent leur chef, quelqu'un pour les protéger, intervient Jason.

— Il faut trouver des planques pour tous ceux qui sont suspectés, faire marcher le réseau entre les différentes cellules et faire bouger les troupes d'État en État. Il faut brouiller les pistes au maximum.

— Bonne idée ! On peut aussi faire circuler des rumeurs sur toi, dire que tu es en Californie, puis en Alabama..., propose Big Calvin.

— On peut faire passer un gars pour Larry ! Les policiers l'arrêtent, le cuisinent et on gagne du temps ! s'enthousiasme Jason.

— Ça va pas être possible mec ! Les *pigs* savent très bien à quoi ressemble Larry. Ils ont certainement un portrait de Larry Hoover, s'exaspère Big Calvin.

— Ben on peut trouver quelqu'un qui lui ressemble vraiment ! En tout cas, je connais un mec qui fait des faux papiers, ça peut être utile, non ? répond Jason, un peu vexé.

— Tu le connais comment ton mec ?

— Mon frère était en taule avec lui, c'est un mec qui faisait aussi des faux billets, il est resté quinze ans en taule pour ça, mais le mec était super fort, les flics ont mis vachement de temps avant de le trouver !

Tout à coup, quelqu'un tambourine à la porte. Big Calvin fait signe à Jason d'authentifier les visiteurs. Jason saisit la clé et jette un œil dans le judas.

— Qui c'est ? demande-t-il.

— C'est Jimmy ! C'est Malik ! Ouvre vite !

Larry est sous le choc. Il n'avait jamais voulu songer à ce moment de honte, de culpabilité, de tristesse, celui où sa mère se ferait interroger pas la police par sa faute. Et Anita ? Big Calvin lui donne une grande tape dans le dos pour le réconforter. On le regarde sans rien dire, on attend qu'il réagisse. Est-ce qu'il va décider de se rendre ? Est-ce qu'il va abandonner la lutte pour protéger sa famille ? Larry se tourne brusquement vers le bureau, le soulève d'un coup et le projette contre le mur. Une nuée de papiers retombe à ses pieds. « Tant pis, ils ne peuvent rien lui faire. Par contre, on nous a trahis. Les *pigs* sont allés chez ma mère parce qu'ils savent qu'on est à Harlem. Il faut qu'on se mette à l'abri », finit-il par lâcher avec un calme effrayant.

4.

Un caillou lancé contre la vitre a interrompu Nataly dans ses révisions. Elle se jette à cœur perdu dans le travail ces derniers temps. Non seulement elle est bien décidée à faire sa place dans la société, mais elle souhaite aussi faire ses preuves en tant que femme noire. Et surtout, elle a les nerfs à vif depuis que Larry est en cavale en Alabama, elle n'arrive plus à trouver le sommeil, à trouver le moindre plaisir ou le moindre intérêt dans toutes ces choses qu'elle aimait tant : se promener à Central Park avec un hot-dog, aller danser toute la nuit, lire un roman ou débattre au sein du mouvement étudiant dans les amphithéâtres de l'université. Ce caillou, c'est Larry qui l'a lancé. Larry, vivant, revenu, qui ne l'a pas oubliée.

— Parfois je me demande si je n'ai pas fait tout ça pour attirer ton attention..., soupire Larry.

— Tu exagères ! Je ne t'ai jamais demandé de tuer des gens ! s'indigne Nataly.

— Non, je ne parle pas de la violence, elle était en moi depuis longtemps et puis... C'était un engrenage, c'est monté en escalade. Je te parle du début, les Black Tigers, la politique, l'alliance avec Wilson, avec Cunningham, l'envie de me faire connaître...

— J'étais si importante pour toi ? Alors que j'ai quitté ton frère au Vietnam...

— Oui. C'est vrai que j'étais en colère contre toi, mais je n'arrivais pas à t'oublier, à t'en vouloir vraiment... J'étais surtout en colère que tu disparaisses de ma vie, de savoir que je ne te reverrais jamais, de n'avoir jamais eu l'occasion de te dire ce que je ressentais. Je trouvais ça tellement injuste, au fond, de te laisser partir sans rien dire.

— Et maintenant ? Tu es recherché, tu es en cavale... Qu'est-ce que tu as gagné dans l'histoire ? On ne pourra jamais...

— ... vivre ensemble ? Se marier ? Avoir des enfants ? Avoir une jolie petite maison avec des volets ? Un chien, une télévision, une voiture et des factures à payer ? C'est sûr, on ne pourra jamais ! Mais au moins tu sais ! Au moins tu m'as regardé !

— Non... Simplement être heureux et légers... Profiter d'être ensemble. J'ai tellement peur pour toi depuis trois mois ! J'ai tellement peur que tu te fasses tuer ! Je devrais sourire quand je pense à toi, et j'ai envie de pleurer ! Je ne supporte plus de m'inquiéter...

— Il ne faut pas s'inquiéter... Larry Hoover ne se fera jamais arrêter !

— Tu sais bien que c'est la seule issue possible. Combien de temps tu peux continuer à vivre caché ?

— Ce n'est pas le problème, je pourrais très bien faire comme ces anciens nazis, changer d'identité, changer de vie, et on me ficherait la paix, mais je ne peux pas laisser les Black Tigers sans moi, je ne peux pas les abandonner maintenant... Vivre caché, ce n'est pas grave, mais renier ses actes, c'est une autre histoire.

— Tu es tellement orgueilleux ! Les droits civiques ne dépendent pas de toi. Et tu as pensé à ta mère ? Au souci qu'elle doit se faire ?

— D'accord, d'accord ! Dis-moi ce que je dois faire... Je dois me rendre ? Je dois me dénoncer ? Et les autres ? Je dois porter toute la faute, toute la responsabilité et croupir en prison ? Tout ce que j'ai fait n'aura servi à rien...

— Bien sûr que ça aura servi, mais il est peut-être temps d'y mettre fin. On te trouvera un bon avocat, tu pourras t'exprimer au procès, tu raconteras que tu as fait le Vietnam... Le jury sera clément envers un ancien soldat.

— Et je finirai sur la chaise électrique.

— Ne dis pas ça !

Un silence s'installe. Nataly ne peut plus enlever l'image de la chaise électrique de son esprit. Pourtant, Larry est là, bien vivant, assis à côté d'elle sur le lit. Elle peut sentir son odeur, elle peut toucher sa peau, elle peut plonger ses yeux dans les siens. Elle a envie de le serrer fort, de tout oublier, de le garder contre elle, longtemps, de ne plus penser à ce qui adviendra. Mais elle n'arrive pas à bouger. Elle n'arrive pas à parler. Elle voudrait le supplier de s'enfuir, de sauver sa vie, pour elle, par amour pour elle, ou de se rendre, de s'expliquer, de mettre un terme à sa souffrance, à son attente, à sa peur. Elle ne peut pas. Pourquoi insister ? Il ne comprendrait pas. Il lui parle de dignité et de lutte quand elle lui parle d'amour. Elle le laisse glisser sa main sur son cou. La sensation n'a pas changé depuis la forêt de l'Alabama. Nataly croit entendre les feuilles frémir autour d'eux. Une larme coule sur le visage de Larry. Le chef des Black Tigers est vulnérable devant elle. Devant elle, il oublie parfois son orgueil. « Pars, pars loin, je te rejoindrai », ose-t-elle chuchoter à son oreille. Il l'embrasse, il l'étreint, il la serre comme si… Elle frissonne, comme si c'était la dernière fois.

— M'en fous Larry ! M'en fous ! s'emporte Big Calvin au quartier général. Faut que tu partes ! Tôt ou tard, ces *pigs* et ces fils de *pigs* vont t'attraper. Faut que tu te casses au plus vite. T'inquiète pas, j'ai tout organisé pour ta fuite ! Va falloir que l'on te rase le crâne ! J'y crois pas trop à ces histoires de fréquences, Larry ! Encore hier, Jimmy a écouté ce que les *pigs* disaient, et ils ont rien dit sur toi ! Ça sent le coup monté pour la chaise électrique, ça sent le roussi Larry ! Faut que tu déguerpisses au plus vite !

— Mais où ? Où est-ce que je vais aller ? Et les Black Tigers ? Qui va donner des ordres, et notre combat pour les droits ? s'inquiète Larry.

— Oublie les droits, le gronde Big Calvin. Si tu veux sauver ta peau de la chaise électrique, sauve-toi ! T'inquiète pas… Les Black Tigers sont prêts à se défendre.

— C'est quoi le plan alors ? demande suspicieusement Larry.

— J'ai un billet de train pour Chicago ! Mais il faut te raser le crâne. Jason apporte le rasoir ! ordonne Big Calvin. Une fois arrivé à Chicago, deux hommes te récupéreront, et te cacheront un certain temps…

— Et Nataly ? demande Larry.

— T'inquiète pour la gonzesse ! Tu penses à ta queue alors que nous on essaye de te libérer de tout ça !

Larry s'assoit sur la chaise. Big Calvin fait grise mine. Larry aurait-il perdu la tête à s'inquiéter pour Nataly et ses histoires de cœur ? Jason sort le rasoir et la lame de la trousse. « Enlève-moi tout ça ! Et vite ! » s'agace Big Calvin. Pendant que Jason s'exécute, Big Calvin allume la radio et déclenche le brouilleur de fréquence, au cas où les *pigs* décident de débarquer. « Pas un poil ! Rase-le à sec ! » demande Big Calvin à Jason qui n'ose pas tout couper. Le cœur de Larry palpite. Il cherche Jimmy du regard. Il n'est pas à côté de lui. Il souhaite lui confier une lettre pour sa mère. Il va tout lui dire. Il va tout lui confier avant de partir. Il ne la reverra peut-être jamais. Après avoir assassiné les membres du Ku Klux Klan, après avoir pris en otage le Capitole, que peut-il bien lui écrire ? Tout est fini ! La réalité est là, la réalité est dure. C'est réel, Larry doit fuir encore une fois. Que risque Big Calvin ? Que risque Jimmy ? Que risquent les autres ? Larry observe le sol s'obscurcir de cheveux. Si Nataly le voyait, elle verrait sa déchéance. Comme Lucifer perdit ses ailes et fut chassé du royaume de Dieu, Larry perd ses cheveux, et il est chassé du quartier général. Jason passe un dernier coup de lame « Ça y est, c'est aussi lisse que la coquille d'un œuf », s'enthousiasme-t-il. Larry passe sa main sur sa tête. Il peine à imaginer la tête qui vient de naître sur ses épaules. Il se sent abaissé et humilié. Au fond de l'entrepôt, Malik explique aux Black Tigers qui ont su gagner la confiance des fondateurs comment faire diversion auprès des *pigs* pour la fuite de Larry :

— On va foutre le bordel sur la Septième Avenue. Il faut réunir le plus de gars possible ! Et des battes, des explosifs, rien de vraiment dangereux, mais de quoi alerter les *pigs* !

— Et si on nous tire dessus ? demande un jeune.

— Pas de morts. On riposte pas. On fout le bordel et on se tire, reprend Malik.

Sur la Septième Avenue, les parebrises volent en éclats. Deux bombes lacrymogènes sont jetées sur la chaussée. Des coups de fusil à pompe retentissent. Les passants sont paniqués. Qui sont ces hommes cagoulés ? Des terroristes ? Des criminels ? On hurle, on se cache, on se couche à terre. Les Black Tigers investissent l'avenue. Les voitures freinent soudainement. Le carambolage crée un bruit assourdissant. « Nous devons agir au plus vite ! » hurle un Black Tiger avant de mettre le feu à une voiture. Le conducteur sort en hurlant, des flammes lui dévorent le corps. La fumée envahit la Septième Avenue. Les Black Tigers entament une course sans fin vers le haut de l'avenue. « Appelez la police », crie un homme qui s'engouffre dans une boutique. Les sirènes des voitures de police ne tardent pas à retentir. Les Black Tigers courent sur les toits des voitures, s'échappent dans les rues parallèles, ils sont une centaine à mettre l'avenue à feu et à sang. Pendant ce temps-là, à la gare de Pennsylvania, Larry rejoint le quai du train en partance pour Chicago. Le grand hall de la gare est mouvementé. Les trains auront du retard, c'est une mesure de sécurité, les Black Tigers terrorisent la ville. « Encore ces foutus Black Tigers ! » se plaint un passager. La rumeur circule que des heurts ont éclaté sur la Septième Avenue et les policiers sont dépassés par les événements. Mais enfin ! Que se passe-t-il à New York ces jours-ci ? Le bruit des sirènes inquiète les passagers qui se voient déjà passer la nuit à la gare, sur leur sac de voyage, à attendre le départ de leur train. « Retardé ! Le train pour Pittsburgh est retardé ! » annonce haut et fort un agent. Les passagers sont agacés. Sur le panneau d'affichage, les annulations envahissent tout le tableau petit à petit comme un virus. Les citoyens ne veulent pas y croire. Décidément, ils ne peuvent pas se fier à toutes ces compagnies ferroviaires ! Elles emplissent quand ça les arrange et elles annulent quand les passagers sont peu nombreux pour le Nord ! Larry marche sur le quai. Heureusement, son train pour Chicago n'a pas été retardé ou annulé. Il n'est plus qu'à une vingtaine de mètres de son wagon. Son pas est pesant, le temps lui est compté. Dans quelques instants, un agent sifflera, et il sera libre. Le train partira. Le voilà qui approche de son wagon. Le contrôleur arrête tous les voyageurs pour composter leur billet. « Bon voyage ! » répète-t-il sans se lasser. Les passagers entrent un à un, ils n'ont rien à se reprocher. Larry a le cœur battant. Il cherche à dissimuler son inquiétude, mais une goutte ruisselle sur son front. Tout peut se jouer maintenant. Il essaye de faire le vide dans son esprit, de penser à Nataly, à sa peau, à ses yeux.

— Quelle est votre destination finale ? demande le contrôleur.

— Chicago, ma destination finale est Chicago, Monsieur, répond poliment Larry.

Le contrôleur le dévisage. Il a l'impression d'avoir déjà vu cette tête quelque part. « Vous me semblez familier ! » bourdonne-t-il. Il n'y a que des Noirs à Chicago, il en a vu passer et prendre ce train, mais celui-là lui dit étrangement quelque chose. « Vous êtes bien nerveux, jeune homme ! » s'étonne le contrôleur. L'agent dévisage Larry encore une fois. Pourtant, il ne s'y connaît pas en physionomie de Noirs, il les confond tous, il n'en reconnaît aucun. Mais celui-là, il a un air familier. Impossible de retrouver pourquoi, tant pis. L'attente est interminable et Larry est figé comme un tronc d'arbre, il sait que le moindre mouvement pourrait le trahir, que ses mains pourraient se mettre à trembler, que ses jambes pourraient chanceler. Le contrôleur tourne et retourne le billet. Il n'y a rien de suspect dans ce billet, il le laisse entrer. Larry s'installe sur sa couchette et ferme le rideau. Sera-t-il seul pendant le voyage ? Les trois autres couchettes sont vides. Il espère pouvoir rêver seul pendant ce trajet, sans avoir peur d'être reconnu, sans avoir à se méfier, à se cacher. Au bout de quelques instants, juste avant le départ, un Afro-Américain entre dans sa cabine et s'installe. Quelle plaie ! Larry lui lance un regard noir. Le vieil homme bredouille un timide « Bonjour » et déplie son quotidien. Larry le regarde feuilleter le journal. Assis sur son lit, l'homme parcourt les gros titres avec nonchalance. On dirait qu'il cherche plus à se désennuyer qu'à s'informer. « Larry Hoover, l'homme le plus recherché de New York » fait la une du journal. Larry camoufle son visage dans le col de sa veste, on ne sait jamais, le vieillard peut avoir un éclair de lucidité. Larry s'allonge sur le dos, les coups de sifflet retentissent, le train bringuebale et démarre. Larry ferme les yeux et écoute le crissement du train sur les rails, répétitif et apaisant. Il est parti. C'est la liberté. Personne ne l'a trahi, personne ne l'a dénoncé.

À l'ancienne presse, Big Calvin est soulagé. Jimmy, Malik et Jason respirent enfin. Larry est parti. Ils ne savent pas quand ils le reverront. Un jour, quelque part, dans quelques années. Les autorités vont probablement se calmer. Si les Black Tigers arrêtent d'agir et que tout se tasse, alors les policiers diminueront les arrestations. Big Calvin pense fermer le quartier général des Black Tigers le lendemain matin. Il souhaite remettre l'ancienne presse dans l'état où ils l'ont trouvée. Les Black Tigers, c'était une belle aventure, c'était risqué, mais ça en valait la peine. Larry sera introuvable et leur message est bien passé. Jimmy regarde l'horloge, le train pour Chicago devrait arriver dans une trentaine d'heures. Malik et Jason sont exténués, inertes comme des natures mortes. Ils ne disent rien et sont affalés sur leur bureau. Big Calvin allume la radio. « *Des heurts ont éclaté sur la Septième Avenue cette après-midi. Les autorités suspectent les Black Tigers d'avoir agi. Pas de morts à déplorer, mais quelques blessés. L'establishment souhaite engager des pourparlers avec les Black Tigers. C'est la volonté du gouvernement de discuter avec les responsables...* » Malik éteint la radio. À quoi bon discuter avec ces gens-là, s'ils ne reconnaissent toujours pas l'égalité entre tous les hommes ?

— C'est quoi ce bruit ? demande Malik.

— On dirait des ailes d'oiseau ! dit Jason.

— Quel bruit ? demande Big Calvin. T'entends quelque chose Jimmy ?

— Des hélices d'hélicoptères..., répond calmement Jimmy. Il faut brûler notre quartier général et déguerpir. Dans quelques minutes, ils seront là.

Sans plus d'émotion, Jimmy renverse un bidon d'essence sur les bureaux. Il agit comme comme un soldat. « Apportez toute la paperasse, on va brûler toutes les preuves », ordonne-t-il. Malik réunit les plans, les cartes, les faux papiers et les livres pour les entreposer au milieu de l'ancienne presse. Jimmy asperge consciencieusement le monticule sous les yeux effarés de Jason. Quant à Big Calvin, il ne sait plus où donner de la tête et se met à balancer les imprimantes, les tables et les chaises contre les murs. « Tout est foutu ! » hurle-t-il. Le bruit des hélices devient de plus en plus assourdissant. Jason est tétanisé. « On va mourir, on va mourir... » gémit-il. Jimmy l'attrappe par la manche pour le sortir de sa torpeur. Ils n'ont plus le temps, il faut courir, courir vite, courir loin, il faut sauver leur peau. Il ouvre la porte arrière de l'ancienne presse et pousse Jason et Malik à l'extérieur. « Le van est caché dans les buissons là-bas, dépêchez-vous ! M'attendez pas ! » leur crie-t-il. Et aussitôt, il sort son zippo et le jette dans le quartier général. Il reste un instant avec Big Calvin pour vérifier que le feu grandit, que rien ne subsistera. Dans la lumière de la lune, Jason court de toutes ses forces. Il n'a jamais eu aussi peur de sa vie. Les engins sont à quelques mètres d'altitude, il est une proie facile, complètement à découvert. Pour l'instant, les policiers n'ont pas ouvert le feu. Avec un peu de chance, ils ont reçu l'ordre de les attraper vivants pour pouvoir les interroger. Avec un peu de chance, Cunningham ne veut pas les voir mourir. Mais la chance, Jason ne la connaît pas, il a toujours été défavorisé. Il est idiot, pas bien beau et pas bien débrouillard. Sa seule chance, ce fut de rencontrer Big Calvin un beau jour à Harlem. Big Calvin ne l'a jamais jugé, il ne s'est jamais moqué de lui. Il se souvient de leur rencontre, c'était dans un drugstore, il était bien minuit, et il avait décidé de cacher une bouteille de bière dans sa veste, il n'avait pas un dollar pour quoi que ce soit. Big Calvin travaillait là-bas et il l'avait vite repéré dans l'écran de surveillance. Mais il ne l'avait pas engueulé, il avait juste dit : « C'est la boutique de mon père, faut pas voler un Noir, frère. Mais prends ta fichue bouteille si tu m'en files un peu. » Ouais, ils s'étaient bien marrés ce soir-là, ils avaient descendu plus d'une bouteille finalement, et pas seulement de la bière. Jason entend les tirs siffler à ses oreilles. Ces fichus *pigs* ont bien décidé de le buter finalement ! Le van est à quelques mètres. Il entend un cri émerger de la rivière. C'est Malik, il est touché. Quelles sont ses dernières pensées ? Malik n'a pas connu de grand amour, ni même l'amour de ses parents, ni même celui de ses cinq frères et sœurs, et il n'y aura pas grand monde pour le pleurer, surtout si les Black Tigers périssent avec lui. Malik, c'était pourtant quelqu'un de bien, un jeune homme courageux, un jeune homme loyal et plein de convictions. Big Calvin et lui se connaissaient depuis la plus tendre enfance. Ils avaient fait les quatre cents coups ensemble. Briser les parcmètres pour récupérer les pièces, défoncer les poteaux d'incendie pour inonder les rues, faire décoller des fusées faites d'allumettes et de papier aluminium. Le corps de Malik s'enfonce dans l'eau noire de la rivière. Jason essuie ses larmes d'un revers de la manche. Une douleur vive remonte dans son dos. Elle résonne dans son corps. Un millier d'étoiles lui troublent la vue. Il n'entend pas les cris de Big Calvin qui a accouru vers lui. Des projecteurs aveuglent Big Calvin, des hommes cagoulés descendent des échelles. « Ne bougez pas ! » hurlent-ils. Big Calvin est menotté : « Putain de *pigs* ! Vous avez tué Jason ! »

Jimmy a réussi à s'enfuir. Il ne sait pas bien comment. Comment a-t-il pu échapper aux hélicoptères ? Il s'est mis à courir, à courir encore plus vite quand il a entendu les policiers abattre Jason et attraper Big Calvin. Il n'a pas réfléchi, il a agi sans se retourner, sans regret. Comme au Vietnam, c'était chacun pour soi, chacun devait sauver sa peau. Les Black Tigers, c'était pourtant une équipe, mais à la guerre comme à la guerre, il n'y a plus d'équipe quand on se fait tirer dessus. Juste l'instinct primitif. La solidarité, l'entraide, la fraternité, ce sont de beaux mots révolus. Les Black Tigers n'existent plus. Tout ce qu'il reste, c'est la cavale, seule. Comme au bon vieux temps, il se retrouve face à lui-même, un jeune voyou du ghetto qui doit penser à sa survie. Le van traverse la nuit comme au temps de l'Alabama. Jimmy sort de sa veste la lettre de Larry pour sa mère. Il doit la déposer sur son palier avant les premières lueurs du jour. Son souffle est long et il respire enfin. Après ce dernier saut à Harlem, il partira, mais où ? New York n'est plus son terrain de jeu, New York est devenu étranger et hostile, compliqué, chargé, New York ne lui donne plus aucun frisson.

5.

« Mum,

Tu n'es pas coupable. Tu n'as rien à te reprocher. Je sais que tu te tortures, que tu penses avoir raté quelque chose dans mon éducation, que tu crois être en partie coupable de ce que l'on me reproche, mais je ne suis plus un enfant, et tout ce que j'ai fait, je l'ai fait en pleine conscience, pour des idées que tu ne partages pas. J'ai cessé de vouloir te plaire, et je le regrette sans le regretter, parce qu'il fallait bien que je m'émancipe, que je me révèle. Il fallait bien que je cesse de me comparer à Mike, d'avoir ton assentiment, d'avoir ton réconfort, d'être un fils, pour devenir un homme, pour devenir Larry Hoover. Ce nom, je l'ai transformé pour qu'il me corresponde, ce nom dont je n'avais jamais rien fait. Larry, tu m'appelais toujours Larry avec douceur, mais Hoover, c'est le nom de mon père, le nom de celui qui est parti, qui nous a lâchement abandonnés, le nom d'un raté, et j'en ai fait le nom d'un leader. Tu me diras qu'être un criminel n'est pas glorieux, mais je préfère mourir en criminel que de vivre en raté. Au moins, j'aurai exprimé ce que je pense, j'aurai agi. Je sais que tu as déjà perdu un fils, mais je ne pourrai jamais te rendre Mike, je ne pourrai jamais le remplacer, je ne suis pas un bon fils, Mum, je ne suis pas celui que tu voulais. J'espère que tu m'aimes toujours, que tu me comprends toujours, parce que te décevoir n'est pas si facile. J'ai fait le choix de vivre ma vie, mais on ne peut pas tout laisser derrière soi. Vous me manquez, Anita et toi, et j'en perds le sommeil. Je repense à notre vie d'avant le Vietnam, à mon insouciance, à nos joies, à tout ce qu'on partageait. On était une famille, tu avais fait de nous une famille, même seule, tu savais nous réunir. J'aurais aimé savoir fonder une famille, comme toi, mais ça n'arrivera pas, je ne suis pas fait pour le bonheur, pour l'amour, je suis écorché, et je ne tiens pas en place, c'est sans doute papa qui m'a transmis ce besoin de liberté. Je ne lui ai jamais pardonné son départ, mais aujourd'hui je le comprends. Ce que je ne comprends pas, c'est qu'il ait pu faire semblant, c'est qu'il ait essayé de se marier, d'avoir des enfants, qu'il ait mis tout ce temps pour se connaître. Il aurait dû sentir qu'il avait besoin d'autre chose. Il nous a menti si longtemps, et je n'arrive pas à avoir un seul souvenir de lui sans me demander : est-ce qu'il était authentique ? Est-ce qu'il faisait semblant ? Est-ce qu'il savait déjà ? Je me serais détesté de faire comme lui, et j'ai au moins la fierté de n'avoir trompé personne.

J'ai appris à n'avoir aucun regret, quand j'étais au Vietnam, et à affronter mes peurs. Je crois que j'ai toujours évité de te raconter la guerre, je n'y arrivais pas, je ne voulais pas raviver les blessures. Mais je veux que tu me comprennes aujourd'hui. Être un soldat, c'est apprendre à exécuter sans réfléchir, ce qui était impossible pour moi, j'ai toujours voulu agir selon mes convictions. Mais avant de se rebeller et de s'affirmer, il faut cerner ses forces et ses faiblesses. Le commandant Cliff était une belle ordure, et il était aussi impulsif qu'idiot, mais c'était le commandant. C'était mon chef, et je l'écoutais, ou je râlais sans agir, c'était ma faiblesse, je me plaignais sans jamais rien proposer, j'avais conscience que j'étais impuissant, que je ne pouvais rien décider, jusqu'à Ap Bac, jusqu'à ce que je comprenne vraiment que Cliff agissait par orgueil, qu'il n'était pas un vrai chef, un vrai commandant, qu'il voulait être sur tous les champs de bataille, qu'il était incapable de capituler, de s'enfuir, de se sauver, mais surtout de sauver ses troupes, de les protéger, et je suis devenu le chef, comme ça, sans réfléchir, sans regret, j'ai pris la situation en main et j'ai convaincu mes camarades de s'enfuir. Aujourd'hui, de la même manière, j'ai capitulé et je sauve mes troupes. Larry Hoover n'existera plus que comme une légende urbaine, et les Black Tigers redeviendront des inconnus, mais on s'est battu jusqu'au bout, on a fait tout ce qu'on pouvait, et se faire arrêter n'apporterait rien de plus au combat, être condamnés à mort, ça serait donner le pouvoir à l'establishment, aux racistes qui font la justice de ce pays. Alors on retrouve notre liberté, on la vole, on la brandit, et on disparaît des radars. Je ne sais pas si j'aurai le bonheur de vous revoir un jour, Anita et toi. C'est tout ce qui me reste, Anita et toi. C'est tout ce que j'ai perdu, Anita et toi.

Je n'oublierai jamais tout ce que tu as fait pour moi, Mum, et tout ce que tu n'as pas fait pour moi. Je m'excuse d'être un mauvais fils, et j'espère que tu me pardonneras. Embrasse Anita, dis-lui que je l'aime.

Larry »

Gladys s'effondre, elle referme la lettre. Elle ne reverra plus son fils. Si elle le revoit, Gladys le sait, elle pressent que ce sera au parloir d'une prison. Elle est déchirée entre le soulagement et l'inquiétude. Larry n'a pas été arrêté, et pourtant, des centaines de Black Tigers ont été interrogés la nuit dernière. Où peut-il bien être ? Peut-il avoir été assassiné sans qu'elle n'en soit jamais avertie ? Elle ne peut qu'attendre que le temps passe. Elle ne peut qu'espérer une lettre. C'est tout qu'il lui reste de ses deux fils, l'espoir de revoir Larry.

Trois coups de sifflet retentissent. Le train est à quai. Larry est impatient de fouler les rues de Chicago, de manger un bon steak, de prendre une douche chaude, de flâner, de se reposer, enfin. Il est libre, de corps et d'esprit, mais en même temps, il n'arrive pas à envisager son avenir, il reste en cavale, il reste traqué. Il se retrouve seul dans une ville inconnue, une ville sans souvenirs, sans amis, sans alliés. C'est la page blanche, le nouveau départ. Pourrait-il se résoudre à l'anonymat, à une vie simple et discrète ? Pourrait-il travailler dans une blanchisserie, comme le faisait Mike, et trouver une femme, faire des enfants, devenir ce genre d'homme sans se mentir à lui-même ? Il ne peut rien prévoir, il n'est plus le chef, il ne peut rien maîtriser. La maîtrise, sa vie lui a appris que c'était une illusion, que tôt ou tard tout bascule, et que l'on se retrouve vulnérable et perdu, encore une fois, et qu'il faut faire avec. Il n'a pas la force d'imaginer les jours qui vont arriver, il décide de se laisser porter. On verra bien. Le hasard des rencontres, le hasard des rues. Il se sent léger, il n'est plus obligé de rien. Personne ne lui demandera de prendre une décision, de faire un discours, de trancher, d'organiser. Il faut bien admettre qu'il était fatigué de faire justice, que ses idéaux l'ont épuisé. Les leaders naissent et meurent, c'est ainsi, mais après, il faut redevenir humble. Personne n'est fait pour rester sous les projecteurs, ça rendrait fou n'importe quel homme. Larry descend du train sur ces pensées. Il n'a même pas aperçu les deux policiers qui se dirigent vers lui.

6.

Assis dans un coin de sa cellule, Larry Hoover ouvre les yeux. Quelle heure est-il ? Il n'a plus aucune notion du temps. Ses seuls repères sont le lit, la cuvette et l'assiette vide devant lui. Le temps est devenu obscurité et lueur. Quand la nuit tombe, il entend les clés des gardiens cliqueter dans les serrures. Quand le jour se lève, il entend le frottement d'une assiette glisser vers lui. Il regarde par la lucarne donnant sur un bout de ciel, c'est la nuit profonde. Il ferme les yeux pour trouver un peu de sommeil, pour fuir la réalité, cette réalité dure qu'il vit depuis plus d'un mois. Une réalité abstraite, au bord de la folie, faite de remords, de souvenirs, de pensées en vrac qui le torturent bien souvent, qui le consolent parfois. Il a envie de plonger dans une rivière chaude du Vietnam, de sentir l'eau glisser le long de ses jambes, le vent frémir dans la brousse, il a envie de sentir le soleil s'écraser sur son front, la lourdeur du casque brûlant, ses bottes remplies, ses chaussettes mouillées, son arme qui lui écorche l'épaule. S'il pouvait redevenir ce guerrier tranquille, en pleine nature, au cœur du moment présent, ce soldat aux aguets rattrapé par la vie, par le plaisir d'être en vie. Il songe alors à la forêt de Tuscaloosa, aux arbres bleus dans la nuit, au souffle de Nataly dans sa nuque. Il a besoin d'horizon, de peau, d'émotions. Il n'en peut plus de ces quatre murs gris sur lesquels il a gravé des noms les premiers jours : Gladys, Anita et Mike à côté du lit, Nataly en face, puis les Black Tigers dans un coin, et enfin ses compagnons du Vietnam, même Cliff et John Wise. Quand il sent qu'il perd la tête, il leur parle, il imagine des conversations entières, autour du poulet du dimanche, dans l'ancienne presse ou autour d'un feu. Il entend leur voix, chacune singulière, comme si elle pouvait émerger du mur. Il n'aurait jamais pensé avoir une aussi bonne mémoire. Il lutte contre cette pensée fixe : la chaise électrique. Il la craint et l'espère, ce n'est de toute façon pas une vie d'attendre dans ce trou. Il y aura un procès, il va sortir d'ici, mais quand ? Et si on l'oubliait ? Et si on le laissait croupir dans sa cellule ? Et si on ne venait le chercher que pour le tuer froidement, sans justice, sans défense, sans plus jamais espérer la liberté ? Il a bien pensé à se suicider, mais comment, et à quoi bon ? Et puis, si on le retrouve là, mort comme un lâche, que dira-t-on de lui, le chef des Black Tigers ? Que dira-t-on de sa lutte ? Que retiendra-t-on ? On dira qu'il était un perdant, que le gouvernement a gagné, et on l'oubliera, très vite, il sera un criminel de plus perdu dans les archives... Il faut qu'il écrive ses mémoires, qu'il tienne un journal, qu'il laisse une trace quelconque. Il faut qu'il exprime au monde entier... Larry est interrompu dans ses pensées. « Tu as de la visite », lui annonce le gardien. De la visite ! Enfin ! Il n'a pas parlé à un être humain depuis bien trop longtemps.

Un homme d'une cinquantaine d'années, chétif, mais élégant, entre dans la cellule. Son costume gris semble taillé sur mesure, sa fine moustache s'enroule sur ses joues, il porte un chapeau en feutre noir. Il a l'air tout droit sorti de l'*Upper West Side*. Son parfum musqué embaume la cellule, mêlé à une odeur de cigare, de whisky et d'après-rasage. Larry sourit, c'est l'odeur de la ville qui se répand dans sa cellule. C'est le dehors, le parfum de la liberté. Le gardien dépose une chaise dans la cellule : « C'est ton avocat, Hoover », grommelle-t-il avant de se retirer. L'avocat ôte sa veste et la dépose sur le dos de la chaise. Il s'assoit en tirant sur son pantalon à pince et pose sa serviette en cuir sur ses genoux sans prêter attention à Larry qui le dévisage. Il pianote des doigts un moment, il semble perplexe. Il toussote avec embarras, Larry se tient debout devant lui, l'œil hagard, les bras ballants. L'avocat lui fait signe de s'asseoir sur son lit avec un léger sourire puis retire un dossier de la serviette. Le voilà qui cherche une feuille du bout des doigts. « C'est exactement ce que je cherche », murmure-t-il. Larry l'observe du coin de l'œil. « Je suis Maître Climberry », se présente l'avocat. Ce nom évoque quelque chose à Larry, pourtant il n'a jamais vu cet homme, il n'a jamais côtoyé ce genre de personnes, à part Robert T. Cunningham. « Je vous parais familier ? » demande poliment Maître Climberry. Larry acquiesce.

— Je suis un grand avocat et je défends Richard More dont le procès n'a toujours pas été conclu ! se vante Maître Climberry.

— Richard More ! Il n'est pas condamné à la peine de mort ?

— Pas tant que sa culpabilité n'a pas été sérieusement démontrée...

— Vous connaissez Robert T. Cunningham ?

— Bien sûr... Mais ce n'est pas ce qui m'amène aujourd'hui. Commençons, je vous prie.

Maître Climberry et Larry se regardent quelques instants. Larry a besoin de ce moment de silence pour avoir confiance en celui qui le défendra. L'avocat reste impassible, il semble habitué à cette réaction. Il enlève son chapeau et découvre un crâne complètement lisse, comme celui d'un nouveau-né. Il n'a pas l'air vraiment méchant, ce petit homme chauve. Mais Larry se méfie de ceux qui connaissent Cunningham, de ceux qui prétendent œuvrer pour le bien des Noirs américains, de ceux qui tirent profit de la détresse des siens. Rien n'est désintéressé, tout est politique. Mais il n'a pas le choix, il doit se confier à Maître Climberry, c'est sa seule planche de salut. « Vous devez me faire confiance », chuchote Maître Climberry. Larry croise les bras et le dévisage encore une fois.

— Par où commencer ? demande Larry.

— Je dois vous expliquer les enjeux du procès et la composition du jury, explique avec enthousiasme Maître Climberry.

— Je suppose que le jury n'est composé que de Blancs...

— Ce n'est pas la façon dont il faut réfléchir, un procès se prépare, un procès se travaille. Un procès, c'est une stratégie.

— Une stratégie ?

— Je dois vous présenter le jury avant tout. J'ai eu la chance de lire le questionnaire qui a été distribué au jury afin de le sonder. Et je peux vous garantir que votre jury est juste. Déjà, il est composé de dix-huit personnes blanches et de quatre personnes de couleur.

— Je n'ai aucune chance, soupire Larry.

— J'insiste, dit calmement Maître Climberry. Vous devez me faire confiance.

— Que demande le questionnaire ? demande Larry.

— Des questions telles que « Pensez-vous que le témoignage d'un officier de la police a plus de poids qu'un autre à cause de sa position ou de son rôle ? » ou « Qu'en pensez-vous ? Pensez-vous qu'elle existe ? Croyez-vous-en Dieu ? » Le jury a été sondé. Je peux vous garantir que votre jury est juste et impartial.

— Quelles sont mes garanties ? demande Larry.

— Vous devez plaider « non coupable » !

7.

Deux semaines se sont écoulées. Demain matin, s'ouvrira le procès de Larry Hoover. Demain matin, l'avenir du chef des Black Tigers sera entre les mains de la justice. Mais quelle justice ? Il est noir, et c'est déjà un crime dans ce pays. Larry attend beaucoup de son avocat. Maître Climberry lui demande de plaider non coupable et toute sa stratégie repose sur l'absence de preuves, sur la bonne conduite de Larry au Vietnam et sur la présomption d'innocence à préserver envers les Noirs, faute de quoi il sera évident que la justice fait défaut au Palais de Justice. Mais si des preuves apparaissaient ? Après tout, il a vraiment tué ces foutus racistes de Tuscaloosa. S'il y avait eu un témoin ? S'il avait laissé un indice ? Maître Climberry l'a rassuré sur ce point, il aurait été averti de tout indice laissé sur le lieu du crime. « Pour l'instant, on ne sait qu'une chose sur vous Monsieur Hoover : vous êtes un fauteur de trouble. Et ce n'est pas assez pour vous faire griller sur une chaise électrique, ni même pour vous condamner à la prison à perpétuité. » Et les policiers tués par les Black Tigers ? « Était-ce vous ? » a insisté Maître Climberry. Non, il n'a tué personne directement. Il a blessé quelques *pigs*, mais rien de vraiment criminel. Il a été dépassé par les événements. Il a donné des directives globales, il a fait des discours, il a été un leader moral plus qu'un chef de gang. Voilà sa défense. Il faut garder cela en tête, il faut apparaître comme un homme éclairé, comme un homme inspirant, comme un homme de conviction. Et surtout pas comme un délinquant, comme une petite frappe capable de sauter à la gorge du moindre policier. « Je suis Larry Hoover, je suis Martin Luther King, je suis un intellectuel, un orateur, un homme de principes », se répète-t-il. Il peine à y croire, il sait qu'il a été déraisonnable du début à la fin. Et le Capitole ? Était-ce vraiment digne d'un leader pacifiste ? Il revoit encore le gouverneur bouillonnant sur sa chaise, le visage noir de peinture, Big Calvin qui riait aux éclats, et les visiteurs pris en otages, allongés par terre, terrifiés. Ils étaient armés, comme des terroristes, ils étaient en colère, ils étaient fous de rage même. Lui, Larry, il était hors de lui pendant des mois, sans aucun sang-froid, il était avide de vengeance. « Ce n'est pas le moment de vous psychanalyser. Vous êtes non coupable », avait insisté Maître Climberry. « Répétez-vous cela : vous n'aviez pas prévu l'ampleur des événements. Vous êtes l'origine fortuite de tout cela. Les Black Tigers vous ont totalement échappé », avait-il ajouté. Larry enfile le costume fourni par Maître Climberry pour pouvoir s'entraîner, se mettre dans la peau du personnage. Il doit avoir l'air sûr de lui, ne pas hésiter avant de répondre, avoir une attitude qui inspire la confiance et le respect. Demain, deux policiers l'emmèneront au Palais de justice. Il ne veut pas croiser le regard de sa mère. Elle risque de s'effondrer. Y aura-t-il des manifestations demandant sa libération ? C'est possible, mais sans doute inutile. Larry ôte son costume et le dépose sur la chaise. C'est la chaise de Maître Climberrry et il n'y a jamais touché jusqu'alors.

Dans la salle d'audience, Gladys est silencieuse. Elle est soulagée. Son fils n'est plus en cavale. Il est en lieu sûr et les autorités ne l'ont pas abattu. Il va avoir droit à un procès juste et impartial. Elle partage ses peurs avec Nataly, assise à l'autre bout de la salle. La jeune fille a refusé de s'asseoir devant, avec elle. Nataly veut rester discrète, elle est étudiante en droit avant tout et ne veut pas compromettre sa carrière. « Je serai là, Gladys, je serai avec vous. Je serai avec Larry », lui avait-elle dit en lui prenant le bras devant le Palais de Justice. Gladys avait fondu en larmes et l'avait serrée contre elle. Il faut croire que la jeune fille devait l'accompagner dans le sort de ses fils, que leur destin était lié. « Et Anita ? » avait demandé Nataly. Anita est trop jeune, elle ne peut pas voir son frère ainsi, traîné devant les tribunaux comme un vulgaire assassin. Gladys sort la dernière lettre de Larry et la pose sur ses genoux. Elle est son talisman, froissée et humide, cette lettre retrouvée sur son paillasson, cette lettre de cet homme en colère qui était son garçon. Gladys sera toujours là pour son fils, le seul qu'il lui reste, malgré sa déception. Elle veut qu'il se souvienne, quand il se défendra, d'où il vient et qui il est. Elle veut qu'il puise dans ses yeux l'innocence et l'honnêteté du fils qu'il était. Il n'est pas seulement le chef des Black Tigers, il est Larry, son Larry, le frère de Mike et d'Anita, l'orphelin de père, le Larry discret et rêveur, l'idéaliste. Mais Larry, flanqué de deux policiers, baisse honteusement la tête. Il ne veut pas la voir, elle sa mère, il n'ose pas. Gladys regarde autour d'elle, elle se sent perdue dans cette salle immense où les curieux se sont amassés. Un brouhaha s'élève, le juge a fait son entrée dans le Palais de justice. Il balaye de quelques mots méprisants les journalistes qui le mitraillent de photos et de questions. « Levez-vous », demande le greffier. L'audience se lève. Le juge traverse le couloir de la salle pour s'asseoir derrière son bureau. Deux drapeaux américains se dressent derrière lui. « C'est l'Amérique qui jugera. Que Dieu bénisse l'Amérique... » murmure Gladys. C'est la seconde fois qu'elle espère tant de son pays, la première fois, elle signait l'accord pour envoyer ses fils à l'autre bout du monde. Le juge sort les dossiers et glisse quelques mots au greffier qui s'exécute. Les dossiers passés en revue, le juge donne trois gros coups de marteau. Larry sursaute et sort de sa torpeur. Le voilà dans le grand bain. Le juge énumère la longue liste des chefs d'accusation. Gladys s'essuie le front. Les prières se bousculent dans sa tête. Larry s'avance vers le micro. « Non coupable », lance-t-il courageusement à toute la salle d'audience.

Le procureur donne quelques explications à ses acolytes. Il est celui en charge de défendre l'État de New York face aux inculpations de Larry Hoover. Il s'assure que le nœud de sa cravate est bien noué et se lève en un élan. Il appelle Larry Hoover à la barre. Larry se lève à son tour et s'installe à la barre.

— Larry Hoover, étiez-vous au sit-in de Tuscaloosa avec les étudiants de Columbia ?

— Non, je n'y étais pas.

— Pourtant n'étiez-vous pas parti avec eux pour rencontrer les étudiants de Tuscaloosa ?

— C'est exact, mais je n'étais pas sous leur direction. Je n'appartenais pas au mouvement étudiant de Columbia, mais nos actions étaient corrélées et nous avions décidé ensemble d'aller en Alabama, explique Larry. Le mouvement de l'université de Columbia avait ses façons de faire et nous avions nos propres moyens d'agir. Donc je n'ai pas participé aux actions du mouvement étudiant social-démocrate de l'université de Columbia pour répondre à votre question, explique fermement Larry.

Le procureur arrête son questionnement en se retournant vers les avocats de l'état de New York qui lui chuchotent quelques mots. Le procureur sort son carnet pour prendre des notes et boit un grand verre d'eau froide. Il se retourne et s'avance vers Larry Hoover en lui demandant :

— Larry Hoover, les actions pacifiques du mouvement étudiant de Columbia ne vous paraissaient-elles pas suffisantes pour exprimer vos revendications ?

— Non, répond Larry.

Un brouhaha s'élève dans la salle. On s'offusque, on applaudit, on commente cette réponse inattendue. Les journalistes transcrivent ce « non » primordial au procès. Gladys jette un œil au croquis du dessinateur assis à côté d'elle. Larry y apparaît terrible, les yeux sombres et la mâchoire agressive. Décidément, son fils n'a rien d'un agneau à qui l'on donnerait le bon Dieu sans confession. Elle lance un regard suppliant au jury. Une femme laisse échapper une grimace de dégoût. Ce n'est pas bon signe pour son Larry. Heureusement, Gladys a décelé un léger sourire sur les lèvres d'un Noir américain du jury. On peut espérer qu'il saura persuader ses confrères. Le juge frappe trois fois du marteau : « Silence s'il vous plaît ! Salle d'audience, silence s'il vous plaît ». Maître Climberry lance un regard confiant à Larry. Il avait anticipé la question du procureur. Le greffier vient de déchirer un papier, il termine de frapper la réponse de Larry : « Non ».

— Que reprochiez-vous donc à ce mouvement ? reprend le procureur.

— Le mouvement de Columbia et nous, les Black Tigers, nous nous battions pour la même cause. Nous voulions lutter contre la haine du blanc dans ce pays en menant des actions pacifiques sur le territoire. Nous voulions accélérer le processus des droits civiques pour l'égalité de tous les hommes de ce pays. Comme il est dit dans notre Constitution, tous les hommes naissent égaux. Le mouvement de Columbia appartient à une élite, les Black Tigers veulent s'adresser à tous les Noirs et éveiller leur conscience, ce que le mouvement ne peut faire. J'espère avoir répondu à votre question…

— Est-il vrai que vous vous présentez comme le chef des Black Tigers ? demande le procureur.

— Oui, c'est exact.

— Est-il vrai que vous êtes à l'initiative de toutes leurs actions ?

— Non, je n'en suis ni à l'initiative ni responsable.

— Vous dites donc que vous êtes le chef, mais que vous n'êtes pas à l'initiative de toutes leurs actions ?

— C'est exact.

— Est-ce que vous voulez bien nous expliquer cela, Monsieur Hoover ?

— J'étais le chef d'un groupe de cinq personnes : il y avait Calvin, Jimmy, Malik, Jason et moi-même. Après, on a été rejoints par quelques jeunes de Harlem. Ils participaient comme ils le voulaient, je ne donnais pas d'ordres, je conseillais, je faisais des discours, je répandais mes valeurs, mais je n'étais pas tout puissant, je n'étais pas un chef de gang... les Black Tigers, c'était plutôt un espoir qu'une organisation.

— Un espoir qui a tué des policiers..., intervient le procureur.

— Objection votre honneur, le coupe Maître Climberry.

— Objection retenue. Veuillez reformuler votre question, si question il y a, informe le juge.

— N'étiez-vous pas au courant des violences opérées par les membres des Black Tigers ? demande le procureur.

— Non, j'ai appris que les Black Tigers s'étaient développés après l'incident du Capitole, et leurs actions leur appartiennent. Je n'ai donné aucune directive extérieure à notre petit groupe, explique Larry.

— Vous voulez dire que c'est le hasard ?

— Je veux dire que notre action a inspiré des centaines de Noirs américains.

— Merci, j'en ai fini pour l'instant, dit le procureur au juge.

Wilson est appelé à la barre des témoins. On lui tend une bible sur laquelle il pose sa main droite. Il jure de ne dire que la vérité et rien que la vérité. C'est le premier témoin du procès.

— Présentez-vous s'il vous plaît, demande le juge.

— Je suis Wilson Wilkerson, je suis étudiant en droit à l'université de Columbia. J'ai vingt-trois ans. Je vis à New York. Je suis le président du mouvement étudiant social-démocrate de Columbia, j'ai été élu par suffrage l'an dernier...

— Bien, bien, le coupe le juge. Maître Climberry, vous pouvez commencer à interroger Monsieur Wilkerson.

— Est-il vrai que vous êtes allé à la rencontre des Black Tigers et que vous les avez persuadés de se joindre à votre mouvement ? demande Maître Climberry.

— J'ai présenté notre mouvement, et je leur ai proposé de venir écouter une conférence qui se tenait à Columbia, répond sèchement Wilson.

— Vous admettez donc que c'était votre initiative ? Répondez par oui ou non.

— Oui.

— Est-il vrai que vous cherchiez des membres plus actifs et plus investis, des hommes qui pourraient changer les choses plus efficacement ?

— Objection votre honneur, Maître Climberry insinue que…, dit le procureur.

— Objection retenue. Reformulez Maître Climberry.

— Est-il vrai que vous cherchiez des membres différents dans votre mouvement ?

— Oui, répond Wilson.

— Qu'attendiez-vous exactement des Black Tigers en vous associant avec eux ?

— Je ne sais pas…, hésite Wilson en regardant Nataly.

— Vous deviez bien avoir une idée derrière la tête pour aller les rencontrer dans un endroit qui, d'après ce qu'il paraît, ne vous était pas vraiment familier, ces gens d'un autre milieu, que vous ne connaissiez pas du tout et qui étaient déjà l'objet des rumeurs de Harlem, reprend Maître Climberry.

— On disait qu'ils avaient de l'influence, qu'ils défendaient les droits des Noirs… Je voulais seulement allier nos forces. Ce que j'attendais. Je ne sais pas...

— Vous ne savez pas ? Vous me dites que vous êtes le président du mouvement étudiant social-démocrate de Columbia et que vous ne savez pas ? Que vous agissez de manière impulsive sans aucun objectif ?

— Je n'ai pas agi de manière impulsive, se reprend Wilson.

— Des intellectuels, des étudiants érudits et passionnés, vous en aviez dans votre mouvement, n'est-ce pas ? Vous étiez déjà nombreux ? demande Maître Climberry.

— Oui.

— Qu'est-ce que les Black Tigers pouvaient vous apporter de plus ?

— C'est vrai que je pensais qu'on était trop fermés, qu'il fallait qu'on ratisse plus large. Les Black Tigers paraissaient influents à Harlem, dans le ghetto… Je me suis dit que ça pouvait prendre plus d'ampleur, explique Wilson.

— Est-ce que les Black Tigers vous ont aidés à aller à l'université de Tuscaloosa ?

— Oui, ce sont eux qui se sont procuré les vans.

— Est-ce qu'ils ont manifesté leur mécontentement quand vous avez décidé d'organiser un sit-in ?

— Non, répond Wilson. Mais ils ne sont pas venus. J'ai appris après qu'ils avaient saccagé le Capitole. Je n'aurais jamais accepté que le mouvement s'attaque au Capitole de Montgomery.

— Avez-vous eu l'impression de mettre les Black Tigers à l'écart une fois arrivé à Tuscaloosa ? demande Maître Climberry.

— Peut-être... Je voulais garder ma place de président et Larry...

— Vous faisait de l'ombre ? continue Maître Climberry.

— Oui.

— Pensez-vous qu'il ait pu avoir l'impression d'avoir été utilisé à vos propres fins ?

— C'est possible, affirme Wilson Wilkerson.

— Pensez-vous que les Black Tigers aient pu se sentir méprisés par les universitaires qu'ils avaient pourtant voulu aider ? Et pensez-vous qu'ils aient pu agir par désespoir pour se démarquer d'un mouvement qui les discriminait ?

— C'est possible.

— Merci, j'en ai terminé avec le témoin, conclut Maître Climberry.

À Manhattan, en cette fin d'après-midi, la vie suit son cours. Les rues sont agitées et les commerces enfiévrés par l'arrivée du week-end. Devant le Palais de justice, le crieur de journaux propose le Times Union pour quelques centimes. « Larry Hoover au Palais de justice ! Le procès de Larry Hoover ! ». Ses exemplaires s'envolent. Les New-Yorkais sont friands de ce genre d'histoire. Malgré la violence des Black Tigers, les New-Yorkais se sont attachés à Larry Hoover, ce vétéran de guerre qui n'a pas froid aux yeux. À côté des curieux, une centaine d'Afro-Américains manifestent pour une justice impartiale. Larry Hoover risque d'être le bouc émissaire, puni pour l'exemple, du gouvernement qui ne sait plus comment gérer la situation actuelle. « C'est une guerre civile ! » s'exclame un manifestant. On lui répond qu'il ne faut pas effaroucher les gens, qu'il faut lutter patiemment, sans violence, qu'il est temps de faire la paix. Les manifestants s'asseyent sur le parvis en attendant la fin de l'audience. Quand Larry sortira du Palais de justice, ils scanderont son nom en chœur pour marquer leur soutien. Il ne doit pas se sentir seul, il doit savoir qu'il est encouragé, soutenu, aimé même. Les policiers surveillent d'un mauvais œil le rassemblement, ils craignent que ça dégénère. Mais pour l'instant, il s'agit juste d'un sit-in. On n'a pas oublié Larry Hoover. Les Black Tigers ont milité pour la cause des Noirs. Les Black Tigers ont fait passer un message qu'il s'agit de préserver même si leurs membres ont tous été arrêtés. « L'organisation des rebelles s'effondre comme un château de cartes », a conclu fièrement le gouverneur Robert T. Cunningham. Mais malgré l'effondrement, les Noirs américains sont décidés à poursuivre leur combat par tous les moyens qu'il leur reste. Les manifestants se lèvent, c'est Larry Hoover qui sort de la salle d'audience pour être jeté dans un fourgon blindé. Une sirène siffle une fois puis deux fois. Les policiers écartent les manifestants. Le fourgon sort dans l'acclamation de la foule.

8.

Étendu sur le lit de sa cellule, Larry reste pensif. Des images du procès le tourmentent, sa mère pendue à ses lèvres, au deuxième rang, avec ses vêtements du dimanche, son chapeau à voilette pour dissimuler ses larmes, sa mère qui cherche désespérément à le comprendre, sa mère qui guette chaque réaction du jury, qui tremble à chaque réponse cruciale. Sa mère dont il n'ose croiser le regard. Il espère pourtant obtenir son pardon. Il sait qu'il viendra, qu'il le sentira se poser sur lui, invisible. Le pardon d'une mère est sans appel, et personne ne peut l'influencer. La justice n'est qu'un verdict, injuste pour les Noirs, plus impartial pour les Blancs, qui peut se négocier, mais le pardon d'une mère suit ses propres règles. Demain, pour la seconde audience, Larry devra encore affronter les journalistes. Ne jamais leur répondre autre chose que : « Je m'en remets à la justice de mon pays », paraître calme et sûr de soi. Tels sont les conseils de Maître Climberry. Pour l'instant, c'est la défense de l'État de New York qui semble l'emporter. « Le jury est influençable, la situation peut se retourner à chaque instant. J'ai confiance en ma stratégie, il faut rester patient », le rassure Maître Climberry. Larry ne peut pas s'empêcher de dévisager ces quelques personnes qui détermineront son destin, douze individus plus ou moins attentifs, investis, empreints de préjugés et de certitudes. Il a gardé en mémoire leur visage dans les moindres détails. Ils ont remplacé tous les autres visages de sa vie. Ces douze visages, ils sont devenus ses fantômes permanents, qui l'observent jusqu'au plus profond de sa cellule. Le procureur sait capter leur attention, il attaque avec grâce, il joue sur l'effet de surprise et multiplie les prouesses oratoires. Et surtout, ce qui est assez mauvais pour Larry, il est aussi beau que charismatique. Maître Climberry a l'air d'un singe déguisé à côté du procureur. « On se fie à la beauté autant qu'on s'en méfie, un bel avocat attire vite la sympathie du jury, mais dès qu'il fait preuve d'un peu d'orgueil, d'un peu de maladresse, le jury a tendance à le penser présomptueux et incompétent », lui a répondu Maître Climberry. Demain, John Wise sera appelé à la barre, et Maître Climberry est bien certain de son soutien. Larry est plus inquiet, il croit Robert T. Cunningham capable de tout pour condamner à mort le chef des Black Tigers. La peine de John Wise sera allégée s'il témoigne contre lui. Jusqu'à quel point est-il attaché à la vérité et à l'honneur ?

— Comment avez-vous connu Larry Hoover ? demande Maître Climberry.

— J'étais reporter de guerre au Vietnam et Larry était un soldat de la compagnie Bravo, répond sereinement le reporter.

— Comment qualifieriez-vous le comportement de Larry Hoover au Vietnam ? demande Maître Climberry.

— Il avait un comportement exemplaire. J'ai tout de suite vu que c'était un gars intelligent et droit.

— Pourrait-on dire qu'il s'est comporté en héros ?

— Parfois, oui, il s'est comporté de façon héroïque. Pendant la bataille d'Ap Bac par exemple. Je n'y étais pas, mais j'ai eu écho de son comportement.

— Est-il vrai que le frère de Larry Hoover, Mike Hoover, est mort pendant cette même bataille ?

— C'est exact, affirme tristement John Wise.

— Est-il vrai que Larry Hoover a accompagné son frère jusqu'à son dernier souffle, malgré le risque encouru ?

— C'est ce qu'il paraît. Je n'étais pas là, comme je vous l'ai dit.

Gladys s'essuie le visage de son mouchoir. C'est une femme forte qui ne fondera pas en larmes lors du procès de Larry Hoover. Il regarde sa mère. Un silence s'installe et le jury s'attendrit de cet échange de regard entre Larry et sa mère. Leur regard en dit long. N'est-elle pas une mère tout de même ? N'est-il pas un vétéran du Vietnam ? Il s'est battu pour ce pays. C'est au tour du procureur d'interroger John Wise.

— Larry Hoover vous a-t-il engagé pour écrire des articles en faveur des Black Tigers ? demande le procureur.

— Oui, il m'a demandé d'écrire sur eux. Mais en faveur ou en défaveur. J'ai toujours été professionnel, je n'ai pas écrit de propagande, explique John Wise.

— Pourtant, à partir du moment où l'on accepte d'être rémunéré autrement que par le journal pour lequel on écrit, on déroge à la déontologie du métier de journaliste, n'est-ce pas vrai ? insiste le procureur.

— C'est vrai qu'on pourrait dire ça, mais...

— Répondez par oui ou non, je vous prie.

— Oui, répond sèchement John Wise.

— Saviez-vous d'où provenait l'argent qui vous était donné ?

— Oui, en partie.

— D'où venait-il ? C'était sans doute de l'argent sale, et ça ne vous a pas empêché de l'accepter...

— Objection, intervient Maître Climberry.

— Objection retenue, reformulez Monsieur le procureur, demande le juge.

— D'où venait cet argent, d'après vous ? reprend le procureur.

— De l'actuel gouverneur de New York, Robert T. Cunningham, répond John Wise avec une pointe d'ironie.

À ces mots, la salle s'anime, les commentaires fusent en tous sens. Les journalistes sont ravis. Robert T. Cunningham aurait-il vraiment contribué aux actions des Black Tigers ? C'est un scandale. Larry Hoover est-il le jouet de malversations politiques ?

— Quelle somme d'argent ? lance un journaliste.

— Silence s'il vous plaît, ordonne le juge en frappant de son marteau.

— C'est une accusation grave, reprend le procureur.

— Je ne dis que la vérité, rien que la vérité..., conclut John Wise.

— Maître Climberry, avez-vous quelque chose à ajouter ? demande le juge.

— Je voudrais vous parler des Black Tigers, dit Maître Climberry en s'adressant au jury. Les Black Tigers, ce sont de jeunes citoyens noirs américains qui se sont réunis au nom de leurs droits, au nom de leurs causes, au nom de l'injustice qu'ils subissaient au quotidien. Ils ont été arrêtés plusieurs fois lors de manifestations pacifiques, leur seul délit étant d'être noirs. Les Black Tigers voulaient agir en toute franchise, et en toute honnêteté pour défendre leur communauté. D'ailleurs, Robert T. Cunningham a vraisemblablement promis d'aider la communauté noire de Harlem pour que Larry Hoover accepte une alliance. Ses promesses ont-elles été tenues ? Ce n'est pas à moi d'y répondre, et je laisse au jury le soin d'en juger. Dans tous les cas, nous pouvons supposer que Robert T. Cunningham avait une longueur d'avance sur Larry Hoover et les Black Tigers. Il est apparu assez prompt à se retourner contre ceux qui l'avaient aidé, les abandonnant à leur sort et à une justice qu'il avait lui-même vivement critiquée lors du procès de Richard More.

Le jury observe Larry Hoover. Ses yeux se perlent de larmes, mais son visage reste fier. C'est un gamin, après tout, un jeune homme déboussolé par la guerre. Ce jeune homme de Harlem n'aurait jamais pu commettre tous ces crimes. Au fond de la salle, un homme entre avec une mallette. Costumé et cravaté, il prend place à côté du procureur. Il ouvre la mallette et sort scrupuleusement des pièces à conviction dans des pochettes plastifiées et étiquetées. Le procureur se lève et appelle l'expert à la barre. L'expert se présente au jury avec solennité. Il exerce son métier depuis vingt ans, il travaille en Alabama et s'est déplacé jusqu'ici au regard de la gravité des faits, il remercie le tribunal pour la confiance qu'il lui est accordée. Il sera interrogé concernant le meurtre collectif des membres du Ku Klux Klan dans la villa *White Beauty* de Tuscaloosa. Gladys est inquiète. Elle peine à croire que Larry ait commis un tel crime, une telle abomination. Dieu non, ce n'est pas son fils ! Ce n'est pas sa mère !

— Expliquez-nous ce que vous avez trouvé sur les lieux du crime, la villa *White Beauty* des environs de Tuscaloosa ? demande le procureur à l'expert.

— Nous avons trouvé des fragments de bouteilles brisées à l'intérieur, ce qui laisse supposer que des bouteilles remplies d'essence et de liquide inflammable ont été lancées à travers les fenêtres, explique-t-il en montrant les débris au jury. Les corps, après autopsie, révèlent une mort par asphyxie ou par calcination. Nous avons recensé vingt et un morts. De plus, la porte d'entrée a été condamnée par des planches, ce qui empêchait toute sortie avant l'explosion de la villa. Regardez, sur ces photos, on voit encore la trace des clous, malgré la calcination du bois... L'expertise que nous avons menée nous prouve donc qu'il ne s'agit pas d'un accident. Il s'agit d'un meurtre collectif prémédité, affirme l'expert.

— Pourquoi ces vingt et un hommes ne se sont-ils pas échappés par les fenêtres si la porte était bloquée ?

— On suppose qu'on devait les empêcher de sortir de cette façon. Ce qui implique la présence d'au moins trois personnes sur les lieux, probablement armées.

— Vous me dites donc qu'il s'agit d'un meurtre prémédité opéré par un groupe d'au moins trois personnes.

— C'est exact, Monsieur le procureur.

— Avez-vous plus d'informations sur les criminels ?

— Nous avons retrouvé les traces de pneu d'un véhicule à proximité de la villa. Il s'agirait d'un van de type 2, de la marque Volkswagen, un modèle datant de 1958. Et nous avons trouvé des traces de pas, à côté de celles du van, qui confirment la présence d'au moins trois personnes, et vraisemblablement des hommes.

— Ce van correspond à celui que les Black Tigers ont utilisé pour envahir le Capitole de Montgomery et qui a été abandonné le lendemain du meurtre, à huit heures du matin à dix kilomètres de Charlotte en Caroline du Nord. À quelle heure estimez-vous le crime de Tuscaloosa et pensez-vous que les Black Tigers auraient eu le temps de le commettre ?

— D'après notre expertise, le crime se serait déroulé entre deux heures et quatre heures du matin. Ils auraient donc eu le temps, en effet, de commettre le crime et d'abandonner le van en Virginie.

— Je vous remercie, Monsieur l'expert. Cher jury, ajoute le procureur, les Black Tigers ne sont certainement pas innocents. Je les crois coupables et il me semble que vous n'en doutez plus, suite aux preuves amenées par notre expert. Les Black Tigers, dirigés par Larry Hoover, sont des criminels. Après avoir propagé le désordre à New York, ils sont passés à l'acte en Alabama. Dans un premier temps, ils ont attaqué un symbole de notre gouvernement et ont humilié un représentant de notre nation, le gouverneur de l'Alabama, et puis, non satisfaits de leur première offense, ils ont voulu agir dans la plus grande des violences et ont assassiné des innocents. Vingt et une personnes brûlées vives dans une maison ! Peut-on imaginer une telle horreur ? Votre honneur, je souhaite maintenant appeler Larry Hoover à la barre.

Larry Hoover s'approche de la barre. Gladys l'observe, il est déplorable et affaibli. Elle serre la lettre entre ses doigts, la tord, la déchire, elle doute de son innocence. Elle s'en veut, une mère peut-elle douter de son fils ? Mais tout accable Larry. L'image de son fils est ternie. Larry ne sera jamais plus son petit garçon. Jamais plus celui qu'elle croyait. Elle se demande si elle ne l'a jamais vraiment connu, si elle ne l'a jamais vraiment percé à jour. Leur regard se croise. Larry connaît sa mère, il a compris. Il baisse les yeux, il a honte. Tous ces gens qui le dévisagent ne lui sont d'aucune importance, mais le regard de sa mère le bouleverse. Que le juge le condamne à la peine de mort, il n'a plus envie de se défendre. Des images lui traversent l'esprit. C'est la villa qui flambe, les cris d'étouffements, les craquements de la charpente, c'est Big Calvin qui court devant lui, c'est son révolver froid entre ses doigts, c'est le van des Black Tigers qui traverse la forêt en laissant des hommes mourir derrière eux. Ses jambes chancellent. Il se souvient tout à coup des paroles de Maître Climberry, il n'y a pas de coupable sans preuve. Il va se défendre, ils n'ont aucune preuve, et il ne sera pas coupable devant sa pauvre mère. Le procureur l'interroge :

— Est-il vrai que vous logiez chez Monsieur et Madame Glover lors de votre passage à Tuscaloosa ?

— C'est exact, répond Larry.

— Comment qualifieriez-vous ce couple ?

— Ils étaient accueillants, ils étaient gentils, les plus heureux du monde dans leur *shotgun house* de Tuscaloosa.

— Pouvons-nous dire que vous vous êtes attaché à eux ? reprend le procureur.

— Non, je ne les connaissais pratiquement pas...

— Avez-vous été témoin du meurtre de Monsieur Glover la nuit du 14 septembre 1963 ?

— Oui, Jimmy et moi avons vu deux policiers le tuer en pleine nuit, sans raison...

— Avez-vous été choqué par cet événement ?

— Oui, répond avec tristesse Larry.

— Avez-vous eu l'intention de venger Monsieur Glover ?

— Non

— Pourtant, le meurtre des membres du Ku Klux Klan a eu lieu le lendemain..., insiste le procureur.

— Ils devaient avoir beaucoup d'ennemis, explique Larry.

— Connaissez-vous d'autres personnes qui auraient pu commettre ce crime ?

— Non, je ne connais personne à Tuscaloosa.

— Avez-vous commis ce crime ?

— Non, dit Larry.

— Vous pensez donc qu'il s'agit d'une coïncidence ? demande le procureur.

— Oui, sans doute ...

— Alors, pourquoi prendre la fuite après le meurtre des membres du KKK et pas avant ?

— Je voulais dire adieu à quelqu'un..., soupire Larry en regardant Nataly.

Nataly repense à la lettre laissée par Larry avant sa cavale dans le Sud. Il lui disait dans sa lettre ne pas réaliser la violence de ses actes. Elle sait qu'il en prend conscience aujourd'hui. Elle sait qu'il n'a pour autant aucun regret. Le rêve de Larry est terminé et elle est heureuse d'être présente à son réveil qui est ce procès. « Je ne suis pas un meurtrier, je suis un soldat, un justicier, et j'ai choisi mon camp. Je veux que tu me fasses confiance et que tu me croies », avait aussi écrit Larry. Elle ne l'a jamais considéré comme un meurtrier, mais parfois comme un jeune homme égaré, ne sachant diriger sa colère. Aujourd'hui, c'est un homme plein de sang-froid qu'elle admire, un homme responsable et digne. Il ne mérite pas la peine de mort. Il ne mérite pas le châtiment réservé aux tueurs d'enfants, aux tueurs d'innocents. Ces hommes brûlés vifs avaient orchestré l'assassinat d'un pauvre vieillard, avaient volontairement détruit une famille, et de quoi étaient-ils capables encore ? On entend un brouhaha dans la salle. Gladys fond en larmes. Les membres du jury le regardent avec compassion. « S'il vous plaît Madame Hoover, ressaisissez-vous ! Maître Climberry, avez-vous quelque chose à ajouter ? » demande le juge. Maître Climberry se lève. Il se positionne face au jury : « On ne peut pas accuser un chef des actes que ses disciples ou membres, en l'occurrence ici les Black Tigers, ont commis. Les Black Tigers ont tous agi, ils ont tous semé le désordre, et cela sans instructions de la part de leur chef, et cela en toute connaissance de cause, sciemment et sans contrainte. Larry Hoover est un chef idéologique et non pas un stratège ou un chef de gang. Ainsi, Larry Hoover ne peut pas porter la charge des actions de tous ses disciples. Cher jury, un leader n'existe pas, un chef n'existe pas, sans que ses membres lui donnent du pouvoir. Et ce pouvoir semble avoir en partie échappé à Larry Hoover. Les Black Tigers se sont développés seuls, dans tout le pays, en réponse à l'injustice de notre société, en réponse à notre système malade et discriminant. Ce système cherche aujourd'hui son bouc émissaire pour faire taire la révolte de tous ces Afro-Américains. Quoi de plus symbolique alors de vouloir condamner Larry Hoover à la peine de mort en l'accusant de meurtre ? Mais pour cela, il n'existe aucune preuve. Et j'insiste là-dessus, aucune preuve suffisante ne peut accuser Larry Hoover. Il est en réalité la victime d'un système qui se défend, qui ne veut pas changer, qui ne veut pas évoluer, qui fuit tout compromis afin de préserver les privilégiés, afin de conserver une hiérarchie sociale en défaveur des Noirs américains ».

9.

Larry n'a pas fermé l'œil de la nuit, il regarde par la fenêtre. Il se morfond dans l'attente de son verdict. « C'est la dernière audience ! » l'a informé Maître Climberry. Une rumeur circule que le jury s'est réuni à maintes reprises, que les douze membres ont longuement discuté du cas de Larry Hoover. L'échange du jury ne s'est pas ébruité, il n'y a pas eu de fuites dans le tribunal. Cette dernière audience changera-t-elle la donne du procès ? Larry Hoover obtiendra-t-il la clémence du jury ? C'est le grand jour, c'est le jour du verdict, le jour tant attendu. « Vous êtes non coupable Larry ! Larry Hoover, vous êtes non coupable ! » a tenté de le rassurer Maître Climberry. Larry serre les poings, les policiers le bousculent hors de la cellule. Big Calvin va témoigner aujourd'hui. Larry appréhende l'intervention de son ami. Il le sait impulsif et grossier, et surtout révolté contre toute forme de hiérarchie et de solennité. Larry entre à l'arrière du fourgon, direction le tribunal de justice.

Big Calvin a ôté sa casquette et semble faire des efforts pour avoir l'air comme il faut. Son regard croise celui de Larry. Big Calvin lui esquisse un sourire. La prison ne semble pas l'avoir terrassé, ses yeux sombres sont toujours teintés de provocation. Va-t-il se décharger sur Larry pour alléger sa peine ? Non, c'est un Black Tiger, c'est un ami, il ne pourrait trahir leur cause. Larry lui fait confiance, Big Calvin est un roc, il est sans doute prêt à affronter le pire. Le procureur se lève et appelle à la barre Big Calvin qui jure de dire la vérité.

— Quel était le rôle de Larry Hoover au sein des Black Tigers ? demande le procureur.

— C'était l'intello, le mec qui parle bien, qui vous tire une petite larme quand il parle d'injustice. C'est un poète mon Larry, répond Big Calvin en observant Larry.

— Était-il le chef ?

— Oui et non. C'est pas lui qui décidait de tout, explique Big Calvin.

— Qui a décidé d'incendier la villa *White Beauty* ?

— Objection votre honneur, dit Maître Climberry en se levant.

— Objection retenue ! Procureur, reformulez, dit le juge.

— Larry Hoover a t-il donné des ordres pour incendier la villa *White Beauty* ?

— Non, il a pas donné d'ordres.

— Les Black Tigers sont-ils responsables de ce meurtre ? insiste le procureur.

— Non. On était juste là pour foutre le bordel comme au Capitole. Le KKK, c'est des meurtriers de toute façon ! Vous voulez défendre des meurtriers parce qu'ils sont blancs ?

— Respectez le tribunal, ordonne le juge lorsque la salle réagit vivement. Silence s'il vous plaît, continue le juge sur la même lancée. Ce n'est pas à vous de poser des questions, Monsieur Calvin, informe-t-il.

— OK, Monsieur le juge.

— Où était Larry cette nuit-là ? demande le procureur inlassablement.

— J'en sais rien, j'étais pas sa gonzesse, je dormais pas avec lui ! Les journalistes de l'audience éclatent de rire. Le procureur se sent tourné en ridicule et Maître Climberry lui lance un sourire goguenard. Larry est fier de son coéquipier, Big Calvin n'a pas changé depuis le premier jour, depuis qu'il l'a rencontré en prison, depuis qu'ils ont fondé les Black Tigers. Leur regard se croise. C'est un adieu fraternel, d'homme à homme, d'ami à ami, d'un frère à un autre.

— Vous parlez, dans votre langage, d'une petite amie de Larry Hoover, pouvez-vous nous donner son nom ? Était-elle à Tuscaloosa avec vous ? questionne le procureur.

— Oui et oui ! Elle s'appelle… Melody, Lindy ou un truc du genre…, tente de se rappeler Big Calvin. Ah, non, voilà, Nataly, c'est ça, Nataly ! Une fille qu'avait chaud aux fesses, elle s'était tapé son frère avant. Et elle était à Tuscaloosa, elle faisait partie du mouvement étudiant social-démocrate de l'université de Columbia.

— Quelle était la nature exacte de leur relation ?

— La nature ? Ben ils fricotaient quoi, j'en sais rien, on parlait pas de ça. Je crois que Larry était amoureux, c'était pas qu'une histoire de cul. Quand il la regardait, il avait l'air bête, comme un gars amoureux.

Les souvenirs de Mike traversent l'esprit de Gladys. Ce sont ces moments où son fils embrassait Nataly avant un match de boxe. Ce sont ces instants où leur regard se croisait respectueusement dans leur maison de Harlem. Ce sont ces moments où Mike et Nataly s'enlaçaient dans le parc. Ils s'aimaient tendrement. Nataly a toujours été discrète et polie. Mais que s'est-il passé depuis ? S'agit-il de cette même Nataly que Mike adorait ? Gladys tourne son regard vers elle. Nataly a les yeux fixés sur le juge. Alors que l'audience s'agite, rien ne peut la distraire. Un policier s'approche d'elle. Il lui glisse deux mots dans le creux de l'oreille. Elle semble approuver, elle va être interrogée. Gladys n'en revient pas. Nataly aurait-elle influencé Larry ? En tout cas, elle a eu un rôle à jouer. Défendra-t-elle son fils ? Elle reste pensive quand elle voit la jeune fille se lever. Nataly n'est pas une fille des plus communes. Chacun de ses gestes relève de la grâce, elle traverse fièrement la salle. Sa robe virevolte au-dessus de ses talons qui claquent. L'audience rend le silence quand le juge demande :

— Maître Climberry ? Souhaitez-vous interroger un témoin ?

— Je souhaite appeler à la barre Mademoiselle Nataly Willing.

La jeune fille se recoiffe rapidement et rejoint la barre. Le jury la dévisage. C'est donc elle, Nataly, celle qui fréquentait Larry Hoover. Est-elle aussi honnête qu'elle le paraît ? Le dessinateur fait un croquis avantageux, elle semble tout droit sortie d'un film romantique, ça plaira aux lecteurs.

— Étiez-vous à Tuscaloosa au sein du mouvement étudiant social-démocrate de Columbia ? demande Maître Climberry.

— Oui, c'est exact.

— Connaissiez-vous Larry Hoover auparavant ?

— Oui, c'était un ami, je connaissais sa famille depuis plusieurs années, répond-elle en lançant un regard à Gladys.

— Il s'agissait donc de retrouvailles ? demande Maître Climberry.

— On peut dire ça.

— Quelle était la nature de votre relation avec Larry Hoover ?

— Nous étions très proches, répond sagement Nataly.

— Avez-vous développé des rapports amoureux avec Larry Hoover ?

— Oui..., bredouille-t-elle.

— Partagiez-vous ses idées ?

— Dans le fond, je partageais ses idées. Je pense aussi que le mouvement de Columbia est élitiste et que son action est très limitée, explique Nataly.

— Êtes-vous complice des Black Tigers ?

— J'ignore ce que ça signifie...

— Étiez-vous au courant que les Black Tigers allaient envahir le Capitole pendant le sit-in de l'université de Tuscaloosa ? demande Maître Climberry.

— Non, je n'étais pas au courant. Mais je l'ai appris rapidement.

— Avez-vous aussi été informée d'une quelconque implication des Black Tigers dans le meurtre des membres du Ku Klux Klan dans la villa *White Beauty* ?

— Non, c'est dans la presse que j'ai lu ces accusations, affirme Nataly.

— Le mouvement de Columbia a officiellement appuyé ces accusations.

— Oui, pour ne pas être mêlé au crime, je suppose. Pour se protéger...

— Croyez-vous que les Black Tigers aient commis ce crime ?

— Non, je ne crois pas qu'ils soient coupables, insiste fermement Nataly.

— Avez-vous des éléments qui pourraient disculper Monsieur Larry Hoover ?

— Larry était avec moi ce soir-là. Il n'a pas pu commettre ce meurtre.

10.

Cette nuit, une tempête a éclaté à New York. Le vent a écharpé les gratte-ciel. Les vagues se sont fracassées sur le littoral. Mais ce matin, la ville est calme et silencieuse. Sous le pont de Brooklyn, l'*East River* coule paisiblement dans son lit après avoir vomi ses déchets sur les quais. Quelques jeunes échangent de la drogue et des cigarettes autour d'un baril fumant. Le nom des Black Tigers se mêle au frémissement de l'eau. Sur le pont, un vendeur marche paisiblement, une quarantaine de journaux à la main. Il se dirige vers Harlem. Tard dans la nuit, il s'est éloigné du vent de l'île pour être le premier à récupérer cette édition spéciale, unique et illustrée du procès de Larry Hoover. Il est éreinté, ses vêtements sont détrempés. Et il en a entendu des choses... Il paraît que les Noirs américains vont obtenir les droits civiques, et peut-être même le droit de vote, on dit que les Noirs de ce pays seront des citoyens, on annonce que les lois instaurant la ségrégation raciale dans les lieux publics vont être abolies, on espère tourner une grande page de l'Histoire depuis la proclamation d'émancipation d'Abraham Lincoln. On dit que Robert T. Cunningham se réjouit, qu'il fanfaronne devant les journalistes, qu'il prétend avoir œuvré pour apaiser les tensions entre les communautés de New York et qu'une bibliothèque sera ouverte à Harlem. Il se prépare à être réélu grâce au vote des Noirs. On raconte même que Nigger John a refait surface à travers toute l'Amérique, que l'on raconte son histoire au chevet de tous les enfants. Tout le monde connaît ce cow-boy noir, celui qui est devenu une légende pour avoir mené trois mille bêtes du *Far West* jusqu'au Canada. Un jour, peut-être, on racontera l'histoire de Larry Hoover et des Black Tigers. Un jour, peut-être, ce jeune noir de Harlem deviendra une légende, lui aussi. Le vendeur prend soin de ses journaux. C'est une édition spéciale éditée sur un beau papier en couleur. Les pages ne doivent pas être écorchées, les feuilles ne doivent pas prendre la poussière du vent, les journaux doivent être remis aux lecteurs en parfait état. Qui va acheter ses exemplaires ? Qui a encore envie de lire des histoires de Noirs américains persécutés par la justice, violentés par les policiers et rejetés par toute une population blanche ? Les Blancs ne veulent plus rien entendre depuis la fin du procès de Larry Hoover, l'affaire est classée, la justice a eu le dernier mot. Les Noirs en ont assez d'être représentés par un rebelle déchu dans son ascension, ils cherchent de nouveaux espoirs et de nouveaux visages. Les États-Unis font des légendes, ce pays fait des héros, quelques noms demeurent, d'autres disparaissent aussi vite qu'ils sont apparus. Il y a eu ces Noirs qui ont refusé de céder leur place dans les bus publics, il y a eu ceux qui ont manifesté au péril de leur vie, il y a eu ceux qui sont entrés à l'université la tête haute, il y a eu ceux qui ont été battus, poignardés, étranglés par les policiers, il y a eu ces milliers d'anonymes courageux. Il y a eu Rosa Parks, Malcom X, Martin Luther King. Il y a eu les *freedom riders*, les Black Panthers. Il y a eu Muhammad Ali, alias Cassius Clay. Il y a eu, il y a, il y aura encore, tant que l'Amérique ne reconnaîtra pas ses torts, ne demandera pas pardon, et surtout, ne changera pas. Et le changement, ce ne sont pas seulement les lois qui l'initient, ce sont les esprits, la culture, l'éducation, les coutumes. Ce sont tous ces Américains, chacun et ensemble, qui pourront se réconcilier. Sur ces pensées, le vendeur de journaux arrive enfin à Harlem qui se réveille. Les rues sont désertes, les néons lumineux du *Savoy Ball Room* et du *Cotton Club* ne clignotent pas. Quelques voitures circulent. Il attend et réfléchit. Que va-t-il héler pour vendre ces journaux ? Il se chuchote : « Larry Hoover ! Derrière les barreaux ! » Ce n'est pas assez accrocheur. C'est le chef des Black Tigers après tout, et Larry Hoover a échappé à la peine de mort. Il hurle enfin : « Larry Hoover ! Une légende ! La légende de Larry Hoover ! » Plus loin, un Noir l'entend et accourt vers lui.

Les rayons de soleil viennent se poser en un pianotement sur le sol de l'appartement de Gladys Hoover. Couchée dans son lit, elle ouvre les yeux. Cette nuit, elle a entendu la tempête frapper la ville de New York et balayer les rues de Harlem. Ça s'est calmé, ça s'est apaisé, les nuages sont partis, le soleil s'est levé. Anita n'a pas eu peur, elle dormait d'un sommeil profond. Elle doit être sur le chemin de l'école, elle tient maintenant à son indépendance. Gladys observe les rayons transpercer le voile de la fenêtre. Elle reste pensive. Dans cet appartement, rien n'a changé, et tout s'est transmis comme une blessure généalogique.

Chaque mur porte la trace du passé, chaque poutre, chaque chaise, et cette grande table de la cuisine où elle est née, et où elle a donné naissance à Larry, elle est restée intacte, seulement marquée de quelques halos bruns de poêles brûlantes et de tasses de café. C'est aussi dans la tempête qu'une nuit, elle accoucha de ce fils prodige. Il lui était impossible de rejoindre la clinique, les taxis ne voulaient pas s'aventurer dans Harlem en pleine bourrasque. Elle hurlait, son mari lui tenait la main, impuissant, et le petit Mike pleurnichait, il ne comprenait pas. Heureusement, elle eut l'idée d'envoyer chercher la voisine, une vieille femme que l'on appelait la « faiseuse d'anges » parce qu'elle avortait clandestinement les adolescentes du quartier. Si elle pouvait opérer ces jeunes filles perdues, peut-être pouvait-elle l'aider à donner la vie. Elle se souvient à peine de la douleur, et pourtant, le travail dura au moins six heures. Mais elle se souvient de ce petit être vulnérable que la vielle voisine déposa sur sa poitrine. Il fallut le fesser pour le faire pleurer, il était bien trop calme, bien trop immobile. Et c'est un cri furieux qui s'échappa de sa bouche. Un cri de colère et d'incompréhension. Larry, il s'appellerait Larry. Son mari posa sa large main sur le front de l'enfant, comme une bénédiction, et immédiatement, il l'aima, et toujours il l'aima, un peu plus que Mike, parce que Larry lui esquissa un sourire. Gladys se lève et enfile sa robe de chambre. Elle se fait couler un café. Ah, qu'il est loin ce temps de Larry et Mike qui jouaient aux billes sur le tapis... Qu'il est loin ce temps de ses fils qui se chamaillaient pour des *hushpuppies*. Et même ce temps de ses deux garçons qui se faisaient beaux pour aller danser au *Savoy Ball Room* et qui la rassuraient quand ils rentraient ivres au milieu de la nuit. Ils étaient si jeunes, si forts, si invulnérables, ils avaient la vie devant eux, et ils riaient sans cesse, rien ne pouvait leur arriver. Elle aimait son Larry si sage qui lisait le journal le dimanche au lieu de traîner dans le quartier comme les autres jeunes de Harlem. Elle aimait son Mike si obstiné qui frappait dans un punching-ball en rêvant de célébrité. Que reste-t-il de tout cela ? Elle entend un léger bruit sur le palier et des pas dans l'escalier. Elle ouvre la porte de l'appartement et aperçoit un exemplaire du *Times Union* sur le paillasson. C'est un tirage spécial sur le procès de Larry Hoover. Le reportage est signé John Wise, mais elle ne veut rien lire. Elle se contente de feuilleter le journal et de regarder les photos. Elle reconnaît un croquis d'audience de son fils. Elle avait longuement observé le dessinateur assis à côté d'elle. Ses coups de crayon étaient rassurants, sa concentration, son geste précis, c'était comme un radeau qui dérivait sur la mer, une planche à laquelle elle se raccrochait quand son cœur tambourinait dans sa poitrine, quand elle se sentait défaillir. Elle décide d'arracher la page. Larry a l'air en colère, et il a l'air triste. À quoi peut-il songer dans sa cellule ? Peut-être peut-il encore lire le journal, étendu sur son lit ? Peut-être peut-il encore rêver et réfléchir ? Elle espère qu'il a au moins une fenêtre sur le ciel, qu'il peut admirer le vol des oiseaux, la trajectoire du soleil et quelques étoiles. Elle attend avec impatience et appréhension sa première visite au parloir de la prison d'État. Elle épingle consciencieusement le portrait de Larry à côté des croquis de son père, entre un saxophoniste et un pasteur.

À son réveil, Nataly sent un poids la quitter. Bientôt, son présent, si lourd ces derniers mois, son présent qui s'étirait sur des jours et des nuits sans qu'elle n'en voie le bout, tissé d'angoisses et de remords, son présent de Pénélope attendant le retour d'Ulysse, passera du côté du passé et de l'oubli et deviendra une histoire indistincte, de plus en plus absente, jusqu'à disparaître complètement. Elle a accompli son devoir, elle a donné le mot de la fin. Larry a écopé de vingt ans de prison. Il a échappé à la peine de mort. Grâce à elle et à son mensonge. Mais pour elle, d'une certaine manière, il sera mort. Larry sera enfermé dans une prison de l'État de New York pendant vingt années, et tout ce temps, il ressassera le passé, mais pour elle, la vie suivra son cours. Qui sera-t-elle dans vingt ans ? Une autre, sans doute. Dans vingt ans, elle habitera une grande maison dans un quartier résidentiel, calme, sans histoire, où il ne se passera rien que le vieillissement de sa peau. Elle regarde ses mains. Dans vingt ans, elles seront ridées, son annulaire portera une alliance, ses ongles seront parfaits, ses mains ne se fatigueront qu'à corner des pages. Et les pages tourneront. Les dossiers qu'elle défendra au tribunal s'amasseront dans sa bibliothèque entre les livres. Pendant ce temps-là, les enfants joueront à la corde dans le jardin, il se balanceront sur une balançoire accrochée à la branche d'un arbre. Un arbre planté à la naissance de l'aîné et dont l'ombre fraîche détendra son front les après-midi d'été. Elle rêve d'une citronnade et du chant des oiseaux. Quand Larry retrouvera son repas glissé sous la porte. Quand Larry deviendra fou, violent et précocement vieux. Peut-être que son nom traversera son esprit, qu'elle soupirera, avant de songer à rappeler les enfants pour le goûter, avant d'embrasser son mari. Peut-être qu'elle ne l'oubliera pas complètement. Elle se dira qu'elle a sauvé un Hoover, et qu'après tout, elle a rempli sa part du contrat sur cette Terre, et qu'elle peut bien profiter de la vie. Peut-être repensera-t-elle à cette nuit dans les bois de Tuscaloosa, aux feuilles qui crépitaient sous ses reins, au souffle moite de Larry dans sa nuque, à ses doigts qui pressaient ses hanches, qui caressaient ses seins. Peut-être frémira-t-elle d'excitation, comme aujourd'hui, en souvenir de cette nuit-là. Cette nuit comme un caillou blanc sur cette sombre histoire.

Du même auteur

Le blues du pêcheur

Remerciements

Sofia Sadaï, Marc de Gautret

Mise en page

Alan Alfredo GEDAY

Révisions

Séverine MALLET, Fanny CAIRON

Printed in Poland
by Amazon Fulfillment
Poland Sp. z o.o., Wrocław

62276416R00211